John Eichler

Verbotenes Land

Ein schwarzer deutscher Roman

John-E. Matip Eichler, Sohn einer deutschen Apothekerin und eines kamerunischen Arztes, wurde 1969 in Leipzig geboren. Neben dem Hauptfach Rechtswissenschaften studierte der Volljurist in Leipzig Philosophie sowie später in Berlin Volkswirtschaft. Mittlerweile lebt er in Berlin und Douala. Seine Texte erscheinen regelmäßig in der Huffington Post. Der Debütroman «Verbotenes Land» entstand über einen Zeitraum von fünfzehn Jahren (2002-2017).

Copyright © John Eichler 2018
Alle Rechte vorbehalten | All rights reserved

Edition: 1.50 (Mai 2018)
ISBN: 978-3-9819325-0-8
Artwork/Gestaltung/Umsetzung: UBIP

www.verbotenesland.de

Das Werk einschließlich aller seiner Teile ist urheberrechtlich geschützt. Jede Verwertung außerhalb der engen Grenzen des Urheberrechtsgesetzes oder eines vergleichbaren ausländischen Gesetzes ist ohne schriftliche Zustimmung des Herausgebers unzulässig und strafbar. Dieses Verbot gilt insbesondere für Vervielfältigungen, Übersetzungen, Mikroverfilmungen und die Verarbeitung in elektronischen Systemen.

Die Handlung sowie alle Figuren sind frei erfunden. Jede Ähnlichkeit mit tatsächlichen lebenden oder toten Personen ist rein zufällig.

Soundtrack

1. The Köln Concert | Keith Jarrett
2. Oh Girl | The Chi-Lites
3. Shoot You In The Back | Motörhead
4. Silver Shadow | Atlantic Starr
5. All I Have | Amerie
6. Kreutzersonate | Ludwig van Beethoven
7. The Hunter Gets Captured By The Game | The Marvelettes
8. Guerillas In The Mist | Paris
9. Wish I Didn't Miss You | Angie Stone
10. My Way | Body Count
11. Comment Lui Dire - Introduction | Fanny J
12. Ancrée À Ton Port | Fanny J
13. California Dreamin' | George Benson
14. Ezy Ryder | Jimi Hendrix
15. I Love Every Little Thing About You | Stevie Wonder
16. Force De Frappe | Koffi Olomide
17. Fremd Im Eigenen Land | Advanced Chemistry
18. Take My Heart | Kool & The Gang
19. Love Of My Life | Erykah Badu
20. Africville | Black Union ft. Maestro, Kaleb Simmonds

Josie and Duff (Part One) | Gary «Illinois» Griffith

Inhalt

Prolog 1
1. Kapitel 4
2. Kapitel 34
#Caterina (Teil 1) 43
3. Kapitel 47
4. Kapitel 65
#Torsten 92
5. Kapitel 96
#Issa (Teil 1) 112
6. Kapitel 118
#Caterina (Teil 2) 147
7. Kapitel 151
8. Kapitel 169
#Issa (Teil 2) 185
9. Kapitel 190
#Sinobe 219
10. Kapitel 221
#Maurice 252
11. Kapitel 256
12. Kapitel 263
#Der Mörder unterm Bett 298
13. Kapitel 308
14. Kapitel 327
Epilog 344

*Meiner geliebten Mutter
und meinem geliebten Vater,
der nur kurz in unser Leben trat.*

Prolog

„Was willst du mit dieser unnützen Sache beweisen?", fragte die Frau den Mann.

„Mach dir keine Sorgen", antwortete er. „Sie sind stark genug; und das weißt du genau." Der Mann pflückte eine Pampelmuse von dem Baum und reichte sie der Frau.

„Nein, damit bin ich nicht einverstanden." Sie ignorierte seine Geste und erhob sich. „Dorthin dürfen wir unsere Kinder nicht mehr schicken. Keines unserer Kinder. Wie viele Generationen hast du es nun versucht? Und doch blieb ihnen die Schönheit der *Sinobe* bis heute verborgen. Ich habe genug Leid gesehen." Sie wandte ihren Blick von dem Mann ab und schaute in Richtung der Hütten, in denen die Menschen schliefen. Die Erde stand still zu dieser Stunde. Die tropische Nacht hatte sämtliches Leben verdrängt.

Der Mann war hinter die Frau getreten und reichte ihr erneut die Frucht. „Ich glaube, dass es notwendig ist ... dass es all die Zeit notwendig war." Er wies mit seinem Mund in die Richtung des Dorfes. „Denn das alles hier wird sich verändern. So wie es sich seit Anbeginn verändert hat."

„Wie meinst du das?"

Er hörte ihre Frage nicht. „Ich muss sie dieses Mal begleiten ... und du auch. Wir müssen ihnen helfen."

Ein Lächeln huschte über das Gesicht der Frau. Sie wollte die Pampelmuse aus seiner Hand nehmen, hielt dann aber plötzlich inne. „Du willst also endlich deine Schuld abtragen!?"

„Ja, das will ich", antwortete der Mann.

„Das ist unmöglich!" Sie blickte ihn an. „Weißt du das?"

„Ja ...", seine Stimme versagte; nur kurz. „Ja, ich weiß. Doch mir bleibt keine andere Wahl." Der Mann versuchte aufrecht zu stehen. Aber seine Schultern hingen herab; sein Rücken blieb gebeugt. Leise, kaum vernehmbar sagte er: „Es begann mit einem einzigen Menschen, und so soll es auch enden. Eine Seele muss ich retten ... eine einzige."

Die Frau schüttelte den Kopf und wandte ihr Gesicht erneut von ihm ab. „Als du deinen Bruder an die Fremden verkauftest, bist du selbst zum Sklaven geworden ... hast du uns alle, unsere Kinder und Kindeskinder, zu Sklaven gemacht. Jeder, der einen Tropfen deines Blutes in sich trägt, wird auf ewig Sklave sein."

Der Mann senkte seinen Blick. „All die Zeit sprichst du nun davon. Und wie stets sage ich dir: Ja, ich habe uns alle zu Sklaven gemacht. Nur ein Narr würde das nicht erkennen. Mansa Moussa hatte die Welt in seinen Händen gehalten. Und nun sieh dir an, was aus den Nachfahren des großen Königs geworden ist. Sieh dir an, wie sie alle leiden. Gott weiß, ich kenne mein Verbrechen."

Die Frau schob die Pampelmuse zur Seite und streckte ihm ihre Hand entgegen. „Gib sie mir!"

Der Mann schaute sie fragend an. „Was soll ich dir geben?"

Die Frau überging seine Frage. „Ich weiß, dass du sie noch immer hast."

„Wovon sprichst du?" Er wich zurück und schüttelte den Kopf.

„Von deinem Lohn. Ich spreche von deinem Lohn, dem Lohn deiner Tat." Sie folgte ihm. „Ich spreche von dem, was du für deinen Bruder von den Fremden erhalten hast. Damals, dort unten am Strand." Sie richtete ihren Blick zu den hohen Palmen hinter dem Dorf, von wo aus der sanfte Klang der Wellen des Meeres bis zu den beiden reichte. „Das, was dir von deinem Bruder geblieben ist", fuhr sie fort. „Das, wofür du uns alle und auch dich selbst verkauft hast."

Die Pampelmuse entglitt seiner Hand. Der Mann atmete schwer und begann, in seinen Taschen zu wühlen. Starr blickte er auf den ausgestreckten Arm der Frau. Schweiß rann über sein Gesicht, das im Schein des Mondes deutlich zu erkennen war.

„Tatsächlich." Er hielt inne und öffnete langsam seine Hand. „Schau sie dir an." Irrsinn geboren aus apokalyptischer Schuld loderte in seinem Blick, der ein schmerzverzerrtes Lachen gebar. „Sie sind wunderschön." Er hob sein Haupt und bat um Verständnis, um Vergebung. „Nicht wahr?!"

Die Frau schüttelte den Kopf; schnell ergriff sie die wertlosen Muscheln und schaute auf zu dem gebeugten Mann. „Das ist also unser Preis gewesen, Yakub! ... Zwei Kauris."

1. Kapitel

Erstarrt stand Issa von seinen Kräften verlassen vor dem offenen Briefkasten im Hauseingang. Ihm wäre der Umschlag beinahe aus den Fingern geglitten. Justizprüfungsamt war als Absender zu lesen. Monatelang hatte Issa diesen Moment herbeigesehnt und gleichzeitig gefürchtet. Jetzt fehlte ihm der Mut, den Umschlag, hinter dem eine simple Zahl mit zwei Kommastellen geduldig wartete, zu öffnen. Er war unfähig, den Gedanken zu verdrängen, dass nicht weniger als sein Leben vom Inhalt dieses einen Briefes abhinge.

Kämpfen hatte er müssen, um einen solchen Brief überhaupt erhalten zu dürfen. Für einen wie ihn sei kein Platz an einer juristischen Fakultät. Aber Issa hatte bis zum letzten Tag für seinen selbst gewählten Weg gebüßt. Nichts war geblieben, was ihm einen solchen Brief noch hätte verwehren können. Nach sechs Monaten intensiver Prüfung seiner Persönlichkeit und der rechtlichen Lage waren die Verantwortlichen der Universität zu dieser Einsicht gelangt. Er hatte sein Studium fortsetzen dürfen; sein erster Erfolg nach Jahren des Stillstandes. Vielleicht wartete ein weiterer Erfolg auf ihn. Dieser Gedanke befähigte ihn, den Umschlag endlich zu öffnen.

Der Mensch war in der Lage, lange Zeit schwere Bürden zu tragen, wenn er diese nicht wahrnahm. Wie das Wandeln an einer Felsenklippe; der Blick nach unten bedeutete den Absturz. Wer die tödliche Tiefe verdrängen konnte und es auf sicheren Grund schaffte, erschauderte vor den überwundenen Gefahren der zurückgelegten Strecke.

Issas Finger zitterten, als er den Abschnitt mit seiner Punktzahl fand. Die jahrelange Bürde, die er in diesen letzten Sekunden vor dem Briefkasten erstmals auf seinen Schultern wahrgenommen hatte, löste sich auf in den Tränen, die aus seinen Augen flossen. Er hatte es geschafft; er stand auf sicherem Grund. Mit beiden Händen schlug er gegen die Wand neben den Briefkästen, sprang dann in die Luft und unterdrückte in letzter Sekunde gerade noch den Ausbruch des Freudenschreis. Wieder blickte er auf das Papier in seiner Hand … es stimmte tatsächlich; kein Irrtum, kein Wunschdenken, kein Traum. Der Brief war feucht von der verflüssigten Last.

Im Innenhof des Wohnhauses, den Issa zum Aufgang in den Seitenflügel durchqueren musste, stank es wie immer nach Müll. Regentropfen fielen zu seinen Tränen auf das Ergebnis seines Kampfes, der in erster Linie ein Kampf gegen Resignation gewesen war. Er schaute an den bräunlichen Häuserwänden nach oben, wo sie ein Stück des grauen Herbsthimmels preisgaben. Ihm wurde schwindelig; neben dem Eingang zum Seitenflügel blieb er mit dem Rücken an die Wand gelehnt hocken. Seine kleine Einraumwohnung, die ihm nach wie vor zu groß erschien, lag oben unter dem Dach. Er verspürte keine Lust, sich in diese Einsamkeit zurückzuziehen. Vielmehr hoffte Issa, irgendein Nachbar käme vorbei und fragte ihn, was mit ihm los sei. Er wollte sein Glück teilen, auch wenn niemand verstehen könnte, welches Wunder soeben geschehen war.

Issas Wunsch wurde erfüllt; allerdings war es kein Nachbar, der ihn ansprach.

„Gut, dass ich Sie heute endlich antreffe. Sie müssen Herr Vessel sein." Der Mann in dem grauen Trenchcoat, unter dem ein kariertes Hemd und eine quergestreifte Krawatte hervorblickte, blieb direkt vor Issa stehen und reichte ihm die Hand. „Wolf. Mein Name ist Wolf." Auf Issas fragenden Blick fügte er hinzu: „Ich bin ihr neuer Vermieter."

Issa hockte noch immer am Boden, fand diese Position aber nicht mehr passend. „Guten Tag", sagte er, nachdem er sich erhoben hatte, und ergriff die Hand des Mannes mit der falschen Krawatte zum falschen Hemd.

„Na dann lerne ich Sie auch mal persönlich kennen." Wolf musste aufblicken und versuchte, den Größenunterschied durch einen überzogen kräftigen Händedruck auszugleichen.

Issa dachte über Wolfs schlechten Geschmack nach, als ihm ein weiteres Detail auffiel. Sein Hemd war gar nicht billig. Es sah nur billig aus, weil ein Button-Down-Hemd selbst mit der besten Krawatte eben billig aussieht. Der oberste Knopf musste offenbleiben, und eine Krawatte war bei einem Button-Down-Hemd ein klares No-Go; außer für Amerikaner.

Der Vermieter senkte seinen Kopf und versuchte, Issas Blick zu folgen, was ihm misslang, da dieser direkt unter seinem Kinn endete. Issa musste lächeln, fast lachen, was die Autorität des Vermieters merklich erschütterte.

Wolf hatte das Haus und wohl noch weitere erst vor einigen Monaten überraschend von einer entfernten Tante geerbt, seine bisherige Anstellung beim städtischen Wasserunternehmen nach beinahe fünfundzwanzig Jahren aufgeben und den Vertrag mit der Hausverwaltung gekündigt. Er hatte sich die Mühe gemacht und jeden Mieter persönlich aufgesucht. Alle kannten Wolf mittlerweile oder hatten zumindest von dem Mann gehört, dessen Vorname weder auf seinen Gratis-Visitenkarten noch auf den mit orthografischen Fehlern gespickten Schreiben erwähnt war.

Die wenigen Monate als Hauseigentümer hatten seine Nerven bereits bis aufs Äußerste strapaziert. Doch das gehörte dazu, wie Wolf aus den zahlreichen Journalen für Vermieter erfahren hatte, die wöchentlich bei ihm eintrafen, und auch aus den Gesprächen in den Vereinigungen, deren Mitglied er nun sein durfte. „Geben Sie es wieder an die Hausverwaltung ab", war der Rat des älteren Mannes einer dieser Gesprächsrunden gewesen, der es wissen musste. „Die Toskana, Andalusien oder Florida. Es gibt viel zu viele schöne Orte auf dieser Welt. Und mehr als zehn Prozent verlieren Sie nicht." Zehn

Prozent?! Wie hätte Wolf auf einen solchen Betrag verzichten können, der dem Doppelten seines ehemaligen Angestelltenlohns entsprochen hätte?

„Die Miete für Oktober ist offen, Herr Vessel." Wolf hatte ohne zu suchen, einen Zettel aus seiner Aktentasche gezogen. „Und der November ist in zwei Wochen fällig."

„Ich weiß schon. Keine Sorge, Sie bekommen Ihr Geld."

„Gemäß Paragraf ...", Wolf zog einen weiteren Zettel aus seiner Aktentasche, „... Fünfhundertdreiundvierzig Absatz Zwei ..."

Issa hob beide Hände. „Nicht notwendig. Ich kenne das Gesetz. Glauben Sie mir."

Wolfs Verunsicherung schien einer gewissen Verärgerung über Issas Fröhlichkeit zu weichen. „Sie haben ja nicht einmal eine Kaution gezahlt, als Sie die Wohnung angemietet haben." Er stellte die Aktentasche ab und zeigte auf den ersten Zettel. „Aber das war vor meiner Zeit."

„Entschuldigen Sie bitte, Herr Wolf." Issa kam den Hauseigentümer entgegen. „Schauen Sie", nun hielt er Wolf das Schreiben des Justizprüfungsamts hin. „Ich habe heute gerade das erste juristische Staatsexamen bestanden."

Wolf hatte keine Ahnung von der noch anstehenden mündlichen Prüfung, einer zweijährigen Referendarzeit und dem zweiten juristischen Staatsexamen, das als die schwerste Prüfung der Welt galt. Und außerdem schien es ihm schwerzufallen, das offizielle Schreiben des Justizprüfungsamtes mit seinem säumigen Mieter in eine Verbindung zu bringen. Doch der aufkommende Gedanke, dass dieser junge Mann bald Anwalt sein würde und in seiner winzigen Dachgeschosswohnung lebte, verdrängte schnell die erste Konfusion.

„Das ist ja schön und gut, Herr Vessel." Er steckte seine Zettel wieder ein. „Ich gratuliere Ihnen ... wirklich. War sicher nicht leicht. Aber das mit der Miete muss schnellstens geregelt werden. Zweihundertsechsundneunzig Euro und fünfundvierzig Cent ... für Oktober. Die Mahngebühren erlasse ich

Ihnen, wenn die Miete jetzt pünktlich kommt."

„Versprochen, Herr Wolf."

„Ich verlass mich drauf, Herr Vessel." Er hielt Issas Hand zur Verabschiedung länger fest als notwendig. „Vielleicht können Sie auch mal was für mich tun."

„Jederzeit."

Wolf erhielt diese wohltuende Antwort des angehenden Anwalts und verspürte sofort das angenehme Gefühl, ein anderer Vermieter zu sein; einer, der seinen Mietern nahe war und sie noch persönlich kannte. An der Durchgangstür zum Vorderhaus, die Klinke schon in der Hand, drehte er sich plötzlich um. „Was halten Sie davon, wenn Sie mal bei mir im Büro vorbeikommen?"

„Ja?" Issa wusste nicht, worauf der menschliche Vermieter hinauswollte.

„Ganz ehrlich?" Wolf wackelte grinsend mit dem Kopf. „Na ja, alles schaffe ich doch nicht allein", räumte er ein, um sogleich seinen Zeigefinger zu erheben und ernst hinzuzufügen: „Das bleibt unter uns!"

„Selbstverständlich."

„Vor allem die ganzen rechtlichen Sachen sind wirklich nicht einfach", fuhr der Vermieter fort. „Verstehen Sie?"

„Ja", antwortete Issa knapp und sagte nichts weiter. Zu einer bestimmten Zeit in seinem Leben war es für ihn eine Art Sport geworden zu schweigen und darauf zu warten, was als nächstes passierte. Meistens geschah dann genau das, wonach man normalerweise gefragt hätte.

„Also was ich meine", ergriff Wolf wieder das Wort. „Sie sind ja bald Anwalt ... jedenfalls kennen Sie sich mit den Rechtsfragen besser aus als ich. Und es gibt in einem Haus einige Mieter, die einfach aufgestachelt worden sind." Er blickte wie ein Fußballer nach einer unberechtigten gelben Karte und fügte leiser, nicht ohne Vorwurf in der Stimme, hinzu: „Vom Mieterverein."

„Alles klar." Issas verständnisvolles Nicken war nicht gespielt. Schließlich stand er gerade seinem ersten Mandanten gegenüber. „Wann soll ich vorbeikommen, Herr Wolf?"

„Nächste Woche mache ich mit meiner Frau ein paar Tage Urlaub." Er zog einen Kalender aus seiner Tasche und blätterte darin. „Wie sieht es denn die Woche darauf, am sechsten November, bei Ihnen aus? Das ist ein Mittwoch."

„Welche Uhrzeit?"

„Ich bin immer ab fünfzehn Uhr im Büro. Und bringen Sie doch am besten gleich die Mieten für Oktober und November bar mit. Dann hätten wir das schon einmal erledigt."

Okay, dachte Issa, der säumige Mieter und zukünftige juristische Dienstleister. Es gab Schlimmeres, und dieser Vermieter gehörte wohl oder übel dazu.

Die Stadt hatte ihren eigenen Rhythmus. Hier schien es völlig normal zu sein, ganze Vormittage, und manchmal die Nachmittage gleich dazu, in Cafés zu verbringen. Issa fragte sich oft, wovon diese Leute ihr Leben bestritten. Seine Stadt war alles andere als reich; gut bezahlte Jobs, wie in anderen Metropolen, die Ausnahme. Viel wurde, wohl auch deshalb, nicht gearbeitet. Savoir-vivre nannten es die Franzosen. Maurice, sein Freund aus Studienzeiten, nannte es Rock'n'Roll.

Windig, feucht und kühl hielt der Herbst sie in seinem Griff. Issas Schritte wurden getragen von dem Erfolg, den er sich zugetraut hatte, der in den Monaten des Wartens allerdings mehr und mehr zu einem jener süßen Träume geworden war, denen er misstraute. Doch alles war gutgegangen, und alles würde jetzt gutgehen. Der Studienabschluss war sein Ticket. Möglichst in ein Leben, wo Situationen, wie diejenige, die ihn einen Großteil seiner Jugend gekostet hatte, unmöglich waren.

Issa wanderte ziellos durch die Straßen eines der besseren

Viertel der Stadt. Er hatte seine festen Orte. Aber heute musste es etwas Neues sein. Schließlich hatte er gerade eine höhere Stufe erklommen. Die meisten Häuser hier waren vor ungefähr einhundert Jahren gebaut worden. Ein böser Zauber hatte eines Tages Besitz von Nachbarn, Geschäftspartnern, ja manchmal selbst von Freunden ergriffen, die daraufhin viele der früheren Bewohner erst aus den großzügigen Wohnungen und anschließend ganz aus dem Land entfernten. Issa hätte damals ein ähnliches Schicksal gedroht. Der alte Zauber hatte seine Stärke nicht verloren und sich nur scheinbar zurückgezogen. Wie ein Vulkan, der durch seinen Rauch die permanente Fähigkeit unter Beweis stellte, jederzeit wieder Verderben und Unglück über die Menschen ausstoßen zu können. Sein Großonkel Fritz, Drehermeister und deshalb als junger Mann vom Dienst an der Waffe verschont, hatte vor Jahren, Issa war gerade erst fünf Jahre alt, flüsternd, so als hätte er Angst gehabt, die Macht des alten Zaubers zu entfachen, gegenüber seiner Mutter die Hoffnung ausgesprochen, sie müsse mit ihrem unehelichen Kind des Afrikaners nicht eines Tages das Land verlassen. Issa war noch immer hier; dreißig Jahre mittlerweile.

Das Café hatte ihm gleich gefallen. Issa blieb in der Tür stehen, setzte die Kapuze ab, behielt das Basecap auf, und schaute sich nach einem geeigneten Sitzplatz um. Direkt an den Eingang schloss sich eine gut ausgestattete Bar an. Die Gäste waren stets die gleichen. Vor allem der Mann am Tresen konnte in jedem Café gefunden werden; ein Stammgast, der laut sprach, gewichtig tat und hier vor seiner Arbeit, Beziehung oder anderen Dingen gerade Zuflucht suchte. Aus dem allgemeinen Gemurmel war Jazz herauszuhören. Issa mochte vor allem den Anfang des Konzerts von Keith Jarrett aus dem Jahr 1975. Er setzte sich auf die lange gepolsterte Sitzbank an der Wand mit hoher Lehne unterhalb eines Lautsprechers, von wo aus er den ganzen Raum überblicken konnte.

„Endlich mal jemand mit einem Lächeln im Gesicht", begrüßte die Kellnerin Issa, als sie an seinen Tisch trat.

„Fällt das so sehr auf?", fragte er. Sie war hübsch, und ein buntes Tattoo erstreckte sich von ihrem Hals bis auf die linke Schulter, weshalb Issa den Kopf zur Seite neigte und seinen Blick bis zu ihrer Taille schweifen ließ. Doch das schwarze Top gab nichts weiter preis.

„Alles, was du nicht siehst, ist privat", sagte die Kellnerin tadelnd mit einem Lachen.

„Das, worüber ich gerade nachgedacht habe, aber auch."

„Ich will es lieber nicht wissen."

„Sicher?"

„Positiv."

Issa spielte den Gekränkten.

„Okay, das hätten wir ja schon mal geklärt", schloss die Kellnerin das kurze Geplänkel ab. „Jetzt musst du mir nur noch sagen, was ich dir bringen kann."

„Drei Spiegeleier, wenn es geht, beidseitig gebraten, Bacon, Brötchen, Butter, einen Cappuccino und ein Glas Leitungswasser."

„Siehst du, war gar nicht so schwer. Oder?!"

Die Kellnerin gefiel Issa, so wie der Tag, seitdem er seinen Briefkasten am Vormittag geöffnet hatte. Er stand auf und nahm sich eine Frankfurter Allgemeine vom Stapel auf dem Tresen. Früher waren es TAZ und Süddeutsche gewesen, doch der sozialdemokratische Kanzler mit Vorliebe für teure kubanische Zigarren und italienische Maßanzüge, gepaart mit einem selbstbewussten Mitteilungsbedürfnis, hatte den journalistischen Elan dieser Blätter deutlich gebremst. Außerdem lasen alle Jurastudenten vor der mündlichen Prüfung das konservative Blatt, da nicht ausgeschlossen war, dass einer der Prüfer beim morgendlichen Kaffee gerade darin auf ein juristisches Problem gestoßen war, das er dann zur allgemeinen Diskussion stellte.

Wieder am Tisch zündete sich Issa eine Rothmans King Size

an und lehnte sich zurück. Eigentlich war er kein Raucher, auch wenn er in letzter Zeit nicht wenig rauchte und ab einem Moment in seinem Leben bei derselben Marke geblieben war, deren weiß-blaue Schachtel ihn an eine Begegnung erinnerte, bei der er innegehalten und anschließend eine richtige Entscheidung getroffen hatte. Ansonsten wäre vieles anders verlaufen in seinem Leben, und er würde möglicherweise gar nicht hier an diesem Tisch sitzen, auf den die Kellnerin gerade den Cappuccino und die beidseitig gebratenen Spiegeleier stellte. Issa fragte nach Meersalz, schlug die Beine übereinander, zog an der Zigarette, blätterte weiter zum Wirtschaftsteil, blies den Rauch aus und spürte das angenehme Gefühl dazuzugehören. Wozu? Das war in knappen Worten nicht zusammenzufassen, wie eigentlich alles, was mit ihm zu tun hatte. Egal! Issa drückte die Zigarette aus. Es waren kurze Momente zwischen langen Pausen. Er schätzte diese Momente dennoch … und deshalb.

Als Issa in sein Butterbrötchen biss, betrat Ami das Café. Natürlich; nur an einem solchen Tag konnten diese Dinge geschehen. Sie war Issa, der schnell heruntergeschluckte, und allen übrigen Männern sofort aufgefallen. Instinktiv setzte er sich aufrecht hin, griff zur Serviette auf seinen Knien und wischte sich die Krümel vom Mund. Dass sie ihn bemerkt hatte, hoffte er, wusste es jedoch nicht. Dunkelbraune lange lockige Haare, dunkelbraune Augen, schöne Bewegungen und groß … Sie hatte ihm von der ersten Sekunde an den Atem geraubt, und Issa wurde klar, dass er heute etwas tun musste.

Offensichtlich suchte sie nach irgendeinem Gesicht. Jeder Mann, der mit ihr verabredet gewesen wäre, hätte sich der Anerkennung der übrigen Experten im Café gewiss sein können. Glücklicherweise fand sie ihre Verabredung nicht und nahm, ohne den Mantel auszuziehen, an einem Tisch in der Nähe der bis an die Decke reichenden Fenster Platz. Eine Frau hier anzusprechen, lag Issa fern. Es erschien ihm unangemessen.

Schließlich kam keine Frau hierher, um von Unbekannten beim Brunch gestört zu werden.

Doch was blieb ihm anderes übrig? Also legte Issa zumindest seine Regeln fest. Entweder ginge sie, bevor er bezahlt hätte oder ihre Verabredung erschiene noch. Ansonsten müsste er an ihren Tisch treten und die Dinge auf sich zukommen lassen. Insgeheim hoffte Issa, ihm bliebe eine Blamage vor den anderen Gästen erspart. All diese Leute waren geschult darin, besondere Ereignisse sofort wahrzunehmen. Und es war eines dieser besonderen Ereignisse, auf das er sich seit Jahren nicht mehr eingelassen hatte. Vielleicht würde sie ihm auch einen Blick zuwerfen, auf den er reagieren könnte. Aber so einfach war es nie bei den Frauen, die ihm gefielen. Issa zündete sich eine weitere Rothmans an und lauschte Keith Jarrett aus dem Lautsprecher über ihm.

„Kann ich ansonsten noch etwas für dich tun?", fragte die Kellnerin mit dem Meersalz in der Hand.

„Nicht wirklich", antwortete Issa.

„Schön hier, oder?!" Sie zwinkerte ihm zu.

„Ist das so offensichtlich?", fragte er.

„Für mich schon", sagte die Kellnerin im Gehen.

Issa hatte aufgegessen, einen weiteren Cappuccino bestellt, die Frankfurter Allgemeine wieder auf den Tresen gelegt und doch noch die TAZ gelesen. Keith Jarretts Pianospiel war seit einiger Zeit beendet. Ihre Verabredung schien sich weiter zu verspäten. Sie hatte sich nicht zu ihm umgedreht. Und auf dem Grund seiner Tasse war nur noch Milchschaum verblieben. Damit stand fest, was jetzt zu tun war. Oder er ließ es einfach und genoss weiter den Tag? Sein Bauch machte ihm zu schaffen. Das Schicksal meinte es gut oder schlecht mit ihm. Issa war sich nicht sicher, als er der hübschen Kellnerin mit dem Tattoo zuwinkte, um seine Rechnung zu bezahlen.

Sie steckte das Geld in ihr Portemonnaie und verzog mit gespielter Enttäuschung den Mund: „Wir haben leider keine

Tischtelefone. Hier musst du schon selber aufstehen und rübergehen."

Das Schiff entschwand hinter der Krümmung der Erde. Ganze zwei Stunden hatte Mike seinen Blick diesem Ereignis gewidmet und war nun froh, den Moment nicht in letzter Sekunde verpasst zu haben. Ein Lächeln huschte über sein Gesicht, sodass sich die beiden tiefen Falten auf seiner Stirn für kurze Zeit entspannten. Diese kleinen und manchmal größeren Ticks hatten ihn schon immer begleitet. Zunächst hatte Mike lediglich versucht herauszufinden, welche Größe das Containerschiff haben könnte. Es erschien sehr klein, aber es hatte bereits eine beträchtliche Wegstrecke zurückgelegt. Mike war es nicht gelungen, die Distanz einigermaßen genau zu bestimmen, weshalb er nicht weiter über die Größe des Schiffes nachgedacht hatte. Als Kind wäre es ihm noch gelungen. Stundenlang hatte er oft genau an diesem Strand von Tybee Island unweit von Savannah die Schiffe beobachtet. Doch irgendetwas hatte heute das Licht verändert.

Der Himmel war blau – so blau, wie er eigentlich nur an heißen Sommertagen sein konnte. Mike hatte sich nach vorn gebeugt. Selbst so war es ihm nicht gelungen, den Atlantik vom Himmel zu unterscheiden. Sie schienen magisch verschmolzen; nur das Entschwinden des Containerschiffs konnte den Horizont verraten.

Mike musste wieder lächeln, als ihm der Grund für seine zwei Stunden andauernde Observation bewusst wurde. Zumal er jetzt nicht mehr in der Lage gewesen wäre, den genauen Punkt des Horizonts aufzuzeigen. Vielleicht war es nur um den Beweis der Existenz des Himmels gegangen. Mike lehnte sich auf der Bank zurück; sein Rücken schmerzte von der unbequemen Haltung. Hoffentlich hatte er kein skurriles Bild abgegeben, das schnell entstehen kann in der langen Übergangszeit von einem Mann in den besten Jahren zu einem älteren Herrn. Ähnlich musste es seinem Nachbarn auf der circa zwanzig Meter entfernten Bank schon vor einiger Zeit gegangen sein. Er hatte seinen Kopf weit in den Nacken gelegt und seinen Blick gen Himmel gerichtet. Dabei war ihm sein weißer Hut heruntergefallen, der hinter der Bank lag.

„Darf ich Ihnen helfen?", fragte Mike, als er zu dem alten Mann trat und dessen Hut aufhob. Der Mann bemerkte ihn nicht. Seine Augen waren geschlossen. Er schien zu lächeln, so als wäre er äußerst zufrieden oder wisse etwas ganz Besonderes. Sein Oberlippenbart war weiß, wie die militärisch kurz geschnittenen noch vollen Haare. Mike schmunzelte. Weiße Schuhe, weißer Anzug, weißer Hut ... schwarze Männer blieben in einer gewissen Weise immer jung. Mike war sich sicher, dass die Frau dieses älteren Herrn stets stolz und gleichzeitig aufmerksam war, wenn sie sonntags gemeinsam in der Kirche erschienen. Ein leichter Luftzug umspielte den Oberlippenbart des Mannes. Mike beugte sich zu ihm herab. Der Mann atmete nicht.

Was für ein Augenblick? Wie lange mag er hier sitzen? Mike schaute auf das Meer; er wollte dieses letzte Bild nachempfinden und musste an den Moment denken, als sich Himmel und Atlantik magisch vereinten.

So konnte es also auch sein.

In jungen Jahren hatte er die hässlichen Seiten des Todes gesehen. Seinem damals engsten Freund Spookey hatte eine Mine beide Beine abgerissen. Mike hatte es ihm nicht gesagt, als er in seinen Armen verblutete. Kurz danach war der Krieg verloren. Den Rückkehrern nahm man entweder den Krieg oder die Niederlage oder beides übel. Später war ihm Spookeys Tod gar nicht mehr so schrecklich vorgekommen, denn schließlich war ihm zumindest diese Rückkehr erspart geblieben. Der hässliche Tod hatte in seiner Heimat in vielerlei Gewand auf Mike gewartet. Geduldig, stark, zynisch. In den

Nadeln, den Schlägereien, den Zellen. Er hatte die Abgründe der Nachbarschaften durchschritten, die die jungen perspektivlosen Männer ebenso verschlangen wie zuvor das Mekongdelta. Hätte Josie nicht eines Tages seinen Weg gekreuzt, wäre Mike die Aussicht auf solche letzten Minuten verwehrt geblieben, wie dem Mann, dessen Hut er in seinen Händen hielt.

„Geht es Ihnen gut?"

„Ja." Mike drehte sich erstaunt um.

Die ältere Dame war plötzlich aus dem Nichts aufgetaucht. Ihre winzig schmalen Zöpfe hatte sie eng an ihrem Kopf nach hinten zusammengebunden. Sie blickte auf den alten Mann und legte ihre Hand sanft an Mikes Schulter. Nicht um sich abzustützen; die Berührung schien eher Trost spenden zu wollen.

„Ich kenne den Mann nicht." Mike strich sich durch sein Haar. „Habe ihn gar nicht bemerkt, obwohl ich eine ganze Zeit dort drüben gesessen hatte." Er zeigte in Richtung der anderen Bank.

„Ich weiß", sagte die ältere Dame. „Es ist alles gut. Schauen Sie." Mit ihrem Arm beschrieb sie einen Bogen, der das Firmament zu erreichen schien. „Seit Jahren kam er hierher ... jeden Sonntag", fuhr sie fort und nahm den Hut aus Mikes Händen an sich. „Aber jetzt ist alles gut", wiederholte sie. „Sie waren hier, und es musste genauso sein. Das Ende ist nicht richtig oder falsch; wie die erste Liebe, die die Menschen ereilt, selbst wenn sie deren Bedeutung vergessen haben. Machen Sie sich keine Sorgen, egal was geschehen wird. Vielleicht werden Sie sich doch noch erinnern."

Mike war irritiert. Außerdem wartete Josie bestimmt ungeduldig auf ihn. „Lassen Sie mich schnell ins Hotel rübergehen und einen Arzt rufen. Bleiben Sie solange hier?"

Die alte Dame nickte.

Mike ging einige Schritte in Richtung des Hotels, blieb plötzlich stehen und drehte sich zu der Frau um. „Wie meinten Sie das eben ... mit dem Ende und der ersten Liebe?"

Sie winkte ihn zu sich und flüsterte sanft in sein Ohr.

Savannah, Georgia. Vor dreißig Jahren hatte Mike die Enge dieses Paradieses verlassen. So kam es ihm heute vor. Josie hatte ihn beinah zwingen müssen, endlich eine der ihn jährlich erreichenden Einladungen zum Familientreffen der Andersons wahrzunehmen. Seine Frau hatte recht behalten; wie eigentlich immer. Brüder und Schwestern, Cousinen und Cousins, Neffen und Nichten, neue Schwager und Schwägerinnen. Das Familientreffen war eine schallende Ohrfeige für Pessimisten. Großonkel Stan hatte es auf den Punkt gebracht: „Wir wissen nicht genau, wo wir herkommen. Und warum wir den Namen Anderson tragen, ist uns mittlerweile egal geworden. Doch die Andersons haben noch einen weiten, einen sehr weiten Weg vor sich." Mikes Augen waren feucht geworden, als er in die freudigen Gesichter seiner Kinder Abbey und Ivan blickte. Seine Tochter hatte sich später mit einigen anderen Collegestudenten zusammengetan. Jetzt war es ein Projekt geworden; im nächsten Jahr wollten sie den Andersons mitteilen, aus welchem afrikanischen Dorf ihr Vorfahre verschleppt worden war.

Mike war stolz auf seine Kinder, und er liebte seine Frau Josie über alles. „Du bist ein Mann, Michael", hatte Josie nach der Geburt ihrer Tochter zu ihm gesagt. Wenn ihr etwas wirklich wichtig war, nannte sie ihn Michael. Ansonsten war er Mike, und wenn sie mit ihm scherzte, manchmal Duff; sein Spitzname aus dem Militär. „Doch du bist ein schwarzer Mann. Und deshalb wird es dir nicht leichtgemacht, ein Mann zu sein." Dann hatte sie gelacht. Mike konnte noch immer ihre weißen Zähne sehen. „Ich hoffe, niemand hat dir versprochen, dass es einfach wird. Das wird es nämlich nicht ... Aber wir lieben dich, Michael Anderson." Kurz darauf hatte Mike seinen ersten festen Job gefunden.

Ihr Hotel unweit von Savannah auf Tybee Island war nur wenige Schritte vom Strand entfernt. Er drehte sich um, zu dem adretten Toten und der alten Dame. Was hatte sie ihm gesagt? Mike hatte sie nicht verstanden; die Worte schon, jedoch hatten sie keinen wirklichen Sinn ergeben. Sie blickte auf das Meer, so als erwarte sie etwas. Vielleicht hatte er zuvor ein ähnliches Bild abgegeben, obwohl er rein zufällig dort gesessen und nichts erwartet hatte. Lange hatte er nicht an Spookey und die vielen anderen Toten gedacht. Auch seine eigene Schuld aus diesen Tagen war in weite Ferne gerückt. Doch fast schien es so, als seien diese vergangenen Dinge in den Tiefen des Meeres hinterlegt und träten zutage, wenn man lange genug auf das Wasser schaute. In fast fünfzig Jahren konnte eine Menge zusammenkommen. Mike löste seinen Blick von der alten Dame und setzte seinen Weg zum Hotel fort.

„Hey Baby, da bist du ja." Josie zog Mike an sich und küsste ihn, als er das Hotelzimmer betrat. „Wie kannst du mich hier geschlagene drei Stunden allein lassen?"

Josie freute sich, dass Mike bei ihr war. Außerdem hatte er ihr am Morgen ein wunderschönes Geschenk gemacht. „Unser verspäteter Honeymoon, Baby", hatte er fast beiläufig gesagt und die Flugtickets nach Antigua auf ihr Kopfkissen gelegt. Seine hellbraunen Augen hatten dabei vor Glück gestrahlt und seine Sommersprossen, die nur sie zu erkennen vermochte, schienen auf seinem Lachen zu tanzen.

Jetzt war sein Lachen verschwunden. „Ich war am Strand", sagte Mike abwesend. „Hab die Zeit etwas vergessen. Tut mir leid, Baby. Außerdem ..."

„Kein Problem ... kein Problem, mein Schatz. Ich musste sowieso erst einmal alle über unseren Karibiktrip informieren." Josie lachte lauthals und umschlang ihren Mann mit Armen und Beinen, sodass sie auf das Bett fielen. Seine Frau verdrängte mit Leichtigkeit Mikes düstere Gedanken.

„Wo sind denn die Kinder?", fragte er.

Josie zeigte zur Tür, die gerade von Abbey geöffnet wurde. „Hey junge Dame; Anklopfen ist wohl nicht mehr?"

„Ich habe doch angeklopft", erwiderte ihre Tochter mit einem Schmunzeln. „Kann ich kurz reinkommen?"

„Natürlich Sweetheart, setz dich hier zu uns."

„Savannah ist wirklich cool, Dad." Abbey boxte ihren Vater gegen die Schulter. „Wieso hast du uns nicht eher hierhergebracht?"

„Ja richtig; du solltest deinen Vater verklagen, wenn du Anwältin bist." Josie ergriff Mikes Hand und küsste sie. „Schließlich haben wir auch ein Anrecht auf unsere riesige Familie hier im Süden."

„Ihr seid verrückt." Mike war glücklich.

„Ach so Dad! Unten in der Lobby hat mir ein alter Mann einen Brief für dich mitgegeben."

„Ein alter Mann?" Mike nahm den Briefumschlag, auf dem lediglich Michael Duff Anderson stand, an sich. „Hat er gesagt, wie er heißt?"

„Nein. Er meinte, du wüsstest, worum es geht." Abbey stand vom Bett auf und lachte verschmitzt. „Der war ein richtiger Gentleman ... weiße Schuhe, weißer Anzug und ... ein weißer Hut."

Das Unmögliche war eingetreten. Irgendein Zufall hatte sie für einen kurzen Augenblick befähigt, das, worüber sie noch nicht einmal sprach, ihren egoistischen, kalten, schwarzen und vor allem unbekannten Erzeuger beiseitezuschieben und Issa wahrzunehmen. Der Augenblick hatte ausgereicht; er war ihr nicht mehr aus dem Kopf gegangen. Und es hatte nicht nachgelassen ... seit fast zwei Wochen. Ami schüttelte ungläubig ihren Kopf. Selbst jetzt, nackt im Badezimmer vorm Spiegel über dem Waschbecken, dachte sie an ihn, während Frank, ihr Freund, im Bett wartete.

Es war auf das Gleiche hinausgelaufen. Sie hätte es zu Beginn ahnen können. Nein, es hatte ihr nicht gefallen; im

Grunde schon seit einigen Wochen. Ami beugte sich über das Waschbecken und ließ kaltes Wasser in ihre Handflächen laufen. Der Geruch stieg ihr mit aller Macht in die Nase. Ihr war übel. Sie blickte auf in den Spiegel. Braune Augen, sie hatte braune Augen, dunkelbraune Augen. Sie waren nicht schwarz, was Frank wahrscheinlich niemals bemerken würde. Auch ihr Haar war nicht schwarz, sondern ebenfalls dunkelbraun. Im Sonnenlicht war sogar ein leichter rötlicher Schimmer darin zu erkennen. Es war wie ein Wunder gewesen, dass überhaupt jemand dieses nicht verborgene Geheimnis wahrgenommen hatte.

„Hey, Sugar, wo bleibst du denn? Alles okay?", rief Frank, der sich langweilte.

„Ich komm gleich." Fünf Minuten konnte sie noch im Bad bleiben; fünf Minuten brauchte sie noch. Einen Zauber, den er in den kurzen Augenblicken im Café gesehen haben wollte, konnte sie im Spiegel beim besten Willen nicht entdecken. Nun gut, sie war alles andere als in Bestform. Die Frau, von der er gesprochen hatte, war jedenfalls heute nicht zu erkennen. Eine blöde Anmache. Nur mit der Farbe ihrer Augen hatte er recht gehabt. Und damit war er der Erste gewesen.

„Willst du hier Wurzeln schlagen." Frank hatte die Tür aufgestoßen und stand nackt im Türrahmen.

Ami griff nach dem Handtuch und legte es um ihren Körper. Auf seiner Brust waren die Reste der rötlichen Flecken zu sehen, die zutage traten, wenn er mit ihr schlief.

„Was ist denn los mit dir?" Frank hatte sich hinter sie gestellt und betrachtete das Spiegelbild. Seine Hände umfassten ihre Taille; er zog sie an sich.

Ami sah sein Gesicht im Spiegel und hörte seine Standardfeststellung: „Schöner Kontrast, nicht wahr?!" Er stützte sein Kinn auf ihre Schulter, seine Bartstoppeln kratzten. Seine Hand wanderte über ihren Busen. Frank lachte. Er wollte cool sein. Scheinbar gehörte das aus seiner Sicht auf sie und ihre Beziehung dazu. Ami hatte dieses Bedürfnis nie verstehen können. Normalerweise wollten junge Männer groß auftrumpfen; nach außen, vor anderen. Frank kam erst richtig in Fahrt, wenn kein Publikum da war. Fast schien es, sie sei in seinem exotischen Stück Darstellerin und Publikum in einer Person.

„Ich dachte, du musst los?", fragte Ami, als sie Franks aufsteigende Erregung hinter sich verspürte. „Ich habe auch noch zu tun." Sie wandte sich aus seinen Armen und verließ das Badezimmer. Auf der Türschwelle drehte sie sich um. Frank blickte sie fragend an, und Ami überlegte kurz, bevor sie ihm doch zulächelte.

Issa hatte nicht vorgehabt, bis zur mündlichen Prüfung zu arbeiten. Jetzt war ihm das Angebot seines überforderten Vermieters, über das sich viele der mehr als fünfzehntausend Rechtsanwälte in der Stadt gefreut hätten, einfach so in den Schoß gefallen. Mietrecht war natürlich kein Recht im eigentlichen Sinne; so wie Rechnen nicht wirklich etwas mit Mathematik zu tun hatte. Doch in der Vorstellung der meisten Leute mussten Juristen Paragrafentexte auswendig kennen. Mitten in der Nacht hatte Wolf an Issas Bett gesessen und mit vorwurfsvoller Miene den Zeigefinger erhoben: „... in Paragraf Fünfhundertdreiundvierzig steht etwas ganz anderes!" Issa hatte sich den Kopf zerbrochen. Aber beim besten Willen hatte er sich nicht an die von seinem Vermieter so sehr geschätzte Rechtsnorm erinnern können. Es war unangenehm gewesen; wie die Suche nach einem Gedanken, der einem entfallen war. Glücklicherweise war er aufgewacht aus diesem Traum und früh am Morgen in die Gerichtsbibliothek gegangen, um dort den Vormittag zwischen Handbüchern und Kommentaren zu verbringen. Keine Panik und keine wirkliche Aufregung; dennoch nahm Issa das Ganze ernst. Schließlich war ein wenig juristisches Ghostwriting für Wolf allemal besser als Umzugshelfer, Küchenhilfe oder Türsteher; auch das hatte er an den Wochenenden manchmal getan.

Es war einige Zeit her, dass Issa eine Krawatte gebunden hatte. Außerdem war die Glühbirne in dem kurzen Flur seiner Dachgeschosswohnung, ein standhaftes Überbleibsel vom Einzug vor über einem Jahr, für November zu schwach. Selbst im schummrigen Licht erkannte er in dem kleinen Spiegel, der noch vom Vormieter stammte, dass sein teuerstes Kleidungsstück, eine Hermès-Krawatte, ein Geburtstagsgeschenk von Maurice, nicht so recht zu seinem einzigen Sakko passte, das deshalb schnell von einer schwarzen Lederjacke ersetzt wurde. So ging es. Hellblaues Hemd, karminrote Krawatte, graue Jeans, schwarzer Gürtel, schwarze Sneakers und Lederjacke. Das war sein Outfit für den ersten juristischen Job, und für seine Stadt war das okay so. Obwohl Maurice ihm sicher widersprechen würde.

Fünf Minuten vor drei stieg Issa aus dem Taxi. Es regnete und war windig. Er rannte deshalb zum Eingang, der gleichzeitig eine Durchfahrt mit automatischer Schranke zum ersten Hinterhof war. Issa musste sich eingestehen, dass er Wolf unterschätzt hatte. Denn allein dieses Haus war etliche Millionen wert. Im Vorderhaus befanden sich zur Straßenseite hin ein exklusives Einrichtungsgeschäft auf der einen sowie eine italienische Salumeria auf der anderen Seite und darüber auf vier Etagen großzügige Wohnungen, die sich, wie von den Erbauern ursprünglich angedacht, wieder bis in die Seitenflügel erstreckten. In diesem Haus Mieter zu sein, musste man sich leisten können. Das erste Hinterhaus war komplett von einem internationalen Business-Center-Betreiber gemietet worden, und im zweiten Hinterhaus, an dem Issa zwei Minuten vor drei angekommen war, befanden sich auf allen Etagen verschiedene medizinische Labore. Hinter dem nachträglich eingebauten Aufzug aus den siebziger Jahren führte eine schmale

Treppe hinunter zum Souterrain, das ursprünglich, als hier noch die Bediensteten der Bewohner des Vorderhauses gelebt hatten, der Keller gewesen sein musste. Der Geruch alter Erde drang durch die feuchten Wände und stand wie schweres Gas muffig in dem flachen Gang, an dessen letzter Tür der Name Wolf in großen Buchstaben mit grüner Lackfarbe gepinselt war. Issa blickte auf sein Handy. Um Drei. Er klopfte an.

„Guten Tag. Treten Sie ein, Herr Vessel." Wolf blickte demonstrativ auf seine Uhr. „Pünktlich auf die Sekunde", sagte er mit anerkennendem Blick. „Das ist heute selten geworden."

„Guten Tag, Herr Wolf", begrüßte Issa den Hauseigentümer. „Ich war mir gar nicht sicher, ob Sie da sind." Den Hinweis darauf, dass sie keine feste Uhrzeit vereinbart hatten, konnte er sich nicht verkneifen.

„Das haben Sie schon richtig verstanden." Sie lernten sich kennen, und Wolf schien ehrlich erfreut zu sein. Er wies auf den zu kleinen und vor allem zu tiefen Holzstuhl vor seinem Schreibtisch. „Nehmen Sie bitte Platz. Möchten Sie einen Espresso trinken?"

Issa sah die De'Longhi-Maschine an der Wand unter dem vergilbten Kellerfenster mit Gitter und nahm das Angebot an. Wolf hatte ihn in den letzten Minuten gleich zweimal überrascht. Zunächst mit dem eindrucksvollen Haus in dem Stadtteil, der vor seiner Eingemeindung die reichste Stadt des ehemaligen Kaiserreichs gewesen war. Und nun mit diesem Verschlag im Keller, der jeder Beschreibung spottete. An den Wänden, die vor geraumer Zeit einmal geweißt worden waren, standen Aktenordner in Metallregalen, die aus der Auflösung eines Baumarkts stammen mussten und sicher Tonnenlasten aushielten. In den beiden Ecken zur Außenwand verliefen dicke Fallrohre. An der Decke zogen sich zahlreiche Kabelstränge entlang, zwischen denen eine Neonlampe hing, um die Issa herumgehen oder sich bücken musste. Die Lampe summte deutlich hörbar vor sich hin und erhellte den dunklen Raum in flackerndem kalten Licht. Unter dem Schreibtisch stand ein verstaubter stationärer Rechner, zu dem der 12-Zoll-Röhren-Monitor auf dem Beistelltisch passte, neben dem eine elektrische Schreibmaschine stand.

Issa rückte seine 200-Euro-Krawatte zurecht, als er sich auf den tiefen Besucherstuhl setzte. Seine Jacke hatte er nicht ausgezogen. Denn über der Lehne des Stuhls hätten zumindest die Ärmel den unebenen Kellerboden berührt. Wäre Issa nicht fast zwei Meter groß, würde Wolf ihn hinter dem Schreibtisch auf seinem nagelneuen ledernen Chefsessel um einiges überragen. So aber befanden sie sich auf Augenhöhe, obwohl der Hauseigentümer deutlich bequemer saß.

Wolf schlürfte seinen Espresso, spitzte die Lippen und schloss kurz die Augen. „Gut! Nicht wahr?"

„Ja", antwortete Issa, der den Kellergeruch nicht mehr so stark wahrnahm.

Wolf genoss einen weiteren Schluck des Espressos. Als er seine Augen wieder öffnete, stellte er seine Tasse ab und sagte zu Issa: „Vielen Dank übrigens. Ich habe gesehen, dass Sie die Miete für Oktober letzte Woche überwiesen haben. Und die Miete für November ging gestern ein." Anerkennend fügte er hinzu: „Pünktlich zum dritten Werktag."

Issa nippte nochmals an seinem Espresso und blickte Wolf über den Tassenrand an.

„Nun gut", begann der Vermieter. „Ich hoffe, mein Büro schreckt Sie nicht ab."

„Nein." Issa schüttelte den Kopf.

„Sehr schön", sagte Wolf. „Ich war immer gegen sinnlose Verschwendung. Und dieser Raum war völlig ungenutzt. Ich habe ihn allen Mieter angeboten ... sogar mietfrei für zwei Monate. Aber niemand hat zugegriffen."

Kein Wunder. Issa verkniff sich diese Feststellung.

„Und als ich mich im Sommer von der Verwaltung trennen musste", fuhr der Hauseigentümer fort, „habe ich hier alles eingelagert und dabei festgestellt, dass der Raum ideal ist."

„Und wer macht jetzt Ihre Hausverwaltung?", fragte Issa,

obwohl er die Antwort kannte.

„Ich!", antwortete Wolf und wies mit freudigem Blick und ausgestreckten Armen auf die Akten in den Metallregalen aus der Baumarktauflösung.

„Wie viele Häuser haben Sie denn?"

„Insgesamt fünf." Wolf wackelte mit dem Kopf. „Nicht alle so wie dieses Haus ... eher so wie das, in dem Sie wohnen."

„Und wie viele Mieter?"

Wolf überlegte kurz. „Mit Leerstand einhundertvierundsiebzig Wohnungen und sechzehn Gewerbeeinheiten."

Issa drehte sich zu einem der Fallrohre um, in dem es gerade lärmend schepperte. Nachdem das Abwasser vorbeigerauscht war, blickte er kurz zur Decke, deren Kabelstränge hinter dem grellen Licht der Neonröhren von dieser Position nur undeutlich zu erkennen waren. Der Multimillionär, der mit erwartungsvollem Lächeln vor ihm saß, litt eindeutig an der Krankheit dieser Stadt. Man konnte es Realitätsverweigerung nennen. Allerdings müsste man dann zunächst die Realität erkennen. Bei Wolf lag das Problem tiefer. Die Amerikaner sprachen von dem unbekannten Unbekannten. Also den Dingen, von denen man nicht weiß, dass man sie nicht weiß; von denen man jedoch grundsätzlich wissen sollte, dass es sie gibt. Der Hauseigentümer war frei von solchen Selbstzweifeln, weshalb Issa dessen Antwort ahnte und dennoch die Frage stellte oder es zumindest versuchte: „Wollen Sie eine andere Hausverwaltung ..."

„Das sind alles Verbrecher!", unterbrach ihn Wolf. „Außerdem ... was machen die schon?" Er schüttelte entschieden den Kopf und durchschnitt mit seiner Hand abwehrend die Kellerluft. „Niemals wieder, Herr Vessel! Das habe ich mir geschworen!"

Issa überlegte, ob er nicht besser ginge und ob dem Mann vor ihm überhaupt zu helfen sei, der kein zufriedenes Leben an einem schönen Ort dieser Welt führte, sondern in diesem Keller saß. Aber seine Entscheidung fiel schnell. Es war eine

Mischung aus finanzieller Notwendigkeit, Lust daran, sein Studium praktisch zu nutzen, und eine eigenartige Sympathie für den verrückten Vermieter, die ihn schließlich fragen ließ: „Welches Problem hat denn der Mieterverein mit Ihnen?"

Wolf legte bedeutsam beide Hände auf einen kleinen Stapel unterschiedlich farbiger Plastikhefter, die aus dem Ein-Euro-Shop stammen mussten. „Ich hatte es Ihnen ja angedeutet. Es gibt Probleme in einem Haus. Hier habe ich die ersten fünf Fälle für Sie vorbereitet." Er machte eine Pause und holte, bevor er fortfuhr, mit offenem Mund Luft, weshalb Issa die muffige Kellerluft wieder bemerkte. „Mittlerweile sind elf weitere Widersprüche eingetroffen."

„Was für Widersprüche?", fragte Issa.

„Gegen die Nebenkostenabrechnung", stöhnte Wolf. „Bis auf einen machen in dem Haus alle bei der Intrige gegen mich mit."

Issa verstand. „Sie haben die Abrechnung selbst gemacht. Richtig?"

Wolf nickte; etwas einsichtig schien es. „Ich hatte mir das gar nicht so kompliziert vorgestellt."

„Zeigen Sie mal her", sagte Issa und blätterte einige Minuten durch die Hefter, die dem Vermieter sicher schlaflose Nächte bereitet hatten. „Okay, ich nehme die Sachen mit und schau mir das in Ruhe an", schlug Issa vor. „Ich könnte am Montag vorbeikommen und dann gleich die anderen Widersprüche prüfen."

„Das klingt gut, Herr Vessel. Am Montag bin ich den ganzen Tag hier am Objekt. Rufen Sie einfach kurz durch, wenn Sie kommen." Wolf war die Erleichterung anzusehen. „Wie stellen Sie sich denn Ihre Bezahlung vor?"

„Darüber können wir am Montag sprechen." Issa packte die Plastikhefter in seine Umhängetasche.

„Einverstanden", antwortete Wolf. „Ich bereite dann schon einmal die Unterlagen für die anderen Fälle vor." Er blickte auf seine Uhr. „Möchten Sie noch einen Espresso, bevor Sie gehen?"

„Nein, vielen Dank." Issa stand auf.

„Darf ich Sie etwas fragen, Herr Vessel?" Wolf war sitzengeblieben. „Bitte verstehen Sie mich nicht falsch."

Issa nickte und ahnte, dass jetzt der schwierige Teil dieses Tages kam.

„Eine Sache habe ich nie verstanden. Ich habe letztens mit meiner Frau darüber gesprochen." Wolf machte eine kurze Pause und schien nach einer richtigen Formulierung zu suchen. Dann schüttelte er kurz den Kopf und lächelte Issa offen und freundlich an: „Warum soll man eigentlich nicht Neger sagen?"

Issa überlegte kurz, ob er seinem ersten Mandanten die Fresse einschlagen sollte, bevor er sagte: „Nun, für diese Frage müssten Sie dieses Haus verkaufen."

Wolf blickte ihn irritiert an.

„Und für die Antwort dann die restlichen vier", fügte Issa hinzu.

„Wie meinen Sie das?"

„Ganz einfach, Herr Wolf. Stellen Sie diese Frage nie wieder."

„Entschuldigen Sie bitte, Herr Vessel."

„Kein Problem."

Es war bereits dunkel geworden. Der starke Regen hatte aufgehört; es nieselte. Die Luft war angenehm. Issa schlug den Kragen seiner Lederjacke hoch und klemmt sich die Umhängetasche unter den Arm, in der sich seine ersten Fälle aus dem richtigen Leben befanden. Morgen würde er sich vernünftige Hängehefter kaufen, fünf Handaktenblätter mit den wesentlichen Angaben ausdrucken und sich in die Gerichtsbibliothek zurückziehen. Nichtjuristen konnten das nicht verstehen. Diese Prüfung, die er gerade geschafft hatte, bei der oft deutlich mehr als die Hälfte durchfielen und die dennoch lediglich einmal wiederholt werden durfte, war gar keine Prüfung, sondern eine Initiation. Niemand erinnerte sich gern daran, aber jeder war stolz darauf, in diese Kaste vorgedrungen zu sein, deren Mitgliedern solche Hefter in die Hand gedrückt wurden.

Als Issa die Treppe zur U-Bahn hinuntersteigen wollte, sah er auf der anderen Seite der Straßenkreuzung das Café, wo er vor zwei Wochen das wunderschöne Mädchen angesprochen hatte. Ihm war zuvor gar nicht aufgefallen, dass sich Wolfs Büro in demselben Viertel befand. Er blickte auf sein Handy. Fünf Uhr. Es war nicht wirklich etwas zu tun. Den Einkauf konnte er morgen oder übermorgen erledigen, wenn sein Freund Kenny zum Essen kam.

„Hallo, heute ganz schick?", begrüßte ihn die hübsche Kellnerin, die ihn bei seinem ersten Besuch bedient hatte, hinter der Bar.

„Man tut, was man kann."

„Steht dir gut!"

„Wirklich? Danke." Issa setzte sich zu ihr an die Bar.

„Cappuccino?"

„Nee. Schon zu spät."

„Okay. Was dann?"

Issa überlegte kurz; er hatte genug Geld einstecken. „Gin Tonic."

„Welcher Gin?"

„Egal."

Die Kellnerin rümpfte die Nase. „Das ist nicht egal, mein Lieber. Ich geb dir mal einen Tanqueray No. 10, okay? Ist gerade auf den Markt gekommen."

„Okay", antwortete Issa, dem das nichts sagte. Bis vor kurzem hatte er Tag und Nacht gelernt; und davor war keine Zeit für angenehme Dinge gewesen. Im Café saßen nur wenige Gäste. Er zündete sich eine Rothmans an und schaute zu dem Tisch am Fenster, wo *sie* gesessen hatte. Die leise Hoffnung hatte er gehabt; aber natürlich war sie nicht da. Ärgerlich! Vielleicht hätte er doch nach ihrer Telefonnummer fragen sollen.

Die hübsche Kellnerin stellte ein Glas mit Gin, Eis, Zitrone und Rührstäbchen auf eine Papierserviette vor ihn und goss Tonicwasser dazu. Heute war ihr Tattoo kaum zu sehen unter dem engen schwarzen Rollkragenpullover, der ihren Busen und ihre schmale Taille betonte. Nachdem Issa einen Schluck getrunken hatte, blickte sie ihn an: „Und?"

„Nicht schlecht", antwortete er. „Wirklich gut."

„Hast du eine Zigarette für mich?", fragte die Kellnerin. „Ich rauche nicht, ich schnorre nur manchmal."

„Kein Problem." Issa hielt ihr die offene Schachtel hin. „Trinkst du was mit?"

„Lieber nicht. Hab gerade die Spätschicht für ne Kollegin übernommen. Muss noch ne ganze Weile durchhalten."

„Verstehe." Issa nahm den nächsten Schluck. Der Drink schmeckte ihm, und die Kellnerin gefiel ihm.

„Ist was draus geworden?", fragte sie.

„Woraus?"

„Na aus dir und ...", sie wies mit ihrem Kopf in Richtung der Fenster, „der Schönheit, die deine Schwester hätte sein können."

So hatte Issa gar nicht gesehen, was für die Kellnerin ganz natürlich schien, es aber leider nicht war. „Das ist ja ein Kompliment", sagte er lachend. „Sogar schon das zweite."

„Gern geschehen." Auch die Kellnerin lachte ihn an.

„Danke. Aus der Sache vor zwei Wochen ist nichts geworden. C'est la vie", beantwortete er ihre Frage. „Ich heiße übrigens Issa."

„Issa? Ist das ein richtiger Name?"

„Nein, Idrissa, nach einem afrikanischen König. Aber Issa reicht."

„Ich bin Anett. Ganz einfach, mit einem N und Doppel-T, ohne E am Ende."

„Wo schreibt man das denn so?"

„Weiß nicht, im Vogtland?"

„Wo? In Sachsen?" Issa zwinkerte ihr zu. „In Sachsen, wo

die schönen Mädchen wachsen. Hört man gar nicht."

„Ich bin jetzt sechs Jahre hier. Und du?"

„Was?"

„Wo kommst du her?"

„Ach so. Aus Berlin. Hier geboren und aufgewachsen. War ein paar Jahre weg ... in Süddeutschland."

„Berlin ist besser, oder?"

„Wem sagst du das!?" Issa zog die Augenbrauen nach oben. „Darauf kannst du wetten!"

„Sorry." Anett berührte seinen Arm. „Ich muss ein wenig arbeiten. Möchtest du noch nen Gin Tonic?"

„Ja gern."

Es war nicht bei diesem Drink geblieben. Der Stammgast vom letzten Mal war eingetroffen und hatte Anett in ein Gespräch über ihre erkrankte Kollegin verwickelte, die er wohl seit Jahren kannte. Anett hatte eine weitere Rothmans geschnorrt und war bei Issa stehengeblieben, weshalb der Stammgast nun neben ihm saß und über alles Mögliche redete. Ihm reichten seine Monologe. Er nahm es nicht übel, wenn er seine Geschichten wiederholen musste, weil Issa ihm nicht wirklich zuhörte, sondern an Wolfs Mieterprobleme und an die Schönheit, die seine Schwester hätte sein können, dachte und dabei Anetts Figur betrachtete und sich freute, wenn sie seinen Arm kurz berührte. Die Sachsen waren zu Recht stolz auf ihre Mädchen.

Als Issa den Rest des dritten Gin Tonic austrank, klingelte sein Handy. Er sah den Namen seines Freundes: „Hey Maurice, ich ruf dich in fünf Minuten zurück. Bezahl nur schnell. Okay?!"

Anett stand bereits mit der Rechnung vor ihm.

„Ich muss los", sagte Issa und blickte sie an.

„Bei mir sind es noch ein paar Stunden." Anett machte eine Pause. „Sonst arbeite ich in der Woche meistens am Vormittag."

„Ja ...", Issa überlegte.

Anett schaute kurz zu dem Tisch am Fenster, bevor sie ihn angrinste und gegen die Schulter boxte: „Geh mal lieber los."

„Wo warst du denn, Maurice? Seit Tagen versuche ich, dich zu erreichen."

Maurice freute sich, Issas Stimme am Telefon zu hören. Es war bereits halb acht. Er saß in seinem Büro. „Wollte dich eher zurückrufen. Hab zurzeit viel zu tun. Wie geht's, Mann?"

„Ich habe vor zwei Wochen das Prüfungsergebnis bekommen." Issa spürte die Spannung am anderen Ende der Telefonleitung und genoss diese Situation.

Die künstliche Pause dauerte Maurice zu lange. „Und ... erzähl", fragte er ungeduldig.

„Neun Komma vier drei Punkte", antwortete Issa.

„Ja, du hattest mir eine SMS mit der Zahl geschickt. Und was heißt das?" Maurice war die Benotung der Juristen ein Rätsel geblieben.

„Das heißt, ich bin schon im siebten Himmel, doch in der mündlichen Prüfung mach ich die Wichser richtig platt." Issa holte tief Luft. „Ich hab's geschafft Mann. Ich hatte selber nicht mehr so richtig dran geglaubt. Aber ..." Er schrie in das Telefon: „Ich hab's geschafft, Maurice."

Der hatte es sich in seinem Stuhl bequem gemacht und saß nun lachend vor seinen Monitoren. Er freute sich für Issa, so als wäre es sein persönlicher Erfolg. Es war ihr gemeinsamer Erfolg, der Jahre früher hätte eintreten sollen.

Issa und Maurice waren Freunde. Sogar weit mehr als das. Sie verband etwas, das beide vor Jahren an mein Bett auf der Intensivstation geführt hatte.

Maurice war mit dem Vordiplom in der Tasche aus einer süddeutschen Kleinstadt mit hervorragenden Studienbedingungen hierhergezogen. Die Geschwindigkeit der Metropole hatte ihn selbst noch nach Tagen verwirrt. Genau das hatte Maurice gesucht. Er hatte hinaus in die Welt gewollt, da er nur dort einen Platz für sich gesehen hatte. Ein paar Jahre in Berlin waren ein Schritt in die richtige Richtung gewesen.

Issa hatte eine afrikanische Kollegmappe aus Boaleder unter seinem Arm getragen und war direkt auf Maurice zugekommen, als er etwas verloren wirkend in der Eingangshalle der altehrwürdigen Universität herumgestanden hatte. „Neu?" Ja, Maurice und alles um ihn herum war neu gewesen. „Ich bin Idrissa, aber Issa reicht aus. Willkommen in diesen heiligen Hallen. Du hast dich also entschieden hierherzukommen, wo sich schon W.E.B. Du Bois akademische Meriten verdiente." Issa hatte gelacht, als er in Maurice' verwundertes Gesicht geblickt hatte. „Hast du Zeit? Ich geh gerade einen Kaffee trinken." Es stimmte, W.E.B. Du Bois, der große Intellektuelle und Panafrikanist war zwei Jahre an ihrer Universität gewesen. „Das ist wie eine Verpflichtung", hatte Issa noch gesagt.

Maurice, der es ansonsten eher gewohnt war, sich zu anderen ein wenig herabzubeugen, hatte zu Issa aufschauen müssen. Der hatte sich erst gar nicht die Mühe gemacht, ihren Größenunterschied zu verringern, sondern war aufrecht vor ihm stehengeblieben und hatte Maurice offen angeblickt. Für diesen großen Studenten war es unmöglich gewesen, sich unbemerkt an dieser Universität und im gesamten Land zu bewegen. Einige hatten ihn zu Beginn seines Studiums gefragt, warum gerade er sich mit dem Recht des Landes befasste, obwohl er für solches Wissen in seiner vermuteten anderen Heimat doch keine Verwendung finden würde. Issa hatte sich trotz dieser Fragen sein einnehmendes Lachen und die Fähigkeit bewahren können, die uns allseits umgebende besorgte Unsicherheit mit Leichtigkeit zu beseitigen.

Es war eine Art Geborgenheit gewesen, die Maurice in Issas Gegenwart sofort empfunden hatte, auch wenn sie fast gleichaltrig waren. Die Einsamkeit, die er seit frühester Jugend gekannt hatte, die weder sein Vater noch seine Geschwister hatten beseitigen können, war plötzlich in dieser Stadt, an dieser Universität neben Issa verschwunden. Ihre Freundschaft hatte genau an diesem Tag in der Cafeteria der Universität begonnen.

„Wow!" Maurice' Augen waren feucht. Er war aufgestanden und blickte aus dem Fenster seines Büros. „Das müssen wir feiern, Issa. Morgen früh muss ich noch mal rüber nach London und komme erst am Samstag zurück. Das Wochenende drauf bin ich frei. Einverstanden? Ich lad dich ein, mein Freund. Kein Widerspruch, wir gehen mal so richtig aus." Das war das Mindeste, was er für seinen Freund tun konnte und musste. Auch wenn Issa es niemals so sähe; Maurice stand in seiner Schuld.

2. Kapitel

Als Mike an den Strand zurückgekehrt war, um nach dem weißgekleideten Toten zu sehen, hatte das Meer erneut begonnen, ihn in seinen tiefen Bann zu ziehen. Die alte Frau war verschwunden; niemand war zu sehen gewesen. Vielleicht hätte er ihn genau in diesem Augenblick einfach wegwerfen sollen; in den Atlantik. Dort, wo er hingehörte; zu all den anderen vergangenen Dingen. Doch schließlich hatte Mike den Briefumschlag geöffnet.

Jetzt, da das Flugzeug schnell an Höhe gewann, vergewisserte sich Mike nochmals, ob der Brief in seinem Jackett steckte, dessen kurzer Inhalt sich unlöschbar in seinen Verstand eingebrannt hatte. Sie bewegten sich gegen die Zeit; so wie damals, als sie von Deutschland nach Saigon aufgebrochen waren.

Alles Hoffen hatte nichts genützt. Niemand hatte noch an einen Sieg gegen diesen Gegner geglaubt, der nach mehr als zwei Millionen Toten zäher gekämpft hatte als zuvor. Mitten in der Nacht war der Marschbefehl gekommen. Mike hatte eine kurze Nachricht schreiben wolle, aber der Kugelschreiber hatte nicht funktioniert. Außerdem hatte ja durchaus Hoffnung bestanden wieder zurückzukehren. Spookey war sich sicher gewesen, sie kämen irgendwie heil aus der Sache raus. Und sei es mit einem Bein weniger, hatte er gewettet und seine Wette wenige Tage danach verloren; wie Mike seinen Halt. Dabei musste er die Nachricht an Gabi, später sie selbst, vergessen und in den Tiefen des Ozeans beerdigt haben.

Europa hatte damals eine unbekannte Freiheit bedeutet; trotz der Armee. Besonders für einen zwanzigjährigen schwarzen jungen Mann aus Georgia. Es waren aufregende Wochen gewesen. Viele Mädchen in den Klubs hatten nicht nur Englisch verstanden, sondern sogar ihre Art, es zu sprechen. Woher sie diese Kenntnisse besaßen, hatte Mike ebenso wenig interessiert wie die anderen. Gabi war zwei Jahre jünger als er gewesen. Sie hatte gern getanzt. *Inner City Blues*, *Family Affair*, *I'll Take You There*. Bei *Oh Girl* von den Chi-Lites hatten sie sich verliebt. Nachdem ein Freund ihres Bruders sie mit Mike im Kino gesehen hatte, konnte sich Gabi nur noch heimlich von zu Hause wegschleichen. Einmal war sie nicht gekommen und erst eine Woche später mit einem riesigen Hämatom erschienen, das sich vom rechten Auge über die Nase bis hin zu den Wangenknochen erstreckte. Mike hatte ihren Vater zur Rede stellen wollen, doch Gabi war schnell zu einer Freundin gezogen. Eng umschlungen hatten sie dort auf dem Bett gelegen, als Mike ihr von seinem Strand auf Tybee Island erzählte; wie wunderschön es ist, dort zu sitzen und auf den Atlantik zu schauen. Gabi hatte ihre Augen geschlossen und gesagt: „Dort möchte ich mit dir eines Tages sein." Mike hätte antworten müssen: „Das ist unmöglich, Baby. Jedenfalls in Georgia ... mit mir." Aber er hatte geschwiegen und sich an Gabis glücklichem Gesicht erfreut. Drei Wochen hatte ihr Traum von Tybee Island dieses winzige Zimmer in einem Frankfurter Seitenflügel erfüllt ... bis zu dem nächtlichen Marschbefehl.

Mike war es nie gelungen, Gabis Familiennamen verständlich auszusprechen. Lesen konnte er ihn. Nur der Vorname auf dem Zettel aus dem Briefumschlag war ihm unbekannt. *Mai 1983, Michael Duff Anderson: Torsten Hübner, 10 Jahre alt, Kinderheim in der Nähe von Frankfurt*. Das war alles. Keine weitere Erklärung, keine Telefonnummer, keine Adresse. Nichts.

„Geht es Ihnen gut? Möchten Sie ein Glas Wasser?", fragte die Stewardess etwas besorgt.

Mike schüttelte den Kopf. „Nein danke. Es ist alles okay."

Nur langsam löste sich die Spannung aus seinen Fingern, die die Tageszeitung so fest umklammert hatten, dass sie kaum noch lesbar war. Mike war wütend auf diesen arroganten, weißgekleideten Toten. Er war wütend auf den Kugelschreiber. Auf Spookey, der ihn mit diesem schrecklichen Bild all die Zeit alleingelassen hatte. Und er war wütend auf diesen dummen schwarzen Jungen aus Georgia, der ihn davon abhielt, jetzt mit Josie in der Karibik zu sein; seiner Frau endlich etwas von dem zu geben, was sie seit Jahren verdiente. Im Grunde war sie es gewesen, die ihn auf diese ungewisse Reise geschickt hatte. Nicht die Spur eines Vorwurfs war in ihren Augen zu sehen, als sie ihn vor wenigen Stunden am Flughafen ernst angeblickt hatte. „Geh Michael ... finde ihn und bring ihn nach Hause." Es war keine sanfte Bitte gewesen.

Fünf Cuts, sechzig Stiche! Und der Typ spricht tatsächlich davon, er hätte Lennox schlagen können." Kenny lachte laut auf.

Issa nahm den Deckel vom Topf. „So, das Wasser kocht. Gib mal das Salz rüber", forderte er seinen Freund auf, um sich sogleich wieder dem Boxkampf vom letzten Samstag zu widmen. „Aber es wäre besser gewesen, wenn Lennox ihn richtig umgehauen hätte wie vor ein paar Jahren den Polen." Er schüttete Salz in das Wasser und öffnete den Karton mit Pasta. „DeCecco, die besten Nudeln der Welt. Spagetti zu kochen, ist keine so einfache Sache, wie viele glauben."

Sein Herd bestand aus zwei unterschiedlich großen Elektroplatten; auf einer stand der Topf mit heißem Wasser, auf der anderen köchelte die Tomatensauce in einer Pfanne mit Glasdeckel vor sich hin. Auch ansonsten befand sich nichts Überflüssiges in Issas Küche. Neben dem Unterschrank mit Spüle war ein beiger, ehemals weißer Kühlschrank, auf dem sich ein Plastikkorb voll mit etlichen DeCecco-Kartons befand. Auf der einen Seite des kleinen quadratischen Tisches am Fenster stand ein Holzstuhl, auf dem Kenny saß, gegenüber ein Hocker ohne Lehne. In einem offenen Regal hinter seinem

Freund standen zwei weitere Töpfe, zwei Teller, zwei Tassen, verschiedene Gläser und eine messingfarbene Blechbüchse mit Besteck.

„Weißt du, was mich wundert?", fragte Kenny. „Einerseits soll man nicht viel im Kopf haben müssen, um ein guter Sportler zu sein ... besonders fürs Boxen. Andererseits drehen alle durch, wenn wirklich mal ein weißer Boxer kommt, der eine Chance hat, den Schwergewichtstitel zu gewinnen. Vielleicht sind diese primitiven Wettkämpfe ja doch nicht so unwichtig."

„Für uns sind sie jedenfalls wichtiger. Wir brauchen auch unsere kleinen Siege. Lennox wusste das sicher, der ist in London aufgewachsen und nicht in irgendeinem Ghetto. Ein schwarzer Europäer, wenn du so willst." Issa warf die Spagetti in den Topf. „Lennox hätte niemals verloren, selbst wenn der Andere drei Meter groß gewesen wäre."

Kenny musste lachen. „Ich glaube, dein Telefon klingelt."

Issa blickte auf das Display und zuckte mit den Schultern. „Ja, hallo?"

Ami war auch nach zwei Wochen unsicher gewesen. Warum sollte sie diesem Typen hinterherrennen und ihn noch anrufen? Was war das überhaupt für eine Tour? Er hatte nicht nach ihrer Telefonnummer gefragt, sondern den Zettel mit seiner einfach auf den Tisch gelegt. Wahrscheinlich hielt er sich für unwiderstehlich oder der im Anmarsch befindliche Frank hatte ihn gestört. Aber Frank existierte nicht mehr. Die Plastiktüte mit seinen restlichen Sachen stand seit ein paar Tagen im Flur und das Zusatzschloss war abgeschlossen. Wenn Frank den anderen Schlüssel nicht herausrückte, würde sie das Schloss wechseln. Es war höchste Zeit für eine Veränderung gewesen. Frank war das erste Opfer dieses Eingeständnisses.

Wie war es dazu gekommen? Ami war sich nicht ganz im Klaren darüber. Der Zettel mit dem Namen und der Telefonnummer klemmte hinter dem Magneten an ihrem Kühlschrank. Seine Schrift war leicht nach links geneigt und ein wenig ungleichmäßig. Idrissa – ein afrikanischer Name; wie der ihre – Aminatou. „Woher kommt dein Vater?", hatte er gefragt. Keine Ahnung. Ami wusste es nicht genau, und es war auch egal. Sie lebte hier und jetzt. Trotzdem war Issa, so hatte er sich selbst genannt, der Erste gewesen, der bis zu ihrer Augenfarbe vorgedrungen war. Wenn sie darüber nachdachte, war ihr das mittlerweile gar nicht mehr so recht. Und sie dachte seit all den Tagen darüber nach; über den Zauber, den er in ihrem Gesicht gesehen haben wollte. Sie verstand ihn nicht. Noch mehr störte Ami allerdings, dass sie sich beim besten Willen nicht an sein Gesicht erinnerte. Sie konnte nicht einmal sagen, ob er gut ausgesehen hatte. Diese Sache, wenn man das überhaupt schon so nennen konnte, war ganz anders als alles Bisherige. Groß war er; ja, das hatte sie an seinen Bewegungen gesehen – weite, langsame Schritte. An der Tür des Cafés hatte er sich zu ihr umgedreht und gelächelt, so als wisse er etwas, wovon Frank nicht den Hauch einer Ahnung hatte. Ami verdrängte diese beunruhigenden Gedanken und wählte seine Nummer.

„Hier ist Ami. ... Idrissa?"

Issa strahlte und musste erst einmal Luft holen. „Das ist ja eine Überraschung." Sein Hals war zugeschnürt, und sein Bauch machte ihm zu schaffen.

„Was grinst du denn so; ich hatte dir gesagt, dass sie anruft", sagte sein Freund, der recht behalten und sofort verstanden hatte, wer am anderen Ende der Leitung sein musste.

„Wart mal, Kenny ... Nein, nicht du Ami. Ist bloß mein Kumpel. Wir kochen uns gerade was."

Ihre Stimme klang angenehm. Lange hatte Issa auf diesen Augenblick warten müssen. Normalerweise riefen die Mädchen spätestens nach drei Tagen an, oder gar nicht. Issa drängte sich niemandem auf, deshalb fragte er niemals nach der Telefonnummer. Er hatte genügend Erfahrungen gesammelt um zu wissen, dass einige Dinge zusammenkommen mussten; der richtige Ort zur richtigen Zeit. Besonders bei Frauen wie Ami. Selbstverständlich konnte ihm niemand das Wasser reichen. Die wenigsten Männer nahm Issa ernst. Schon gar nicht diesen Clown, der im Café offensichtlich zu ihr gehört, sich glücklicherweise aber verspätet hatte. Im Augenblick konnte Issa darüber hinwegsehen, dass so ein Typ an Ami dran war. Doch solche Dinge vergaß man nicht. Sie waren wie ein langsam wirkendes Gift, dessen Wirkung irgendwann zutage treten würde.

„Was können sich zwei Männer kochen, Spagetti natürlich. Hast du was vor am Wochenende?"

„Nein, noch nicht."

„Gut, dann treffen wir uns morgen Abend um acht vor demselben Café, okay?"

„Okay."

Issas und Kennys Fäuste knallten aufeinander. Kenny verzog vor Schmerz etwas das Gesicht und schüttelte seine Hand. Issa war glücklich; er grinste seinen Freund an. Die Aushilfskraft in einem Supermarkt und der dreißigjährige Jurastudent. Über die Jahre hatten Issa und Kenny eine symbiotische Freundschaft entwickelt, deren einziger wirklicher Anknüpfungspunkt, ihre schwarzen Väter, keinerlei Rolle in ihrer beider Leben gespielt hatten. Eine kleine Gemeinsamkeit, die ausreichte, ihre sonstigen Unterschiede zu überwinden. Kaum jemand verstand Issas Festhalten an seinem seit frühester Jugend jeglicher Hoffnung beraubten Freund. Doch Kenny war für Issa zum jüngeren Bruder geworden; knapp zwei Jahre trennten sie. Seine sechs Jahre ältere Halbschwester, Jeannette, hatte nichts von ihm wissen wollen.

Spoiled '73 – die bläuliche zittrige, mittlerweile verblichene Tätowierung auf Kennys linkem Unterarm aus einer anderen Zeit wurde durch die aufgekrempelten Ärmel ebenso wenig verdeckt, wie seine kurzen Haare die Narben an seinem Kopf verdecken konnten. Als sie sich zum ersten Mal begegnet waren, hatte Issa sofort die sich über Wangen und Nase erstreckenden Sommersprossen und Kennys hellbraune lebhafte Augen bemerkt, die bei vielen Mädchen einen mütterlichen Instinkt hervorriefen. Mit den Jahren waren die beiden Falten auf seiner Stirn, die nur verschwanden, wenn er lachte, tiefer geworden. Dunkle Augenringe hatten sich fest in sein Gesicht vergraben, sodass man ständig das Bedürfnis verspürte, ihm zu empfehlen, sich einmal richtig auszuschlafen. Auch wenn es Mitleid war, das Issa für Kenny von Anfang an empfunden hatte, verbot sich angesichts ihrer Freundschaft schon der Gedanke hieran.

„Was habe ich dir gesagt, Mann? War klar, dass die Alte anruft", wiederholte Kenny.

„Na ja, du weißt doch, unsere Schwestern sind schwierig. Und als dieser Typ ins Café kam, war mir sowieso alles klar. So ein Arsch, den hättest du mal sehen sollen. Egal, wir treffen uns jedenfalls morgen Abend." Die Sache fing gut an, fand Issa. „Hoffentlich hat sie eine gute Figur. In dem Laden hatte sie ihren Mantel nicht ausgezogen."

Kenny lächelte verschmitzt. „Wird ne geile Braut sein, wenn du mir seit zwei Wochen von ihr erzählst." Ihre Fäuste berührten sich, diesmal etwas vorsichtiger.

„Nein, das meine ich nicht", sagte Issa. „Sie hat mir wirklich gut gefallen. Als ich sie gesehen hatte, musste ich einfach zu ihr rübergehen. Das passiert nicht so oft. Und wenn sie mir eine Abfuhr gegeben hätte, hätte ich blöd dagestanden vor diesen ganzen Wichsern in dem Laden." Issa zündete sich eine Rothmans an.

Kenny nahm den Ball auf. „Ach, die sind scheißegal. Die haben keine Ahnung. Außerdem kannte dich da keiner."

„Stimmt. War mir auch egal. Trotzdem wär's unangenehm gewesen." Issa zog versonnen an seiner Zigarette und sah an seinem Freund vorbei zum Fenster hinaus. November – eine furchtbare Zeit. Fünf Monate Dunkelheit standen ihnen bevor. Regen trommelte gegen die Scheibe. Der Innenhof war farblos grau. „Vielleicht hatten die im Bundestag vor fünfzig Jahren doch recht."

„Recht womit?", fragte Kenny und schaufelte sich seinen Teller voll.

„Die wollten damals die sogenannten Mischlingskinder, die Besatzungskinder, solche Kinder wie dich, die von den schwarzen GIs, zurückschicken ... wohin auch immer ... wegen nachteilhafter Klimabedingungen und so."

„Was? Wegen der Klimabedingungen?"

Issa lächelte bitter; mit geschlossenem Mund. „Jaja, die Klimabedingungen ... Hauptsache weg aus dem Volkskörper. Die hatten ganz genau gezählt ... 1952 ... 3.093 «Negermischlinge»." Das bittere Lächeln war verschwunden; er schüttelte den Kopf und drückte die Zigarette aus. „Was für ne kranke Scheiße? Das Land liegt noch in Schutt und Asche, und die zählen ihre «Negermischlinge»."

Kenny drehte seinen Kopf zur Seite und folgte dem Blick seines Freundes in den grauen Novemberhimmel. „Bei dem Klima könnte man ja alle von hier wegschicken."

Manchmal kam es Issa eigenartig vor, dass er in diesem Land lebte. Trotzdem, der Herbst hatte seine schönen Seiten. Es war oft seine beste Zeit des Jahres gewesen. Er mochte den Geruch der feuchten, nicht gänzlich gestorbenen Wälder. Das Laub und die zahlreichen Pfützen machten die Wege schlecht passierbar. Die Luft war frisch gewesen, als er nach mehr als vier Jahren zum ersten Mal den Hof durch das stählerne Tor für einige Stunden verlassen durfte. Er war geradewegs in den nahegelegenen Wald gegangen, hatte sich an den Fuß eines Baumes gesetzt und eine Rothmans geraucht. Stille. Nichts war zu hören gewesen, und diese süßliche Melancholie war von den entblätterten Baumwipfeln auf ihn herabgesunken. Etliche Stunden hatte Issa an diesem Baum verharrt und zuvor einen weiten Weg zurücklegen müssen, um diesen Augenblick erfahren zu dürfen. Genauso empfand er es noch heute und war dankbar dafür, dass irgendetwas ihn auf den langen und steinigen Weg bis an diesen Ort geführt hatte, im Herbst vor vier Jahren. Nur Kenny und einige wenige andere kannten diesen Teil seines Lebens. Für gewöhnlich hatte Issa seine Freundinnen im Herbst kennengelernt; zumindest diejenigen, die soweit in seine Welt vorgedrungen waren, dass er sich ihrer erinnern konnte. Und nun Ami.

„Sie hat solche Haare wie Rae Dawn Chong. Die Braut aus Beat Street. Das war 1984 oder so. Die hat dann später diesen Idioten aus Soul Man geheiratet."

Kenny hatte den Mund voll und fragte: „Soul Man?"

„So ein Weißer, den sie schwarz angemalt hatten. Und am Ende hat er den Hauptgewinn, die schwarze Braut, gekriegt."

Kenny sprach mit vollem Mund und lachte dabei. „Ja, ich erinnere mich ... dunkel."

„Nur in Beat Street durfte noch ein Bruder ran, danach war die auf andere Rollen festgelegt." Issa ging zum Kühlschrank und nahm zwei Bier heraus. „Damals stand man auf diese Wir-sind-alle-Menschen-Geschichten. Ich fand das immer zum Kotzen, aber Rae Dawn Chong war wirklich Klasse."

Issa würde es niemals offen sagen; es würde sowieso falsch verstanden werden. Natürlich war er eifersüchtig, wenn andere an *seinen* Frauen dran waren. Doch diese Dinge waren nun mal nicht zu ändern. Ami war jedenfalls bereit gewesen, ihn anzurufen. Issa wusste das zu schätzen. Es war nicht einfach zueinander zu finden.

#Caterina (Teil 1)

Ich hatte damals in unserem Klassenzimmer gemeinsam mit den anderen Kindern auf die Ausgabe unserer Zeugnisse gewartet. Es war mein letzter Tag in diesem Städtchen; auch wenn alles anders kam, als ich es mir vorgestellt hatte.

Die Sommerferien lagen vor uns; für mich sollten es dieses Mal ganz besondere sein. Im nächsten Schuljahr würde ich ein Gymnasium in einer Stadt im Westen des Landes besuchen. Mein Vater hatte endlich seine Facharztausbildung zum Chirurgen abgeschlossen und dort eine Assistenzarztstelle gefunden. Mir würde der Abschied von dem Städtchen nicht schwerfallen. Wir waren deshalb hierhergekommen, weil sich für meinen Vater anderswo keine Möglichkeit ergeben hatte, seinen beruflichen Traum weiterverfolgen zu können.

Man hatte uns hier nicht mit offenen Armen empfangen und sich auch nach Jahren nicht an unsere Anwesenheit gewöhnen wollen. Mein Vater hatte keine Zeit und vielleicht Angst davor gehabt, mich nach meinen täglichen Erlebnissen zu fragen. Lediglich eine Freundin hatte ich gefunden, die daraufhin, oder bereits zuvor, von den anderen Kindern gemieden wurde. Am ersten Tag an dieser Schule war ich auf dem Schulhof von einer Gruppe älterer Jungen umringt worden, die mich bespuckten, unbekannte böse Worte zu mir sagten und am Ende meine ganze Schulmappe ausschütteten. Mein Vater hatte mir versprochen, wir würden nur ein Jahr hierbleiben müssen. Nun war es beinahe drei Jahre her, dass ich meine Stifte, Hefte und Bücher allein auf dem Schulhof einsammeln musste. Niemand hatte mir geholfen. Ich dürfe mich von diesen dummen Menschen nicht vom Weg abbringen lassen, war der Rat meines Vaters gewesen. Die Schulleiterin hatte ihn um etwas Geduld gebeten, denn auch für ihre Schüler sei dies eine neue Situation. Mit der Zeit hatte ich Wege und Orte gefunden, wo ich von den anderen nicht bemerkt wurde. Manches Mal war meine Unsichtbarkeit aufgeflogen.

Diese Zeit war nun vorbei. Caterina Bassong stand über den Einsen, die nur durch eine Zwei auf meinem Zeugnis durchbrochen wurden. Endlich erklang die Schulklingel – zum letzten Mal für mich. Ich blickte mich nicht um, als ich den Schulhof schnellen Schrittes verließ.

Mein Vater hatte heute seinen letzten Frühdienst; wir waren deshalb an der Klinik verabredet. Noch am Abend wollten wir abreisen. Er hatte sein langjähriges Versprechen, mit mir gemeinsam nach Afrika, in seine Heimat, zu fliegen, endlich wahrgemacht. Die ganzen Sommerferien würden wir dort gemeinsam verbringen. Zwar kannte ich das Land meines Vaters nicht, aber seine Heimat war allgegenwärtig in unserer kleinen, einer Insel gleichenden Wohnung. Nur selten kamen Besucher. Sicher wäre es mit meiner deutschen Mutter einfacher gewesen in diesem Städtchen. Doch sie hatte sich meinem Wunsch, bei meinen Vater bleiben zu wollen, widerspruchslos gefügt und war seitdem aus unser beider Leben verschwunden.

Ich kannte all die Namen der Tanten und Onkel, Cousinen und Cousins aus dem Land meines Vaters. Die Familie war unvorstellbar riesig. Es kam mir manchmal merkwürdig vor, dass ich diesen Ort als meine Heimat empfand, obwohl ich niemals dort gewesen war. Vielleicht würde es besser werden in der Stadt, wo wir nach unserer Reise hinziehen wollten. Aber hier an diesem Ort hätte ich es nicht länger ausgehalten. Im Grunde empfanden es die Leute nicht anders; niemand würde mich und meinen Vater vermissen.

Im Unterricht hatte ich von den erschreckenden Kräften erfahren, die Besitz von den Vorfahren dieser Leute ergriffen hatten. Eine Sechs mit sechs Nullen. Für einen Vortrag hatte ich diese Zahl auf ein großes Blatt Papier geschrieben und dann ausgerechnet, wie viele Städte der Größe unserer Kleinstadt das bedeutete. Einhunderteinundsiebzig. Ich fühlte mehr als Mitleid für die Ermordeten. Auf alten Fotografien hatte ich die Berge von Kinderschuhen gesehen. Viele der Schuhe waren kleiner als die meinen. Mein Stern war meine braune Haut.

Es war heiß; die Sonne stand hoch am wolkenlosen Himmel. Mittags zog in dieser Jahreszeit stets eine eigentümliche Stille in die beinahe menschenleeren Straßen ein. Das Städtchen war durch eine breite Furche von Bahngleisen zweigeteilt. Auf der anderen Seite befand sich das Krankenhaus meines Vaters. Ich hatte den Bus verpasst und schlenderte die einzige richtige Hauptstraße entlang, in deren Verlängerung eine Brücke über die Gleise führte. Mein Zeugnis hielt ich fest in beiden Händen und war mir sicher, den Ernst im Gesicht meines Vaters damit zumindest für kurze Zeit hinwegzaubern zu können. Am Morgen, er war bereits arbeiten, hatte ich meine dunkelroten Sandalen, eine weiße Strumpfhose, einen dunkelblauen Rock und mein neues hellblaues Mecca-T-Shirt zur Zeugnisausgabe angezogen. Blau war meine Lieblingsfarbe. Meine Haare hatte ich in der Mitte gescheitelt und zu zwei dicken Zöpfen geflochten, an deren Enden je eine Kaurimuschel baumelte.

Irgendwann waren wir von einer Bekannten meines Vaters besucht worden. Die Frau hatte sofort mit ihm geschimpft; er müsse seiner Tochter zeigen, wie sie ihre Haare pflegen könne. Den ganzen Nachmittag hatte ich gemeinsam mit ihr verbracht. Erst waren meine Haare wieder und wieder gewaschen, dann gekämmt und schließlich zu winzig schmalen Zöpfen geflochten worden. Es hatte wehgetan, aber ich sah mir noch heute gern die Fotos an, die mein Vater anschließend gemacht hatte. An jenem Nachmittag hatte ich es zum ersten Mal verstanden: meine Haare waren keine Last, sondern vielmehr wunderschön! Ich hätte mich gefreut, wenn die Frau bei uns, bei mir, geblieben wäre. Sie kehrte niemals zurück. Doch zu Weihnachten und zu meinen Geburtstagen schickte sie mir jedes Jahr ein kleines Päckchen mit Schleifen, Kämmen, verschiedensten Shampoos und Cremes. An meinem zwölften Geburtstag vor ein paar Wochen war eine kleine silberne Schachtel dabei gewesen, in der sich zwei Haargummis mit je einer Kaurimuschel befunden hatten.

Der Himmel war blau – so blau, wie er nur an heißen Sommertagen sein konnte. Ich hatte mich an das Geländer der Brücke gelehnt und schaute einem vorbeifahrenden Zug nach, als ich in meinen Augenwinkeln die Gruppe junger, bedrohlich wirkender Männer kommen sah. Schnell wechselte ich auf die andere Straßenseite. Aber die Männer hatten mich bereits bemerkt. Unsägliche Angst befiel mich, schlimmer als ich es jemals zuvor gekannt hatte. Meine Hände klammerten sich an das Zeugnis, sodass es deutliche Knicke bekam. Als sich der Boden von meinen Füßen löste, sah ich meine Sandalen im blauen Sommerhimmel, so als würden nun diese zu den vielen anderen Kinderschuhen auf den alten Fotografien geworfen.

3. Kapitel

Issa war aufgeregt. Obwohl er sich stets bemühte, zu einer Verabredung mit einer Frau wenigstens fünf Minuten zu spät zu kommen, war er viel zu zeitig da. Er drehte deshalb ein paar Runden in sicherer Entfernung. Schließlich war niemals ausgeschlossen, dass heimlich beobachtet würde, wie man zu einem Rendezvous erschien. Es passte nicht zu dem Bild, das Issa von sich hatte, vor der Zeit anzukommen. Wie einer jener bedauernswürdigen Männer, die es nicht gewohnt waren, sich zu verabreden. Allerdings war es auch bei ihm lange her gewesen, dass er sich auf ein solches Wagnis eingelassen hatte. Issa war klar, ihm stünde eine längere Zeit der Leere bevor, wenn die Sache nicht funktionierte.

Die Parkbank, auf der er saß, war weit genug von dem Treffpunkt entfernt. Er zündete sich eine Rothmans an und beobachtete die Passanten. Heute lächelten sie ihn an, was beileibe keine Normalität war. Aber sein Herz war leicht und das Lächeln, das ihn seit gestern Abend begleitete, gab seinem Abbild einen vertrauteren Anschein.

Ami hatte ihn angerufen, sie hatte den ersten Schritt gemacht. Dennoch war die ganze Angelegenheit vollkommen unsicher. Issa rechnete mit allem. Möglicherweise kam sie erst gar nicht und brauchte diese Verabredung lediglich als Bestätigung. Oder diese Witzfigur aus dem Café erschien auf der Bildfläche. Selbst wenn all dies nicht einträte, gäbe es genug weiterer Hürden, über die Ami steigen müsste, um zu ihm zu gelangen. Issa war gewappnet, und das Gefühl, das ihn seit ihrer ersten Begegnung erfüllte, zwang ihn diese Vorsicht vor möglichen Enttäuschungen zu überwinden.

Kenny hatte ihm viel Spaß für die Nacht gewünscht. Der

hatte auf diese Dinge einen anderen Blick. Ob er Liebe, Verliebtheit empfinden konnte, wusste Issa nicht wirklich. Zu viel war ihm widerfahren. Issa konnte nur Bruchstücke seiner Geschichte erahnen. Und dennoch schmerzten ihn bereits diese Ahnungen. Vielleicht kam Ami aus dieser, ihm glücklicherweise erspart gebliebenen, anderen Welt. Das war Issas Sorge. Sie kannte ihren Vater nicht und hatte beinahe trotzig auf seine Frage reagiert, die ihr wohl schon oft gestellt worden war, die sie aber nicht beantworten wollte oder gar konnte. Es war hierzulande nichts Positives daran, von einem schwarzen Mann gezeugt worden zu sein, der eine weiße Frau entehrt hatte. Noch dazu, wenn dieser Mann nicht mehr anwesend war, sondern sich einfach aus dem Staub gemacht hatte. Issa kannte die Blicke, die man für den Beweis der Schande übrighatte. Doch er war nicht Amis Vater. Er hatte sie nicht verlassen und würde es niemals tun, wenn sie ihn wollte. Hoffentlich verstand Ami das. Bei diesen Gedanken kam es ihm beinahe wie ein Wunder vor, dass sie ihn überhaupt angerufen hatte. Vielleicht war bei ihr die Zeit reif und er einfach am richtigen Ort gewesen, so wie damals im November vor vier Jahren.

Issa war an die Straßenecke in der Nähe des Cafés gegangen. Er warf einen Kaugummi ein, als er Ami kommen sah. Sie war schlank, ohne dünn zu sein, und Issa erleichtert. Er ging ihr langsam entgegen und fühlte, was er im Grunde vom ersten Augenblick an gewusst hatte, dass diese Sache wirklich ernst werden könnte.

Ami entdeckte ihn. Er hatte etwas entfernt von ihrem verabredeten Treffpunkt gestanden und kam mit langsamen Schritten auf sie zu. Er war sehr groß und wollte das offensichtlich nicht verbergen. Die Passanten starrten ihn an und drehten sich nach ihm um. Er schien es gewohnt zu sein. Mit einem anderen Outfit konnte man ihn für einen amerikanischen Basketballprofi halten.

„Hallo, wie geht's dir?" Er lächelte genauso wie damals im Café. „Ich freue mich, dich zu sehen. Eigentlich hatte ich nicht mehr damit gerechnet, dass du mich noch anrufst." Seine Stimme war tief und dennoch jugendlich.

„Warum nicht, du hattest mir ja deine Nummer gegeben", stellte sich Ami unwissend.

Das gehörte dazu, dachte sich Issa. Natürlich war es nicht selbstverständlich gewesen. Issa wusste, dass Ami ihm bereits ein großes Geschenk gemacht hatte.

„Musstest du lange warten?", fragte Ami. „Ich habe mich leider etwas verspätet."

„Nein, ich bin gerade gekommen", log Issa.

Ami musste zu ihm aufschauen. Wenn Issa sprach, blickte er ihr kurz und offen direkt in die Augen. Seine Augen waren dunkelbraun, wie ihre eigenen. Ami fragte sich, ob andere seine Augen ebenfalls fälschlicherweise für schwarze hielten. Manchmal schaute Issa kurz auf, um die zahlreichen Blicke der Passanten zu erwidern. Sie waren ein auffälliges Paar. Er schien in diesem Augenblick sehr stolz zu sein. Doch er sollte sich nicht zu sicher sein, hatte Stephanie Ami mit auf den Weg gegeben. Der Rat ihrer Freundin, die der neuen Bekanntschaft skeptisch gegenüberstand, war Ami in diesem Augenblick allerdings egal. Vielmehr verunsicherte sie dieses unbekannte widersprüchliche Gefühl, das sie verspürte, seitdem Issa vor und mit ihr gemeinsam auf dem Bürgersteig stand.

Seine Hand war warm, jedoch nicht feucht gewesen. Er hatte ihre vorsichtig und auffällig lange gehalten, ohne sie festzuhalten. Issa war ein Mann; hinter seinen Augen lag eine Geschichte. Der Gedanke des amerikanischen Basketballprofis war Ami plötzlich peinlich. Möglicherweise hatte Issa bereits Kinder. Ami musste an die kurze Bemerkung ihrer Mutter denken, die Amis leiblichem Vater damals geglaubt hatte, er habe keine Kinder und würde sie niemals verlassen. Ansonsten hätte sie sich nicht mit ihm eingelassen, was natürlich besser für sie gewesen wäre. Am Ende sollten es mindestens zwei weitere Kinder gewesen sein, die Ami nicht kennengelernt hatte. Geschwister? Nein, sie hatte eine Schwester, die Tochter ihrer Mutter und ihres Stiefvaters, der ihre Mutter trotz ihrer Existenz geheiratet hatte. Der Preis hierfür war gewesen, dass Amis Erzeuger niemals zur Sprache kam. Seine Geschichte war ihr unbekannt.

Das Restaurant, in dem kaum andere Gäste waren, hatte Issa vorgeschlagen. Die Vorstellung, mit Ami in dem Café zu sitzen, wo bereits der andere mit ihr gewesen war, hatte ihm, wie er offen zugab, widerstrebt. Er war anders, als seine äußere Erscheinung vermuten ließ. Irgendetwas stimmte nicht an diesem Gedanken. Worauf ließ seine Erscheinung schließen; oder die ihre? Ami betrat Neuland ... verbotenes Land, wenn sie an die Geschichte ihrer Mutter und ihres unbekannten Erzeugers dachte.

Seine Lippen waren dunkler als sein Gesicht; und voll waren sie, aber dennoch schmaler als in ihrer Erinnerung. Ami hielt inne. ... *Was?* Hatte sie ihn wirklich genauso wahrgenommen, wie sie von anderen nicht betrachtet werden wollte? ... *Ja!* Sie erschrak über diese Antwort, musste jedoch sogleich lächeln. Denn jetzt, da sie sich an dem kleinen Tisch gegenübersaßen, begann sie, Issa zu sehen ... zum ersten Mal.

Ein kleines Stück seines rechten Schneidezahns war schräg abgebrochen. Ihn schien das nicht zu stören, denn er lachte oft, wobei die Muskeln unter seinen Wangen hervortraten und seinem hageren Gesicht im Schein der Kerze klassische Eleganz verliehen. Seine Stirn war hoch und, wie seine Nase, gerade. An den Seiten und im Nacken waren seine Haare ganz kurz geschnitten, was seine Kopfform betonte, die denen auf Darstellungen von ägyptischen Pharaonen glich. Seine Augenbrauen waren schmal aber dicht und seine Wimpern für einen Mann zu lang. Er schaute, wenn er sprach, so als wolle er ihrem Blick ausweichen oder sie nicht bedrängen, meistens auf den Tisch oder einfach an ihr vorbei in den Raum und unterstrich das, was er sagte, mit reduzierten Gesten seiner Hände, die schlank waren und kräftig wirkten; so wie seine gesamte Erscheinung.

Er tat das bewusst, was sie bemerkte, als er aufhörte zu sprechen, seinen Kopf anhob, die Lider mit den schönen Wimpern aus der halbgeschlossenen arroganten Lethargie öffnete, sodass seine dunkelbraunen Augen in ganz klarem Weiß plötzlich fast vollständig zum Vorschein kamen, und sie seinen Blick tief in ihrem Inneren spürte. Er wartete einen Moment und suchte in ihren Augen nach diesem Empfinden, aus dem ihre Verbindung gerade entsprang, bevor er ihr Lächeln erwiderte.

„Du musst entschuldigen, dass ich dich im Café einfach so angesprochen hab. Ich mach das sonst nicht. Doch als ich dich sah, konnte ich nicht anders und musste einfach zu dir rüberkommen." Das Lächeln lag noch immer auf seinem Gesicht. „Ich meine das ernst, Aminatou. Es klingt nicht sehr originell, aber es ist auch ganz einfach."

Ami saß ihm gegenüber. Nur durch den schmalen Tisch wurden sie getrennt. Ihre braunen Augen, umrandet von einem dunkleren hauchzarten Ring, waren heute ganz klar. Ihre Hände waren schmal. Die letzten Glieder der Finger neigten sich etwas nach oben. Sie schien ihren Busen gegen die Kante des Tisches zu drücken – ihm entgegen. Nein, Issa war unsicher, er wollte noch warten. Obwohl das Bedürfnis groß war, ihre Hand zärtlicher zu berühren, als sie es vermutete.

„Magst du Pralinen?" Issa kramte etwas umständlich die kleine Schachtel aus seiner über dem Stuhl hängenden Jacke hervor und legte sie neben ihre Hand. Blumen wären zu unhandlich gewesen; Pralinen kamen meistens gut an. „Die sollen mit der besten Schokolade der Welt hergestellt worden sein."

Ami erwartete unbewusst eine übliche Anspielung auf ihre Hautfarbe ... sie blieb aus. Die Klischees standen ihr hier und jetzt mit ihm nicht zur Seite. Es war neu und verwirrend. Am Nachbartisch nahm ein Paar mittleren Alters Platz. Sie schauten interessiert zu ihnen hinüber. Issa erwiderte ihren Blick mit einem verstehenden Lächeln und beseitigte die kurz aufkommende unsichere Betretenheit schnell durch ein paar freundliche Worte. Kein cooler Spruch, keine bekannte Filmsequenz. Auf den Gesichtern des Paares am Nachbartisch zeichnete sich die gleiche Erleichterung ab, die auch Ami verspürte.

„Rauchst du?"

„Ja ... leider."

„Das ist mein einziges Laster." Issa bot Ami eine Rothmans an.

„Wenn das mal stimmt."

Nun endlich lachte sie. Zum ersten Mal für Issa. Ihre Zähne leuchteten wie die Kerzen, die auf dem kleinen Tisch standen. Sie war eine wunderschöne Frau. Issa war glücklich. Er blickte über ihren Kopf hinweg an die Decke des Restaurants und schwor sich, dieser Frau ein wirklich guter Mann zu sein, wenn sie ihm eine Chance gab. Die Jugendzeit war vorbei. Seit langem war er von dem Gedanken besessen, die nächste Frau, die er lieben würde, festzuhalten und glücklich zu machen. Der Augenblick schien nahe zu sein.

„Hast du einen Freund?"

Seine Frage kam unvermittelt, und Ami wusste nicht, wie sie antworten sollte. Zum Glück klingelte Issas Handy. Aber er nahm den Anruf nicht an und wandte seinen Blick nicht von ihr ab. Frank hatte ihr am Vormittag eine Nachricht in der Mailbox hinterlassen. Ihm war klar geworden, dass er sie manchmal nicht gut behandelt hatte. Es sollte nicht wieder vorkommen.

„Ich ... hatte eine Beziehung ... Wir gehen zurzeit getrennte Wege."

Issa stieg die Hitze in den Kopf. Halb so wild, dachte er, damit war zu rechnen.

Ami bemerkte den Anflug einer Panik auf seinem Gesicht und wollte erklären: „Wir haben ein paar Probleme ..."

„Okay, okay, okay", unterbrach Issa sie und hob, denn ihm war dieses *Wir* schon zu viel, beide Hände an, so als wolle er die folgende Erklärung abwehren. „Das reicht völlig aus. Hauptsache ist, dass ich hier mit dir sitze. Ich habe noch niemals erlebt, dass eine schöne Frau ..."; das Lächeln kehrte auf sein Gesicht zurück, und er wiederholte langsam: „... dass eine so schöne Frau wie du Single ist, wenn ich sie kennenlerne."

„Danke für das Kompliment."

„Dein Freund ... dein Ex-Freund interessiert mich nicht. Und in eure Beziehung mische ich mich nicht ein, die interessiert mich überhaupt nicht." Issa log; seine Gedanken wurden für kurze Zeit von Bildern vergiftet, die er sich weigerte zu verstehen. „Ich würde dir sowieso nur Tipps geben, wie du diesen Typen so schnell wie möglich loswirst."

Ami lachte etwas verlegen.

„Aus eigennützigen Gründen", fügte die Issa hinzu und blickte in ihre Augen.

Sie war es gewohnt, auf ihre exotische Erscheinung, ihre braune Haut und ihre lockigen Haare angesprochen zu werden. Damit konnte sie umgehen. Issa erwähnte diese Dinge mit keinem Wort. Das war neu, aber angenehm ... seine Gegenwart war angenehm. Sie kannte seine Kindheitsgeschichten gut. Wollte sie darüber sprechen? Getan hatte sie es noch nie. Eigentlich keine Dinge für das erste Rendezvous. Doch Issa erzählte davon lächelnd, so als seien es amüsante Anekdoten, die sie nicht waren. Der erste Schultag mit sechs Jahren. Tausend weiße Schüler und Issa. Ihm war das Wort, das ihm einige Kinder hinterherriefen, völlig unbekannt. Er wusste, dass er sich diese Sache nicht gefallen lassen konnte und wollte. Auf dem Schulhof brach er dem neunjährigen Jungen, der am lautesten geschrien hatte, die Nase. Danach gab es keine Probleme mehr ... jedenfalls nicht an dieser Schule, obwohl er weiter zuschlug. Seine Seele sei dadurch nicht verletzt worden, meinte Issa und lächelte sie noch immer an. Dann sprach er von Alexandre Dumas oder dessen Vater, von Puschkin, von einem russischen General, von Pyramiden, von einem senegalesischen Historiker, dessen Doktorarbeit in Frankreich abgelehnt worden war und vielen anderen Sachen ... und er nannte sich Afrodeutsch.

Ami wusste nicht warum, vielleicht weil sie einen solchen Abend bisher nicht erlebt hatte, sie musste lachen und wollte eigentlich wissen, was er so macht, aber sie fragte ihn: „Und du, hast du eine Freundin? ... Oder eine Frau?"

„Nein", log Issa lachend ohne zu zögern und ohne es zu bemerken. „Und um es gleich zu sagen, ich habe auch keine Kinder." Das war die Wahrheit.

Ami schüttelte, nicht wissend, warum sie diese Frage gestellt hatte, lachend ihren Kopf und hielt sich beide Hände vor den Mund.

„Ich habe auf dich gewartet, Aminatou", fügte Issa hinzu. „Ich meine das ernst." Er nahm seinen Mut zusammen und ergriff ihre Hand, was sie zuließ. „Na ja, das mit dem Warten war nicht ganz so ernst gemeint. Du bist eine ganz besondere Frau. Ich habe gestern Nacht wegen deines Anrufs nicht schlafen können. Und als ich dich heute sah, wusste ich gleich, dass es ernst wird ... für mich."

Sie zog ihre Hand nicht zurück. Issa berührte sanft ihre Handfläche. Ihre Blicke trafen sich, und Ami lächelte noch immer, bevor sie seine Berührung erwiderte.

„Ich habe auch an dich denken müssen." Selbst nackt im Badezimmer, dachte Ami und biss sich schmunzelnd auf die Unterlippe. Was sollte sie weiter sagen? Ihr war es nicht anders ergangen ... die ganze Zeit.

„Ja Hallo?" Maurice war müde. „Hallo, wer ist da?"
Am anderen Ende war zunächst nur ein Rauschen und dann, stärker werdend, die Stimme eines Babys zu hören. Das schlechte Gewissen hatte ihn wieder. Patrice schrie nun deutlicher. Es war alles, was er in seinem Alter tun konnte. Er rief seinen Vater, der diese Bezeichnung nicht verdiente, was ein neun Monate altes Baby nicht kümmerte; es fordert sein Recht ein.

„Dein Kind ist krank. Ich brauche Geld. Warum rufst du mich niemals an und erkundigst dich, wie es uns geht?", fragte Flavie auf Französisch. Maurice versprach, Geld zu schicken und beruhigte die sechstausend Kilometer entfernte Mutter seines Sohnes.

Alles war schiefgegangen. Er hatte einen Sohn gewollt, der, anders als er, Mitglied einer Gemeinschaft werden konnte. Hier in diesem Land wäre das für seine Kinder unmöglich; egal mit welcher Mutter. Doch mittlerweile zweifelte er daran, die richtigen Prioritäten gesetzt zu haben.

Sein Herz raste; an Schlaf war zunächst nicht zu denken. Maurice griff erneut zum Telefon und überlegte, wen er anrufen könnte. Issa, der der Einzige war, mit dem er diese Dinge besprach, nahm seinen Anruf nicht an. Dann musste er allein zurechtkommen, wie seit jeher.

Patrice' Bild stand eingerahmt auf dem Schreibtisch in seinem großzügigen Loft-Appartement. Sein Sohn blickte ihn an, konnte ihn aber glücklicherweise nicht sehen. Jeden Morgen sollte ihm diese unscharfe Fotografie Warnung und Ansporn sein. Maurice stand von seiner Couch auf und legte das Bild mit dem Gesicht nach unten flach auf die Glasplatte des Schreibtisches. Es gab diese Tage, an denen er den Anblick seines Sohnes nicht ertragen konnte. Dieses unnachgiebige Gefühl des Scheiterns war sein ständiger Begleiter geworden, der ihn gerade am Genick packend zu Boden zu drücken versuchte und ein verächtliches Lachen für seine gescheiterten noblen Vorsätze übrighatte. Jetzt hieß es, die Nerven zu bewahren. Auch wenn eine dauerhafte Lösung dieses Problems nicht im Entferntesten in Sicht war.

Sein Appartement war spärlich eingerichtet, obwohl er hier schon drei Jahre wohnte. Nach der Trennung von seiner Ex-Frau, Sophie, hatte er ihr gemeinsames Heim fluchtartig verlassen. Die allein von ihm zu tragende Schuld an dem Scheitern dieser Ehe hatte es ihm unmöglich gemacht, einzelne Einrichtungsgegenstände zu beanspruchen. Eine ganze Zeit hatte er abends auf seiner Matratze in der Ecke mit dem bodentiefen Fenster gesessen und Musik gehört aus seinem Bang-Olufsen-Soundsystem, an das er später noch Marshall-Boxen angeschlossen hatte. Erst Flavie, die aus Paris zu ihm gezogen war, hatte dem Appartement etwas Leben einhauchen können. Doch sie war nicht mehr da.

Sein Kopf war heiß, er brauchte kaltes Wasser und drehte den Wasserhahn auf. Das zu grelle Licht im Bad schmerzte seinen Augen. Sein Gesicht wirkte fahl im Spiegel über dem Waschbecken. Am Kinn traten die ersten weißen Bartstoppeln hervor; sein Blick war leer und müde. Maurice mochte diesen Mann nicht.

Er hatte damals nicht gewusst, wie es um seine Frau gestanden hatte. Wie sehr Sophie ihn geliebt und mit welcher Freude sie die lang ersehnte Nachricht über ihre Schwangerschaft von ihrer Ärztin aufgenommen hatte. Vielleicht hatte er es auch nicht wissen wollen. Sophie hatte ihn mit einem Strauß Rosen erwartete, als er das aus Paris kommende Flugzeug verließ; mit Worten, die er sich seit Tagen zurechtgelegt hatte.

Wenn die Eltern aus verschiedenen Ländern kommen, müssen die Kinder eines Tages eine Entscheidung für das eine oder das andere Land, die eine oder die andere Gemeinschaft treffen. Eine doppelte Loyalität existierte nach seiner Vorstellung nicht. Für Sophie und ihn wären diese Alternativen sogar reines Wunschdenken. Letztlich entschieden nicht sie, sondern die Mehrheit, wer in einer Gemeinschaft akzeptiert würde. Schwarz und deutsch sein zu wollen, war Maurice als lächerliches Unterfangen erschienen, dem er bereits in Kindheitstagen unbewusst abgeschworen hatte.

Sophie war anderer Meinung gewesen. „Die Dinge ändern sich, Maurice", hatte sie gesagt und ihrer beider Leben im Land geplant. So wie seine deutsche Mutter mit ihrem afrikanischen Ehemann, seinem Vater, den er irgendwann angefangen hatte zu bemitleiden. Maurice hatte seine Entscheidung, die keine war, gefunden. Er war schwarz, vom Schicksal in widrige Umstände, in eine fremde Welt ausgesetzt. Ein Hadern mit diesem Schicksal lag ihm fern. Vielmehr genoss er diese Erkenntnis als eine Aufgabe zu Veränderungen. Ihm ging es um das Schicksal seiner zukünftigen Kinder. Diesen wollte er den sinnlosen Kampf um Klärung der eigenen Identität, eigenartige Fragen, interessiertes oder bösartiges Geglotze ersparen.

Damals auf dem Flughafen, als er seiner freudig wartenden Frau Sophie entgegengegangen war, hatte sie seiner erzwungenen späten Entscheidung im Wege gestanden. Maurice hatte den Fehler seines Vaters korrigieren wollen. Seit einigen Monaten hatte er während seiner Dienstreisen in Paris Flavie, die spätere Mutter seines Sohnes, getroffen. Beinahe täglich hatte er mit ihr heimlich telefoniert. Sophie hatte von alledem nichts bemerkt.

Frauen sind stark. Das Ende einer Beziehung ist niemals gerecht. Die Rosenblüten brachen, als der Strauß zu Boden fiel. Auch Sophie brach zusammen. Maurice war unfähig gewesen, sie zu halten. Die plötzlich zutage getretene Schuld, die bis heute an seiner Seite geblieben war, hatte seine Arme gelähmt. Sophie hatte sich nicht von ihm aufhelfen lassen und war aus seiner zerstörerischen Welt geflüchtet. Am gleichen Abend war sie in ein Krankenhaus eingeliefert worden. Das ungeborene Kind war tot gewesen, bevor er von dessen Existenz erfahren hatte.

Tränen liefen aus den Augen, die ihn aus dem Spiegel betrachteten. Er versuchte, sie wegzuwischen, doch verteilte die salzige Feuchtigkeit lediglich in seinem Gesicht. Nichts war geblieben von den hehren Zielen, denen er sich verpflichtet fühlte. Er hatte sich etwas vorgemacht. Sich in eine andere Frau zu verlieben, war beileibe kein Verbrechen. Seine Frau zu betrügen und zu verlassen, ohne den Mut zu besitzen, ihr die Wahrheit zu sagen, sondern pseudo-politischen Kram vorzuschieben, schon eher.

Issa hatte ihn damals gewarnt. Sicher, wenn ein Mann wie Issa jahrelang im Gefängnis sitzt, musste ihm seine Ehe mit Sophie, die Ehe eines schwarzen Deutschen und einer schwarzen Deutschen in diesem Land, wie ein erstrebenswertes höchstes Ideal erscheinen. Beinahe die gesamten sechzig Minuten der monatlichen Besuchszeit hatte Issa ihm geschenkt, um über seine Zweifel an der Ehe mit Sophie zu sprechen. Das war im November vor vier Jahren.

„Wir haben es schwerer in dieser Welt", hatte Issa gesagt. „Du musst mit Sophie sprechen. Das steht ihr zu. Sophie und du; ihr seid wichtig ... jedenfalls für mich. Also mach keinen Scheiß, Maurice. Du schuldest mir keinen Gefallen, aber das wäre mein einziger Wunsch an dich."

Maurice hörte Issas Worte zum Abschied noch so, als säße er gerade mit ihm in dem verrauchten Besucherraum des Gefängnisses. Anders als Issa damals gesagt hatte, schuldete Maurice ihm weit mehr als einen Gefallen. Seinem einzigen, jemals geäußerten Wunsch hatte er dennoch nicht entsprochen, sondern Sophie ins Unglück und das Kind in den Tod gestürzt. Vielleicht hatte es ihn einfach als Vater abgelehnt.

Maurice schaltete das Licht im Bad aus und ging zurück ins Wohnzimmer, zu seinem Bang-Olufsen-Soundsystem mit Marshall-Boxen. *Shoot You In The Back*. Er drehte den Song von Motörhead voll auf und schloss die Augen. Es half ... so wie eigentlich immer. An jenem Abend im Bataclan in Paris, wo er einer der wenigen mit kurzen Haaren und wahrscheinlich der einzige Schwarze gewesen war, hatte er es zum ersten Mal gespürt und später verstanden. *They're all fools, to live by rules.* Das war seine Antwort aus dem Labyrinth geworden, in dem man ihn zurückgelassen hatte und in das er nicht passte. So wie die Regeln, nach denen er geglaubt hatte leben zu müssen, nicht zu ihm passten. Niemals hatte er irgendjemandem irgendetwas geschuldet. Nicht Sophie, nicht seinem Doktorvater, nicht Issa, nicht seinen Eltern, auch nicht Flavie und ihrem Kind.

Maurice atmete tief ein und wieder aus. Dann drehte er die Musik etwas leiser. Doch ... seinem Sohn Patrice schuldet er all das, was ihm verwehrt worden war.

„Hey Issa, wie ist es gelaufen?" Kenny schaute etwas besorgt, weil sein Freund noch an diesem Abend in ihre Bar kam.

„Keine Sorge Mann. Alles klar. Ich habe meinen Charme nicht verloren." Auf das breite Grinsen seines Freundes hatte sich Issa bereits auf dem ganzen Weg von Amis Haustür bis zum Hakuna Matata gefreut. Dort verbrachten Kenny und er manche ihrer Nächte an den Wochenenden. Für Issa war die Bar so etwas wie ein privater Rückzugsraum außerhalb seiner eigenen vier Wände, denn nur wenige wussten überhaupt von ihrer Existenz. Auch die anderen Gäste schätzten die Intimität des Ortes und blieben in der Regel unter sich.

„Hey Sheela, alles klar?" Sheela stand wie jeden Abend hinter der Bar und schenkte Drinks an die Gäste aus. Der Laden gehörte ihr; zumindest sagte sie das jedem, der danach fragte.

„Was gibt's Neues Issa? Du wirkst ja sehr zufrieden", fragte Sheela.

Issa lachte. „Was soll's Neues geben. Ich freu mich einfach, wenn ich deinen Laden betrete. Außerdem siehst du heute klasse aus", schloss Issa die obligatorische Begrüßungsformel ab.

„Nur heute?", kokettierte Sheela.

Kenny hatte einige Drinks hinter sich; seine leicht gläsernen Augen warteten auf Neuigkeiten. „Na erzähl schon."

Issa brauchte diese Aufforderung nicht, es sollte aus ihm heraussprudeln. „Sie ist echt ... Wahnsinn", begann er, doch ihm fehlten die Worte. „Na ja, sie sieht super aus, und ... sie steht voll auf mich."

Kenny dauerte das zu lange. „Nun erzähl mal richtig. Hast du sie gefickt?"

„Nee, sonst wäre ich jetzt nicht hier." Das passte zu Kenny, dachte Issa. „Die Sache läuft super. Ich habe sie noch nach Hause gebracht. Und vor der Haustür hat sie mich geküsst. Mann, sie ist umwerfend." Issa zog sich die Jacke aus und setzte sich zu Kenny an die Bar. „Wir waren erst in so einem Restaurant. Ich habe mich nach ganz hinten gesetzt, da war niemand. Und ich habe halt so das ganze Programm abgespult. Ich habe mir die ganze Zeit gesagt, ich muss sie überraschen, auf dem falschen Fuß erwischen. Das ist so ungefähr wie ein wenig bloßstellen. Verstehst du, die anderen schämen sich dann für die Gedanken, die sie gar nicht ausgesprochen haben."

Die Geschichte war etwas wirr, dennoch verstand Kenny seinen Freund, dafür kannte er ihn zu lange. Sie brauchten nur einige Signalwörter, um sich verständlich zu machen. „Klar", sagte er. „Wenn die so einen großen schwarzen Mann wie dich sehen, denken die, du willst denen gleich die Bluse aufreißen."

„Genau. Weißt du, es gibt solche Tage, an denen ist man einfach gut in Form. Das ist ungefähr so, wenn du telefonisch einen Termin ausmachst, aber es erscheint da ein Schwarzer und sagt: Guten Tag, ich bin Herr Vessel oder Herr Hübner, wir haben um fünfzehn Uhr einen Termin. Verstehst du?"

Kenny hielt Issa die Faust zur Bestätigung hin, und der schlug so fest darauf wie gestern bei dem ersten Anruf von Ami.

„Mal ehrlich, ich hätte wirklich Lust gehabt, ihr die Bluse aufzureißen. Sie hat eine Superfigur."

„Warum hast du sie dann nicht gefickt?" Kenny gefiel die Geschichte und die Unterhaltung.

„Das war mir völlig egal gewesen. Sie gefällt mir einfach richtig gut." Und außerdem war Issa froh gewesen, dass Ami ihn erst gar nicht gefragt hatte, ob er mit ihr nach oben kommen wolle. Mit Ami sollte alles richtig funktionieren, und es war besser, wenn die Frau den Zeitpunkt völlig frei bestimmte; was sie sowieso taten. An diesem Abend war sie nicht so weit gewesen. Issa auch nicht, was er vor Kenny lieber verheimlichte.

„Manchmal sind Weiber eigenartig. Wenn du mit denen vor der Haustür stehst, musst du die ficken. Die können dir das richtig übelnehmen." Kenny schöpfte aus seinem Erfahrungsschatz.

„Du hast ja recht. Aber lass mal gut sein. Wir treffen uns jedenfalls morgen; ich brauche unbedingt ein Auto."

„Du weißt ja, meine Kiste ist kaputt. Frag doch Maurice, der hängt am Sonntag sowieso nur noch zu Hause ab, seitdem die Geschichte mit dieser Pariser Braut zu Ende ist."

Das Hakuna Matata war eine Bar, in der Männer, die ihre beste Zeit weit hinter sich gelassen hatten, auf junge Afrikanerinnen und Brasilianerinnen trafen. Die dominikanische Republik und andere exotische Regionen waren sicher auch vertreten. Man betrank sich gemeinsam und ging anschließend den zueinander passenden Motivationen nach. Sheela kannte jede einzelne der Frauen und ihre regelmäßig wechselnden Favoriten. Obwohl sie selbst erst Anfang Dreißig war, wurde sie von den Frauen gleich einer Mutter akzeptiert. Denn sie hatte den Gipfel bereits erklommen, nach dem sie alle strebten. Ohne Papiere und Geld hatte sie die Kluft zwischen einem

Moloch in der verarmten Welt und Europa überwunden – eine monatelange Reise. Unterbezahlte philippinische und osteuropäische Seeleute hatten sie in einem der vielen Bordelle in der Nähe des Hafens für ein paar Dollar von dem Mann gekauft, den sie geliebt und dem sie wider besseren Wissens vertraut hatte. Wie lange Sheela in dem fensterlosen, nur wenige Quadratmeter großen Raum tief im Bauch des Schiffes gefangen gehalten und benutzt wurde, erfuhr sie erst von den Carabinieri, die sie in der ihr unverständlichen Sprache befragten, nachdem sie von sizilianischen Fischern halb tot aus dem Meer gezogen worden war. Auf irgendwelchen Wegen hatte Sheela es bis in diese Stadt geschafft und war von einem jener Männer für gut befunden und schließlich geheiratet worden, die heute den Großteil ihrer zahlenden Kundschaft ausmachten. Ihr Ehemann und sie spielten ein ungleiches Spiel. Er war chancenlos gegen diese Frau gewesen, die es gewohnt war, jeden Tag um ihr Überleben zu kämpfen, und zahlte einen angemessenen Preis für seine unangemessene Begierde. Sheela bekam erst die neue Staatsangehörigkeit, dann das Hakuna Matata und am Ende die Scheidung.

„Diese Typen haben keine Ahnung." Kenny betrachtete die bizarre Szenerie. Eine junge Afrikanerin mit blauen Kontaktlinsen rieb tanzend ihren auffälligen Hintern im Schritt eines Mittfünfzigers. Obwohl dessen Gesicht bereits hochrot war, traten die Kapillargefäße auf seinen schweißnassen Wangen deutlich hervor. Von seinen gleichaltrigen Begleitern ließ er sich für seinen offensichtlichen Sex-Appeal bewundern. „Sie heißt Serwa, aber das wissen die da nicht", fügte Kenny augenzwinkernd hinzu.

„Okay", sagte Issa schmunzelnd und stand vom Barhocker auf. „Wissen die Mädchen, welchen Preis sie bezahlen?" Er zog sich seine Jacke an. „Ich glaube nicht. Oder doch?" Er zuckte mit den Schultern. „Egal. Manchmal muss man fast ein Masochist sein, um das hier zu ertragen." Issa trank den Rest seines Drinks aus, verabschiedete sich von Kenny und ging lächelnd nach Hause. Ganz sicher würde er hier nicht so schnell wiederauftauchen.

Ami stand wieder in ihrem Badezimmer und betrachtete sich im Spiegel. Issa hatte vor der Haustür seine Arme um ihre Taille gelegt und sie langsam an sich herangezogen, seinen Griff aber zugleich gelockert. Die Überwindung der restlichen Distanz zu seinen Lippen hatte er ihr überlassen. Seine Lippen waren weich und warm gewesen. Ami hatte sich auf die Zehenspitzen stellen müssen, um ihn zu küssen. Noch jetzt konnte sie seine Erregung spüren. Trotzdem hatte er sie nicht gefragt, ob er mit nach oben kommen könne. Damit hatte sie gerechnet; und sie wäre sich nicht sicher gewesen, wie sie entschieden hätte. Möglicherweise hatte er ihre Zurückhaltung richtig verstanden. Issa war ein zwei Meter großer schwarzer Mann, über den sie im Grunde nichts wusste. Vielleicht ein Mann, wie derjenige, der ihrer Mutter und ihr ein Stück Leben geraubt hatte. Doch sie hatte sich verliebt, was ihr gerade richtig bewusst wurde. Issa hatte ihr nicht nur das Gefühl gegeben, genau das Gleiche zu empfinden, er hatte es irgendwie auch gesagt. Sie hatte es in seinen Augen sehen und zwischen seinen vielen Worten verstehen können. Nichts war geblieben von dem Typen, der sie vor zwei Wochen mit einem coolen Spruch im Café angegraben hatte. Der Basketballprofi, den andere sicherlich auf Englisch ansprechen wollten, hatte niemals existiert. Auch sie oder das, was er nicht in ihr sah, hatte niemals existiert. Der Spiegel hatte sie betrogen. Ungewöhnlich, exotisch, heißblütig. All das spielte für ihn keine Rolle. Er hatte sie ganz einfach eine schöne, eine wunderschöne Frau genannt. Und diese Frau bedurfte keiner schablonenhaften Attribute. Issa war zu ihr vorgedrungen, hatte sich nicht irritieren lassen und eine Tür aufgestoßen ... ihr eine

Tür aufgestoßen. Ami schloss ihre Augen und sah sein Lächeln.

4. Kapitel

Mike brach früh auf von der kleinen Pension, die einer größeren Wohnung glich. Sein Budget war knapp bemessen und der Dollar nicht mehr viel wert. Diese Kombination hatte ihm eine durchgelegene Matratze, kaum Schlaf und am Morgen dünnen Kaffee beschert.

Er war älter geworden; wie sonst konnten ihm diese fast vergessenen kleinen Gassen nach all den Jahren vertraut vorkommen, obwohl er diese Orte lange vergessen hatte. Nur die Menschen waren verändert. Im Grunde waren es andere Menschen. Mike fühlte sich fremd. Der kleine Zeitungskiosk wurde jetzt von einem pakistanischen Besitzer betrieben. Früher hatte er oft genau an dieser Stelle bei den internationalen Journalen gestanden, eine Coca-Cola getrunken und durch die Schaufensterscheibe möglichst unauffällig beobachtet, ob Gabi das Haus ihrer Eltern verließ. Sie war dann bis zur zweiten Querstraße gegangen und hatte dort in einem Hauseingang auf ihn gewartet. Mike war aus einer Welt gekommen, wo damals selbst ein verstohlener Blick für einen jungen Schwarzen das Todesurteil bedeuten konnte. Diese Gefahr hatte in diesem Land nicht gedroht; dennoch waren es auch hier verbotene Früchte gewesen, von denen sie beide nicht hatten lassen können.

Mike schaute wieder durch das Fenster, als sich die Tür zum Wohnhaus von Gabis Eltern öffnete und zwei Handwerker den Gehweg betraten. Natürlich konnte es nicht Gabi sein. Doch dieses dreißig Jahre alte Gefühl war so präsent wie damals.

„Hat dich jemand gesehen?", hatte Mike gefragt, wenn er am Hauseingang angekommen war. Die Antwort auf seine Frage war ihr egal gewesen. Sie hatte ihn geküsst mit diesem eigenartigen hoffnungslosen Glück in ihren Augen; mit diesem Zittern ihres Körpers, wenn sie sich an ihn geschmiegt hatte. Mike hatte dann an den Inhaber des Gemischtwarenladens auf Tybee Island denken müssen, bei dem er schon als Kind an den Wochenenden oft ausgeholfen hatte. Er war freundlich gewesen und hatte dennoch mit jedem Wort, mit jeder Geste die alten Grenzlinien aufgezeigt, die Mike in dem Hausflur mit Gabi überwunden hatte. Es waren kleine Siege gewesen; gegenüber dem Ladenbesitzer und gegenüber Gabis Eltern, die sie später für ihn verließ.

Noch immer stand der Name Hübner an der Klingelanlage. Was sollte Mike diesen Leuten sagen, die er niemals kennengelernt hatte? Warum stand er überhaupt vor diesem Hauseingang, den er zuvor stets gemieden hatte? Wenn seine Vermutung stimmte, hatte er diese Familie, die sein einziger Anknüpfungspunkt war, vor dreißig Jahren in eine Katastrophe gestürzt.

„Die Leute könnten auf eigenartige Gedanken kommen, wenn Sie so vor der Tür rumstehen." Der Mann mit dem tiefschwarzen Borsalino zwinkerte Mike zu. Es war nicht der weiche melodische Akzent des Südens. Aber es waren heimatliche Klänge, die Mike gerade in diesem Augenblick äußerst guttaten. „Ich glaube, das Haus ist seit ein paar Wochen nicht mehr bewohnt. Alle mussten ausziehen. Es soll noch ein Bürohaus in das Viertel gebaut werden." Mit dieser Feststellung hatte er Mike vorerst die unangenehme Begegnung mit Gabis Eltern erspart und ihm gleichzeitig seines einzigen Anknüpfungspunkts beraubt. Mike war dennoch erleichtert und schüttelte die Hand seines neuen Bekannten mit ehrlicher Freude.

„Gary Griffith oder ...", er zeigte auf seinen Gitarrenkoffer, „Illinois Griffith." Der Künstlername war möglicherweise die letzte Verbindungslinie zur alten Heimat. Gary lebte seit mehr als fünfundzwanzig Jahren in Deutschland. Er hatte die guten

Zeiten gesehen, in denen sich selbst kleinere Städte die deutsch-amerikanische Freundschaft einiges kosten ließen. Nachdem Gary seinen ersten Vertrag unterschrieben hatte, musste er sich erst daran gewöhnen, nicht nur pünktlich zum Monatsbeginn ein Gehalt zu bekommen, sondern darüber hinaus krankenversichert zu sein und jeden Sommer einen ganzen Monat bei voller Bezahlung nach Chicago fliegen zu können. Jazz war schick in diesen Tagen; intellektuell und sexy. Ein kurzer Smalltalk mit Illinois Griffith vor einem Gig machte den Unterschied aus und sicherte die Aufmerksamkeit der Mädchen. *Bring bitte deine Gitarre mit.* Die meisten privaten Einladungen konnte er damals gar nicht wahrnehmen. Natürlich war er nicht reich gewesen ... aber sorgenfrei. Ein sorgenfreier schwarzer Jazzmusiker.

Eines Morgens hatte er es dann gespürt und im gleichen Moment auch verstanden. Der Jazz hatte ihn zurückgelassen. Allein in diesem Land. All das Experimentieren war zwecklos gewesen. Seit diesem Morgen gab Gary ausschließlich Gitarrenunterricht. Die Technik war wie Autofahren; das konnte er nicht verlernen.

Die Studenten der wilden Nächte von damals waren mittlerweile genau dort angekommen, von wo sie einst mit Abscheu aufgebrochen waren. Garys Musik hatten sie mitgenommen; und so hatte der sorgenfreie Jazz die Opernarien und klassische Konzerte verdrängt. Der Geschäftsführer der städtischen Wirtschaftsförderung hatte Gary und ihre gemeinsamen Partys nicht vergessen. Regelmäßig buchte er ihn und einige alte Weggefährten zu Empfängen und anderen Anlässen. Gary musste sich hierzu nicht verbiegen. Letztlich verband er diese Gigs im Namen der transatlantischen Freundschaft stets mit der leisen Hoffnung, der Jazz möge Milde walten lassen und sich seiner wieder erinnern.

„Das Buffet ist jedes Mal ausgezeichnet", sagte Gary und überging Mikes Zögern einfach. „Und deine Jugendliebe finden wir sicher später auch noch."

„Ist doch selbstverständlich", sagte Maurice und drückte Issa die Autoschlüssel in die Hand.

„Wir reden heute Abend, wenn ich dir das Auto zurückbringe. Schlaf dich aus, Mann", verabschiedete sich Issa und stieg in den Fahrstuhl.

Maurice sah an diesem Sonntagmorgen wirklich mitgenommen aus. Der talentierte junge Student, dem er an der Universität vor Jahren zum ersten Mal begegnet war, schien in weite Ferne gerückt. Dabei hatte ihm die Welt zu Füßen gelegen; er hätte nur seine Hand danach ausstrecken und sie ergreifen müssen. Wenige waren mit seinen Gaben gesegnet. Maurice hatte eine eigentümliche Sanftheit ausgestrahlt, die einige nicht vermutete tiefe Risse in seinem Innern überdeckte. Damals hatte Issa fasziniert, dass sein Freund auf den ersten Blick kein einziges der mit ihrer Hautfarbe verbundenen Klischees bediente. Beinahe wie ein wirklicher andorranischer Jude, dem, anders als bei Max Frisch, die Herkunft seiner Eltern verschwiegen worden war. Er war geradezu ein Musterbeispiel an Akkuratesse und sittlichen Verhaltensformen, die kaum noch jemand kannte, geschweige denn beachtete. Schon als Student trug er eine Krawatte. Seine Haare ließ er sich wöchentlich von einem arabischen Friseur schneiden. Seine Schuhe waren stets geputzt. Und wenn Issa sich darüber lustig machen wollte, pflegte er seinen bereits verstorbenen Großvater mütterlicherseits zu zitieren: „Schau ich auf die Schuhe eines Mannes, so sehe ich direkt in seine Seele." Dass Maurice fließend Französisch, Englisch und Spanisch sprach sowie Italienisch wenigstens verstand, erschien einfach selbstverständlich. Issa ertrug Maurice als Freund; was nicht immer einfach war. So sehr er sich auch bemühte, Maurice entlarvte regelmäßig seinen Hang zum Müßiggang und stellte ihm eines Tages die Frage, über die kaum ein Jurastudent jemals nachdenkt. „Und was ist Recht eigentlich?" Maurice hatte zufrieden gelacht, als Issa sich abmühte, ohne eine Antwort zu finden und, wie er später zugab, in diesem Augenblick nicht wusste, was er die letzten drei Jahre gemacht hatte. Egal; diese Frage war nicht prüfungsrelevant und führte einen im schlimmsten Fall noch in die Tiefen der Rechtswissenschaft ... dort, wo Hans Kelsen mit seinen verwirrenden Thesen wartete, über die der Papst eines Tages im Bundestag sprechen sollte.

Ja, Maurice stellte Fragen. Und seine Fragen führten ihn zu Antworten; oft zu Erkenntnissen. Unter einer Erkenntnis, deren Frage die meisten bereits verdrängten, litt Maurice besonders. Sein Leben war regelrecht überschattet von dieser Erkenntnis, die keine Lösung, sondern bestenfalls eine leise Hoffnung anbot. „Und was machen wir hier? Wofür studieren wir denn?", hatte Issa ihn gefragt. Maurice hatte mit den Schultern gezuckt und gesagt: „Ich weiß es nicht, aber etwas muss man ja tun. Und wenn ich etwas mache, dann richtig." Doch manchmal verlor Maurice diese leise Hoffnung und alles wurde möglich. So hatte er eines Tages seine fertige Dissertation in den Müll geschleudert und sich dem profanen Geldverdienen gewidmet. Die ihn regelmäßig erreichenden Einladungen seines Doktorvaters teilten das Schicksal seiner wissenschaftlichen Arbeit. Diese Brüche, wie die Trennung von seiner Frau oder von der Mutter seines Kindes, deren Schuld ihn in der letzten Nacht wohl heimgesucht hatte, gehörten zu seinem Leben.

Maurice' BMW stand in der Nähe der Ausfahrt der Tiefgarage. Issa hatte keinen Schlaf finden können. Die Minuten waren zu Stunden und die Stunden zu Tagen geworden in dieser Nacht. Etliche Male hatte er auf die Uhr gesehen, in der Hoffnung unbemerkt eingeschlafen zu sein. Trotz dieser endlosen Nacht verspürte Issa nicht die geringste Müdigkeit. Elf Uhr war er mit Ami verabredet; sie wollten spazieren gehen. Er saß im Auto seines Freundes und lauschte der Musik, die seiner Stimmung entsprach – *Silver Shadow*. Issa hatte sich die CD mitgebracht, denn seit einigen Jahren hatte Maurice eine eigenartige Begeisterung für Rockmusik und vor allem für

Motörhead entwickelt. Nein, das sei kein Heavy Metal, sondern Rock'n'Roll; darauf legte er besonderen Wert, wenn er Issa mit dieser Musik bei gemeinsamen Fahrten quälte. Er kannte Amis Musikgeschmack nicht, doch Atlantic Starr war sicher keine schlechte Wahl.

Alles würde gut gehen; Issa war sich sicher. Auch wenn er nichts ausschloss. Niemals wieder würde ihn eine Enttäuschung unvorbereitet treffen. Monatelang hatte er als Teenager an der Begegnung mit dem wunderschönen Mädchen gelitten. Er war gerade sechzehn Jahre alt geworden und hatte mit einigen Freunden einen Teil der Ferien am Meer verbracht. Am ersten Abend hatte er sie kennengelernt. Sie war schlank, groß, braun und Issa ahnungslos gewesen. Am gleichen Abend hatte sie ihn geküsst. Die Berührung ihrer weichen Lippen und ihres Busens, den sie an seinen Körper gepresst hatte, suchte ihn manchmal in seinen Träumen auf. An jenem Abend am Strand hatte er sein Herz verloren. Das Fiasko des folgenden Tages konnte Issa bis zum heutigen Tage nicht verstehen. Keines Blickes war er von ihr gewürdigt worden, als sie Hand in Hand mit einem blonden Jungen, der ihn triumphierend anstarrte, vorbeigeschritten war. Seit jenem Tag hielt Issa sein Herz mit beiden Händen und aller Kraft fest, wenn er auf eine Frau traf, die es ihm ansonsten mit Leichtigkeit entreißen könnte. Ami war eine solche Frau.

„Willst du kurz hochkommen, ich brauche noch ein paar Minuten." Ihre Stimme klang für Issa selbst über die Wechselsprechanlage so verführerisch wie der Gesang von Diana Ross zu ihren besten Zeiten.

A. Steinmann stand an der offenen Tür. „Komm rein, ich bin im Bad." Issa betrat ihre Wohnung; nur kurz und ging sogleich wieder einen Schritt zurück. Denn im Flur lag ein weißer Läufer. Er zog seine Schuhe aus und stellte sie ins Treppenhaus.

Alles in dieser Wohnung schien weiß zu sein oder wirkte zumindest sehr hell. Ein großer Spiegel in silbernem Rahmen, an dem Issa vorbei in das Wohnzimmer ging, reichte fast bis zum Boden. Er betrachtete kurz sein Gesicht und überlegte, ob er sich vielleicht doch rasieren hätte sollen. An der Tür duckte er sich ein wenig und nahm auf der kleinen, ebenfalls weißen Couch Platz. Der Raum wirkte freundlich, etwas sparsam, aber liebevoll eingerichtet. Rechts neben einer aus Glas und Metall bestehenden Musikanlage im edlen Design befand sich ein hohes, bis fast unter die Decke reichendes, ungefähr ein Meter breites dunkelbraunes gut gefülltes Bücherregal. Auf der anderen Seite waren CDs und DVDs in einem zur Musikanlage passenden Ständer sorgsam sortiert, neben dem ein etwas zu kleiner weißer Flachbildfernseher auf dem Boden stand. In der Ecke lag auf dem hellen Teppichboden eine große lackierte Baumwurzel in demselben Braunton wie das Bücherregal, über deren Verästelungen eine lange dünne goldene Kette hing. An der hellblauen Wand daneben hingen drei schräg angeordnete weiße Bilderrahmen mit schwarz-weißen Szenen aus Filmen der sechziger Jahre. Französische Filme; Issa erkannte das Gesicht von Jean-Louis Trintignant, wohl in Le Mouton enragé. Am Fenster standen in unterschiedlichen Keramikübertöpfen mehrere verschiedene Hängepflanzen, deren Grün gut zu den hellbeigen offenen Vorhängen passte.

Auf dem flachen Couchtisch vor ihm stand ein bunt gemischter Blumenstrauß. Unter der Glasplatte lagen Fotos. Ami, etwa zehn Jahre alt, neben einem kleinen blonden Mädchen mit roten Backen. Ami, noch jünger, neben einer Frau, die sicher ihre Mutter war, und einem Mann, der irgendwie dazugehören musste. Ansonsten würde dieses Foto nicht unter der Glasplatte liegen. Ganz in der Ecke des Tisches, Issa hätte es beinahe übersehen, befand sich ein weiteres kleines Bild, das Ami in einem schicken, kurzen Kleid einen Gang entlanggehend zeigte.

Issa lehnte sich zurück. Er fühlte sich geborgen an diesem Ort, der so ziemlich alles verkörperte, was ihm in seinem Leben fehlte. Dafür gab es Gründe; doch er empfand es gerade sehr deutlich.

Durch die angelehnte Badezimmertür konnte Ami ihn beobachten, wie er das Wohnzimmer betrat. Er musste sich am Türrahmen etwas bücken. Ami verlor ihn aus den Augen, möglicherweise hatte er sich auf die Couch gesetzt und sah ihre Fotos, die sie absichtlich liegen gelassen hatte. Er war pünktlich gewesen, beinahe auf die Minute. Seit den frühen Morgenstunden hatte sie wach in ihrem Bett gelegen und auf Issa gewartet. Die Zeit schien still gestanden zu haben. Jedes Details des gestrigen Abends hatte in ihrem Kopf gekreist; besonders ihr Kuss und ihre kurze gemeinsame Nähe. Ami wusste nicht genau, ob sie diesem Mann vertrauen konnte. Wenn sie auf ihr Gefühl hörte, musste sie diese Frage bejahen. Wenn sie an die Bilder dachte, die sie seit ihrer Kindheit kannte, hätte sie Issa niemals in ihr Leben und schon gar nicht in ihre Wohnung einlassen dürfen. Doch diese Bilder hatten seit dem gestrigen Abend deutliche Risse bekommen. Unsicherheit war ihr geblieben. Die Beziehung mit Frank gerade beendet, und Issa saß bereits auf ihrer Couch. Verliebtheit ist kein guter Ratgeber. Zeit hatte sie sich lassen sollen, war Stephanies Rat gewesen. Aber das Schicksal räumte ihr diese Zeit nicht ein, wenn sie Issa nicht gleich wieder verlieren wollte. Ami fühlte sich hundeelend und zugleich überaus glücklich. Nur Letzteres war im Spiegel zu erkennen, dem sie einen kurzen Blick zuwarf, bevor sie das Badezimmer verließ.

Issa stand sofort auf, als Ami den Raum betrat. Das Zimmer war zu klein für einen so großen Mann. Es herrschte Stille; ihre Stimme versagte. Issa sagte nichts, sondern umfasste ihren Körper. Ami spürte ihn; sie sah sein Gesicht ganz nah. Sie verstand nicht, was er zu ihr sagte. Ohne es zu merken, wich sie einen Schritt zurück; weg von Issa.

„Entschuldige", hörte Ami ihn jetzt sagen. „Ich wollte ..."; er stockte. Die Freude war urplötzlich aus seinem Gesicht gewichen, seine Arme hingen kraftlos am Körper herab. „Ich wollte dich nicht ..."

Ami erwachte und unterbrach ihn: „Nein, Issa." Sie sprach zum ersten Mal seinen Namen aus. Die Angst, die Bedenken, die Bilder lösten sich im Nichts auf, als sie ihn so dastehen sah. Seine Vorsicht, die sie bereits gestern Abend glaubte bemerkt zu haben, rührte scheinbar aus der gleichen Angst, die sie soeben verloren hatte. Sie legte ihre schmalen Hände auf seine Schultern, zog diesen großen Mann an sich heran und flüsterte in sein Ohr: „Gibst du mir keinen Kuss?"

Doch natürlich, schienen seine Augen zu sagen, die er nicht schloss, als sich ihre Lippen berührten. Ami schmiegte ihren Körper an den seinen und hielt ihn, so fest und stark sie konnte. Issas kurze Bartstoppeln kratzten ein wenig, als er ihren Hals küsste. Seine Hände wanderten über ihren Rücken. Seine Haare, die Ami berührte, waren gänzlich anders als die ihrer bisherigen Freunde. Sie musste an die unzähligen bekannten und unbekannten Leute denken, die in ihrer Kindheit ständig ihre Haare anfassen wollten, ohne auf ihr Einverständnis besonderen Wert zu legen. Er war erregt. Ami spürte die in ihm aufsteigende Lust. Auch sie war erregt. Ohne genau zu wissen warum, sie vertraute ihm. Er würde nicht weiter gehen, als sie bereit war, ihn gehen zu lassen. Sie berührte sein Gesicht, seine braune Haut, die sich von ihren Händen kaum unterschied. Ami hatte niemals nach diesem Augenblick gesucht.

Sie würde ihm zu verstehen geben, wann der richtige Zeitpunkt gekommen war. Issa wollte und musste ihr reinen Wein einschenken, bevor Fakten geschaffen wurden. Ami sollte sich nicht betrogen fühlen. Freier Wille setzt Wahrheit voraus und ist die beste Basis für eine Beziehung. Issa wollte Ami mehr, als er jemals zuvor eine Frau gewollt hatte. Sie hatte ein Recht auf seine Wahrheit, bevor sie sich hoffentlich für ihn entschied. Er spürte ihre Berührung seines Gesichts; ihr Blick war etwas nachdenklich. Es war lange her, dass eine Frau Issa so zärtlich berührt hatte.

„Ich habe dir ein paar Blumen mitgebracht."

Der Blumenstrauß auf dem Wohnzimmertisch musste Issas Rosen weichen.

„Bist du das hier?", fragte Issa und zeigte auf die Fotos.

„Ja, hier als Kind mit meiner Schwester und meinen Eltern. Und hier bei einer Modenschau." Ami lachte. „Ich habe eine Zeit lang gemodelt. Irgendwann ist es mir zu viel geworden. Außerdem ...", sie legte beide Hände an ihre Taille und drehte mit gespielter Enttäuschung, wie bei einer Pose, eine Schulter elegant in Issas Richtung, „sind jetzt eher die ganz dünnen Mädchen gefragt."

„Was?", fragte Issa missbilligend. Er meinte es so; und es war auch die Reaktion, die sie wohl erwartete.

„Egal"; Ami winkte fröhlich ab. „Zurzeit arbeite ich Teilzeit als Tippse. Und manchmal helfe ich noch in der Firma einer Freundin."

Die enge Jeans und das legere Sweatshirt standen ihr gut. Eine fantastische Figur, fand Issa. Sie trug einen BH, das hatte er bemerkt, als er ihren Rücken berührt hatte. Issa überlegte, was sie unter ihrer Jeans trug. Er musste lachen, als er sich bei diesen Gedanken ertappte; er mochte sexy Frauen. Damals als Maurice ihm im Gefängnis von seiner neuen Eroberung aus Paris und dem Nachtklub Alizé berichtete, wo es zu dieser Zeit unter den Mädchen verpönt gewesen war, überhaupt einen Slip zu tragen, hatte er sich diese Szenerie wochenlang in seiner Zelle vorgestellt. Maurice hatte Issa versprochen, nach seiner Entlassung mit ihm gemeinsam nach Paris zu fahren. Daraus war bisher nichts geworden. Maurice hatte mit dieser Geschichte abgeschlossen; leider zu spät. Für Issa waren solcherart Ausflüge jetzt auch gestorben. Es würde sich vieles ändern. Issa war hierzu seit Jahren bereit.

„Tippse klingt ja ziemlich negativ. Normalerweise solltest du Büroassistentin sagen." Issa griff das Thema auf, um auf sich und das, was er Ami heute sagen musste, zu sprechen zu kommen.

„Nein, nein, Tippse trifft es viel besser; am Computer sitzen, Kaffee kochen und manchmal eine Zigarettenpause. Zurzeit bin ich in einer großen Immobilienfirma. Es ist ganz okay."
Ami setzte sich neben Issa auf die kleine Couch. Sie hatte Lust, ihn zu küssen. Er aber schaute etwas abwesend auf die Fotos unter der Glasplatte. „Du hast mir gar nicht gesagt, was du so machst, Issa."

„Ich studiere wieder ... Lass uns gehen. Ich habe den ganzen Tag das Auto von einem Freund. Wir fahren raus an den See, wenn du einverstanden bist."

Ich sitze in der Scheiße, du musst mir helfen, Maurice. Ich habe versucht, Issa anzurufen. Aber der hat sein Handy abgestellt."

Genau das brauchte Maurice heute noch. Diese Probleme seiner Freunde wurden ihm manchmal zu viel. Kenny hatte ständig irgendwelche Anliegen, obwohl er nur für sich selber verantwortlich war. Jedoch waren sie seit dieser Geschichte, und schon davor, untrennbar miteinander verbunden.

„Issa hat ein Date, der ist beschäftigt. Was ist denn los?"

Kenny klang völlig erledigt, es musste ernst sein. „Ich sitz hier bei den Bullen, im Polizeigewahrsam. Hatte gestern Nacht ein kleines Problem. Hab so eine Alte nach Hause bringen wollen. Die wohnte im Osten, verstehst du? Na ja, da waren so ein paar Idioten ..."

Maurice erwachte und unterbrach ihn. „Warte mal, langsam. Lieber nicht über Telefon. Wo bist du denn?"

„Na hier irgendwo im Osten. Ich kenn diese Scheißecke nicht."

„Wenn du keinen umgebracht hast, müssen sie dich spätestens am Montag gehen lassen. Oder ist etwas Schlimmes passiert?" Maurice dachte an Kennys Schlüsselanhänger und machte sich Sorgen.

„Nee, denk ich nicht, aber die sahen echt nicht gut aus." Kenny hatte auf der Straße gelernt, wenn es angebracht war, keinerlei Skrupel zu kennen.

Er musste Issa erreichen, dachte Maurice. Denn ihr Freund kannte sich mit diesen Geschichten besser aus. „Okay, versuch, mich noch mal gegen sechs anzurufen. Hast du deinen Ausweis dabei?"

Kenny war aufgebracht. „Selbst wenn ich den hätte, diesen Rassistenschweinen hier würde ich überhaupt nichts geben."

Da lag also das Problem. „Hey Kenny, bleib mal ganz cool. Du ... wir können uns diesen Scheiß nicht leisten, verstehst du mich?" Maurice wurde ernst, das blöde Gequatsche seines Freundes ging ihm gehörig auf die Nerven. „Wo ist denn dein Ausweis ... in deiner Bude ... Okay, Issa hat deinen Schlüssel. Wir holen den Ausweis heute Abend und kommen da vorbei. Ich finde das schon. Alles klar Mann? Ich kümmere mich darum, und du musst cool bleiben, Kenny."

All die Jahre hatte Maurice damit gerechnet, dass diese alte Geschichte doch auffliegt. Jetzt konnte es kurz bevorstehen. Dann wären sie alle dran; auch Issa, der genug gebüßt hatte. Hoffentlich hatte Kenny verstanden, wie gefährlich die Situation war. Er musste Issa erreichen.

Wenige Monate, nachdem ich Issa auf dem Eingang zur Klinik zum ersten Mal begegnet war, hatte er das vorläufige Ende seines Weges erreicht. Vielleicht war Issa gerade wegen unserer Begegnung, die er niemals wirklich verkraftet hatte, zum Verbrecher geworden. Gleich einem Strudel hatte ihn dieser sonnige Nachmittag in seinen trügerischen Bann der Rache gezogen und bis zu dem heutigen Tage, da er endlich mit der Frau seines Lebens auf einem einsamen Bootssteg stand, noch immer nicht entlassen.

Der sich weithin erstreckende See lag von Mischwäldern

umgeben am Rande der Stadt. Im Sommer konnte man an den Wochenenden den Eindruck gewinnen, sämtliche Einwohner machten es sich zur Aufgabe, dem See die ihm eigene Idylle zu entreißen. Der Herbst hatte sie alle vertrieben. Und so lag der See, dessen Wasser schwarz, gefährlich und am späten Nachmittag unheimlich wirkte, nun in beinahe absoluter Stille da. Die Wege an seinen Ufern waren vom Regen der vergangenen Nacht durchnässt. Das letzte Laub hatte sich am Boden zu einer breiigen Masse verdichtet. Verlassen senkten die Bäume ihre bald kahlen Zweige, so als fürchteten sie die Herbstwinde, denen ihre morschen Äste und manchmal ganze Stämme nicht standzuhalten vermochten. Vögel suchte man vergebens. Diese hatten es vorgezogen, den See gen Süden weit hinter sich zu lassen. Er hatte ihnen in den kommenden Monaten nichts zu bieten. Nur ein Seeadler zog mit messerscharfem Blick, der das schwarze Wasser durchdrang, seine einsamen Kreise. Einige Wildenten und Blesshühner durchbrachen die Stille und beobachteten jeden der wenigen Spaziergänger aufmerksam, da nie auszuschließen war, dass etwas Essbares ins Wasser geworfen würde.

Der Himmel war grau, die Luft klar und kühl – November. Die Tiefe des Wassers am Ende des etwa zwanzig Meter langen Steges konnte Issa nicht abschätzen. Der See verschluckte die letzten, vom Ufer herkommenden Geräusche. Issa mochte diesen Ort. Wenn er die Augen schloss und lange genug blinzelnd auf das Wasser sah, erschien es ihm, als wandele er Jesusgleich über den See.

Heute war hierzu keine Zeit. Er war mit Ami an diesen, an *seinen* Ort gekommen, um ihr die Wahrheit zu sagen über sich und sein Verbrechen, für das er keine Schuld, sondern Rechtfertigung empfand. Er hatte sich zur Wehr gesetzt, wie er es stets getan hatte. Manchmal mussten sicher auch Unschuldige unter seinen Prinzipien leiden. Das war allemal besser, als eine einzige Verletzung zu schlucken und, wie viele ältere schwarze Männer, die dem Land nicht rechtzeitig den Rücken kehren konnten, mit fünfzig Jahren an Herzinfarkt, aber eigentlich an Verbitterung zu sterben.

Der Mann aus diesem friedlichen Städtchen war von dem bösen Zauber ergriffen worden und hatte Issa falsch verstanden, als der auf seine abwertenden Worte nicht so reagierte, wie er es vielleicht gewohnt war. Niemand sollte sich so etwas konsequenzlos hinterherrufen lassen. Issa war gerade angekommen; tief im Süden des Landes, dort wo das gemütliche Wesen der Menschen ihren Dialekt geformt hat. Keine zwanzig Minuten war er durch die ruhige Innenstadt geschlendert. An einem solchen Ort war er nicht vorbereitet auf Situationen dieser Art. Doch er hatte bereits dreiundzwanzig Jahre im Land gelebt und benötigte keine Vorbereitung. Die Reaktionsmuster hatten sich schützend fest um seine Seele gelegt. Niemals reden, sondern der Erste sein, der zuschlägt. Und zwar denjenigen, der am lautesten war. Möglichst gemein und hinterhältig, das erwartete niemand von einem Zwei-Meter-Mann. Ungläubigkeit, wie bei all den anderen zuvor, war in der Fratze zu erkennen, als Issa mit einem sanften Lächeln langsam näherkam. Konfusion lähmte die Mimik des Mannes. Er war nicht allein gewesen, weshalb er sich stark genug gefühlt und die Beleidigung gebrüllt hatte. Ein gefährlicher Fehler. Das Lachen seiner Begleiter erstarb, als sie bemerkten, dass es diesmal ernst wurde. Bevor der Mann den Boden der Bierflasche abschlagen konnte, landete Issas Fuß an seinem Kinn. Knock-out. Er sackte in sich zusammen. Die Verletzung brannte tief in Issas Brust, wie ein ungerechtes glühendes Stück Eisen. Er war nicht bereit, diese Aggression in seinem Herzen zu belassen, riss das Eisen heraus und richtete den Hass wieder und wieder gegen den Aggressor, der da bereits bewusstlos am Boden lag. Die Beleidigung hatte einen ritterlichen Kampf sowieso verboten. Mit beiden Füßen sprang er in die Fratze des wehrlosen Mannes. Noch heute konnte Issa das Geräusch des berstenden Schädels spüren. Ein verrückter schwarzer Mann war in ihr Städtchen eingedrungen. Der

Mann war tot, bevor der Notarzt eintraf. Issa war neben dem Toten stehengeblieben und hatte sich verhaften lassen. Eiskalt; würden später die Zeugen sagen. Das Zittern in seiner linken Wade, das er schon an seinem ersten Schultag verspürt hatte, als er dem älteren Jungen das Nasenbein brach, konnten sie nicht sehen.

Issa hatte einen Menschen getötet. Einen Menschen, der ihm und zuvor anderen Böses angetan hatte. Im Gefängnis hatte sich Issa oft die Frage gestellt, ob er durch diese Tat aus der normalen menschlichen Gemeinschaft ausgeschieden sei. Schließlich war er an einem Ort gewesen, der jedem Menschen verschlossen bleiben sollte. Jetzt auf dem Bootssteg kam Unsicherheit in ihm auf, ob er das Recht hatte, Ami in diese Welt mitzunehmen.

„Was ist denn los mit dir, Issa?" Ami hielt seine Hand und sah ihn mit ihrem wunderschönen Lächeln an.

„Ich muss dir etwas sagen. Ich dachte, an diesem Ort fällt es mir etwas leichter. Doch ich bin mir nicht mehr sicher."

Amis Lächeln verschwand, aber ihr Griff um seine Hand wurde fester, so als wolle sie ihn bitten nicht enttäuscht zu werden.

„Vorhin hast du mich gefragt, was ich so mache ... Es stimmt, ich studiere wieder ... Jura ... Ich hatte damals mit zwanzig angefangen ... Na ja, mit dreiundzwanzig war erst mal Schluss ... für fast sechs Jahre ... Ich habe einen Mann getötet und im Gefängnis gesessen ..."

Seine Kraft war verbraucht, Issa konnte nicht weiterreden. Was hätte er auch erklären können? Er war ein Verbrecher. In diesem Augenblick wurde ihm das erstmals richtig bewusst. Ein schwacher, eigennütziger Mann, der sich auf Unwesentlichkeiten eingelassen hatte und nun darauf hoffte, dass eine Frau ihn hielt, auffing, eine neue Chance gab. Issas Zweifel waren übermächtig. Ami hatte etwas Besseres verdient. Er hatte kein Anrecht mehr auf Glück und musste die Frau, die er liebte, fernhalten von seiner zerstörerischen Welt.

„Wie weit bist du denn mit dem Studium?"

Das war ihre einfache Frage gewesen. Und sie hatte seine Hand nicht losgelassen. Issa wandte seinen Kopf zur Seite; er hielt sich an die einzige Regel, die ihm von seinem afrikanischen Großvater übermittelt worden war. *Ein Mann weint niemals!* Ami sollte es zumindest nicht sehen.

„Nur noch die mündliche Prüfung. Der schriftliche Teil ist gut gelaufen. Na ja, ich hatte genug Zeit, mich vorzubereiten."

Ami lächelte, vorsichtig schien es. „Und wann war das ... mit dem Gefängnis?"

Im April vor einem Jahr war Issa entlassen worden. Kenny hatte am Tor auf ihn gewartet; Maurice hatte damals andere Probleme. „Ich bin dreißig, mit achtundzwanzig wurde ich entlassen."

Ami boxte ihn an die Schulter. „Was, du bist so ein alter Sack. Das muss ich mir ja noch mal überlegen."

Issa begann, seine Fassung zu finden. „Aminatou, du bist der erste Mensch, dem ich diese Sache so erzählt habe. Ich habe keine Geheimnisse vor dir. Und ich könnte echt verstehen, wenn du mit jemandem wie mir nichts zu tun haben ..."

Ihre weichen Lippen schnitten seine Worte ab, bevor er den Satz beenden konnte. Weiter entfernt war eine Plötze dem aufmerksamen Blick des Seeadlers nicht entgangen und zollte seinen scharfen Krallen, die sich tief in ihr Fleisch bohrten, den Tribut für ihre Unvorsichtigkeit. Sie wurde emporgehoben in Höhen, die ihren Tod bedeuteten und ihr dennoch einen wunderbaren letzten Blick auf ihren See und die sich küssenden Liebenden auf dem Bootssteg eröffneten, die in dem sanften, langsam herniedergehenden Regen nur noch undeutlich zu erkennen waren.

Sie kamen durchnässt am Auto an. Die entblätterten Bäume waren nicht in der Lage gewesen, ihnen ausreichend Schutz zu bieten. Ami wehrte sich gegen das Gefühl des Mitleids, das sie für Issa empfand, seit seine Stimme auf dem Steg versagt und er die in ihm aufsteigenden Tränen erfolglos zu unterdrücken versucht hatte. Sie war erleichtert gewesen, dass er ihr keine Ehe oder eine Freundin offenbart hatte, die ihrer Beziehung entgegengestanden hätte. Sie hatte ihr Vertrauen und ihre Liebe einem Mörder geschenkt. Ein Mann sei es gewesen, hatte Issa gesagt. Ami wagte nicht, die genauen Umstände zu erfragen; Issa würde sie ihr eines Tages offenbaren.

Ein Jurastudent, kurz vor dem Studienabschluss. Das klang schon besser, wenn Stephanie oder ihre Mutter fragen würden. Issa log ganz bestimmt nicht. Doch das Auto seines Freundes, wie er gesagt hatte, bereitete ihr Zweifel. Die Verwirrung war geblieben.

„Muss ja ein echter Freund sein, der so einen Schlitten verborgt."

Issa schien die Anspielung zu verstehen. „Ja ein echter Freund. Vielleicht sogar mehr als das. Wir sind seit unserer Studienzeit zusammen. Maurice ist Investmentbanker, die verdienen Geld ohne Ende. Mit der Kiste hier haben sie ihn in die Firma gelockt, wo er heute arbeitet."

„Maurice, das klingt französisch?"

„Ja, ist es. Er ist so wie ich ... wie wir. Sein Vater kommt aus Zentralafrika."

Da war es wieder, sein Thema. Afrika und ihre Väter. Ami verspürte nicht die geringste Lust, sich hierüber mit Issa zu unterhalten.

„Alles okay mit dir, Ami?" Issa berührte ihren Arm. „Möchtest du mit zu Maurice kommen? Ich hatte ihm versprochen, das Auto am Abend vorbeizubringen. Danach können wir ja was zusammen essen gehen."

„Sieht er denn gut aus, dein Maurice?", fragte Ami ein wenig spöttisch.

„Ist das denn so wichtig, wenn einer so eine Kiste fährt?" Issa sah sie überlegen lachend an. „Ja, ich denke schon, dass er gut aussieht. Er hat jedenfalls keine Probleme."

Ami legte keinen Wert auf diese Dinge. Sie war unabhängig

von Aufmerksamkeiten, die nur Männer mit Geld verschenken konnten. Vielleicht hatte Issa Angst davor, ihr könne ein dreißigjähriger Student nicht genügen. Warum sonst hatte es sich gerade dieses Auto ausgeborgt? Junge Männer kamen schlecht damit zurecht, wenn sie einer Frau nicht die Dinge zu bieten vermochten, die sie glaubten, ihr bieten zu müssen. Diese Unzufriedenheit konnte Gift für jede Beziehung sein. Ihre Aufgabe, die Aufgabe der Frauen, war es dann stets, den Gekränkten zu beruhigen. Lange ging das allerdings nie gut.

Schnell senkte sich die Dunkelheit über die Stadt, deren Lichter erwachten. Ami hielt Issas Hand, die auf ihrem Oberschenkel lag. Ihr Freund redet; scheinbar ohne Unterbrechung. Sie mochte seine Art zu reden. Er war belesen und schien Situationen und Menschen sehr genau zu beobachten. Gestern, bei ihrem ersten Rendezvous hatte er sich plötzlich sehr gewählt ausgedrückt, als er das Paar am Nachbartisch ansprach, ohne dass es unecht gewirkt hatte. Mit ihr sprach er anders. Immer schien er eine klare Meinung zu einer Frage zu haben. Er scheute sich nicht, Abneigung oder Begeisterung deutlich auszudrücken. Issa schämte sich seiner Gefühle nicht. Vielleicht war das ein Grund für sein Verbrechen. Ami konnte diese Offenbarung nicht aus ihrem Kopf verdrängen. Sie wurde müde. Issa hatte sie überfordert.

„Vielleicht ist es besser, wenn du mich erst mal nach Hause bringst, Issa. Ich mache uns was zu essen, einverstanden?" Ami brauchte eine Pause.

Ich komm gleich runter." Maurice wirkte in Eile und war nur undeutlich über die Sprechanlage zu verstehen. Eigentlich wollte Issa Maurice bitten, ihn zu Ami zu fahren. Doch er war gar nicht dazu gekommen, ihn zu fragen.

Issa zündete sich eine Rothmans an. Er war glücklich. Wenn eine Frau für einen Mann am Abend etwas zu Essen machte, lag es im Grunde auf der Hand, was anschließend passieren könnte.

Issa hatte mit etlichen Frauen geschlafen. Mit knapp fünfzehn Jahren hatte es begonnen. Er war damals von Marion mitgenommen worden, die zehn Jahre älter gewesen sein musste. Ohne jegliche Erfahrung war Issa einfach seinem Abbild gefolgt und hatte das getan, wovon er glaubte, es gefiele ihr. Die ganze Nacht hatte er Marion beobachtet, wie sie unter ihm lag, vor ihm kniete, auf ihm saß und sich verwandelte; wieder und wieder und wieder. Marions Mysterium war hinter zahllosen Türen eines nicht enden wollenden Irrgartens sicher verborgen, in den sie ihn am Ende aber eingelassen hatte. Vielleicht war es ihr leichter gefallen mit dem anonymen Abbild, das sie wahrgenommen hatte. Issa konnte sich noch an ihre länglichen Nasenlöcher erinnern und daran, wie sich ihre Fingernägel langsam in seiner jugendlichen Brust vergraben hatten. Als es ihm gelungen war, ihre Handgelenke zu packen und mit einiger Kraft beide Arme hinter ihrem Rücken zusammenzudrücken, hatte Marion langsam die Augen geöffnet, ihn angeblickt und begonnen zu weinen. Die Tränen waren über ihr Gesicht, ihren Busen, ihren gesamten Körper gelaufen. Nichts, was sie dann gesagt hatte, ergab irgendeinen Sinn. Und Issa hatte getan, worum sie ihn anzuflehen schien; er hatte nicht mehr aufgehört. Was genau in diesem Moment mit Marion geschehen war, hatte Issa nicht verstanden. Und bis heute war er dem Geheimnis dieser Momente nicht wirklich nähergekommen. Eines jedoch war ihm in dieser ersten Nacht mit Marion klar geworden. Wenn eine Frau einen Mann erwählte, tat sie das wegen dieses einen Moments. Darum ging es; alles andere waren Ausreden.

Mit Ami würde es anders sein, so wie damals mit Maja. Bei ihr hatte Issa sich nicht hinter seinem Abbild verstecken können.

„Kenny ist verhaftet worden." Maurice riss Issa jäh aus seinen Gedanken.

„Was? ... Wieso?", fragte er verwirrt.

Maurice saß schon im Auto. „Erzähl ich dir gleich. Steig erst mal ein."

Issa hatte einen Schlüssel für Kennys Wohnung dabei. Nach dem Gefängnis hatten sie einige Monate zusammengewohnt. Die Wohnung sah noch chaotischer aus als damals. Seinem Freund ging es nicht gut, das wurde Issa immer klarer. Und die Sache war äußerst ernst; Maurice hatte recht.

Sie machten sich gemeinsam Mut. Wenn keiner zu ernsthaftem Schaden gekommen wäre, bräuchten sie nur Kennys Ausweis zur Polizeistation zu bringen. Der würde nichts sagen. Das einzige Problem waren seine Spuren auf dem ledernen Schlüsselanhänger. Aber Fingerabdrücke oder gar DNS-Proben würden erst abgenommen, wenn Kenny in Untersuchungshaft käme.

„Okay Maurice, wie gehen wir vor?" Issa zog den Ausweis aus der auf dem Boden liegenden zerknüllten Jeans.

Maurice sah Issa unentschlossen an und zuckte mit den Schultern.

„Normalerweise kann nichts Schlimmes passieren", sagte Issa. „Wir fahren da hin und geben denen den Ausweis. Was sollen die schon machen? Morgen wird Kenny draußen sein." Er setzte sich auf den einzigen Stuhl in der Mitte des Raumes und fuhr fort: „Wenn die Sache vorbei ist, müssen wir mit ihm sprechen. Der muss verstehen, dass er nicht nur für sich selber verantwortlich ist. Sonst sitzen wir bald alle zusammen im Boot; und diesmal richtig. Egal wie die Sache zwischen dir und Flavie steht; du hast ein Kind. Das hat ein Anrecht auf dich. Und ich habe gerade eine Frau kennengelernt, die mit Essen und wahrscheinlich noch mehr auf mich wartet. Mann, ich habe mir geschworen, sie nicht zu enttäuschen. In jedem Fall darf nur einer zu den Bullen gehen. Was ist denn los mit dir?"

Maurice saß auf Kennys schäbigem Sofa und hatte sein Gesicht in beide Hände gestützt. Er wollte kein Egoist sein. „Was ist das denn für eine Braut; du bist ja schwer begeistert."

Sein Interesse nahm Issa ihm allerdings nicht ab. „Erzähl ich dir später. Wir fahren jetzt da hin, und ich gebe den Scheißausweis ab. Wird schon alles gut gehen." Issa zog seinen Freund hoch, der schwer an seiner Schuld gegenüber Sophie trug und der neuen Situation mit Flavie und dem Kind nicht gewachsen war. Doch dafür war keine Zeit.

Ami rauchte niemals zu Hause. Sie saß in der kleinen Küche, und ihre Hände begannen zu zittern, als sie sich eine Zigarette anzündete. Sie war allein, trotzdem blieb die Verwirrung, die sie im Auto neben ihm deutlich gespürt hatte.

Issa gefiel ihr, sehr sogar. Sie wollte seine Nähe nicht mehr missen. Aber gegenwärtig war vor allem Angst. Sie hatte Issas Raum betreten, der von keinem Licht erhellt wurde. Vor ihr war Dunkelheit, grenzenlose Ungewissheit und Issa. Der hinter ihr liegende Ausgang war nicht verschlossen. Sie wagte nicht, einen weiteren Schritt in diesen Raum hineinzugehen, auch wenn die Erwartung groß und die Neugier größer war. So blieb sie erstarrt stehen. Noch konnte sie sich umdrehen, zurück in ihr bisheriges Leben flüchten; Issas Raum verlassen und die Tür zuschlagen.

Ihre Wohnungstür hatte sie bereits fest verschlossen. Das Handy war abgestellt, kein Licht brannte in der gesamten Wohnung.

Er war ehrlich gewesen, obwohl er sie ohne Schwierigkeiten hätte belügen können. Sie hatte ihn nicht nach seiner Vergangenheit gefragt. Sie war ahnungslos gewesen, bis zu dem Augenblick, als sich sein Gesichtsausdruck verändert und er ihr sein Verbrechen offenbart hatte. Warum bürdete er ihr diese Geschichte auf? Wollte er seine Last schmälern? Sie wusste es nicht. Sie kannten sich erst wenige Stunden, in denen er ihr bereits sein Vertrauen geschenkt hatte. Er war der erste Verbrecher. Wie schwer musste es für ihn gewesen sein, sich seiner Tat zu bekennen? Und warum hatte er es bei ihr getan? Er liebte sie. Sie war sich dessen sicher, und sie fühlte das Gleiche. Möglicherweise machte sie sich etwas vor. Sein Lächeln, seine Stimme, sein Geruch, seine Berührungen waren sofort gegenwärtig, wenn sie an ihn dachte. Trügerisch konnten diese Gefühle sein. Sie wusste das. Doch sie konnte sich der immer stärker werdenden Gewissheit nicht entziehen, dass er von Beginn an einfach ehrlich zu ihr sein und sie wollte. Anders als die anderen zuvor, um ihrer selbst willen und nicht eines falschen Bildes wegen.

Als Ami das Licht in der Küche anschaltete, bemerkte sie die auf dem Boden liegende Asche der Zigarette. Sie hatte vergessen zu rauchen und dabei ihre Entscheidung getroffen. Der hinter ihr befindliche Ausgang war möglicherweise eine Schimäre. Eines Tages würde sich Issas Raum aufhellen, hoffte sie.

„Ich bring den Ausweis für Torsten Hübner. Bin ich hier richtig?"

Der Polizist sah Issa an wie einen Mittäter. „Wer sind Sie denn?" Er versuchte gewichtig und ernst zu wirken. „Haben Sie was mit der Sache zu tun?"

Aha, dachte Issa, wie stets wurde er erst einmal unterschätzt. Er kannte diese Situationen ungleich besser als der Polizist. Ein intelligenter Schwarzer erschien manchem als verkörpertes Oxymoron. Niemand rechnete wirklich damit. Schon in der Schule hatte er begonnen sich zu fragen, ob er wirklich ein guter Schüler sei, oder ob die Lehrer im Grunde einfach nichts oder jedenfalls nicht viel von ihm erwarteten und dann erstaunt feststellten, dass er genauso zum Denken befähigt war wie die anderen. Ein Stück Wahrheit musste an dieser Stelle zu finden sein; und letztlich war es kein Nachteil.

Issa stellte sich aufrecht hinter den Tresen, senkte seinen Kopf in Richtung des Polizisten und lächelte ein wenig. Allein dieses kleine Signal löste die Anspannung seines Gegenübers. Issas Lächeln verwandelte sich in ein Grinsen. Doch er wollte nicht unhöflich sein; und außerdem hatte er durchaus Verständnis für den Amtsträger. „Ich wurde gebeten, den Personalausweis von Torsten Hübner in Ihrer Polizeistation abzugeben. Soweit ich verstanden habe, geht es um die Feststellung seiner Identität."

Der Polizist presste die Lippen zusammen und verschwand mit dem Ausweis in einem angrenzenden Raum. Nach einigen Minuten kehrte er aus dem Dienstzimmer zurück und versuchte, Verwunderung vorzutäuschen. „Ist noch was?"

Issa blieb höflich. „Nun, ich bin davon ausgegangen, dass Herr Hübner nach der Feststellung seiner Identität entlassen wird. Er hat einen festen Wohnsitz und muss morgen früh arbeiten. Ich bin mit dem Wagen hier und könnte ihn gleich mitnehmen." Der Polizeigewahrsam lag etwas außerhalb im Osten der Stadt. Feindgebiet nannten sie es; ständig musste mit irgendwelchen Idioten gerechnet werden; solche wie die, auf die Kenny getroffen war.

„Schauen Sie mal auf die Uhr. Heute läuft hier gar nichts mehr. Ich bin gar nicht befugt, eine Entscheidung zu treffen."

Issa drehte sich wortlos um und verließ diesen unangenehmen Ort.

„Wie ist es gelaufen?" Maurice hatte etwas abseits gewartet. Er war im Auto geblieben; niemand sollte einen Verdacht schöpfen.

„Es scheint halb so wild zu sein. Morgen kommt Kenny sicher raus." Erstmalig an diesem Abend sah Issa seinen Freund vorsichtig lächeln. Ihre Fäuste berührten sich kurz. „Da ging dir der Arsch auf Grundeis? Keine Angst, Mann." Auch Issa war erleichtert, aber nicht überrascht. Es hätte ihn gewundert, wenn dieser fantastische Tag plötzlich ins Negative gekippt wäre. Sie ließen Kenny im Polizeigewahrsam zurück und hofften auf den nächsten Tag.

„Nun erzähl mal, wen hast du denn kennengelernt?" Maurice konnte sich nun für Issas Geschichte öffnen.

Der schien ihn nicht gehört zu haben und zog eine CD aus dem Handschuhfach, die er am Vormittag noch übersehen hatte. „Amerie? Wer ist das denn?"

„Habe ich gestern früh in London gekauft. Schmeiß mal rein. Das ist die schärfste Stimme des Jahres. Ich mag besonders den elften Song ... *All I Have.*"

Maurice hatte recht, der Sound war wie geschaffen dazu, nachts in einem großen BMW durch diese Stadt zu fahren.

„Hey Issa! Nun mach mal kein Geheimnis draus. Wer ist denn die neue Braut?"

Issa musste lachen. „Das Schicksal ist mir in diesen Tagen gnädig gesonnen. Du warst ja die ganze Zeit nicht zu erreichen. Letztens war ich jedenfalls in so einem Café. Das war an dem Tag, als ich das Prüfungsergebnis bekommen hatte. Erinnerst du dich?"

„Klar", Maurice nickte.

„Na ja, ich war gut drauf, und sie kam halt rein. Da habe ich sie einfach angequatscht und ihr meine Nummer gegeben. Fast zwei Wochen hat sie mich schmoren lassen und dann tatsächlich noch angerufen. Gestern waren wir was essen und heute den ganzen Tag am See."

Maurice musste grinsen. Ihre Fäuste berührten sich kurz.

Issa wurde ernster. „Ich habe ihr alles erzählt."

Maurice drehte seinen Kopf zu Issa. „Alles?"

„Nee, nee, nur vom Knast und dass ich studiere", beruhigte Issa seinen Freund.

Maurice blickte auf die Straße und nickte. „Muss ja ernst sein Issa. Was hat sie denn gesagt?"

„Gar nichts, sie hat mich geküsst."

„Echt? Wie sieht sie denn aus?"

„Super, könnte deine Schwester sein", fasste Issa kurz zusammen. „Aminatou heißt sie. Du wirst sie ja kennenlernen, nächsten Samstag. Es bleibt doch dabei, oder?"

Maurice war neugierig geworden. „Klar Mann. Und sie kocht jetzt was für dich? Da kann man ja echt neidisch werden. Hast du sie schon flachgelegt?"

Sie waren Männer. Es gefiel ihnen, so über Frauen zu sprechen. Kein Detail wurde verheimlicht, solange nicht von einer ernsthafteren Beziehung auszugehen war.

„Ich werde sie heiraten, wenn sie mich will und sonst nichts dazwischenkommt", sagte er leise.

Maurice verstand. Ami war tabu. So wie damals Sophie, die in Issa einen starken Fürsprecher gehabt hatte, ohne das jemals gewusst zu haben. „Ich freu mich für dich. Mach's besser als ich, auch wenn's mal schwer wird. Und das wird's bestimmt." Ihre Fäuste stießen aufeinander.

„Ich weiß Mann. Lach nicht ... Für mich ist das Ganze, die Prüfung und jetzt Ami, wie so ein Zeichen nach der ganzen Scheiße. Irgendwie macht's vielleicht Sinn. Ohne diese Jahre wäre ich gar nicht bereit für eine ernsthafte Geschichte. Verstehst du? Damals bei Maja war ich nicht so weit und hab mich aufgeführt wie ein Idiot und am Ende alles kaputt gemacht. Oder viel eher."

„Vergiss die Alte. Die hatte dich nicht verdient. Normalerweise hätte sie mal nachdenken müssen. Zumindest hätte sie mal einen Brief schreiben können ... ins Gefängnis."

Issa musste, seitdem er Amis Hand gestern im Restaurant berührt hatte, oft an Maja denken. Nach ihrem ersten Rendezvous waren sie mit der S-Bahn quer durch die ganze Stadt gefahren. Es war bereits dunkel gewesen, als die Beleuchtung in ihrem Wagen ausfiel. Die Lichter der Stadt waren an ihnen vorbeigerauscht. Und auch Issa hatte in diesem Augenblick einen magischen Rausch verspürt. Es war dieses Zusammenspiel von sanfter Bewegung der Bahn und der bis auf die Lichter unsichtbaren Stadt gewesen, die sich so in der Dunkelheit verborgen hatte. Nur Issa & Maja ... Das war der Moment gewesen, als sie seine Hand ergriffen, und er nicht gewagt hatte, sie anzublicken. Nackt wie ein Kind und ebenso glücklich hatte sich Issa in dieser dunklen S-Bahn gefühlt. Doch etwas hatte zwischen ihnen gestanden. Issa weigerte sich, die Umstände hierfür verantwortlich zu machen. Vielleicht hätte er es wagen und Maja in der S-Bahn einfach anblicken, erblicken sollen.

„Sie hat mir geschrieben."

„Davon hast du nie etwas gesagt, Issa?!"

„Ja ... ist lange her."

Kurz nach der ersten Gerichtsverhandlung war Majas Brief im Gefängnis eingetroffen. Issa hätte diesen Brief, der zu seinem Schatz geworden war, niemandem preisgegeben. Jedes einzelne Wort hatte sich in seinen Verstand eingebrannt.

Liebster Jean!
Als ich erfuhr, was geschehen war, hörte mein Herz auf zu schlagen. Es hat Monate gedauert, bis ich diesen Schock überwand und dir diesen Brief schreiben kann. Bitte glaube mir; ich habe etliche Male angefangen und bin dann immer wieder in Tränen ausgebrochen. Deshalb hat es so lange gedauert. Maurice hat mich angerufen. Ich konnte nicht sprechen. Ich hatte keine Worte. Ich denke jeden Tag an dich und liebe dich so wie an unserem ersten Tag. Ich wollte zu dir fahren, dich dort besuchen, wo du bist. Aber ich schaffe es nicht, dazu fehlt mir die Kraft. Das ist der Grund, warum ich nicht zu dir zurückkommen konnte. Ich habe diese Kraft nicht gehabt, Jean. Versteh mich bitte! Ich habe mich gefragt, ob das etwas geändert hätte, ob das dieses Unglück verhindert hätte. Ich denke nicht. Für einen Mann wie dich konnte es nur so kommen. So wie ich von dir gehen musste; auch wenn ich dich niemals hätte verlassen können. Ich hatte keine Angst vor dir; noch nicht einmal in jener Nacht. Ich wusste, dass du stark bist, dass du gefährlich bist für alle, die dir nah sind oder dir nahekommen, und für dich selbst. Dennoch habe ich mich an deiner Seite sicher gefühlt; und ich habe diese Sicherheit

geliebt. Doch du hast mich nicht geliebt, Jean. Niemals! Deshalb fehlte mir die Kraft, zu dir zurückkehren. Ich mache dir keinen Vorwurf. Auch mir, auch uns nicht; nicht mehr. Das hat lange gedauert. Eigentlich bis jetzt. Erst als ich anfing, dir diesen Brief zu schreiben, habe ich begriffen, wie sehr ich dich liebe. Wir sind beide unschuldig, Jean. Ich für meine Liebe zu dir, und du für das, was du in dir trägst; was dich beschützt hat und was dich zerstört. Ich glaube sogar, dass du mich eines Tages hättest lieben können. Aber damals nicht. Damals warst du ein Mann, ein junger Mann, der dachte, er sei ein schwarzer Mann und müsse deshalb eine schwarze Frau haben. Lieben konntest du mich so auf keinen Fall. Du hast mich nicht gesehen, Jean. Die Hautfarbe, auf die du so stolz bist, nur die hast du in mir gesehen. Mir war das alles egal. Ich hatte keinen solchen Masterplan, in den du passen musstest. Ich habe dich einfach geliebt. So wie du bist; nur nicht deshalb. Verstehst du?! Und diese Liebe hat mir jegliche Kraft geraubt. Du hast meine Kraft geraubt, Jean! Nichts ist mehr da, seitdem du dort bist. Jeden Tag denke ich an dich.
Maja

„Wenn etwas schiefläuft, sollte man die Fehler bei sich suchen. Das ist das Einzige, was man wirklich ändern kann", sagte Issa leise.

Maurice war froh, am Haus von Issas neuer Freundin angekommen zu sein. Er musste an seinen Sohn Patrice denken. Manchmal war Issas Gegenwart anstrengend.

„Sag ihr schöne Grüße." Maurice hielt Issas Hand durch das geöffnete Fenster fest. „Sie soll dich ja gut behandeln, sonst hat sie Probleme mit mir."

Issa lachte. „Das sag ich ihr ... aber erst beim nächsten Mal."

#Torsten

Die Dunkelheit schlich sich beinahe unmerklich durch das vergitterte Fenster in den engen Raum. Hier konnten sechs Männer untergebracht werden. Es war ein ruhiges Wochenende gewesen. Man hatte die Inhaftierten einzeln auf die Zellen verteilt. Kenny hatte das untere Bett direkt neben der Eingangstür ausgewählt. Er saß mit dem Rücken an die Wand gelehnt in der äußersten Ecke. Von dieser Position konnte er den ganzen Raum überblicken. Nachdem das Licht in der Zelle von einer zentralen Stelle ausgeschaltet worden war, hatten sich seine Augen schnell an die Dunkelheit gewöhnt. Durch das kleine Fenster drang schwaches diffuses Licht. Es musste windig sein, denn mit den Bewegungen der Äste eines Baumes wurden flüchtige Schatten in den Raum geworfen.

Kenny war übernächtigt. Seitdem er am frühen Morgen gegen vier Uhr verhaftet worden war, hatte er keinen Schlaf finden können. Trotz der nun aufkommenden Müdigkeit verließ er in regelmäßigen Abständen seine Ecke und bewegte sich in geduckter Haltung auf die andere Seite des Raumes, um einen Blick auf die oberen Betten werfen zu können. Anschließend kehrte er Geräusche vermeidend in die Ecke zurück, die ihm am sichersten erschien.

Er war allein in diesem verschlossenen Raum. Niemand konnte hier sein. Doch seine Augen begannen, Dinge zu sehen, die ihn ängstigten. Mit den flüchtigen Schatten der Bäume drangen nach und nach Erinnerungen in die Zelle ein. Erinnerungen, die Kenny glaubte weit hinter sich gelassen zu haben. Er wagte nicht, die Augen zu schließen. Aber auch das nützte nichts. Die Schatten waren eingedrungen, erst in die

Zelle und nun in seinen Verstand. Sie bedrängten ihn von allen Seiten. Lichtblitze schossen von seinem Kopf in seine Augen. Es wurde taghell und zugleich tiefste Nacht.

Ganz in der Ferne sah er sie stehen. Eine Gruppe Kinder. Aus ihrer Mitte löste sich ein älteres Kind mit langen rötlichen Haaren und kam langsam auf ihn zu. Kenny konnte nicht genau erkennen, wer es war. Er kannte dieses Mädchen. Je näher sie kam, desto größer wurde sie. Er musste seinen Kopf in den Nacken legen, um das Gesicht des Mädchens zu erkennen, das nun unmittelbar vor ihm stand. Durch ihr rötliches Haar drang Sonnenlicht, das ihn blendete. Sie hatte auffällig alternde Gesichtszüge und graue Augen, die sich weder vom Rest des Auges noch von ihrer fahlen Gesichtsfarbe merklich abhoben. Ingrid Tillau war zurückgekehrt. Niemals hätte Kenny ihre Augen vergessen können. Fast schien es so, als hätte sie gar keine Augen.

Irgendetwas hatte Torsten wieder falsch gemacht. Die obligatorischen Ohrfeigen spürte er kaum. Dennoch fing er an zu schreien und zu weinen. Als er mit drei Jahren in dieses Kinderheim gekommen war, hatte er diese Regel nicht gekannt und den Preis für seine Standhaftigkeit bezahlen müssen. Eines Tages war Torsten eine Treppe hinuntergestürzt und wegen der schweren Gehirnerschütterung einige Wochen in einem Krankenhaus behandelt worden. Sein Bettnachbar hatte ihm den Rat gegeben, beim nächsten Mal so laut wie möglich zu schreien und zu weinen. Dann würde sie eher von ihm ablassen. Er hatte diese Lektion gelernt und in der Folgezeit Schlimmeres als die Gehirnerschütterung vermeiden können.

Die Erzieherin ohne Augen hasste Torsten, der das irgendwann verstanden und nach einiger Zeit aufgegeben hatte, um ihre Zuneigung zu werben. Sie packte ihn an seinen, wie sie sie bezeichnete, wilden, krausen Haaren und zog ihn in Richtung der Kinder. Denen war diese Prozedur gut bekannt. Mitleid hatten sie für einen wie Torsten, der anders war als sie, nicht. Er hörte die Häme der anderen Heimkinder nicht, als er an ihnen vorbeigeschleift wurde. Er hatte gelernt, seine Ohren vor diesen Verletzungen verschließen zu können, ohne die Hände benutzen zu müssen. Die Erzieherin ohne Augen stieß, seine Haare fest im Griff, die für den fünfjährigen Torsten riesige hölzerne Eingangstür zum Kinderheim auf. Sofort drang der aus der Heimküche herrührende, das gesamte Gebäude durchziehende, modrige Geruch in seine Nase.

Kenny war zurückgekehrt an diesen Ort, den er gehofft hatte, für immer begraben zu haben.

Die Erzieherin ohne Augen zog Torsten die breite Treppe im Eingangsbereich hinauf durch die langen dunklen Gänge, hinter denen sich die noch dunkleren Zimmer des Kinderheims befanden. Er verstand jetzt, wo sie ihn hinbrachte. Eine uralte Angst befiel ihn. Er wehrte sich mit der ganzen Kraft eines Fünfjährigen. Es war zwecklos. Am Ende des Ganges führte eine schmale Treppe hinauf zu einer mit einem Hängeschloss gesicherten Eisentür. Hinter dieser warteten sie geduldig auf Torsten. Grauenvolle Dämonen, die Schatten glichen.

Mit dreizehn Jahren war es Kenny gelungen, dem Kinderheim und diesen Dämonen zu entfliehen. Weit entfernt hatte er sich zunächst auf der Straße und später in verschiedenen Wohngemeinschaften für Jugendliche durchgeschlagen. Nichts und niemand hätte ihn zurück in diesen Raum auf dem Dachboden des Kinderheimes bringen können. Kenny war sich dessen sicher gewesen. Doch er hatte sie unterschätzt. Sie waren ihm gefolgt bis in diese Stadt und hatten ihn in der Zelle, die kein Entfliehen zuließ, ausfindig gemacht.

Die Eisentür fiel zu. Torsten hörte den Riegel. Die Erzieherin ohne Augen zog den Schlüssel aus dem Hängeschloss, das gegen die Eisentür schlug und einen hohen bohrenden Klang erzeugte, der sich tief in seinem Kopf verbiss. Stille; Stille und Dunkelheit. Durch das kleine, für ihn unerreichbare Fenster fiel das letzte, schnell nachlassende Licht des Tages in den engen Raum. Er duckte sich und ging Geräusche vermeidend in die äußerste Ecke direkt neben der Eisentür. In regelmäßigen

Abständen stand er auf, um zu überprüfen, ob sich jemand in dem alten Kleiderschrank oder hinter den von Motten zerfressenen Vorhängen verbarg. Unter seinen Füßen spürte er die Glassplitter, die herumlagen. Niemand hatte sie beseitigt; wie auch nicht das Blut, das langsam aus seinen Armen geflossen und auf die hölzernen Dielen getropft war, bis er ohnmächtig geworden war. Erstmals in dem Augenblick der Bewusstlosigkeit hatten sie ihn in Ruhe gelassen. Die Dämonen waren verschwunden, und Torsten hatte so etwas wie Glück spüren können. Bis man ihn fand und in ihre Welt, die Welt der Dämonen, zurückholte. Das Licht der Wegbeleuchtung warf über den großen Kastanienbaum vor dem Kinderheim flüchtige Schatten durch das kleine Fenster in den verschlossenen Dachboden.

Kenny rückte noch enger in seine Ecke. Es nützte nichts, sie hatten ihn gefunden.

5. Kapitel

„Wenn dir die Musik nicht gefällt, kannst du sie ändern. Die CDs stehen neben der Anlage", rief Ami Issa aus der Küche zu, der es sich auf ihrer Couch bequem gemacht hatte. Auf dem Tisch stand eine Kerze. Klassische Musik erfüllte das Wohnzimmer.

„Die Kreutzersonate?", fragte er Ami überrascht, die ihn allerdings nicht vernahm. Issa mochte manche klassische Musik und ganz besonders Beethoven, dessen genaue ethnische Herkunft letztlich nicht ganz eindeutig und mehr und mehr in das Zentrum des internationalen Interesses gerückt war. Letztlich waren diese Dinge schon wegen Beethovens wunderbarer Musik nicht wirklich wesentlich. Vor dem Gefängnis hatte Issa an den Wochenenden regelmäßig in einem der zahlreichen Konzertsäle der Stadt dieser Musik gelauscht und manches Mal darüber nachgedacht, wie ein Mann, der in seiner Jugendzeit als Mohr bezeichnet worden war, vor zweihundert Jahren in diesem Land gelebt haben musste und ob ihn diese Erfahrungen möglicherweise auch zu seiner Musik befähigt hatten.

Und schließlich war Beethoven der einzige Komponist, der *uns* eine Sonate gewidmet hatte; seine schönste und schwierigste wie man sagte.

Die Geschichte dieser Violinensonate und eines kurzzeitigen Freundes Beethovens gefiel Issa besonders gut. Der Vater dieses Freundes, ein ehemaliger Sklave von der Karibikinsel Barbados, war auf irgendwelchen Wegen nach Europa gelangt und hatte als Musiker und Entertainer in verschiedenen Städten einigen Erfolg erlangt. Wegen des durch die Sklaverei bedingten Verlustes seines Namens nannte er sich in Anlehnung an die Hauptstadt seiner Insel Bridgetower. Ob die Mutter seiner beiden Söhne Polin oder Deutsche war, konnte nicht abschließend geklärt werden. Jedenfalls lebte sie später in Dresden und gab ihrem zweiten Sohn, wie jedes gute Landeskind des Kurfürstentums zu jener Zeit, den Namen des bereits verstorbenen, für seine außergewöhnliche Stärke bekannten Kurfürsten, der für die Sachsen durch Entschlusskraft, Raffinesse und Flexibilität in konfessionellen Fragen seinerzeit die polnische Krone errungen hatte. George August Polgreen Bridgetower oder, wie er nach der Mundart der sächsischen Landsleute seiner Mutter genannt wurde, Brischdauer sorgte mit seinem virtuosen Violinenspiel als Kind in ganz Europa für Furore. Sein Lehrmeister war während der Pagenzeit seines Vaters im Hause Esterhazy wohl Franz Joseph Haydn selbst gewesen. Im Alter von zehn Jahren stellte ihn sein Vater, der vom ehemaligen Sklaven in London schnell zum stadtbekannten African Prince aufgestiegen war, in Windsor vor. Das virtuose Spiel des Knaben und die in den Memoiren einer ehemaligen Spielkameradin von George III. festgehaltene enorme Sprachenkenntnis, Eleganz, Schönheit und geschmackvolle Kleidung seines Vaters eröffneten ihnen den Zugang in die höfische Gesellschaft. Doch sein Vater, der afrikanische Prinz, gab nicht nur mit vollen Händen das von seinem Wunderkind verdiente Geld aus, er schien den Bogen auch in anderer, leicht vorstellbarer Hinsicht überspannt zu haben, sodass man ihm nahelegte, auf sein karibisches Domizil zurückzukehren. Das Wunderkind fiel der direkten Obhut des Prinzen von Wales, dem späteren George IV., anheim. Als erster Geiger des Prinzen brach er im Alter von dreiundzwanzig Jahren zu seiner Mutter nach Dresden auf, von wo aus er nach einigen Monaten weiter nach Wien reiste. Dort zog sein virtuoses Spiel gepaart mit seinem Äußeren schnell die allgemeine Aufmerksamkeit auf sich, sodass sich Wiener Kolumnisten in dem ihnen eigenen Dialekt besorgt fragten, ob *d' Mohren in d' Mod* kämen. Inwieweit diese Feststellung auch auf Beethoven bezogen war, gab der aufmerksame Zeitgenosse nicht zum Besten. Nicht ganz unschuldig an dieser Besorgnis war Beethoven gleichwohl, denn er widmete dem auffälligen Geiger eine Sonate, die beide vor dem Bruch ihre Freundschaft halb fertig nach Beethovens Manuskripten gemeinsam am 24. Mai 1803 im Wiener Augarten uraufführten. Inmitten des ersten Satzes, als Bridgetower wegen Beethovens kurzen Vermerks – „zu wiederholen" – einen schweren, mehrere Oktaven überspannenden Pianopart mit seiner Violine improvisiert hatte, sprang Beethoven vom Flügel auf und rannte zur Überraschung der Zuhörer quer über die Bühne, um seinen Virtuosen aus Dankbarkeit zu umarmen; denn dieser hatte die Sonate schließlich vollendet.

Issa hatte sich dieses Bild vorgestellt; der größte Komponist aller Zeiten und schon damals ein Superstar gemeinsam mit dem Geiger, der sein Bruder hätte sein können, im Herzen der Habsburger Monarchie.

Leider verblasste die Herzlichkeit, weil dem Geiger bei der von ihnen beiden Angebeteten größeres Glück vergönnt gewesen war als dem Komponisten, sodass Letzterer die *Sonata mulattica composta per il Mulatto Brischdauer* aus Verärgerung über den Virtuosen nach dem französischen Violinisten Rodolphe Kreutzer benannte, der sich, als er das Manuskript in Paris erhielt, außer Stande sah, die Sonate zu spielen und es auch niemals tat. Bridgetower oder Brischdauer, der karibische Sachse, starb knapp sechzig Jahre nach seinem furiosen Konzert vergessen in London.

Etwa zur Zeit der Uraufführung der Kreutzersonate sorgte ein für seine enorme Größe und Kraft bekannter junger General in der Armee Napoleons in Frankreich und später in ganz Europa für Aufsehen. Er war der Sohn eines Marquis und dessen ehemaliger haitianischer schwarzer Sklavin, die ihn nach Frankreich als Hausdame begleiten durfte ... der Höhepunkt damaliger Integration. Man nannte den Sprössling der beiden hochachtungsvoll oder angsterfüllt Le Diable Noir.

Seine unglaublichen Husarenstücke fanden nicht nur Eingang in die militärgeschichtliche Fachliteratur, sondern wurden von seinem Sohn, Alexandre Dumas, in der Figur des d'Artagnan literarisch frei verewigt.

Etwa einhundert Jahre zuvor und dreitausend Kilometer entfernt war der Sohn eines abessinischen Prinzen im Kindesalter nach einer gescheiterten Revolte als Geisel nach Konstantinopel gelangt und wurde dort vom Außenminister des Russischen Reiches, Graf Golowin, erworben. Dieser brachte ihn an den Hof Peters des Großen, der sofort Gefallen an dem schwarzen Jungen fand und, glaubt man den Erzählungen, ihn bald mehr liebte als seinen eigenen Sohn. Der Zar wurde sein Taufpate. Dem kleinen abessinischen Jungen gelang später als Abraham Petrovitsch Ganibal oder auch der Mohr Peters des Großen ein rasanter Aufstieg in der russischen Armee; vor allem unter Caterina der Großen. Heutzutage würden General Ganibal und sein berühmter Urenkel, Aleksandr Sergeevich Puschkin, in dem Land, das für seine Literatur begeisterte Bevölkerung bekannt war, von kahlköpfigen Horden durch die Straßen gehetzt.

Plump anmutend waren die späteren Eroberer Ägyptens vorgegangen, indem sie nahezu sämtliche Nasen der von ihnen vorgefundenen Skulpturen und Statuen einfach abschlugen. Der Grund hierfür hatte sich im Dunkel der Geschichte verloren; vielleicht waren diese Nasen der deutlichste Hinweis auf die wahren Schöpfer gewesen. Selbst die Sphinx war hiervon nicht verschont geblieben. Niemand fragte ernsthaft, wo Pythagoras die simple Formel zur Berechnung der Seiten eines Dreiecks gefunden hatte. Obwohl bekannt war, dass er lange Zeit im Reich der Pharaonen verbracht hatte, und diese ohne die Kenntnisse solcher und etlicher weiterer Formeln kaum zum Bau der Pyramiden befähigt gewesen wären. Der Melaningehalt der Haut der Mumien der Pharaonen war identisch mit dem der Menschen in Schwarzafrika. Aber es schien so unglaublich, dass schwarze Menschen die ägyptische Zivilisation erschaffen, die Pyramiden geplant und erbaut hatten, dass es, unterstützt von der Bildgewalt populärer Filme, vielen mittlerweile plausibler erschien, dass die Pyramiden Außerirdischen als Startrampen für überdimensionale Raumschiffe dienten.

Doch wir hatten unseren geschichtlichen zivilisatorischen Beitrag erbracht und lebten seit Jahrhunderten auch in dieser fremden Heimat.

Diese schwer zu enthüllende Erkenntnis hatte Issa in seiner Jugend ein hoffnungsfrohes Gefühl des Stolzes vermitteln können. Geblieben war mittlerweile trockene, schwer verdauliche Ernüchterung. Er hatte keine Entwicklung oder gar einen schicksalhaften Sinn in diesen sich seit jeher tagtäglichen aufzehrenden Prüfungen erkennen können, die vor ihm schon Brischdauer und all die anderen unbekannt Gebliebenen bestehen mussten.

Aber das Schöne entsprang dem Hässlichen. Vielleicht war diese Hoffnung deshalb genau hier in Amis mit klassischer Musik und Kerzenschein erfülltem Raum. Issa begann zu ahnen, dass sein Glück dieses Augenblicks ohne das alte Unglück nicht möglich wäre und lauschte lächelnd der Musik, in der manche die Stimme Gottes zu erkennen glaubten.

„Nein, nein, ich mag Beethoven", sagte Issa, als Ami das Wohnzimmer betrat.

Es ist nichts Besonderes. Unsere Couch ist sicher nicht schlechter als die Matratze in deiner Absteige." Gary lachte laut; legte aber sogleich den Zeigefinger auf seine Lippen. „Pssst, du kennst sicher noch die Deutschen; also nicht so laut. Ist ja gleich dreiundzwanzig Uhr."

„Immer schön langsam, Illinois." Auch Mike spürte die Wirkung des deutschen Biers. „Ich kann ein Taxi zur Pension nehmen."

„Das kommt gar nicht in Frage, Duff. Ich bin froh, wenn mal jemand bei mir vorbeikommt."

Es dauerte eine kleine Ewigkeit, bis Gary den Schlüssel in einer seiner zahlreichen Taschen fand. Anschließend klemmte die Haustür. Gary musste einige Kraft aufwenden und kam dann ins Straucheln, als die Tür mit einem unangenehm quietschenden Lärm nachgab. Mike wollte ihn stützen, was ihm jedoch misslang. So fiel er gemeinsam mit seinem neuen Freund in den Hausflur.

Was für ein Bild, dachte Mike. Die Fliesen im Hauseingang waren kalt. Vom Keller schlug ihm ein feuchter unangenehmer Geruch entgegen. Mike war sich nun gar nicht mehr sicher, ob er hier wirklich richtig war. Bevor er hierüber tiefer nachdenken konnte, hatte Gary ihm aufgeholfen, und sie zwängten sich die schmale Treppe hinauf bis zur obersten Etage und anschließend weiter die noch engeren Stufen bis zum Dachgeschoss. Hier oben, direkt vor Garys Wohnung stauten sich sämtliche Gerüche und Ausdünstungen der anderen Bewohner. Wahrscheinlich seit Jahren; Fenster fehlten. Mike bekam kaum Luft und nahm deshalb den Gitarrenkoffer an sich, damit Gary schneller die Tür aufschließen konnte.

Die geöffnete Tür gab einen Flur preis, dessen Enge auch ohne die zahlreichen Umzugskartons erdrückend gewesen wäre, die wohl seit geraumer Zeit überall herumstanden. Bei dieser Wohnung handelte es sich um eine zweckentfremdete Übergangslösung. Mike erreichte schließlich das Ende des Flurs, wo er es nicht mehr ertragen konnte. Er drehte sich zu Gary um, der sich bei seinem Sturz an der Augenbraue verletzt hatte. Sein Borsalino hatte ebenfalls einiges abbekommen. Illinois Griffith war in weite Ferne gerückt. Vor zwei Wochen hatte Mike die klare Luft des Atlantik geatmet und die Weite der Welt auf Tybee Island gespürt. Jetzt stand er hier tausende Meilen entfernt neben einem Mann, der einen italienischen Hut und eine Gitarre besaß. Mike konnte sich des Eindrucks nicht erwehren, am Ende einer Sackgasse angekommen zu sein. Das alles hier ergab gar keinen Sinn. Es hätte ihn nicht verwundert, wenn genau in diesem Augenblick eine Katastrophe eingetreten wäre. „Sei ein Mann, Michael", hatte Josie zu ihm gesagt. Genau das hatte er all die Jahre getan oder zumindest versucht oder nur gedacht, er hätte es getan oder versucht zu tun. Doch im Angesicht von Garys Wohnung wurde Mike klar, wie schwer es gewesen wäre, ohne Josie allein den Versuch zu unternehmen. Er vermisste seine Frau und seine Kinder.

Der kurze Gedanke an sein Zuhause hatte ihn die Enge des Flurs vergessen lassen. Mike holte tief Luft und bemerkte das flackernde Licht eines Fernsehers im Wohnzimmer. In Garys Leben kam zwar keine Frau vor, dennoch lebte er nicht allein.

„Reggie, sag Hallo zu Mister Anderson." Garys Sohn quälte sich aus der Couch und reichte Mike die Hand. „Das ist mein Sohn Reggie. Ich habe ihm den Namen meines Großvaters Reginald III. gegeben."

Reggie war sechzehn Jahre alt und vor einiger Zeit auf die schiefe Bahn geraten. Die falschen Freunde, meinte Gary. Seine Mutter sei einfach nicht mehr mit ihm fertig geworden. Außerdem bräuchten diese Jungs irgendwann ihren Vater.

„Weißt du Duff, die Dinge laufen hier ein wenig anders. Einfacher ist es für unsere Kids auf keinen Fall." Gary legte seinen Arm um Reggies Schultern, der deutlich kleiner war als sein Vater. „Schwarz zu sein, heißt in dieser Welt, dass du dein Leben lang mehr tun musst als alle anderen. Du musst mehr lernen und mehr arbeiten ... und vor allem musst du mehr ertragen ... können. Ansonsten bist du im Arsch. Geschenkt wird uns gar nichts." Gary zog seinen Sohn, dem dieser kurze Monolog bekannt zu sein schien, näher an sich heran. „Wir kriegen das hin ... zusammen. Nicht wahr, Reggie?!"

Reggie nickte kaum merklich und beobachtete ihren Gast aus den Augenwinkeln.

„Schwarz zu sein heißt aber auch, dass du vorgestern Abend

in den Staaten abfliegst und heute bei einem unbekannten Bruder auf der Couch schläfst", fügte Gary hinzu und lachte Mike an. „Hab ich recht, Duff?!"

Mike hatte den alleinerziehenden Vater nicht mehr vernommen. Sein Blick drang durch die beiden hindurch und klammerte sich mit aller Kraft an das Poster von den Marvelettes an der Wand hinter der Couch; genauer gesagt an der Hochsteckfrisur von Wanda Young. Beinahe jede Arbeit hatte er angenommen; die Miete, die Schule und das Studium ihrer Tochter gemeinsam mit Josie bezahlt. Sein Sohn Ivan hatte auf seinen Schultern gesessen, als er 1995 mit mehr als einer Million anderer Männer vor dem Weißen Haus geschworen hatte, seiner Verantwortung als Vater nachzukommen. Jeden Sonntag hatte er sich bei Gott für dieses wunderbare Leben, seine wunderbare Frau und seine wunderbaren Kinder bedankt. Er hatte um Vergebung für die Taten aus seinem anderen Leben gebeten. Mike hatte Schritt für Schritt seine Balance gefunden. Er liebte diese Balance; und er hatte über die Jahre begonnen sich zu lieben. Jetzt, da er Gary und Reggie in dieser Frankfurter Dachgeschosswohnung vor sich dastehen sah, fühlte er sich seines größten Schatzes beraubt. Dieser unschuldige Abend hatte ihn betrogen und nichtsahnend hierhergeführt. Schlimmer noch. Denn hatte er es nicht immer gespürt? Hatte es wirklich dieses weißgekleideten Toten bedurft? Hätte er sich nicht bereits vor Jahren auf diese Reise begeben müssen?

„Ja", Mike nickte langsam und beständig. „Ja", Mike stützte sich auf die Klinke der Wohnzimmertür. „Ja ...", antwortete Mike zum dritten Mal und bemerkte dabei nicht, dass Gary vor ihn trat und beide Hände auf seine Schultern legte. So wie damals Spookey, als er in seinen Armen verblutete. Seine Finger hatten sich so sehr in seiner Jacke verkrallt, dass Mike den leblosen Körper seines Freundes ohne Beine einige Meter mitschleifte. Der Sprung auf den Hubschrauber, der zu Glück lange genug gewartet hatte, war der Beginn von Mikes jahrelanger Flucht gewesen, die er geglaubt hatte, in Josie Armen beendet zu haben. Ein Irrtum.

„Was hast du denn?" Gary rüttelte ihn sanft.

„Ich bin gerade noch so auf den Huey gekommen und wollte alles regeln, wenn ich wieder hier gewesen wäre." Tränen liefen aus seinen Augen. „Verstehst du, Illinois? Ich hatte mir das wirklich ganz fest vorgenommen."

„Klar, Duff. Ich verstehe." Gary führte Mike zur Couch. „Ist kein Problem. Ruh dich erst mal ein wenig aus. War ein langer Tag, Bruder." Er wandte sich zu seinem Sohn: „Reggie, schau mal in der Küche nach; da muss oben im Schrank eine Flasche Zacapa Rum stehen. Bring die mal her; und zwei Gläser."

Mike hatte in den letzten Jahren wenig getrunken, und Rum hatte niemals zu seinen Favoriten gehört. Ron Zacapa 23 Anos war jedoch kein gewöhnlicher Rum. Das merkte Mike beim dritten Glas; während der beiden ersten hatte er Gary sein gesamtes Leben erzählt. Zacapa brannte nicht im Hals; er war nicht einmal rau. Was für ein Rum! Und was für eine unglaubliche Stimme, dachte Mike. Wanda Young war die hübscheste der drei Sängerinnen auf dem Poster an der Wand hinter ihm. Er lehnte sich auf der Couch zurück und genoss den Zacapa. Die Marvelettes – Motown pur. Nach Garys Meinung hatte Smokey Robinson ihren besten Song geschrieben und arrangiert: *The Hunter Gets Captured By The Games*. Gary wusste unwahrscheinlich viele Geschichten über diesen einen Song aus dem Jahr 1967 zu erzählen und hätte einen ganzen Abend damit füllen können. Doch nicht darauf sollte es in dieser Nacht ankommen.

Während seiner Anekdoten griff Gary zur Gitarre, um einige Akkorde mit den Funk Brothers zu spielen, die damals alle Motown-Produktionen krönten. Irgendwann, Mikes Augen waren vor Müdigkeit lange zugefallen, goss sich Gary das letzte Glas Zacapa ein. *Oh yeah*, hauchte Wanda Young am

Ende des Songs. Und dann trat die magische Stille ein. Im goldenen Glanz des dreiundzwanzig Jahre gereiften Hochgenusses erkannte Gary, dass der Augenblick gekommen war, etwas Besonderes zu tun.

Dieses Kribbeln und Ziehen in der Magengegend war ihm aus fernen Zeiten bekannt. Wie hatte er dieses Gefühl so lange vergessen können? Gary stellte das Glas ab und blickte auf seine Gitarre hinab, in der sich die Umrisse seines schlafenden Gastes widerspiegelten. Vorsichtig berührte er die Saiten des Instruments. Es war ein schöner Ton, der zu dem Bild passte, das Mike von seiner Frau Josie wortreich gezeichnet hatte. Was für ein Zufall, dachte Gary, dass Josie gerade an diesem einen Tag eine Autopanne hatte. Er wechselte den Griff und spielte den nächsten schönen Ton. Mike hatte schwere Holzkisten in den Hauseingang geschleppt und Josie beinahe über den Haufen gerannt. Sie war gerade noch rechtzeitig zur Seite gesprungen. *Wissen Sie, wo hier die nächste Werkstatt ist?* Ihre Stimme war Musik gewesen, so hatte Mike es gesagt. Vielleicht eine ebenso besondere Stimme wie die von Wanda Young, die in einem Mann ganz besondere Träume hervorrief. Am selben Abend hatte Mike Josie ausgeführt. Achtunddreißig Dollar; sein gesamter Tageslohn hatte dran glauben müssen. Als sie schließlich spät in jener Nacht Blues tanzten, verloren beide ihre Herzen. Josie hatte ihre schmalen Hände auf seine Schultern gelegt und Mike den Halt gegeben, der in Vietnam zurückgeblieben war. Spookeys fester Griff löste sich Schritt für Schritt über all die Jahre.

Das Bild des in Josies Armen ruhig schlafenden Mike zeichnete sich nun deutlich in Garys Gitarre ab, als er all die Töne aneinanderreihte und diese eine wunderschöne Melodie gebaren. Gary spielte sie wieder und wieder. *Josie's Song* oder *Duff's Song* oder einfach nur *Josie and Duff*; beinahe so wie in Michael Roemers Meisterwerk – einem der besten Filme aller Zeiten. Er war sich noch nicht im Klaren über den Titel des Stücks. Eines aber war sicher, der Jazz hatte in dieser Nacht Gnade walten lassen und sich seines verlorenen Sohnes erinnert. Illinois Griffith trank den Zacapa bis zum letzten Tropfen aus, deckte Mike zu und legte sich schlafen.

„Mir gefällt die Sonate auch", sagte Ami, als sie eine blaue Schale mit Salat und einen Teller Sandwichs ins Wohnzimmer brachte und sich neben Issa auf die kleine Couch setzte. „Ich hoffe, du wirst davon satt werden."

Amis Geruch war allgegenwärtig und wirkte betörend auf Issa. Sie hatte sich umgezogen und ihre Frisur verändert. Ihre Lippen wirken roter als am Vormittag. Im Kerzenschein sah er ihr Profil. Eine hohe gerade Stirn gefolgt von einer ebenso geraden Nase, die ein wenig rund endete. Ihre Lippen wurden umrandet von einer kaum sichtbaren helleren Linie. Alles war eingerahmt von ihren im Kerzenlicht schimmernden dunkelbraunen Haaren. Issa verspürte nicht den geringsten Hunger, nur das Verlangen, diese wunderschöne Frau berühren, fühlen zu können.

„Willst du nichts essen?" Ami sah Issa lächelnd an, der unmerklich den Kopf schüttelte.

„Nein ... jetzt nicht ... später."

Issa wollte nicht essen, er wollte sie. Er war spät gekommen; irgendetwas hätte ihn aufgehalten. Lange hatte sie auf ihn warten müssen; und übergroß war ihre Freude gewesen, als sie seine Stimme endlich aus der Sprechanlage vernahm. Ein starkes kribbliges Ziehen, so als sei ihr Bauch von einer plötzlichen Leere erfüllt, hatte Ami verspürt, als sie Issa die Stufen zu ihrer Wohnung hinaufkommen hörte. Bevor er die Wohnungstür passieren konnte, hatte Ami ihn umarmt und geküsst. Er solle in Zukunft nicht so lange wegbleiben oder sie zumindest anrufen.

Als sie eng umschlungen in der Wohnungstür gestanden hatten, war für kurze Zeit nicht ganz klar gewesen, ob sie überhaupt noch dazu käme, ihm die Sandwiches zu servieren. Ami hatte Issa die Entscheidung überlassen, und so saßen sie nun hier im Wohnzimmer bei Kerzenlicht und lauschten Beethovens Musik. Er kannte die Sonate, die Ami an einen französischen Film erinnerte.

Les Aventuriers. Die Geschichte von Manu, Laetitia und Roland; einer ihrer Lieblingsfilme. Eine Frau zwischen zwei Männern. Am Ende liebte Laetitia Roland, den Älteren der beiden, der ihr Vater hätte sein können, seine Begierde jedoch zügeln, verbergen und ihr so Raum geben konnte. Junge Liebe war anders; besitzergreifend, nicht fähig zu Kompromissen. Manfred hatte das verstanden und getan, wozu ältere Männer im Stande zu sein schienen. Ein ganzes Jahr hatte er auf Ami gewartet, die damals neunzehn Jahre alt war. Schritt für Schritt hatte sie sich auf Manfred zubewegt, geglaubt ihn mehr und mehr verstehen und später auch lieben zu können. Aber es war keine wirkliche Liebe gewesen, und er hatte nur Begierde für das empfunden, was er in ihr zu sehen glaubte. Die Abhängigkeit war beinahe unmerklich entstanden. Irgendwann hatte Manfred Amis Miete bezahlt. Zu spät, erst als sie bereits schwanger von ihm war, hatte sie den verständnisvollen Egoismus in Manfreds Augen erkannt und die wahre Natur von Rolands Begierde an Laetitia verstanden. Sie hatte diesen Film einfach gemocht, ihm damals leider zu viel Bedeutung beigemessen. Beethovens Musik hätte gut zum Ende auf Fort Boyard gepasst.

„Im Frühling möchte ich mit dir nach Paris fahren, Issa ... in ein kleines Hotel am Place de la Bastille", flüsterte Ami, als er ihr Gesicht berührte. Ami holte tief Luft und zog Issa fest an sich. Sie mochte seine Berührungen, besonders die seiner Lippen. Er schien niemals die Augen zu schließen, wenn sie sich küssten. Aber sie schloss die ihren und ließ sich in ihm fallen.

Blau wie die See der Karibik. Ami liebte diese Farbe, die den

Raum durchdrang. Die Dunkelheit dieses Ortes, der sie vor wenigen Stunden noch geängstigt hatte, war gewichen. Ein warmer weicher Windhauch umspielte ihren Körper gleich einem seidenen Tuch und ließ sie sanft erschaudern. Issa stand am anderen Ende des Raumes und lachte ihr zu. Seine weißen Zähne leuchteten. Sie wollte auf ihn zulaufen, doch Entfernungen existierten an diesem Ort nicht; nur seine Zärtlichkeit, seine Berührungen, sein Geruch, seine Nähe. Er hatte ihre Gedanken gelesen und gab ihr Zeit; unendliche süße, verwirrende Zeit der Selbstaufgabe.

Blau, dieses besondere Blau, das dem Himmel an einem heißen Sommertag glich, war ihre Lieblingsfarbe. Die leise, aus weiter Ferne erklingende Musik hatte Ami ausgewählt. Es war ihr gemeinsamer Ort.

„Spürst du mich?" Issas Frage, auf die er keine Antwort erwarten konnte, war überflüssig. Sie gehörte zu dem Spiel der Liebenden. Ami spürte seinen Körper und noch mehr ihn selbst.

„Ja Issa, ich spüre dich", flüsterte sie.

Issa ließ nicht locker. „Fühlst du dich gut?" Er kannte ihre Antwort, wollte diese aber aus ihrem Mund hören.

„Natürlich, was denkst du denn?" Ami lachte.

Issa hielt inne. Ami spürte seine Lippen und den Hauch seines Atems, als er in ihr Ohr flüsterte: „Ich bin verrückt nach dir, seitdem du ins Café kamst. Jetzt geht's nicht um mich, sondern nur um dich, Ami. Verstehst du? ... Ich liebe dich."

Issa traute sich kaum, die letzten Worte hörbar auszusprechen. Diesen Rückzugsraum wollte er eigentlich noch nicht aufgeben. Die Nacht betörte ihn. Er fühlte sich von einer großen Last befreit. Eine erste Liebesnacht konnte etliche Tücken haben, die letztlich alle zu meistern waren, wenn nicht allzu viele Gefühle vorhanden waren. Issa hatte seine Aufregung kaum unterdrücken können. Trotzdem würde er ihr seine Liebe nochmals und dann richtig gestehen. Die nächtlichen Worte von Liebenden konnten für den Augenblick ehrlich und zugleich dennoch grenzenlos trügerisch sein. Verführerische Worte der Begierde und der Lust, die ihre Aufgabe und Bedeutung am nächsten Morgen verloren haben konnten.

„Leg deine Hände auf meinen Rücken und halt mich fest, so fest du kannst. Ich will dich spüren, Ami."

Sie küsste ihn; ihre Zärtlichkeit wurde von Leidenschaft verzehrt. Ami war eine Frau, die mit ihren Augen in ihm das hervorrief, was den zerbrechlichen Gedanken ihrer Liebe mit Füßen zu treten schien, aber genau dort seinen Ursprung hatte. Liebe hat viele Seiten. Nur Worte, die in der Öffentlichkeit nicht zu vernehmen waren, konnten diese Seite beschreiben. Issa flüsterte die Worte in Amis Ohr. Er hatte auf ihr Mysterium gewartet und war in dem Moment, da sie es ihm eröffnet hatte, glücklich.

„Ich kann nicht mehr, Issa."

Aus dem Wohnzimmer klang leise Beethovens Sonate ... zum dritten Mal? Vielleicht zum vierten Mal oder öfter. Das Zeitgefühl war ihnen abhandengekommen. Ein Lichtschein fiel über den silbernen Spiegel im Flur durch die angelehnte Tür bis ins Schlafzimmer. Sie lag mit ihrem Nacken auf seinem ausgestreckten rechten Unterarm; ihre Hand ruhte auf seiner Lende. Ihr beider Blick war lächelnd zur Decke gerichtet. Issa atmete tief, so wie sie. Amis Herz schlug schnell, wie das seine. Er drehte seinen Kopf nach links. Ein Kleiderschrank, ein Schminktisch, vor dem sich ein kleiner Hocker befand, und an der Wand hinter ihnen ein großes Bild in einem weißen Rahmen, dessen Motiv in dem schwachen Licht nicht zu erkennen war. Das flache Futonbett ohne Kopfstütze, auf dem sie lagen, war ebenfalls weiß wie der dicke Teppichboden und alles andere hier. Nur in der Ecke am Fenster stand eine dunkle hohe Pflanze. Er drehte seinen Kopf nach rechts zu ihr. Auch sie wandte sich ihm zu und berührte sein Gesicht, so wie er das ihre. *Ja ... das ist es.* Sie spürten es jetzt ganz deutlich und lachten sich glücklich an.

„Die Sandwiches waren echt super", sagte Issa sichtlich zufrieden. „Ich hätte dir was übriggelassen, doch du wolltest ja nicht."

„Die waren nur für dich." Sie wischte einen Krümel aus seinem Mundwinkel und legte ihren Kopf an seine Schulter. „Was hast du denn gedacht, als ich in das Café gekommen bin?", fragte sie Issa, der unvermittelt laut lachen musste.

„Jetzt willst du es wohl ganz genau wissen." Seine Hand strich sanft über ihren Hals und ihren Rücken. „Na ja, ich dachte ... gar nicht so schlecht ... sexy ..."

„Hey, hey, hey, nun tu mal nicht so cool. Im Übrigen sahst du da an der Wand ziemlich erbarmungswürdig aus." Ami boxte Issa in die Seite, was ihn nicht zu stören schien.

„Aha, Madame hatte mich also gesehen. Warum hast du denn so erstaunt getan, als ich vor dir stand?"

Ami setzte sich auf Issa und stützte sich mit den Ellenbogen auf seine Brust. „Weil ich dich die ganze Zeit in der Fensterscheibe beobachtet hatte und echt aufgeregt war, als ich sah, dass du rüberkommst." Sie küsste ihn auf die Nase.

„Da habe ich wenig Mitleid mit dir, Ami. Was denkst du denn, wie hundeelend ich mich gefühlt hatte? Ihr Frauen überlasst uns die unangenehmen Sachen. Wenn ich nicht den ersten Schritt gemacht hätte, würden wir nicht hier liegen."

Wenn sie ihn nicht angerufen hätte, wäre auch nichts passiert, dachte Ami. Sie ergriff seine Handgelenke und drückte sie in das Kissen oberhalb seines Kopfes, so als habe sie ihn in einem Ringkampf besiegt. „Und fühlst du dich jetzt noch so hundeelend oder geht's dir schon ein bisschen besser, mein armer Issa?"

Issa blickte in ihre Augen und sagte leise: „Ich würde am liebsten die Zeit anhalten, so gut fühl ich mich. Und wenn ich den Uhrzeiger wieder losgelassen habe, würde ich gern den Rest meines Lebens mit dir verbringen."

Diese Worte passten zu der Schönheit des Augenblicks, und Ami wünschte sich, dass das nicht der einzige Grund war.

„Meinst du das ernst? Wir kennen uns gerade mal zwei Tage, und da bist du dir so sicher?"

Issa schien ihre Frage nicht gehört zu haben. Er befreite seine Hände und zog die Decke über ihren Rücken und ihren Kopf, sodass sie ihn nicht mehr sehen konnte. Flüsternd fragte er sie: „Möchtest du mal Kinder haben? ... Ich möchte mindestens zwei ... zuerst eine Tochter."

Die meisten jungen Männer sprachen, wenn sie überhaupt an zukünftige Kinder dachten, von einem Sohn. Eine Tochter hatte sich Ami immer gewünscht.

„Und ... hast du auch schon einen Namen für unsere Tochter?", fragte sie und konnte das Glück in seinen Augen nicht sehen, als er ihre Frage beantwortete und erstmals meinen Namen aussprach.

„Ja, habe ich ... *Caterina*."

#Issa (Teil 1)

Das helle Blut des Mannes war aus Mund, Nase und Ohren in Rinnsalen auf das Kopfsteinpflaster geflossen und hatte eine kleine Lache gebildet, in der Issa stand. Widerstandslos ließ er sich die Handschellen anlegen. Die zahlreichen Passanten und Ladenbesitzer schauten ungläubig auf das Ergebnis der wenige Sekunden andauernden Explosion von Schmerz, Verzweiflung und Hass. Issa nahm sie nicht wahr. Die unbändige Wut hatte seine Brust verlassen. Leere war zurückgeblieben.

In diesem Augenblick wurde ihm bewusst, dass er nicht nur das Leben dieses Mannes, sondern auch sein eigenes zerstört hatte. Das konsequente Ende seines Weges, den er, die Alternative scheuend, mit sechs Jahren auf dem Schulhof betreten hatte.

Erst viel später begann er darüber nachzudenken, warum er zu dieser Stunde an diesem Ort gewesen war; was ihn dorthin geführt hatte, ohne hierauf bis zum heutigen Tage eine Antwort gefunden zu haben. Eines Tages sollte es ihm dennoch gelingen. Issa gewann im Gefängnis die Überzeugung, dass das Sein ausschließlich gut ist. Die Schwierigkeit bestand letztlich darin, diese Natur des Seins in solchen Situationen akzeptieren zu können und nicht zu resignieren. Manchmal offenbarte sich der Sinn erst Jahre danach.

Die Polizisten zerrten ihn in den Einsatzwagen. Seine Fußspuren waren rot vom Blut aus dem Kopf des Mannes. Weniger die Fluchtgefahr als vielmehr die Gefahr der Begehung weiterer ähnlicher Straftaten veranlasste den Haftrichter, Untersuchungshaft anzuordnen. Er hatte es in Issas Augen deutlich gesehen; jederzeit konnten sich ähnliche Dinge wieder ereignen. Issas Weg war eine Einbahnstraße und möglicherweise darüber hinaus eine Sackgasse.

Die Zeitungen, die von dem verrückten schwarzen Mann berichteten, der auf brutalste Weise einen Menschen kaltblütig zu Tode getreten hatte, waren noch vor Issa in die Haftanstalt gelangt. Eine eigene Welt, die nach einfachen Regeln funktionierte. Totschläger rangierten in der Hierarchie gleich hinter Mördern. Bei Issa war nicht abschließend geklärt, ob er in diese Spitzenklasse der Verbrecher vordringen würde. Er wurde von den anderen in Ruhe gelassen, denn auch der Grund für seine Tat war ihnen bekannt.

Seine Pflichtverteidigerin, eine erfahrene Anwältin, die sämtliche Richter und Staatsanwälte persönlich kannte, legte ihm die Karten offen auf den Tisch. Niemand hatte gehört, dass der Tote Issa beleidigt oder gar eine Bierflasche in seiner Hand gehalten haben sollte. Vorgeworfen werde ihm weniger der Tritt an das Kinn, sondern vielmehr die zahlreichen Tritte auf den Kopf des bereits am Boden liegenden Mannes. Eine Notwehr sei zu diesem Zeitpunkt definitiv ausgeschlossen. Das müsse er als Jurastudent ja verstehen, meinte die Anwältin. Eine unbändige Wut, die ihn seines Verstandes beraubt hätte, wäre nach den zahlreichen Zeugenaussagen, in denen er als eiskalt handelnd beschrieben wurde, auszuschließen. Ganz klar, für Issa ging es um Mord oder Totschlag. Mit zehn Jahren habe er im besten Fall zu rechnen.

Zwei Wochen vor der Hauptverhandlung hatte die Anwältin ihm eine, wie sie es ausdrückte, freudige Mitteilung zu machen. Sie könne nicht zu viel versprechen; möglicherweise sei der ganze Spuk für Issa bald vorbei. Er müsse mit jemandem sprechen, hatte sie ihm gesagt, und möglichst eine gute Figur machen. Issa hatte keinerlei Hoffnung gehabt, diesen Ort in den nächsten Jahren verlassen zu können und sich in den Monaten der Untersuchungshaft an die alltägliche Monotonie gewöhnt. Auch an die Furcht einflößenden fantasielos tätowierten Menschen, die er erstmals im Gefängnis getroffen und niemals zuvor in seinem Leben gesehen hatte. Man nannte ihn wegen seiner sechs Semester Jura mittlerweile den Anwalt. Selbst ein Realschulabschluss hätte hier Anerkennung hervorgerufen. Hoffnungslosigkeit war die wichtigste Voraussetzung, um an diesem Ort überleben zu können. Wer die Hoffnung auf ein Wunder nicht aufgeben konnte, war verloren.

Zwei Männer betraten den Raum, in dem sich ansonsten nur Insassen auf ihre Verteidiger trafen.

„Guten Tag Herr Vessel. Mein Name ist Steinbrückner. Ich bin der für Ihren Fall zuständige Staatsanwalt. Und das ist Kriminalhauptkommissar Staroske. Er möchte Ihnen ein paar Fragen stellen. Ihre Verteidigerin hat Sie ja sicher bereits informiert." Steinbrückner versuchte, freundlich und verbindlich zu erscheinen. Sein Anzug wie auch sein Hemd und seine Krawatte waren für einen Staatsanwalt auffallend geschmackvoll. Allein die Schuhe mussten sein normales Budget deutlich übersteigen. Sein Alter war wie bei vielen Männern zwischen Mitte dreißig und Ende vierzig nicht leicht abzuschätzen.

Staroske, etwa fünfzig, wirkte wie das, was er war, ein schlecht bezahlter gestresster Kriminalpolizist. Er machte sich nicht die Mühe für irgendwelche Verbindlichkeiten und kam gleich zur Sache. „Sie stecken ziemlich in der ... Es sieht nicht gut aus für Sie, Vessel."

Issa blickte fragend zu seiner Anwältin.

„Vielleicht können Sie uns ja helfen. Herr Steinbrückner setzt ja auf Sie. Und eventuell kann er dann was für Sie tun."

Der Staatsanwalt zog eine Schachtel Rothmans King Size aus seinem Jackett. „Es stört hoffentlich niemanden, wenn ich eine Zigarette rauche?" Er schaute fragend in die Runde. „Möchten Sie vielleicht rauchen, Herr Vessel?"

Nein, Issa lehnte ab. Die Situation war viel zu unklar und Steinbrückner zu freundlich.

„Es geht um ein Verbrechen in einer kleinen Stadt im Norden, wo ich gerade hergekommen bin. Das liegt anderthalb Jahre zurück", begann Staroske. Issa verstand sofort, war sich aber nicht sicher, ob die beiden das in seinem Gesicht sehen konnten. Er war froh, Steinbrückners Zigarette abgelehnt zu haben. Denn seine zitternden Hände, die er unter den verschränkten Armen versteckte, hätten seine Angst verraten.

„Ein Überfall auf eine Gruppe ... nun ja ich würde sagen national gesonnener junger Männer. Es gab Verletzte; einige schwer. Worum es eigentlich geht; einer dieser Männer ist seitdem verschwunden. Der Überfall konnte mittlerweile aufgeklärt werden", fuhr Staroske scheinbar teilnahmslos fort.

Der nächste Schock, Issa wollte raus aus diesem Raum. Doch das war unmöglich, so schaute er jede Regung unterdrückend zwischen den beiden Männern hindurch.

„Mein Staatsanwalt hat genügend Beweise und Indizien und will die Sache wasserdicht machen. Er denkt, Sie wären als Zeuge nützlich. Verstehen Sie? ... eine milde Bestrafung!" Staroske lehnte sich zurück. „Wir wissen, dass Sie zu dritt waren und kennen auch ihre beiden Freunde. Die Alibis können Sie vergessen. Es gibt da noch ein paar kleine Unklarheiten. Deshalb bin ich heute zu Ihnen gekommen, ans andere Ende des Landes, siebenhundert Kilometer. Also erzählen Sie mal. Ich muss wissen, wo der Entführte ist ... oder seine Reste, wie's genau abgelaufen ist und so weiter und so weiter."

Der Polizist verstand sein Geschäft, schien ihn jedoch zu unterschätzen und hatte ein paar Schüsse ins Blaue hinein abgegeben. Wenn Maurice oder Kenny geredet hätten, wäre er nicht mit einem Angebot zu ihm gekommen. Bei Maurice war sich Issa sicher, dass er nicht auf diese Tricks hereinfallen würde. Und Kenny würde sich eher das Leben nehmen, als ihn zu verraten. Issas Hoffnungen waren vage und nicht überzeugend.

„Ich versteh nur Bahnhof. Tut mir leid", antwortete er knapp und spielte den Ball zunächst zurück zu den beiden

Männern.

Steinbrückner blieb freundlich. „Herr Vessel, wir versuchen hier, für Sie eine Lösung zu finden. Aber Sie müssen sich schon ein wenig bemühen."

Staroske war währenddessen ungehalten aufgesprungen, nahm seine über dem Stuhl hängende Jacke und sagte zur Tür gewandt: „Ich habe gleich gesagt, dass es sinnlos ist. Den Weg hätte ich mir sparen können."

„Einen Moment mal", sagte die Anwältin, hielt Staroske am Arm fest und blickte Issa ernst an. „Herr Vessel, es ist nicht ausgeschlossen, dass die Sache hier mit einer Bewährungsstrafe für Sie enden kann. Der Geschädigte war, wie mir Herr Steinbrückner andeutete, einige Male aufgefallen. Die Staatsanwaltschaft könnte das maßgeblich berücksichtigen. Verstehen Sie? ... Notwehrexzess."

Die drei schienen ein gutes Team zu sein. Das Angebot stand im Raum und die Anwältin war auch in der Lage, einen solchen Deal durchzusetzen, der jedoch eine logische Lücke hatte. Warum sollte seine Strafe so deutlich reduziert werden? Der Staatsanwalt musste etwas verheimlichen.

Wenn das stimmte, so ließ sich Steinbrückner jedenfalls nichts anmerken, sondern nahm die Vorlage der Anwältin auf. „Um es einmal ganz deutlich zu sagen. Die Gerichtsmedizin konnte in Ihrem Fall insgesamt fünf Schädelfrakturen feststellen." Er legte seine Freundlichkeit ab und begann laut zu werden: „Sie haben den Mann totgetreten. Das ist grausam, und das bedeutet Mord, fünfzehn Jahre ... Minimum."

Staroske hatte sich an der Tür umgedreht und schaute auf Issa. „Maurice Fidelis Mbouaney, den kennen Sie ja. Ein auf seinen Namen zugelassenes Auto wurde erstaunlicherweise gerade an dem Tag gesehen, als die Gruppe überfallen wurde. Das soll ein Zufall sein? Wollen Sie mich verarschen?"

Steinbrückner kehrte zu der ihm obliegende Rolle zurück, zog ruhig an seiner Zigarette und fügte wieder gewohnt verbindlich hinzu: „Entschuldigen Sie, Herr Vessel. Was sollen wir tun, wenn Sie nichts sagen?"

Die Blicke der drei ruhten auf ihm in Erwartung seiner Entscheidung. Doch Issa bereitete sich seit einigen Minuten auf fünfzehn Jahre Gefängnis vor und hatte sie nur noch aus weiter Ferne vernommen.

„Vielen Dank Frau Schmidt-Falkner", sagte er schließlich zu der Anwältin, stand von seinem Stuhl auf und wandte sich an Steinbrückner: „Ich weiß nicht, worum es hier geht. Allerdings würde ich jetzt gern Ihr Angebot mit der Zigarette annehmen, Herr Staatsanwalt. Rothmans King Size … das ist meine Lieblingsmarke."

Steinbrückner war wütend und blickte verächtlich zu Issa. „Wir sehen uns in der Hauptverhandlung, Herr Vessel. Da wird Ihnen das Lachen vergehen."

6. Kapitel

Die Schritte kamen näher. Kenny hörte, wie seine Zellentür aufgeschlossen wurde.

„Hübner?! Kommen Sie bitte mit", forderte ihn der Polizist auf. Doch Kenny war nicht fähig, sich zu bewegen. Die vergangene Nacht lastete schwer auf ihm. Er saß zusammengekauert in der Ecke des Bettes und presste seinen Rücken gegen die Wand.

„Was ist denn mit Ihnen los? Sind Sie krank, Mann? Zeigen Sie mal ihre Arme her."

Kenny sah aus wie ein Junkie im kalten Entzug. „Ist schon okay", antwortete er leise. „Ich nehme keine Drogen. Habe bloß nicht schlafen können. War schließlich das erste Mal im Knast."

Der Polizist war sichtlich erleichtert, als er Kennys Worte vernahm. „Das ist nicht der Knast hier ... noch nicht. Das ist lediglich der Polizeigewahrsam für Leute wie Sie, die nachts keinen Ausweis mithaben und sich rumprügeln. Aber Ihr Ausweis ist jetzt da. Wir müssen ein Protokoll aufnehmen. Kommen Sie!"

Kenny trat auf den Gang und warf einen letzten Blick in die Zelle. Der Polizist schloss die Eisentür. Niemals würde Kenny an diesen Ort zurückkehren. Keine weitere Nacht würde er in einem Raum überleben, den er nicht selbst öffnen könnte. Seine Entscheidung stand fest.

Sie gingen in eines der Dienstzimmer. Auf dem Tisch stand eine alte mechanische Schreibmaschine. Der Aschenbecher war übervoll. Der Polizist bot Kenny einen Stuhl an und nahm hinter dem Tisch Platz.

„Also, dann fangen wir mal an. Ihr Ausweis wurde ja gestern

Abend vorbeigebracht ... von einem Freund?" Der Polizist hatte seine Stimme hintergründig fragend angehoben.

„Weiß ich doch nicht. War ja nicht dabei." Kenny wollte die Sache hinter sich bringen.

Torsten Hübner, neunundzwanzig Jahre, Kinderheim, Hauptschulabschluss, Angestellter in einem Supermarkt. Er beantwortete die Fragen abwesend mechanisch. Hinter diesen Fakten gab es eine weitere Wahrheit, die jetzt und auch ansonsten niemanden interessierte.

„Vergiss die ganzen falschen Bilder. Für Leute wie uns ist es in diesem Land schon ein Erfolg, wenn wir irgendwann ein ganz normales Leben führen, ohne für die da den Hampelmann spielen zu müssen."

Kenny hatte so etwas niemals zuvor gehört. Er verstand diesen großen schwarzen Typen damals nicht, den er am Bahnhof lediglich wegen einer Zigarette angesprochen hatte. Issa hatte ihm zum Abschied seine Telefonnummer gegeben. Wenn es einmal mehr wäre als eine Zigarette sei, könne Kenny ihn anrufen.

Das war mehr als zehn Jahre her. Kenny war gerade achtzehn, erst einige Wochen in dieser großen Stadt und hatte an verschiedenen Orten geschlafen oder die Nächte am Bahnhof verbracht, der ihn wie ein Magnet festzuhalten schien. Ohne Issa hätte er diesen Ort möglicherweise niemals verlassen. In unregelmäßigen Abständen war er vorbeigekommen. Issa war der erste Jurastudent, vielleicht der erste Mensch, der Kenny ernsthaft wahrgenommen hatte. Er schien sich jedes Mal gefreut zu haben, wenn sie sich trafen. „Ist ja ziemlich kalt geworden. Wo schläfst du denn eigentlich, Mann?", hatte Issa ihn eines Tages gefragt. Die Bude, von der Kenny dann geschwafelt hatte, hatte Issa ihm nicht abgenommen. „Versteh mich nicht falsch, ich mische mich nicht in dein Leben ein. Aber ich würde mich freuen, wenn du mal vorbeikommst."

Issa hatte ihm seine Adresse gegeben und später das Versprechen abgenommen, er könne vier Wochen in seiner Studentenbude bleiben, wenn er sich einen festen Job suchen würde. Zwei Wochen danach hatte Kenny ihm unsicher von der Einlösung seines Versprechens berichten können. Issa hatte gemeint, die Anstellung in dem Supermarkt sei möglicherweise eine größere Leistung als sein erfolgreicher Abschluss des Jurastudiums.

Der Polizist, der Kenny hinter der alten Schreibmaschine gegenübersaß, hatte hiervon nicht die leiseste Ahnung.

„Diese Leute haben Sie also angegriffen? Dann sagen Sie mir mal, warum hier drei Strafanzeigen wegen Körperverletzung gegen Sie vorliegen?"

Es war erstaunlich, dass diese Typen, die ihn und Serwa in den dunklen Straßen dieser Plattenbausiedlung als Affen zurück in den Busch gewünscht hatten, sich nun über seine Reaktion beschwerten. Wie hätte er sich denn anders verhalten sollen? Beinahe täglich konnten sie von den Übergriffen lesen. Es lief immer nach dem gleichen Schema ab. Erfolgte keine Reaktion auf eine Beleidigung, setzte sich die gewalttätige Spirale in Gang, die damit enden konnte, durch Straßen gehetzt, aus der Straßenbahn oder von Brücken auf Bahngleise geworfen zu werden.

„Sie wissen, wer ich bin. Mehr sage ich dazu nicht. Aber ich will die drei anzeigen ... wegen Beleidigung. Außerdem stelle ich einen Antrag ... einen Strafantrag." Das hatte Issa ihm geraten. Bei Beleidigung reichte es nicht aus, eine bloße Anzeige zu erstatten. Anders war es nur in einigen besonderen Fällen und wenn er zu einer Gruppe zählte, die in der Nazizeit verfolgt wurde.

Wir zählten nicht zu einer solchen Gruppe. Zwar wurden schwarze Menschen damals grundsätzlich als unwertes Leben betrachtet. Weshalb Tausende Kinder zwangsweise sterilisiert, in Konzentrationslager verschleppt und zu schrecklichen pseudowissenschaftlichen Experimenten herangezogen worden waren. Den älteren Schwarzen war es nicht besser ergangen. Ein junger Mann, Nachkomme eines schwarzen französischen Besatzungssoldaten aus dem ersten Weltkrieg, hatte Anfang der dreißiger Jahre eine gewisse lokale Berühmtheit als Sänger und Tänzer erlangt. Eines Tages hatte man sich entschlossen, diese Schande aus der betroffenen Region des Landes zu tilgen. Der „Rheinlandbastard", wie man uns damals öffentlich nannte, war durch die Straßen gehetzt und in einer dunklen Ecke erschlagen worden. Wie konnten wir also keine verfolgte Gruppe der Nazizeit sein? Doch das Land trug bereits schwer an der millionenfachen Schuld. Für uns war kein Platz auf seinen Schultern.

„Strafanzeige? Wie Sie wollen. Das ist Ihr gutes Recht. Warten Sie kurz", sagte der Polizist zu Kenny und verließ den Raum.

Gebäude, Menschen und Bäume schoben sich an den Fenstern der U-Bahn vorbei. Issa blickte hinaus. Ami saß neben ihm und hatte ihren Kopf an seine Schulter gelehnt. Ihre Hände umschlossen die seinen. Sie schien zu schlafen. Es gab diese Augenblicke, in denen es Issa gelang, die Realität der Zeit zu vergessen. Gerade in der U-Bahn, wenn sie den Bauch der Stadt verließ und zu einer Hochbahn wurde. Je nach seiner Stimmung konnte sich die Fahrt scheinbar stundenlang hinziehen oder wenige Sekunden andauern. Wenn die Stadt so an ihm vorbeirollte, fühlte er sich manchmal wie ein horizontaler Fensterstürzer. Man sagte, diesen zöge ihr gesamtes Leben am geistigen Auge vorüber. Kann ein ganzes Leben in Sekunden zusammengefasst werden? Für Issa wäre in diesem letzten Augenblick nur noch Raum für Amis wunderschöne Augen gewesen.

„Ich muss gleich los zur Arbeit", hatte sie am frühen Morgen gesagt und ihm einen Kuss auf die Stirn gegeben. „Du kannst ruhig ausschlafen."

Er war todmüde gewesen. Kein Licht war zu dieser frühen Stunde durch die Fenster eingedrungen. Normalität im November, die Nacht okkupierte weite Teile des Tages. Der unangenehme Gedanke, sich ansonsten von Ami trennen zu müssen, hatte ihn dann schließlich aus dem Bett geworfen. „Nein, nein, ich bring dich natürlich."

Issa hatte sie abholen wollen. Doch Ami arbeitete heute nur bis zwei Uhr und hatte nachmittags eine Verabredung mit einer Freundin. Er war sich nicht sicher, ob diese Freundin in Wahrheit nicht dieser Typ aus dem Café war. Vielleicht wollte sie ihm sagen, für ihn sei kein Platz mehr. Issa hatte das Gift deutlich gespürt. Irgendwie musste er den Gedanken verdrängen, dass dieser Typ und andere Männer bereits in Amis Bett geschlafen hatten. Wahrscheinlicher war außerdem, dass Ami tatsächlich eine Freundin traf. Schließlich musste sie ihre gemeinsamen Erlebnisse mit jemandem teilen. Auch Issa freute sich bereits darauf, seinen Freunden von den neuen Entwicklungen zu berichten. Hoffentlich war alles gut ausgegangen bei Kenny.

„Ich glaube, wir müssen aussteigen, Ami."

Sie arbeitete im neuen Zentrum der Stadt, das in wenigen Jahren quasi aus dem Nichts entstanden war; dort, wo der Krieg große Areale freigelegt hatte. Menschen lebten in diesem endlosen Meer aus Bürotempeln nicht. Während Issas Zeit im Gefängnis hatte sich im Land die Vorstellung breitgemacht, in einer völlig neuen Epoche zu leben. Die Vorstellung, mit einer Idee, einem cleveren Gedanken oder einem Tipp Geld, viel Geld verdienen zu können ohne arbeiten zu müssen, war für kurze Zeit zu einer kaum hinterfragten Annahme geworden. Maurice und seine Kollegen waren zu den neuen Propheten aufgestiegen. Der Traum war schnell zerplatzt, als man wieder einmal feststellte, dass ein Perpetuum mobile auch an den Börsen nicht existierte, sondern in diesem Fall lediglich vom ständigen Geldzufluss der Glücksritter am Laufen gehalten worden war. Die oft hart erarbeiteten kleinen und größeren Reserven waren mittlerweile in unbekannten weltweiten Kanälen verschwunden. Kalter Herbstwind zog an Beton, Stahl und Glas vorbei durch die nicht mehr so neuen Straßen der Stadt.

Der Eingang zu dem Bürogebäude, in dem Ami arbeitete, sah eindrucksvoll aus. In ihrem schicken Kostüm passte sie an diesen Ort, so als sei sie für eine Kampagne ausgewählt worden, die den rasanten Absturz des kollektiven Traums doch noch widerlegen sollte. Issa wollte sie nicht gehen lassen. Ami schien das Gleiche zu empfinden. Glücklicherweise hatten Frauen einen ausgeprägteren Sinn für Notwendigkeiten. Denn er hätte sich bei umgekehrten Vorzeichen krankschreiben lassen, um mit ihr zusammenbleiben zu können. Er wartete wehmütig, bis Ami im Fahrstuhl verschwunden war, und dann ungeduldig auf den Abend, an dem sie sich wiedersehen würden.

Deutschland ist ein schönes Land, dachte Mike, als der moderne Regionalexpress die Stadt verlassen hatte und sich durch die leicht hügelige Landschaft schob. Die Farben des Novembers wurden durch die sorgfältig gedeckten Dächer und die im Glanz der Sonne hell leuchtenden Fassaden der Einfamilienhäuser ergänzt. Selbst in kleinen Ortschaften waren von den Fußwegen noch Radwege abgetrennt. Die Felder waren perfekt für den kommenden Winter vorbereitet, das Zugabteil war sauber, und der Kaffee, den Gary von der freundlichen Asiatin gekauft hatte, schmeckte gar nicht so schlecht.

Sein neuer Freund unterhielt sich amüsiert mit einer älteren Dame in ihrem Abteil. Mike versuchte, sich einzelner Worte zu erinnern. Doch nichts war mehr da; nur an diese zischenden und krächzenden Laute, die wenigen tiefen Töne und die gänzlich fehlenden Verbindungen zwischen den einzelnen Worten konnte er sich noch erinnern. Irgendwie lag es nahe, dass diese Menschen einen irrsinnigen Krieg vom Zaume gebrochen hatten. Schon der Klang ihrer Sprache musste den Kampfesmut der Gegner deutlich gesenkt haben. Würde die ältere Dame nicht so freundlich lächeln, hätte man schlimme Dinge vermuten müssen.

Als Mike am Morgen auf der Couch erwacht war, hatte ihm Gary einen Zettel mit einer Adresse hingehalten. „Dort müssen wir hin, Duff. Ist nicht weit von hier; eine knappe Stunde mit dem Zug."

Der Bassist aus Garys erster Band war auch in Deutschland gestrandet und hatte sich an ein Kinderheim erinnert, in das damals einige dieser Kinder gebracht worden waren. Das deutsche Wort *Kinderheim* hatte unmittelbar zu erneuter Übelkeit bei Mike geführt. Die allgegenwärtige Schuld war übergroß und gleichzeitig unwirklich. Als Physiker hätte Mike das Gleichnis, in das er geraten war, möglicherweise verstanden. Denn seit Tybee Island war er ein Gefangener in der gekrümmten Raumzeit, wo seine enorme Masse an Schuld die Schwerkraft gerade zu einem schwarzen Loch anwachsen ließ, in dem alles möglich wurde.

Trotz der lange vergangenen Zeit, in der Dinge geschehen sein konnten, die Mike sich erst gar nicht vorzustellen versuchte, erschien ihm die angekündigte Zugfahrt von einer Stunde wie ein weiteres vergeudetes Jahrhundert. Es war kurz nach neun Uhr, als sie aufgebrochen waren; erst in ein paar Stunden konnte er seine Frau anrufen. Bisher hatte Mike Angst vor diesem Anruf gehabt, denn die Frage nach dem Sinn seiner Reise war nach wie vor unbeantwortet.

Die Temperatur war mild, und so hatten sich Gary und Mike entschlossen, zu dem knapp drei Kilometer entfernten Kinderheim zu laufen, da an der kleinen Bahnstation sowieso kein Bus oder Taxi zu sehen war. Wenige hundert Meter nach dem Ortsausgang verließen sie die Landstraße und bogen auf eine schmale Allee mit Kopfsteinpflaster ein, die in ein Wäldchen zu einer Anhöhe führte. In Vermont hatte Mike vor Jahren das erlebt, was sie dort Indian Summer nennen. Viel anders sah es hier auch nicht aus. Man konnte verstehen, warum sich die ersten Europäer gerade in New England angesiedelt hatten. Farben über Farben; zwar etwas dunkel, für November dennoch wunderschön. Dazu ganz klare Luft. Eigentlich müssten die Blätter lange gefallen sein, aber in diesem Herbst sei alles ein wenig anders, meinte Gary. Selbst der Himmel mit der tiefstehenden Sonne, deren Strahlen die Bäume mit einem magischen Glitzern durchdrangen, war viel zu blau.

Sie schritten auf dem Kopfsteinpflaster der Allee zu der kleinen Anhöhe hinauf. Gary war etwas vorausgegangen und schoss mit seinem Handy Bilder von seinem Begleiter, der es nicht mehr gewohnt war, weite Strecken zu Fuß zu gehen. An einer Biegung der Allee angekommen, winkte Gary und gab Mike zu verstehen, dass es etwas zu sehen gab.

„Was ist dort?" Mike blieb stehen, er wollte zunächst wissen, womit er zu rechnen hatte.

„Es scheint weiter zu sein, als ich gedacht hatte," rief Gary und wies mit seinem Arm nach rechts in Richtung eines hinter Bäumen befindlichen Tals. „Das ist jedenfalls ein wunderbarer Neun-Loch-Golfplatz."

Damit war die Konfrontation mit dem Vergangenen erst einmal aufgeschoben; Mike überwand die letzten Meter der ansteigenden Allee nun leichter. Hinter dem sattgrünen Golfplatz am Ende des Tals war die nächste Ortschaft zu erkennen, aus deren Mitte sich der sehr spitz zulaufende Turm einer backsteinfarbenen Kirche erhob. Erst, als nach einigen Minuten dessen Glockenspiel sanft die Anhöhe erreicht hatte, bemerkten die beiden, dass sie der Anblick dieser deutschen Landschaft in seinen Bann gezogen hatte.

Mike zog seine Jacke aus und klemmte sie sich unter den Arm. Eine wirklich schöne Region, auch wenn irgendetwas mit ihr nicht stimmte. War es das Wissen um deren Geschichte oder etwas Gegenwärtiges? Mike wusste es nicht.

„Es gibt hier keine Vögel, Gary."

„Stimmt ... sind sicher schon im Süden."

„Ich weiß nicht so recht."

Ein fremder Ort. Der sich links entlang der Straße fortsetzende Wald wirkte dicht, schwarz und modrig. Mike erschien es, als befänden sie sich auf einem Grenzweg, den die Bewohner der Ortschaft im Tal niemals freiwillig überqueren würden. Die Geschichte musste alt sein.

Aus der Stille tauchte ein offener Traktor auf. Der Fahrer winkte den beiden freundlich zu, als er sie überholte. Kurz danach folgten zwei Biker auf Harleys, die die Fremden keines Blickes würdigten. Den Fuchs, der hinter ihnen aus dem Wald kommend die Straße überquert hatte und nun ohne einen Blick zurückzuwerfen in Richtung des Golfplatzes strebte, bemerkten sie nicht.

„Lass uns weitergehen." Gary klopfte Mike auf die Schulter. „Ich glaube, dort vorn ist ein Schild."

Der schmale Weg führte direkt hinein in den Wald. Altes feuchtes glitschiges Laub bedeckte den Boden, sodass sich Mike fragte, wann überhaupt jemand zum letzten Mal diesen dunklen Pfad beschritten hatte. Der Klang der Glocken des Kirchturms drang nicht bis hierher. Mike schaltete seine Gedanken ab, senkte den Kopf und marschierte hinter Gary her. Ansonsten hätte er darüber nachdenken müssen, warum man Kinder, und welche Kinder man an einem solch dunklen Ort weit hinter dem Grenzweg untergebracht hatte.

Der Weg schlug einen Bogen nach links eine weitere Anhöhe hinauf, die außerhalb des Waldes gar nicht zu erkennen war. Gary kniete sich kurz hin, um seine Schnürsenkel festzuziehen. Mike schritt an ihm vorbei und hob seinen Kopf schließlich wieder an.

Und dann sah er sie. Ganz am Ende des dunklen Pfades, wo die schwarzen Bäume etwas Platz gaben und den Blick auf ein altes Gebäude eröffneten, vor dem sich eine Gruppe befand, die einen Halbkreis formte, so als stünden sie um etwas herum. Sein Schritt wurde schneller; er durfte keine Zeit mehr verlieren. Er musste seinen Sohn aus dieser Dunkelheit retten, in der er ihn vor Jahren verlassen hatte. Genau das war der einzige Grund seiner Reise. Nichts hätte noch einen Wert, wenn er hier und jetzt scheiterte.

Sie lachten. Mike konnte es trotz der Entfernung deutlich vernehmen. Es war ein tiefes, ein böses, ein verächtliches Lachen, dessen Ursprung viel weiter zurücklag als der alte Zauber. Dieses hässliche Lachen bündelte Neid, Boshaftigkeit, Missgunst, Feigheit, Zynismus, Hinterhältigkeit und projizierte dieses menschenfeindliche ätzende Gebräu auf denjenigen, der aus der Gemeinschaft ausgestoßen worden war, ohne jemals in ihr aufgenommen worden zu sein. Niemand konnte dieser schleimigen Brühe lange widerstehen; irgendwann drang das Gift durch Nase, Mund, Ohren, Augen und sämtliche sonstigen Öffnungen und spülte eine weitere Seele hinfort.

Diese Schweine. Mikes Herz schlug deutlich bis hinauf zum Hals; seine Lungen pressten sich zusammen, doch er musste diese lachende Fratze, die ihm ihren stinkenden Atem entgegenschleuderte, erreichen, bevor es zu spät war. Das Lachen verstummte nur kurz, als Mike seinen Kopf weit in den Nacken legte und blinzelnd hinauf in das alte Gesicht blickte, dessen Augen vor dem glitzernden Sonnenlicht kaum zu erkennen waren. Mike griff nach der Gurgel; bereit, den ganzen Kehlkopf in einem Stück herauszureißen. Aber die Fratze, die verächtlich erneut ihr widerwärtiges Lachen angestimmt hatte, konnte er niemals erreichen. Das Lachen wurde so stechend laut, dass Mike es nicht mehr ertrug. Wütende Tränen drückten sich aus seinen Augen. Mit beiden Händen und ganzer Kraft hielt er sich die Ohren zu und vergrub, als das nicht half, seinen Kopf schließlich tief im modrigen Laub des dunklen Waldes. Im Nacken spürte er den festen Tritt der Fratze.

Torsten. Mike schrie den Namen seines Sohnes.

Die Tür wurde schwungvoll aufgestoßen. Ein anderer Mann mit zerknittertem Anzug betrat das Dienstzimmer, in dem Kenny nun fast eine Stunde auf die Rückkehr des Polizisten gewartet hatte. Wortlos, so als würde er Kenny gar nicht wahrnehmen, setzte sich der Mann auf den Stuhl hinter dem Tisch. Er musste sehr klein sein, denn sein Kopf wurde durch die Schreibmaschine beinahe völlig verdeckt. Der Mann begann in den ausgebeulten Taschen seines Jacketts zu kramen und zog ein Päckchen Zigaretten hervor.

Er lehnte sich ein wenig zur Seite, um Kenny überhaupt sehen zu können und fragte: „Wollen Sie eine Zigarette?" Raucher konnten mit dieser Frage leichter in ein Gespräch finden. Ein kleines gemeinsames Laster stellte eine gewisse Vertrautheit her.

„Ja gern", antwortete Kenny, der ansonsten selten rauchte. „Ich wollte eine Anzeige gegen die Leute machen, die mich gestern früh beleidigt haben. Und einen Strafantrag will ich …"

Der Mann unterbrach ihn: „Das können Sie ja gern machen, aber dafür bin ich nicht zuständig."

Langsam verstand Kenny, dass die ganze Angelegenheit nicht ausgestanden war. Was wollte dieser Mann von ihm? Die Frage brannte ihm auf der Zunge, doch er stellte sie nicht. Kenny hatte den Eindruck, der Mann wartete genau auf diese Frage. Denn er sagte nichts, sondern zündete sich ruhig eine Zigarette an, lehnte sich langsam zurück und blies den Rauch in Richtung der Deckenlampe.

„Ach so, ich habe mich gar nicht vorgestellt", fuhr er endlich fort. „Staroske, Kriminalhauptkommissar. Ich bin zuständiger Ermittler in einem Verbrechen, das ein paar Jahre her ist."

Kennys Hand, in der er die Zigarette hielt, begann unübersehbar zu zittern. Er verstand.

Es war an seinem einundzwanzigsten Geburtstag gewesen. Alle waren sie gekommen zu der Einzugsfeier in seine erste eigene Wohnung. Issas Gesicht hatte beinah feierlich gewirkt. So etwas wie der Anflug von Tränen war in seinen Augen zu sehen, als er ihn umarmt hatte. Auch Maja, Maurice und Sophie schienen sich für ihn gefreut zu haben. Sophie hatte ihm immer gut gefallen, ihm manchmal sogar mit Rat zur Seite gestanden, wenn er mit Mädchen Probleme gehabt hatte. Maurice hatte alles Glück, das Kenny sich überhaupt vorstellen konnte. Und er hatte Sophie, die von Kennys Gefühlen für sie wahrscheinlich nie etwas geahnt hatte. „Wenn die so eine tolle Frau sein soll, dann nimm du sie dir doch", hatte Maurice später geantwortet, als Kenny ihm sagte, er könne nicht verstehen, warum er seine Frau verlassen wolle. Das wäre unter Freunden natürlich ein Tabu gewesen. Und sie waren Freunde, obwohl ihn mit Issa eine stärkere Beziehung als mit Maurice verband. Außerdem hatte sich Kenny niemals vorstellen können, dass Sophie ihn, den Supermarktangestellten, überhaupt als Mann wahrnehmen würde.

„Damit du den Schlüssel für deine Wohnung nicht verlierst, Kenny", hatte Sophie an jenem Abend gesagt und ihm zum Einzug nicht nur den kleinen ledernen Schlüsselanhänger, sondern auch einen Kuss auf seine Wange geschenkt. Das Blut war ihm in den Kopf geschossen. Hätte er rot werden können, wäre sicherlich allgemeines Gelächter ausgebrochen. Dieser lederne Schlüsselanhänger war sein Talisman geworden. Zwar hatte Kenny ihn stets bei sich getragen, seinem eigentlichen Zweck hatte er ihm jedoch niemals gedient. Vielleicht würde ihn eines Tages eine solche Frau wie Sophie wahrnehmen. Kenny verstand bis zum heutigen Tag nicht, wie er den Schlüsselhänger ausgerechnet in der Kleinstadt im Norden verlieren konnte.

„Geht's Ihnen nicht gut, Hübner? Sie sehen ja ganz fahl aus." Staroske zog an seiner Zigarette. Ein leichtes Lächeln huschte über sein Gesicht – wohl wegen des Spruchs. Staroske saß im Fahrersitz und wusste es. „Jaja, so eine Nacht in der Zelle ... ich versteh schon."
Kenny starrte auf den Boden.
„Sie wissen, wovon ich spreche?!", fuhr der Polizist fort. „Dann kann ich's ja kurz machen. Ich will Ihnen gleich eines vorab sagen! Wenn Sie sich hier stur stellen, wandern Sie direkt wieder in Ihre Zelle ..."
Kenny hörte Staroske, der ungerührt weitersprach, nur noch aus der Ferne.
„Es geht um den Überfall vor einigen Jahren. Mir sind die ganzen Verletzten egal; auch der, der bis heute verschwunden ist. Die waren alle Kriminelle und außerdem ... wie soll ich sagen ... politisch untragbar für unser Land. Es lagen sogar Erkenntnisse vor, dass einer Mitglied eines Pädophilenrings war und eine Verbindung zu dem Tod eines farbigen Mädchens in dieser Zeit bestanden hatte. Konnte aber nicht bewiesen werden. Verbrechen ist Verbrechen. Und meine Aufgabe ist es, den Überfall aufzuklären. Ich weiß nicht, wie's genau abgelaufen ist. Wenn Sie sich nichts Schwerwiegendes zu Schulden kommen lassen haben und mit uns zusammenarbeiten, können Sie da noch glimpflich rauskommen. Verstehen Sie mich?"

Maurice besaß damals einen alten Peugeot. Diese unweiten Kleinstädte glichen einander. Auch die Orte, an denen sich die gefährlichen Gruppen trafen, waren stets die gleichen. *Guerillas In The Mist* – Kenny konnte diesen Track des Rappers Paris, den Issa auf ihrer Fahrt in die Kleinstadt immer wieder zurückgespult hatte, danach nicht mehr anhören. Nach ihrer Ankunft am späten Nachmittag war alles sehr schnell gegangen. „Los, fass mit an", hatte Maurice ihm zugerufen und mit Issa hinter dem Kofferraum des Peugeots herumhantiert. Alle, die nicht rechtzeitig geflüchtet waren, hatten verteilt auf dem Platz neben dem Supermarkt herumgelegen. In wenigen Sekunden war die Bedrohlichkeit der Gruppe gänzlich verschwunden. Als Kenny um das Auto herumgekommen war, hatte Issa auf dem massiven Typen gekniet und mit beiden Fäusten auf ihn eingeschlagen. „Hol mal die Leine aus dem Auto." Kenny hatte mechanisch getan, wozu ihn Maurice aufgefordert hatte, und hierbei wohl Sophies Schlüsselanhänger verloren.

„Maurice Fidelis Mbouaney und Jean Idrissa Vessel. Die kennen Sie doch, Herr Hübner!", fuhr Staroske fort.

Kenny begann langsam, den Kopf zu schütteln. Staroske würde ihn nicht mehr in Ruhe lassen; wie die Schatten, die ihn in der letzten Nacht gefunden hatten. Er war ihnen nicht gewachsen und die Eisentür auf dem Dachboden des Kinderheims wieder verschlossen.

Issas Wohnung lag in einem Bezirk, wo die Mietpreise deshalb niedrig waren, weil hier Menschen lebten, die bereits vor Generationen ins Land gekommen, aber noch immer nicht in die Gemeinschaft aufgenommen worden waren. Kleine und größere Ungerechtigkeiten trafen auf ein starkes Gerechtigkeitsempfinden und nahmen vielen der Fremden den Antrieb, weiter das Unmögliche zu versuchen. Sie blieben unter sich. Es war ein Rückzug in das, was man parallele Gesellschaft nannte. Doch wo sollten sie sonst hin? Obwohl Issa mit den Fremden nichts verband, reichte das gemeinsame Fremdsein für ein einigermaßen freundliches Nebeneinander aus. Vorfälle wie der, der ihn einen Großteil seiner Jugend gekostet hatte, waren hier undenkbar. Manchmal beneidete er die Fremden um ihren parallelen Rückzugsraum, wo sie stets glücklicher wirkten als im übrigen Land.

Issa hatte Ami ohne böse Absicht belogen. Seine Wohnungstür war nicht verschlossen. Er vergaß normalerweise niemals, seine Tür abzuschließen. Auch wenn er in der Wohnung war, die Tür blieb stets fest verschlossen. Einer seiner Ticks aus der Zeit im Gefängnis; mit dem Unterschied, dass er jetzt bestimmen konnte, wann die Tür geöffnet wurde.

Außer Kenny hatte nur Mary einen Schlüssel. Sie saß auf seinem Bett und blickte ihn mit versteinerter Miene an, als er den kleinen Wohnraum betrat. Issa hatte Mary seit Amis Anruf am Freitag einfach vergessen. Als er sie so dasitzen sah, wunderte er sich darüber. Obwohl von Anfang an klar gewesen war, dass er die Verantwortung für Mary und ihr Kind niemals übernehmen konnte und wollte, hatte er ihr den Schlüssel zu seiner Wohnung gegeben, was er in diesem Augenblick bereute. Die Sprache des Landes, in dem ihr Kind aufwachsen sollte, sprach Mary kaum, weshalb sie sich auf Englisch unterhielten.

„Letzte Nacht war ich hier", begann sie unmittelbar bei seinem Eintreten. „Und wo warst du? In diesem Bett hast du jedenfalls nicht geschlafen. Ans Telefon bist du auch nicht gegangen." Sie sprang auf, baute sich in drohender Gebärde vor ihm auf und versuchte, mit ihren schmalen Armen auf Issa einzuschlagen. „Welche Schlampe hast du gefickt? Sag mir schon, welche?"

Erst jetzt sah Issa die Müdigkeit in Marys Augen ... und einen Anflug von Wahnsinn. Trotzdem konnte Issa ein in ihm aufsteigendes, unfaires Lachen nicht unterdrücken; Bewegung war in den letzten Wochen in sein Leben gekommen. Zunächst musste er sie beruhigen.

„Hey, hey, hey, bleib mal ganz cool. Mein Akku war leer. Sagst du gar nicht Hallo zu mir?"

Sie sah ihn fragend an und wartete auf sein Geständnis. Doch Issa sprach nicht weiter, sondern ließ diese Pause auf Mary wirken. Ein geschickter Lügner glaubt an seine Lügengeschichte und geht bald völlig in ihr auf. Das Geheimnis liegt ganz einfach darin, dass eine gute Lüge ein kleines Stück Wahrheit beinhalten muss. Der Rest ist Kreativität. Issas Geschichte stand.

„Kannst du mir sagen, warum Frauen immer denken, dass wir Männer mit jeder Frau in die Kiste steigen, die in unsere Nähe kommt. So einfach ist das gar nicht ... leider." Issa schmunzelte. „Hast du jemals daran gedacht, dass mir etwas Schlimmeres als das zustoßen könnte?! Vielleicht habe ich die letzte Nacht im Gefängnis verbracht? Vielleicht hatte einer meiner Freunde einen Unfall? Hast du das jemals in Erwägung gezogen?"

Die Lügen fielen Issa mit Leichtigkeit zu. Er hatte es als Beleidigung empfunden, als Mary die ihr unbekannte Ami als Schlampe bezeichnet hatte. Sie hatte kein Recht dazu und keinerlei Anrechte auf ihn. Issa war ihr gegenüber zu gar nichts verpflichtet. Schon gar nicht dazu, ihretwegen auf anderes Glück zu verzichten.

Das Ende einer Beziehung wäre niemals fair, hatte Maurice ihm bei einem Besuch im Gefängnis einmal gesagt. Issa hatte nicht vor, Mary unfair zu behandeln. Dennoch konnte er ihr nicht die Wahrheit sagen. Niemals hatte Issa einer Freundin gestanden, sie betrogen zu haben. Auch wenn ihm die Beweise manches Mal allzu eindeutig vorgelegt worden waren. Und im Augenblick war nicht Mary, sondern Ami die Betrogene. Denn er stand mit einer anderen Frau in seiner Wohnung, die noch dazu einen Schlüssel zu dieser besaß.

Ein halbes Jahr hatte ihre Beziehung, die letztlich eine Affäre war, gedauert. Mary war sechsundzwanzig Jahre alt und verheiratet. Der Mann, ihr Ehemann und Vater des Kindes, hätte ihr Vater sein können. Als Urlauber war er in Marys Land gekommen, wo es ein geflügeltes Wort gab, das jedes kleine Mädchen kannte. White Man is Gold – und ein stets willkommener Schwiegersohn. Die Eltern und Mary brauchten nicht sonderlich überzeugt werden. Mary musste ein schönes junges Mädchen gewesen sein. Und sie war noch immer attraktiv, was Issa gerade bewusst wurde. Doch die Schönheit einer jungen Frau hatte ohne einen vermögenden Ehemann keinen eigenen Wert in einer Region, wo das Leben voller unkalkulierbarer Gefahren war. An einem solchen Ort existierte kein Raum für freie Entscheidungen.

Marys Mann war beruflich und politisch engagiert in einer weltweit tätigen Organisation, die sich für die Wahrung von Rechten einsetzte, die irgendwann von irgendjemandem als Rechte aller Menschen deklariert worden waren. Das Recht auf frei bestimmte Liebe einer jungen neunzehnjährigen Frau hatte die Organisation und Marys Mann übersehen. Ihren Jugendfreund, mit dem sie schon in Kindertagen Hand in Hand durch die engen Gassen ihres Viertels gegangen war, konnte er problemlos aus dem Feld schlagen. Ihr Mann dachte möglicherweise bis heute, er hätte die Liebe des schönen Mädchens erobert. Doch es war ein einfaches Geschäft gewesen. Mary durfte mit ihm ins gelobte Land reisen. Ihre Mutter wohnte mittlerweile in einem stattlichen Haus, vermietete ein weiteres und war dank des regelmäßigen Geldflusses von ihrer Tochter zu einer geachteten Dame aufgestiegen. Sogar Marys Jugendfreund war eines Tages als vermeintlicher Cousin von ihrem Mann nachgeholt worden. Mittlerweile war er mit einer deutlich älteren Frau verheiratet und durfte dauerhaft im Lande bleiben.

White Man is Gold. Issa kam nicht umhin, diesem geflügelten Wort einen ernüchternden Wahrheitsgehalt zuzusprechen.

Auch in seinem Schrank hingen Hemden, die mit dem Geld des Mannes bezahlt worden waren. Um an diesen Reichtum des bescheidenen Anspruchsniveaus zu gelangen, hatte Mary einen Preis bezahlen müssen. Viele, aber beileibe nicht alle jungen Frauen Afrikas und der restlichen verarmten Welt waren wie Mary bereit, einen solchen Preis zu bezahlen. Dessen wahre Höhe hatte sich Mary erst offenbart, als sie in diesem kalten und dunklen Land angekommen war.

Genau dorther rührte das Gift, das Issa seit dem ersten Tag ihrer Beziehung in seinem Herzen trug. Eine solche Frau, die in der Lage war, mit einem Mann zusammenzuleben, den sie nicht liebte, hatte seine Liebe nicht verdient. Das Gift machte ihn immun gegen Mitleid für Mary, die möglicherweise mehr auf ihn gezählt hatte, als er sich eingestehen wollte. Er wäre unfähig gewesen, mit dieser Vergangenheit von Mary zu leben. Und in letzter Zeit war er immer weniger bereit gewesen, sich wegen Marys Angst vor diesem mittlerweile siebenundfünfzigjährigen Mann mit ihr zu verstecken. Sie war abhängig von ihm. Seit ihrer Ankunft hatte sie keinen einzigen Job gehabt, keinen einzigen Cent verdient und sprach nach sechs Jahren kaum ein Wort der Sprache des Landes.

„Kenny wurde von der Polizei verhaftet. Ich habe die ganze Nacht auf der Polizeiwache verbracht. Und ich bin richtig müde ... Hast du mich verstanden?" Issa spürte seine Verärgerung. Er glaubte an seine Lügengeschichte und fand Marys Sorge abwegig und ungerecht.

„Issa, entschuldige. Aber du musst mich verstehen. Was sollte ich denn denken? Du bist nicht nach Hause gekommen ... Ich habe mir einfach Sorgen gemacht." Mary hatte ihre Arme um seinen Hals gelegt und sah ihn sichtbar erleichtert an.

So einfach war es also; Issa fühlte sich jetzt doch schlecht. Marys Nähe war ihm vertraut und erregte ihn, was sie auch merkte. „Ich konnte die ganze Nacht nicht schlafen", sagte Issa und blieb nun bei der Wahrheit. „Außerdem muss ich nachher zu meinem Vermieter."

Mary wischte ihm den Schlaf aus den Augen. „Okay Baby, leg du dich erst einmal ins Bett. Und ich werde diesen schrecklichen Ort ein wenig aufräumen und einen Kaffee für dich machen, einverstanden?"

„Ja, aber Kaffee reicht."

Issa war kurz eingeschlummert. Aus der Musikanlage erklang leise Angie Stones bester Track, der ursprünglich von den O'Jays stammte.

Mary rüttelte ihn sanft an der Schulter. „Baby, ich habe Kaffee für dich. Mit Milch, ohne Zucker."

Sie hatte sich zu ihm auf Bett gesetzt. Issa fühlte sich kraftlos.

„Hast du Zigaretten?", fragte Mary.

„Ja, in meiner Jacke." An den Zettel mit Amis Nummer hatte er nicht gedacht; erst als Mary aus dem Flur zurückkam – zu spät.

„Ihr seid nichts weiter als Tiere, ihr Scheißtypen. Und du bist außerdem ein Lügner ... Nicht mit mir! Oh nein, nicht mit mir! Wer ist diese Schlampe ... A m i n a t o u? Warst du bei ihr letzte Nacht? Hast du sie gefickt? War es gut? Bist du jetzt zufrieden?"

Die Bombe war geplatzt. Mary drehte vollkommen durch und suchte etwas, das sie nach ihm werfen könnte. Issa verspürte keinerlei Bedürfnis, noch irgendetwas zu erklären.

Plötzlich hörte sie auf, ihn anzuschreien. „Warum frage ich eigentlich dich? Ich werde deine Schlampe anrufen und sie fragen." Mary rannte ins Badezimmer.

Issa war nicht schnell genug gewesen; sie hatte die Tür bereits von innen verriegelt. Wie hatte das nur geschehen können? Er war bereit, die Tür einzutreten, doch versuchte es zunächst einmal mit der Wahrheit.

„Mary warte! Lass es mich erklären. Die ganze Sache zwischen uns ist mir zu viel geworden. Du hast deine Entscheidung getroffen ... damals, als du diesen Mann geheiratet hast. Da kommst du nicht mehr raus. Es hängt zu viel dran ... dein Kind, deine Leute in Afrika, dein ganzes Leben hier. Und ich bin es einfach leid, mich mit dir wie ein Krimineller verstecken zu müssen. Wenn ich ehrlich bin; ich will es schon länger nicht mehr. Das ist nicht dein oder mein Fehler ... Aber das alles hat nichts mit dem Zettel zu tun, den du gefunden hast."

Im Bad herrschte Stille. Issa setzte sich auf den Boden und lehnte sich mit dem Rücken an die Tür. Er hatte Angst, Ami könnte gleich zu Beginn das Vertrauen in ihn verlieren. Wenn eine schwarze Frau um ihren Mann kämpfte, konnte es rau zugehen. Ami hatte keine Ahnung von Mary und sicher überhaupt keine Vorstellung von diesen Dingen aus einer fremden Welt. Issa konnte sich ausmalen, was Mary ihr über das Telefon an den Kopf werfen konnte.

Plötzlich ging die Tür auf; Issa wäre beinahe nach hinten umgestürzt. Über sich sah er Mary.

„Du irrst dich, wenn du denkst, dass du mich auf diese Weise verlässt. Ich bin noch nicht fertig ... mit dir." Sie warf den Schlüssel auf den Boden des Flurs und verließ die Wohnung; die Tür zum Treppenhaus blieb offen.

Issa war erleichtert und besorgt. Er blickte auf sein Handy; in einer Stunde musste er bei Wolf sein, und später am Nachmittag hatte sich Maurice angekündigt.

Lass dich mal ansehen ... Sehe ich da eine glückliche Frau?" Stephanie, die am Eingang des Bürogebäudes auf Ami gewartet hatte, umarmte ihre Freundin.

„Vielleicht", sagte Ami und musste lachen. „Ich bin echt müde. Ich wäre heute vor dem Computer beinah eingeschlafen."

Es war halb drei. Sie gingen in eine Bar im neuen Stadtzentrum, in der sich Männer jeglichen Alters einfanden, um ihren beruflichen Erfolg öffentlich bekannt zu machen oder Misserfolge zu überdecken. Frauen wie Ami und Stephanie benötigten in dieser Bar kein Geld. Zahlreiche Herren überschütteten sie dort regelmäßig mit Einladungen zu Drinks und mehr. Sie legten hierauf keinen Wert. Stephanie konnte mit den meisten dieser Männer finanziell problemlos mithalten. Sie war Partnerin einer PR-Firma und verstand es offensichtlich, die Auftraggeber mit ihrem Sex-Appeal und anschließend mit ihrer Intelligenz und Professionalität zu überzeugen. Mitgliedschaften in einer Partei und anderen Vereinigungen taten ihr Übriges.

Nach der Trennung von Manfred hatte Ami über eine Zeitarbeitsfirma einige Monate bei Stephanie gearbeitet. Sie hatten sich sofort gut verstanden. Eines Tages war Manfred im Büro erschienen, hatte die Nerven verloren und versucht, Ami nach draußen zu zerren. Gemeinsam hatten Ami und Stephanie sich Manfreds entledigt. Stephanies Tritt gegen sein Schienbein überzeugte ihn schließlich davon, dass er in Amis Leben nichts mehr zu suchen hatte. Am gleichen Abend waren sie zusammen in die Bar gegangen, wo sie auch jetzt wieder saßen, und hatten sich betrunken.

An der Wand hingen lebensgroße Bilder, deren Schöpfer seine Berühmtheit schönen nackten Frauenkörpern und seinem exotischen deutschen Vornamen verdankte. Fotografie war keine exakte Wissenschaft, sodass Idee und Story oft für den Erfolg ausreichten.

„Ich freu mich, wenn ich sehe, dass es dir gut geht, Ami", sagte Stephanie.

„Ja, mir geht es wirklich gut. Lach nicht ... ich fühl mich fast wie ein Teenager, der sich zum ersten Mal verliebt hat."

Stephanie nahm ihr Glas Champagner, den sie immer trank, und stieß an Amis Glas. „Na dann ... auf das neue Glück. Auch wenn's sehr schnell ging ... Ich freu mich für dich. Das weißt du." Stephanie gab Ami einen Kuss auf die Wange. „Nun erzähl schon."

Das ist nicht einfach, dachte Ami. Issas und ihre kurze gemeinsame Geschichte, die weit früher begonnen hatte, konnte nicht mit wenigen Worten beschrieben werden. Ihre Angst, ihre Zweifel und schließlich ihre Nacht. Wie sollte Stephanie das alles verstehen, wenn sie nichts von Issas Offenbarung wusste. Doch Ami hatte kein Recht dazu, Stephanie von seiner Tat zu erzählen. Außerdem befürchtete sie, Stephanie könnte ihn ablehnen.

„Na ja, das ist das erste Mal, dass ich mit jemandem zusammen bin, der so ist wie ich."

Stephanie schien nicht zu verstehen.

„Issa ... so heißt er ... hat die gleiche Hautfarbe wie ich. Und er ist so ähnlich aufgewachsen. Für ihn bin ich halt nicht irgendwie exotisch. Verstehst du? Ich glaube, Issa sieht mich eben so, wie ich wirklich bin. Ich muss bei ihm keine Rolle spielen."

Stephanie war auf solche ernsten Worte nicht vorbereitet, aber sie sah das Lächeln im Gesicht ihrer Freundin. „Man hört ja so einiges über ... diese Männer", sagte sie und zog dabei verschmitzt eine Augenbraue nach oben.

Ami stellte sich lachend ahnungslos. „Ich weiß nicht, wovon du sprichst."

„Ist *es* denn passiert?", fragte Stephanie weiter.

Ami musste noch stärker lachen und boxte ihre Freundin an die Schulter. „Als du mich vorhin abgeholt hast, hattest du doch gesagt, du siehst eine glückliche Frau, stimmt's?" Mehr sagte Ami nicht. Dieser Teil ihrer Beziehung war für sie und Issa reserviert. „Issa ist ungefähr so alt wie du. Er macht gerade sein Juraexamen. Er ist riesengroß, schlank und sieht ... für mich jedenfalls ... gut aus. Und er will sein ganzes restliches Leben mit mir verbringen. Sogar einen Namen für unsere Tochter hat er schon." Ami lachte und hielt sich beide Hände vor das Gesicht.

Stephanie war keine unerfahrene Frau, solche Dinge mussten sie misstrauisch machen. „Und das ist ihm alles in den letzten zwei Tagen klar geworden?", fragte sie. „Versteh mich nicht falsch, Ami. Ich glaube, es ist besser, wenn man angeschnallt und mit möglichst vielen Airbags Auto fährt." Sie strich Ami sanft über die Wange. „Stell mir deinen Issa mal vor. Ich werde ihm auf den Zahn fühlen. Wenn er meine Freundin nämlich nicht gut behandelt, dann gibt's einen Tritt gegen sein Schienbein."

Beide mussten lachen, und Amis Telefon klingelte. Sie blickte auf das Display und erhob sich. „Weiß nicht, wer das ist. Ich geh mal ran, hatte vorhin schon ein paar Anrufe von der Nummer. Bin gleich wieder da."

Maurice musste mehrmals fest an die Tür klopfen, bevor Issa öffnete. „Na tapferer Krieger, hast dich wohl ziemlich verausgabt?", fragte er grinsend, neugierig darauf zu erfahren, wie der gestrige Abend seines Freundes verlaufen war, und drängte sich, so wie er es immer tat, direkt an ihm vorbei.

„Ja, bin todmüde", sagte Issa, der Maurice mit schlürfendem Schritt in die Küche folgte und sich dabei ein T-Shirt überzog. „Aber es gibt ein anderes Problem."

Maurice drehte sich um. „Ist was mit Kenny?"

„Nein, keine Sorge", antwortete Issa schnell. „Er ist heute Vormittag rausgekommen."

„Sehr gut!", sagte Maurice erleichtert. „Was ist denn los?"

„Mary saß heute früh hier, als ich wiederkam." Auf den fragenden Blick seines Freundes fügte er hinzu: „Na ja, sie wusste, dass ich nicht hier geschlafen hatte."

„Und was hast du ihr gesagt?"

„Erst konnte ich sie beruhigen. Doch sie hat den Zettel gefunden, auf dem ich mir Amis Nummer und Adresse notiert hatte. Und dann ist sie durchgedreht."

„Mist!" Maurice setzte sich an den kleinen Küchentisch. „Und den Zettel, hat sie den noch?"

„Ja. Und Ami geht nicht ans Telefon." Issa holte tief Luft und setzte sich zu seinem Freund, der die Sorge um sein junges Glück verstand.

„Mach dich mal nicht verrückt. Falls sie Ami angerufen hat, kannst du's nicht ändern und musst ihr halt alles erklären. Und ansonsten musst du's ihr auch sagen. Kommt aufs Gleiche hinaus."

„Ich bemüh mich echt, das Richtige zu tun", sagte Issa abwesend. „Trotzdem glaub ich manchmal fast, es ist eigentlich egal. Mary hat mal zu mir gesagt, ich wäre ein gefährlicher Mann ... a dangerous man ... Ich würde eine Frau verrückt nach mir machen und sie irgendwann verlassen. Nicht mit böser Absicht; es wäre einfach so."

Maurice schüttelte den Kopf, sein Freund war im Gefängnis oder durch das, was ihn dorthin gebracht hatte, zu nachdenklich geworden. „So kommst du nicht weiter, Issa. Was weiß denn Mary schon von deinem Leben? Ich meine, sie ist selbst verheiratet", fügte er mit Ironie in der Stimme hinzu. „Und wenn bei dir die Richtige kommt, so wie jetzt, dann wirst du schon das Richtige tun. Oder!?" Maurice stieß Issa an die Schulter. „Was vorher war, zählt doch nicht. Hab ich recht?"

„Hoffentlich."

„Ich habe auch manchmal einen Hänger", fuhr Maurice fort. „Weißt du, was ich dann mache? Ich versuche, mich auf das Jetzt zu konzentrieren. Und ...", Maurice hielt Issa Zeigefinger und kleinen Finger ganz nah vors Gesicht, „und ich höre Motörhead, Bruder ... Rock'n'Roll ... so laut wie möglich."

Issa schlug lachend die Hand seines Freundes weg und verzog spöttisch das Gesicht.

„Okay, dann halt Ice-T mit Body Count." Maurice stand auf. „Mal ehrlich, was vergangen ist, ist vergangen. Und was uns erwartet, wissen wir nicht. Nur das Jetzt kennen wir. Verstehst du mich? Zum Beispiel bist du gerade mit deinem Freund in der Küche, der dir gern einen Kaffee macht und dir dabei zuhört, wie fantastisch deine letzte Nacht war. Deswegen bin ich nämlich hier."

„Sorry, Bruder." Issa zog die Augenbrauen hoch und hob beide Hände kurz an. Er freute sich, dass sein Freund da war.

„Kein Problem." Maurice war ans Fenster getreten, durch das er einige Zeit in den Innenhof blickte. „Als ich dich mal im Gefängnis besucht hatte, meintest du, ich sollte mir vorstellen, welche Konsequenzen es hätte, wenn es keine Zeit gäbe."

„Das hast du nicht vergessen!?"

„Nein, natürlich nicht!", Maurice drehte sich zu Issa um. „Auf der Rückfahrt nach Berlin hat mich deine Frage fast in den Wahnsinn getrieben, weil die Folgen so aberwitzig wären."

Sein Freund war der Einzige, mit dem Issa über diese Dinge gesprochen hatte. Im Gefängnis hatte es auf der Hand gelegen, über Zeit und Raum nachzudenken. Das Eine war im Überfluss vorhanden, das Andere gar nicht.

„Mir hat es irgendwie geholfen", sagte Maurice. „Bis heute."

„Geholfen? Wobei?"

„Als der ganze Mist mit Flavie anfing und mir manchmal alles zu viel wurde, habe ich mich eines Tages gefragt, welche Dinge ich in solchen Augenblicken tatsächlich wahrnehmen kann. Verstehst du? Mit meinen Sinnen. ... Das Jetzt ... das, was uns umgibt. Viel blieb nicht übrig, und ich wurde ganz ruhig."

„Verstehe. Setz dich mal wieder hin. Ich mach uns einen Kaffee", sagte Issa und ging zum Herd. „Du hast vollkommen recht. Manchmal braucht man jemanden, der's einem noch mal sagt. Danke Mann." Er füllte Wasser und Espresso in seine Mokkakanne. „Also ohne diese ganzen ... Irritationen ... würdest du den glücklichsten Mann der Welt vor dir sehen. So eine Frau wie Ami habe ich bisher nicht gekannt, und ich will auch keine andere mehr kennenlernen. Na klar, sie sieht umwerfend aus. Und gestern Nacht ... Privatsache. Doch da ist viel mehr, was ich gar nicht so in Worte fassen kann. Ich war nicht drin in ihren Zukunftsplänen. Ihre Mutter hat später einen Deutschen geheiratet. Da blieb wahrscheinlich kein gutes Haar an ihrem schwarzen Vater. Trotzdem hat sie sich mit mir eingelassen. Das muss eine verdammt hohe Hürde gewesen sein. Deshalb glaub ich ... oder ich weiß, dass sie mich wirklich liebt. Verstehst du? Mich und nicht irgendein Bild von irgendwas."

Issa stand noch immer mit dem Rücken zu Maurice, obwohl die Mokkakanne zusammengeschraubt auf dem Herd stand und keiner Aufmerksamkeit bedurfte. Maurice war sich jetzt sicher, dass sein Freund, anders als er, Sophie niemals verlassen hätte.

„Du bist halt ein Glückpilz, Issa. Und diese kleine Irritation, wie du gesagt hast, kann einer richtigen Liebe normalerweise nichts anhaben."

Issa stellte die Tassen mit heißem Kaffee auf den Tisch und setzte sich zu seinem Freund. „Na ja, mal sehen. Ich habe Mary jedenfalls die Wahrheit gesagt; das, was mir seit längerem klar war. Die meisten Frauen haben vorher Beziehungen gehabt. Und wenn eine Frau ein Kind hat, muss man sich fragen, ob man das wirklich will. Für mich war das nichts; schon, weil ihre Ehe so eine kranke Geschichte war. Ein paar Jahre früher ... möglicherweise ... Falls sie mich da überhaupt genommen hätte. Sie war damals ja sicher auf was anderes aus. Dafür kann sie nicht so richtig was. Und genau das war die Hürde, über die ich nicht springen kann und will."

Maurice nickte. „Ich versteh dich. Damals als ich das erste Mal in Paris in diesem Klub aufgetaucht bin, da haben sich manche Frauen sicher gesagt, der sieht ganz gut aus ... mignon. Aber alle haben sich gefragt, hat der wirklich Geld oder nur teure Klamotten? Das kannst du dir nicht vorstellen da, im Alizé, diese ganzen Frauen. Man sagt, dort sind die schönsten

Frauen Afrikas und der Karibik. Und das ist nicht übertrieben."

Issa merkte, dass das nichts mit ihrem Gespräch zu tun hatte, aber er ließ seinen Freund gewähren. „Das hast du mir schon im Knast erzählt. Dafür bekomme ich übrigens noch Schmerzensgeld von dir."

„Die ganze Nacht Zouk-Love." Maurice lächelte kurz. „Am ersten Abend habe ich Flavie kennengelernt und einfach die Nerven verloren. Sie hat super ausgesehen, und ich habe vergessen, dass ich verheiratet war. Als dann der Champagner in rauen Mengen geflossen war, jedes Mal, muss Flavie gedacht haben, sie hat einen Hauptgewinn gezogen." Maurice ergriff seine Tasse, trank jedoch nicht. „Ein Cousin in Afrika hat mir mal gesagt, sie nennen das Enlèvement … Entführung. Das bedeutet, die Geliebte wird genau das Gegenteil von dem machen, was die Ehefrau macht. Und wenn du nicht mehr klar bei Verstand bist, wirst du dich von deiner Frau trennen … so wie ich." Maurice hob seine Tasse an, um sie gleich wieder abzustellen. „Versteh mich nicht falsch, ich will nicht zurück zu Sophie. Doch ich würde ihr das manchmal gern sagen. Nicht damit sie mich versteht, sondern damit sie weiß, dass sie was Besseres als mich verdient hatte, und sie froh sein kann, mich los zu sein." Maurice schüttete Zucker in seine Tasse und rührte langsam um. „Entschuldige, bin etwas abgekommen. Ich wollte eigentlich sagen, dass ich mir irgendwann nicht mehr sicher gewesen bin, ob ich wirklich Flavies Herz erobert hatte." Endlich trank er einen Schluck Kaffee.

Issa blickte aus dem Fenster und dachte an Ami und daran, dass auch sie etwas Besseres verdiente, als in sein eigenartiges Leben gezogen zu werden. Auf dem alten Kastanienbaum im Innenhof hatte sich ein Schwarm Krähen niedergelassen. Es schien so, als würden die Krähen sie beobachten. Issa versuchte sich vorzustellen, welches Bild Maurice und er in der Küche abgäben. Fenster wirkten von innen stets bedeutend größer als von außen, sodass sicher nicht sie, sondern die braune Hauswand mit einer kleinen Öffnung knapp unterhalb des Daches zu sehen war. Aber sie saßen hier in dieser winzigen Küche in einem der hunderttausend Gebäude der Stadt mit ihren Gedanken, die ihre Welt erfüllten und keinen Raum für die Dinge ließen, von denen man nur weiß.

„Ich habe übrigens einen Job." Issa zwinkerte seinem Freund zu und musste an die Unterredung mit Wolf am Mittag denken, der überraschend einsichtig gewesen war. Ohne Murren hatte er Issas vorgefertigte Schreiben an seine aufmüpfigen Mieter unterschrieben, in denen die geforderte Erhöhung der Vorauszahlungen zurückgenommen und eine korrigierte Nebenkostenabrechnung angekündigt wurde. Sie hatten einen Espresso aus der De'Longhi-Maschine unter dem vergitterten Kellerfenster getrunken und sich anschließend in Wolfs Porsche Carrera 911 gesetzt; die, wie er betonte, einzige Anschaffung seit der Erbschaft. Das Auto war zu klein für Issa, und auf seinem Schoß hatte seine Umhängetasche mit zwei Abrechnungsordnern und elf weiteren Mieterheftern gelegen. Der Porschefahrer hatte seine Beengtheit nicht bemerkt, sondern ihn glücklich angelacht und hinter dem Beifahrersitz einen rosa Plastikhefter, ebenfalls aus dem Ein-Euro-Shop, hervorgezogen. „Ich habe es wohl ein wenig übertrieben in den letzten Monaten. Schauen Sie doch bitte einmal, was man hier machen kann." Ganz offensichtlich hatte er ein Problem mit roten Ampeln, Tempolimits und Busspuren.

„Du hättest ruhig bis nach der mündlichen Prüfung warten können", sagte Maurice, der Issas finanzielle Absicherung seit seiner Entlassung war. „Was ist das denn für ein Job?"

„Ein paar Schreiben für den neuen Vermieter hier, und ich helfe ihm bei der Hausverwaltung."

„Nicht schlecht. Wie bist du denn dazu gekommen?"

„Ganz zufällig. Der Mann ist chronisch geizig und irgendwie verrückt. Macht mehr als Fünfhunderttausend netto im Jahr mit seinen Häusern, hatte aber das Gefühl, die Hausverwaltung ziehe ihm das Geld aus der Tasche, und die Anwälte wären natürlich noch schlimmer. Und jetzt denkt er, mit einem Jurastudenten besser zu fahren."

„Kannst du das denn?"

„Ja klar, ist nicht kompliziert. Ungefähr so, als müsstest du am Bankschalter sitzen. Na ja ... der Vermieter ist etwas schwierig. Ziemlich gewöhnungsbedürftig."

„Und was verdienst du?"

„Ich habe erst einmal für drei Monate zugesagt. Insgesamt Dreitausend cash. Und hier zahle ich nur die Nebenkosten, wenn ich ihm bei seinem Punkteproblem in Flensburg und etlichen Bußgeldgeschichten helfe."

„Besser als nichts", überging sein Freund das, worauf Issa eigentlich stolz war. „Ist ja im Grunde fast richtige Anwaltsarbeit", fügte Maurice hinzu und trank seinen Kaffee aus. „Die Polizei hat dir gesagt, Kenny wäre entlassen worden?"

„Ja richtig", antwortete Issa.

Maurice stand auf und nahm seinen Autoschlüssel vom Küchentisch. „Dann müssen wir jetzt mal bei ihm vorbeischauen."

#Caterina (Teil 2)

Dem Krankenhaus wohnte eine eigentümliche Atmosphäre inne; besonders am Mittag, wenn etwas Ruhe eingezogen war. Jeder Patient, der sich längere Zeit hier aufhalten musste, vergaß niemals das grelle Licht und die weißen Wände abgesetzt mit einem hellgrünen Streifen, der sich durch die gesamte Klinik zog. Die Schwestern saßen in ihren Aufenthaltsräumen und tranken Kaffee. Meistens wurden diese Pausen von den Wünschen der gelangweilten Patienten unterbrochen.

Der lange Gang endete, wie auch die hellgrünen Streifen, auf einer breiten dunkelgrünen Flügeltür. Ich hatte meinen Vater oft in der Klinik besucht. Er hatte mir vieles gezeigt und noch mehr erklärt. Menschen, verängstigten Menschen zu helfen, die manchmal jegliche Hoffnung verloren hatten, musste ein großartiges Gefühl sein. Ich wollte, solange ich mich erinnern konnte, Ärztin werden. Hinter die große dunkelgrüne Tür hatte mein Vater mich niemals mitgenommen. Dort befinden sich die Patienten, für die es um Leben oder Tod ging, hatte er mir erklärt. Der Tod war für mich damals unfassbar. Alles sollte enden. Was kam danach? Ich hatte in der Nacht oft meine Augen fest geschlossen und erfolglos versucht, mir dieses endgültige Ende vorzustellen. Vielleicht lag eine Antwort hinter der dunkelgrünen Tür.

Heute schien niemand etwas dagegen zu haben, als ich die Tür aufstieß und den Bereich der Intensivstation betrat, der einem Tempel technischer Apparate glich, die kleine Lichter erzeugten und unzählige monotone Geräusche von sich gaben. Die Betten der Patienten waren hinter hohen grünen Vorhängen verborgen. Krankenschwestern und Ärzte liefen über die Gänge; teilweise rannten sie. Ich ging vorsichtig so nah wie möglich an der Wand entlang, um ihnen nicht im Weg zu stehen.

Weiter hinten im Gang kam mein Vater aus einem der Behandlungszimmer heraus. Offensichtlich hatte er viel zu viel gearbeitet. Seine Augen sahen müde und traurig aus. Wie die anderen trug er einen grünen OP-Kittel. Den kannte ich von zu Hause. Mit meiner Freundin hatte ich oft Ärztin gespielt und unsere Puppen operiert. Der OP-Kittel war mir zu groß gewesen.

Normalerweise trug mein Vater in der Klinik eine weiße Hose, weiße Socken und weiße Schuhe, die ich ihm manchmal zu Hause geputzt hatte. Heute waren unter dem OP-Kittel eine Jeans und seine normalen Straßenschuhe zu sehen. Ich rief ihn und lief ihm entgegen.

Obwohl ich jetzt unmittelbar vor ihm stand, schien er mich nicht zu bemerken. Als er seine Hände von seinem Gesicht nahm, sah ich die Tränen in seinen Augen. Ich hatte ihn niemals zuvor weinen gesehen. In dem Zimmer, aus dem er gekommen war, saß an dem einzigen Bett des Raumes die Frau, die mir zu Weihnachten und zum Geburtstag immer kleine Päckchen geschickt hatte. Ich verstand meinen Vater nicht, denn jahrelang hatte ich auf diese Frau gewartet. Es war ein Augenblick der Freude und nicht der Trauer.

Die Frau drehte sich zu mir um, lächelte und winkte mich zu sich. Sie schien die Einzige zu sein, die mich bemerkte. Ihr Haar war zu winzig schmalen Zöpfen geflochten; die gleichen wie auf den Fotografien, die ich so mochte. Die Frau legte mir Zeige- und Mittelfinger ganz kurz auf beide Lippen und bedeutete mir ganz leise zu sein. Dann gab sie mir einen Kuss auf die Stirn, zog mich sanft an sich.

Der ganze Raum war erfüllt von einem sich in regelmäßigen Abständen wiederholenden Geräusch. Es wirkte beruhigend. Im Bett lag ein Patient, der wegen der zahlreichen Verbände nicht zu erkennen war. Aus seinem verbundenen Körper wanderten etliche Schläuche und Kabel zu den um das Bett herumpostierten Apparaten. Der Patient konnte nicht sehr viel älter als ich sein, denn seine Größe unterschied sich kaum von meiner. Vorsichtig trat ich ein kleines Stück näher an das Bett heran. Durch all die Verbände hindurch war ein Zopf zu sehen, dessen dunkelbraune Haare am Ende von einem mit einer Kaurimuschel besetzten Gummi zusammengehalten wurden. Es war ein Mädchen.

Ich drehte mich erstaunt zu der Frau um, die mir freundlich zulächelte. Das monotone Geräusch aus einem der Apparate erklang nun lauter und in kürzeren Abständen. Ich spürte das Schlagen meines Herzens. Das Schlucken fiel mir schwer, und ich hatte das Bedürfnis, tief Luft holen zu müssen. Mein Herz schlug deutlich bis hinauf zum Hals; fast hatte ich das Gefühl, als sei es aus dem Apparat zu hören.

Die Frau nahm meine Hand und zog mich wieder zu sich. Dann trat die Stille ein, und ich fühlte die Geborgenheit, nach der ich gesucht und die ich nun gefunden hatte. Ich legte meinen Kopf an ihren Busen und sie erzählte mir leise die Geschichte von *Sinobe*. Es war eine schöne Geschichte.

Als ich mit der Frau Hand in Hand das Behandlungszimmer verließ und auf den Gang hinaustrat, stand mein Vater an die Wand gelehnt da. Seine Augen waren von Trauer erfüllt. Ich wollte ihm sagen, dass alles gut sei. Aber ich verstand, dass er mich nicht mehr hören würde. Wir gingen den langen Gang entlang bis zu der dunkelgrünen Flügeltür, von wo aus ich meinem Vater einen letzten Blick zuwarf.

Der Himmel war blau – so blau, wie er nur an heißen Sommertagen sein konnte. Auf der Eingangstreppe zur Klinik kamen uns die beiden jungen Männer entgegen. Issa war der größte Mann, dem ich jemals begegnet war. An der untersten Stufe blieb er kurz stehen. Ich spürte seine Verzweiflung. Gefährlicher Stolz sprach aus seinen Augen und vergiftete sein Herz. Als sich unsere Blicke trafen, schenkte ich Issa dennoch mein Vertrauen, obwohl ich gleichzeitig wünschte, er wäre niemals an diesen Ort des Hasses gekommen, dessen Bild sich fest in seiner Seele verbeißen sollte. So fest, dass völlig offen war, ob und wie er den von jetzt an vor ihm liegenden Weg bewältigen würde.

7. Kapitel

Die Tür zum Hauseingang stand offen. Die Wände im Treppenhaus waren übersäht mit Graffitis, deren Sinn sich bestenfalls dem Urheber erschließen konnte. Sie wirkten fantasielos und passten zu der Architektur des gesamten Wohnblocks, in dem Kenny wohnte. Der im Land noch immer gegenwärtige Krieg hatte breite Furchen in die Stadt geschlagen, die später mit Wohnhäusern wie diesem aufgefüllt worden waren. Stadtplanung und Ästhetik spielten damals eine untergeordnete Rolle.

Maurice kam nur selten hierher. Er mochte Kenny, war jedoch niemals hinter das Geheimnis gedrungen, das seine beiden Freunde verband. Issa meinte, es hätte nicht vieler Veränderungen an den Schrauben des Schicksals bedurft, um ihn an Kennys Stelle zu versetzen und umgekehrt. Diese Erklärung reichte nicht aus und könnte letztlich auf jeden Menschen angewandt werden. Schließlich waren sie alle für ihr Leben allein verantwortlich. Vielleicht empfand Issa einfach Mitleid für Kenny. Manchmal beneidete Maurice die beiden für das, was er nicht richtig verstehen konnte. Konkurrenzsituationen waren normal, wenn mehr als zwei Menschen zusammenkamen. Maurice hatte bereits damals Zweifel, ob Kenny der Sache in der Kleinstadt gewachsen wäre. So wie Issa, der fünfzehn Jahre Gefängnis auf sich genommen hätte. Jetzt konnte ein ernsthaftes Problem entstanden sein.

Erst nach dem dritten Klingeln waren hinter der Tür schlürfende Schritte zu hören. Issa lachte Maurice zu, als Kenny die Tür einen Spalt öffnete.

„Yo Mann, nicht so vorsichtig. Wir sind's", sagte Issa. Sie

umarmten sich, länger und enger als gewöhnlich und als Männer sich ansonsten kamen.

„Hey Maurice, ist ja eine Ewigkeit her", begrüßte Kenny anschließend seinen anderen Freund. Auch sie umarmten sich.

„Du hast die Sache also wie ein Mann durchgestanden", sagte Issa und ließ sich in den Sessel im Wohnzimmer fallen.

„Hast du vielleicht einen Kaffee?", fragte Maurice.

„Nee, Kaffee trink ich nicht; nur schwarzen Tee. Weißt du doch", antwortete Kenny und ging in die Küche.

Maurice nahm auf dem Sofa Platz, hob beide Hände und schaute Issa an, so als wollte er ihm bedeuten, dass ja alles in Ordnung sei. „Wenn Bruder Malcolm hinter einem steht, ist man an einem sicheren Ort. Habe ich recht, Männer?" Maurice zeigte auf das Bild von Malcolm X, das hinter ihm an der Wand hing.

„Das ist das einzige Bild von ihm, auf dem er eine Waffe in der Hand hält", sagte Issa. „Ich glaube sogar, dass er wegen des Bildes später den Ruf eines Extremisten bekommen hat. In Wirklichkeit stammt das Bild aus der Zeit, als ein paar Schwarze in den Diensten des schwulen Hoover versucht hatten, ihn und seine Familie umzubringen. Ich mag seine anderen Fotos, die von Gordon Parks."

Maurice musste an ihre gemeinsame Studienzeit denken. Manchmal hatte er den Eindruck gehabt, dass sie neben ihrem Studium ein privates Parallelstudium in schwarzer Geschichte, Politologie und Philosophie absolviert hatten. Ihre Väter hatten zur ersten Generation von Afrikanern gezählt, die nach dem Ende der Kolonialzeit in Europa studierten. Sie waren nicht als Migranten gekommen. Auch dass ihre Kinder eine neue Diasporageneration bilden würden, war eher ein Zufallsprodukt. Neben Cheikh Anta Diop war vor allem Frantz Fanon Issas und sein Favorit gewesen. In dieser Zeit hatte Maurice begonnen, seinen Vater besser zu verstehen, der ein Unterdrückter war und all die Dinge, die sein Unterdrücker und der seiner Vorfahren besaß, zutiefst begehrte. An der

Spitze dieser Wunschliste stand das, was jeder Mann mit seinem Leben verteidigen würde, die Frau des Unterdrückers, sein ganzer Stolz; in ihrem Fall Maurice' Mutter. Konnte es unter diesen Voraussetzungen überhaupt Liebe geben? Maurice glaubte nicht mehr daran, seit er die Blicke der Passanten gesehen hatte, die ihm und seiner ersten Freundin entgegengeworfen worden waren. Und nicht nur das. Er hatte seine erste Freundin missbraucht und war erschrocken über das verwerfliche Gefühl der Genugtuung, das keinen Raum für Liebe, sondern peinliche Scham für die kleinliche Rache eines Unterdrückten gelassen hatte.

Maurice riss sich von diesem Gedanken los und sagte zu Issa: „Ja, Hoover hat sie alle fertiggemacht. Wahrscheinlich hatte der Frantz Fanon gelesen; besonders, dass Unterdrückte irgendwohin müssen mit ihren Aggressionen. Also munter drauf los, zuerst gegen die eigenen Leute und am Ende gegen sich selbst. Ist ganz einfach; Hoover hatte das verstanden. Trotzdem ist es eine Schande, dass Brüder Malcolm getötet haben."

„Letztens habe ich so eine Reportage über den Kongo gesehen", ergänzte Issa. „Diese alten Knacker ... schwarz wie dieser Tisch. Die sind noch heute stolz darauf, dass sie ihren ersten afrikanischen Premierminister alle Zähne ausgeschlagen und ihn am Ende schlimmer umgebracht haben als jedes Tier."

Maurice kannte seinen Freund gut, der manchmal anstrengend werden konnte mit seinem Thema – Eigenverantwortung und freier Wille.

Und Issa war noch nicht fertig. „Nur weil jemand einen Laden am Strand aufmacht, bin ich nicht gezwungen, durch mein Land zu ziehen, Leute wegzufangen und zu verkaufen. Nee, nee, die Europäer müssen mit ihren Verbrechen selber klarkommen. Aber fünfundneunzig Prozent der Verantwortung können wir ruhig bei uns suchen. Außerdem ... wenn wir die Hauptverantwortung tragen, dann liegt ja auf der Hand, dass wir es ändern können. Verstehst du, was ich meine?"

Maurice verstand ihn, er hatte diese Dinge schon etliche Male aus Issas Mund gehört. „Klar Mann", antwortete er.

„Braucht ihr Zucker?" Kenny kam mit der Teekanne aus der Küche zurück.

„Ja und ein bisschen Milch, wenn du welche hast", antwortete Maurice.

Der Tee war zu heiß. Die drei Freunde saßen um den kleinen schwarzen Couchtisch. Genauso wie damals, als sie ihre Entscheidung getroffen hatten. Maurice und Issa waren nicht fähig gewesen, etwas zu sagen. Trauer, Verzweiflung und abgrundtiefer Hass hatten in ihren Herzen gebrannt. Bis zum heutigen Tag konnte Issa den Nachmittag in der Intensivstation nicht vergessen. Maurice hatte ihm zuvor in der Cafeteria meine verschwommene Fotografie aus der Zeitung gezeigt. *Zwölfjähriges farbiges Mädchen von Brücke gestürzt.* Nachdem sie herausgefunden hatten, in welchem Krankenhaus ich behandelt wurde, waren sie wenige Tage später in die Kleinstadt im Norden gefahren, in deren Straßen Issa den bösen Zauber sofort gespürt hatte, der mein Leben hinfortgeweht hatte. Schon auf den Stufen zur Klinik hatte er gewusst, dass mein Herz den Kampf nicht gewinnen konnte. Als sie auf dem Rückweg an dem Supermarkt vorbeigefahren waren, wo die gefährlichen jungen Männer stets standen, hatten sie sich entschlossen, diesen bösen Zauber aus der Kleinstadt zu vertreiben ... koste es, was es wolle.

„Hauptsache du hast dich beim Duschen nicht gebückt." Maurice versuchte, den Ernst der Lage zu überspielen.

Kenny wirkte verändert. „Habe ich nicht. Ich habe gar nicht geduscht", antwortete er. „Leicht war es nicht. Jetzt kann ich mir ja ein bisschen vorstellen, wie's dir ergangen ist, Issa. Na ja, ich habe heute Vormittag noch eine Anzeige wegen Beleidigung gegen die Idioten gemacht. Und einen Strafantrag habe ich gestellt."

Kenny sah Issa ein wenig stolz an.

„Diese Typen haben mich angezeigt wegen Körperverletzung. Könnt ihr euch das vorstellen? Als die am Boden rumlagen, haben sie sich entschuldigt bei mir und Serwa."

Issa hob den Kopf. „Serwa, Mann oh Mann, Kenny. Verstehe, warum du nachts in diese Scheißgegend gefahren bist."

Kenny lachte. „Hat ja leider nichts als Ärger gebracht. Vielleicht kann ich das ja nachholen."

Maurice reichte diese Geschichte nicht aus, schließlich ging es um mehr. „Und die haben dich nach nichts weiter gefragt?"

„Nee, die sind völlig ahnungslos", log Kenny und ging in die Küche. „Wollt ihr noch einen Tee?", rief er von dort.

Maurice zuckte mit den Schultern und folgte Kenny. „Also haben wir uns umsonst verrückt gemacht. Bloß in der Zukunft musst du dich mal ein bisschen zurücknehmen, Kenny. Die Polizei ist nicht so blöde. Wir verlassen uns auf dich."

Auch Issa kam in die Küche. „Lass mal gut sein, Maurice", beruhigte er ihren Freund. „Kenny weiß Bescheid. Und wenn irgendwas schiefläuft, stehen wir das gemeinsam durch. Schlimm wäre es, wenn man für etwas geradestehen müsste, das man später bereute." Issa wusste, wovon er sprach. „Am Samstag machen wir so richtig einen drauf. Ich habe meine Prüfung bestanden und die Frau meines Lebens gefunden. Und Kenny, du bist aus dem Knast raus. Das muss gefeiert werden, oder?" Issa hatte die Hände auf die Schultern seiner Freunde gelegt und lachte sie glücklich an.

„Jetzt brauche ich noch eine Begleitung", sagte Maurice. „Ach übrigens, Issa, du kannst mein Auto die nächsten Tage haben. Bin dienstlich weg." Er blickte auf seine Uhr. „Wir müssten aber jetzt gleich los."

Issa nickte. „Klar Mann, super."

Als sie vor Maurice' Haus angekommen waren, drückte er Issa durch das geöffnete Fahrerfenster drei Fünfhunderteuroscheine in die Hand. „Das hier ist für die bestandene Prüfung." Er lachte seinen überraschten Freund an. „Kauf dir mal einen ordentlichen Anzug und ein Paar Schuhe. Ich muss los. Bin dann am Samstag zurück. Ich ruf dich vorher an." In der Haustür drehte sich Maurice nochmals zu Issa um und blickte ihn nachdenklich an. „Wünsch mir Glück."

Wobei denn, wollten Issa ihn fragen. Doch Maurice war schon im Eingang verschwunden.

Amis Stimme klang verändert über die Sprechanlage. Damit hatte Issa gerechnet, nachdem sie seine Anrufe nicht angenommen und ihn nicht zurückgerufen hatte. Zumindest war sie zu Hause und öffnete ihm die Haustür; der schlimmste Fall war erst einmal nicht eingetreten. Den ganzen Tag hatte er an sie denken müssen. Das wollte er ihr zur Begrüßung gleich sagen. Ami stand jedoch nicht in der angelehnten Eingangstür, so wie Issa es sich auf dem Weg zu ihr ausgemalt hatte. Er zog die Schuhe aus und betrat mit einem mulmigen Gefühl den Flur.

Im Wohnzimmer saßen sie, Ami und eine weitere Frau, die ihre Hand soeben losgelassen hatte. Die fremde Frau blickte ihn wortlos an; Ami hatte ihr Gesicht abgewandt. Die Situation verwirrte Issa.

„Hallo, ich hoffe, ich störe nicht." Da Ami sich nicht anschickte, ihn zu begrüßen, reichte er zunächst der Frau, die sich als ihre Freundin, Stephanie, vorstellte, die Hand. „Ich heiße Issa."

Sie war etwas kleiner und älter als Ami. Ihre Kleidung war geschmackvoll; ein wenig sexy, dennoch professionell. Sie wirkte wie eine junge Unternehmerin. Ihre blonden Haare waren gepflegt und fielen lässig auf ihre Schultern. Stephanie gefiel Issa. Gemeinsam mit Ami konnte sie die Attraktion jeder Party sein. Doch darum ging es jetzt ganz offensichtlich nicht. Im Zimmer stand nur noch ein Sessel, auf dem Issa gegenüber der aus Ami und Stephanie bestehenden Jury Platz nahm.

„Also, ich werde euch beide dann mal allein lassen", sagte Stephanie und wollte aufstehen.

Die Lage war peinlich und Issa entschloss sich, das zu sagen, was er Ami sowieso hatte sagen wollen. „Bleib mal sitzen. Vielleicht ist es ganz gut, wenn wir alle hier zusammen sind. Ich nehme an, dass etwas passiert ist, was mir leidtut. Falls ich mich irren sollte …"; Issa machte eine kurze Pause und versuchte in den Gesichtern der beiden Frauen die Lage abzulesen, was ihm nicht gelang. „Na ja, das wäre auch egal, denn ich wollte sowieso mit dir darüber reden, Ami." Sie machten es ihm nicht einfach, schienen aber gespannt darauf zu sein, was er ihnen zu sagen hatte. „Ich habe dich belogen. Als wir uns zum ersten Mal getroffen hatten, habe ich dir gesagt, ich hätte keine Freundin. Das stimmte nicht. Ich war mit jemandem zusammen … bis zu unserem ersten Rendezvous … genaugenommen sogar nur bis zu dem Tag, als ich dich zum ersten Mal sah."

Issa zog seine Rothmans aus seiner Jacke, die er nicht abgelegt hatte. „Stört es, wenn ich eine Zigarette rauche?" Ami schob ihm den Aschenbecher wortlos zu; ihre erste Reaktion dieses Abends.

„Heute Vormittag habe ich mit ihr gesprochen. Ich weiß allerdings nicht, ob sie das so akzeptieren wird, und es kann sein, dass sie dich anruft oder schon angerufen hat. Sie hatte bis heute einen Schlüssel für meine Wohnung und irgendwie deine Telefonnummer gefunden."

Viel mehr konnte er nicht sagen. Und wenn Issa sich diese Geschichte noch einmal vor Augen führte, klang sie im Grunde gar nicht so schrecklich. Die Jury schien sich nicht im

Klaren über Schuld- oder Freispruch zu sein. Ami und Stephanie blickten ihn an wie zwei Verschwörerinnen.

Als Issa mit achtzehn Jahren das erste und einzige Mal seinen Vater in Westafrika besucht hatte, warnte ihn dieser gleich zu Beginn davor, dass niemals auszuschließen sei, dass eine seiner zahlreichen Freundinnen aus Eifersucht oder anderen Gründen durchaus versuchen könnte, sie beide zu vergiften. Er solle erst essen, wenn diejenige gegessen habe, die das Essen aus der Küche brächte. In diesen Breiten war den Frauen ein solches Verhalten glücklicherweise fremd. Doch nach dem Gesichtsausdruck von Ami und Stephanie zu urteilen, war ihre Stimmungslage vergleichbar mit der, jener Frauen, vor denen ihn sein Vater gewarnt hatte.

Stephanie, die im Gegensatz zu Ami die letzte Nacht nicht mit ihm verbracht hatte, ergriff das Wort. „Nun gut, ich bin ja in eure Geschichte reingerutscht. Und versteh mich bitte nicht falsch, Issa. Du scheinst mir ja einer von der ganz schnellen Sorte zu sein. Vielleicht solltest du dir ein bisschen Zeit nehmen und erst mal deine Angelegenheiten klären. Verstehst du, Ami ist meine Freundin, und ich werde einfach sauer, wenn sie einen Anruf von einer Verrückten bekommt, die ihr mit sonst was droht." Sie schien langsam in Fahrt zukommen, und Issa hatte sich entschlossen, alles über sich ergehen zu lassen. Wenn Stephanie die beste Freundin von Ami war, musste er wohl oder übel mit ihr auskommen. Beste Freundinnen können die Untiefen jeder Beziehung sein. Stephanie jedoch trat mit offenem Visier an; das allein machte sie Issa sympathisch.

„Kannst du dir das überhaupt vorstellen. Wir sitzen ganz vergnügt und nichts ahnend mit einem Drink und wollen uns bloß in Ruhe unterhalten. Ami erzählt mir, sie hätte jemanden kennengelernt, dem sie vertrauen könne, der sein ganzes Leben mit ihr verbringen wolle und so weiter und so weiter ... bla, bla, bla." Stephanie warf ihm einen nicht viel Gutes verheißenden Blick aus den Augenwinkeln zu und fuhr fort:

„Ami, meine beste Freundin, ist richtig glücklich und bekommt dann so einen Anruf ... Was hat sie denn als Nächstes von dir zu erwarten?" Stephanie konnte sich scheinbar problemlos in Ami hineinversetzen. Es war nicht schwierig, sich den Grund hierfür vorzustellen. Sie sah gut aus in ihrer kontrollierten Wut. Issa unterdrückte ein aufsteigendes Lächeln. Er war froh, dass Stephanie Amis Freundin war.

„Entschuldige Ami", sagte Issa und sah in ihre Augen. „Wenn ich gewusst hätte, dass du solche schweren Geschütze auffährst wie Stephanie, hätte ich mir einen Schutzhelm mitgebracht." Beide Frauen und auch Issa mussten lachen. Er hatte das Bedürfnis, hochheilige Schwüre zu leisten. Doch das wäre übertrieben gewesen. Ami würde ihm noch eine Chance geben, und ihre beste Freundin würde sich dem zumindest nicht entgegenstellen. Mehr hatte er von diesem Abend nicht erwarten können. „Wenn du gestattest, Stephanie. Ich wollte gern mit der Frau sprechen, die mir mein Herz entrissen und irgendwo hier in dieser Wohnung versteckt hat."

Issa folgte Ami unter Stephanies skeptischem Blick in die Küche. Sie blieb vor dem Kühlschrank stehen und blickte mit verschränkten Armen auf den Boden.

„Heute war nicht der Tag für einen Begrüßungskuss", sagte Issa, der vor ihr stand. „Ich weiß; war meine Schuld. Du hast mir vertraut, und das war auch richtig so. Das weißt du hoffentlich?! Ich werde dich niemals enttäuschen, Ami. Ich glaub, ich habe genug erlebt, um dir so ein Versprechen geben zu können."

Ami blickte noch immer auf den Boden und lehnte sich mit dem Rücken an den Kühlschrank. Issa konnte ihr Gesicht nicht sehen, aber sie nickte und sagte: „Das war so ein Schock. Ich habe echt an allem gezweifelt, was zwischen uns passiert ist. Ich habe mich von dir verraten gefühlt. Es ist nicht so einfach, sich jemandem zu öffnen. Ich habe den ganzen Tag an dich denken müssen und krieg dann so nen Scheißanruf." Ami hob ihren Kopf ein wenig an und sah Issa mit leicht geschlossenen Augen an. „Doch du hast mir trotzdem gefehlt, und darüber habe ich mich am meisten geärgert." Sie schob ihn halbherzig mit beiden Händen von sich weg. „Und jetzt kommst du einfach hierher und schaffst es, in fünf Minuten Stephanie auf deine Seite zu ziehen, obwohl wir dich in der Luft zerreißen wollten. Was bist du denn für ein Typ?"

Ami sah wunderschön aus mit dieser kleinen Falte zwischen ihren Augenbrauen. Und Issa fühlte sich schuldig. Er senkte seinen Kopf, als sie weitersprach: „Mir ist, als wäre ich gerade dabei, von meinem bisherigen Leben weg zu konvertieren. Wohin? Weiß ich nicht. *Du* musst es wissen, Issa! Und *du* bist ab jetzt auch für *uns* verantwortlich."

So etwas hatte er nie zuvor gehört. Issa blickte auf, wo ihn ihre braunen, von einem noch dunkleren hauchzarten Ring umrandeten Augen erwarteten, die eingebettet waren in einem makellos glänzenden Weiß. Ihm fehlten die Worte. In diesem Augenblick begann er langsam, Amis Schönheit zu erahnen.

„Ich will nie wieder von einer anderen Frau angerufen werden. Das meine ich ernst, Issa."

„Ja", seine Antwort kam prompt. Eine Frau konnte einem Mann vergeben. Doch diese Fähigkeit war limitiert. Issa durfte seine Kreditlinie nicht strapazieren. „Liebe ist eine anstrengende Sache", sagte er und fuhr sich mit der Hand durch sein Haar. „Seit heute Vormittag hatte ich wahnsinnige Angst, dich zu verlieren. Ich weiß, das klingt nicht besonders cool. Ist mir egal. Ich verstell mich nicht vor dir." Er schaute durch die geöffnete Küchentür in das Wohnzimmer, wo Stephanie saß, und fragte flüsternd: „Sehen wir uns morgen? Ich hol dich von der Arbeit ab?"

Ami ergriff seine Hand und zog ihn an sich.

Mike streifte seine Schuhe ab und ließ sich nach hinten auf das Bett in seiner Pension fallen. Die durchgelegene Matratze saugte seinen Körper ein, gleich dem bösen Traum im schwarzen Loch zuvor. Schnell ergriff er ein Kopfkissen und rollte sich darauf mit angezogenen Beinen zusammen. Er atmete tief ein und langsam aus. Noch einmal. Und noch einmal. Doch der Geschmack des modrigen Laubs in seinem Mund blieb.

Bei dem Sturz hatte sein Kopf nur knapp einen größeren Stein am Rand des Waldwegs verfehlt. So hatte es ihm Gary geschildert, als er Mike vom glitschigen Waldboden aufgeholfen und mit dem Rücken an einen Baum gelehnt hatte.

„Dort ist nichts mehr", hatte Gary später gesagt, nachdem er von dem unheimlichen Gebäude zurückgekehrt war. „Das Kinderheim muss vor Jahren geschlossen worden sein. Die Eingänge sind zugemauert. Tut mir leid, Duff."

„Ich weiß. Natürlich. Wir sind zu spät ... Jahre zu spät."

„Wie fühlst du dich, Duff? Geht's dir etwas besser? Denkst du, dass du es bis zum Bahnhof schaffst?"

„Glaube schon. Nichts wie weg hier."

Die Rückfahrt von dem verwunschenen Ort war nur noch eine unscharfe Erinnerung. Nicht so die hässliche Fratze. Wenn Mike die Augen schloss, spürte er wieder das enorme Gewicht, das ein Atmen unmöglich machte. Der leere Blick drang in seine Brust ein und presste mit einem unerbittlichen Griff sein Herz zusammen; so sehr, dass die Zeit und sein Leben angehalten wurden. Mike hätte seine Augenlider sofort aufreißen müssen. Aber die Fratze, so hässlich sie war, barg eine Hoffnung in sich; die Hoffnung, dass es doch nicht zu spät war.

Aus der Ferne war das Vibrieren seines Handys zu vernehmen. Josie! Mike hatte sie vergessen.

„Baby, ich habe mir Sorgen gemacht, weil ich dich nicht erreichen konnte."

„Ja, wir waren etwas außerhalb."

„Geht es dir gut? Du klingst ja ganz außer Atem."
„Mir geht es gut, ich habe mich gerade ein wenig hingelegt."
„Und?"
„Ja?"
„Na ... hast du etwas erfahren?"
„Nein."
„Kannst du bitte mehr als ein Wort sagen."
„Sorry ... es ist schwerer, als ich dachte."
„Natürlich ist es das, Baby."
„Das ist ein eigenartiger Ort hier. Ich ..."
„Ja?"
„Ich ... ich weiß nicht, ob ich hier wirklich richtig bin."
„Das kannst nur *du* herausfinden, Michael. Warst du bei den Eltern?"
„Das ist es gar nicht, was ich meine."
„Was denn sonst?"
„Ich glaube, ich habe einen schweren Fehler gemacht. Und ... und im Augenblick weiß ich nicht mehr weiter."
„Weißt du, was ich glaube, Michael?"
„Nein."
„Ich glaube, du versuchst gerade, dich vor dem einzigen Weg zu drücken, der dir geblieben ist ... der dir von Anfang an geblieben war."
„Nein, das stimmt nicht! Ich war ja an dem Haus. Der Name stand noch dran, doch sie wohnen nicht mehr dort."
„Ach so!"
„Ja."
„Michael! Ich denke mal, in Deutschland wird alles erfasst. Oder?! Hast du im Rathaus nachgefragt?"
„Nein, aber ..."
„Ja?"
„... Du hast recht, Baby. Morgen werde ich dort nachfragen."
„Ruh dich aus. Wir lieben dich."

Dieses Gefühl des höchsten Glücks, das Issa auf dem Weg ins Hakuna Matata und bereits seit einigen Tagen verspürt hatte, konnte nur eine Frau in einem Mann hervorrufen. Vielleicht war die instinktive Suche nach diesem Glück ihre einzige wirkliche Antriebsfeder. Oder Romane und Filme hatten die Beziehungen zwischen Frauen und Männern vollkommen verklärt. Oder es war genau so. Sein Gefühl für Ami war zu aufreibend, zu stark. Wie könnte es willkürlich und nicht wahrhaftig sein? Nein. Natürlich hatte Issa schon Wünsche und Träume projiziert; nur gutgegangen war es nie. Das hatte Maja in ihrem Brief gemeint. Projektionen hielten nicht lange an, sondern verblassten schnell und gerieten manchmal vollständig in Vergessenheit. Und Ami, was sah sie in ihm? Gewollt hatte sie ihn nie; jedenfalls nicht nach ihm gesucht, wodurch ihrer Liebe, anders als bei ihm, etwas Reines, etwas von jeglicher Projektion Befreites innewohnte.

Was für ein Glück, dachte Issa und schloss kurz seine Augen, während er an den anderen Passanten vorbeischritt. Der Abschied von Ami war ihm schwergefallen. Ihr auch, wie sie ihm auf der Treppe noch zugeflüstert hatte, sodass Stephanie nichts hören konnte. Issa hatte ihr versprochen, Mary aus seinem Leben zu verbannen. Was bedeutete, sie ungerecht zu behandeln und sehenden Auges zu verletzen. Maurice hatte recht; das Ende einer Beziehung war niemals fair. Es existierte keine Erklärung, die dem Ende ein legitimes Antlitz verschaffen konnte. Issas Berechtigung bestand in dem neuen Glück, das Mary ihm niemals hätte geben können. So wie er nicht in der Lage wäre, Mary das zu geben, was er Ami bereits geschenkt hatte. Sie hatten sich etwas vorgemacht.

Die Stadt war groß, doch das Leben ihrer zahlreichen Minderheiten wies oft dörfliche Züge auf. Man kannte sich. Sheela, die Inhaberin des Hakuna Matata, war mit Mary befreundet, obwohl sie nur gelegentlich in der Bar erschien. Hübsche Mädchen waren hier stets willkommen. Issa wusste nicht, ob ihre Freundschaft anders war als Sheelas zahlreiche andere Freundschaften mit den Frauen, die ihren Gästen gefielen.

Nachdem Mary keinen seiner zahlreichen Anrufe angenommen hatte, musste er diese Angelegenheit irgendwie anders regeln. Ob es funktionierte, würde sich zeigen. Ihm war die Welt der Frauen, wie jedem Mann, unbekannt. Vielleicht war Sheela in der Lage, Mary die Ernsthaftigkeit seines Entschlusses klarzumachen. Er musste die richtigen Worte finden. Die Zeit drängte, denn jederzeit konnte Amis Telefon Mary wieder als Ventil ihrer Enttäuschung dienen.

„Hey Issa, ich dachte schon, du kommst gar nicht mehr." Kenny saß an der Bar. Vor ihm stand ein mindestens dreifacher Whisky und ein Glas mit Eis.

Issa begrüßte seinen Freund und zeigte auf den Drink. „Alles in Ordnung, Kenny? Sei mal ein bisschen vorsichtiger. Wir hatten doch darüber gesprochen."

„Na einer wird zur Feier des Tages ja erlaubt sein."

Kennys Stimme hatte einen sarkastischen Unterton, der Issa merkwürdig erschien. Er hatte jetzt keine Zeit, hierüber länger nachzudenken, denn Sheela hatte kurz nach seinem Eintreffen die Bar aus einem abgetrennten Raum heraus betreten, der den Gästen nicht zugänglich war. Sie wusste Bescheid; Issa konnte es an ihrem Gesichtsausdruck sehen, der ihn an Stephanie erinnerte. In ihren Augen glaubte er, das gleiche vorwurfsvolle Verständnis für das der Freundin zugefügte Leid erkennen zu können.

You fucking black men, hatte Mary gesagt. Sheela schien das Gleiche zu sagen, auch wenn aus ihrem Mund nur die übliche Begrüßung zu vernehmen war: „Hallo Issa. Wie geht's denn so?"

„Wenn du nachher mal Zeit hast, würde ich gern mit dir reden, Sheela." Issa war ungeduldig; für das übliche Geplänkel hatte er keine Zeit.

Sheela versuchte, ihre Überraschung zu überspielen, was ihr nicht so recht gelang. Außerdem war sich Issa sicher, dass sie eine Schwäche für ihn hatte und möglicherweise schon längere Zeit ein paar persönliche Worte mit ihm wechseln wollte. Das Ende der Beziehung ihrer Freundin barg vielleicht eine kleine verbotene Chance in sich.

„Habe ich was verpasst, Issa?" Kenny war nicht betrunken genug, um die eigenartige Atmosphäre zu übersehen. „Was ist denn los? Die hat mich so eigenartig angesehen, als ich hier reinkam. Ich dachte erst, das wäre wegen meiner Aktion von Samstagnacht gewesen. Doch so wie Sheela dich eben angestarrt hat, war's das nicht."

Issa beugte sich zu seinem Freund und erklärte ihm die Situation.

„Scheiße Mann, hast du vorhin gar nicht erzählt", sagte Kenny zu laut und anschließend leiser: „Mary stand eben noch hier rum. Hat nicht mal Hallo gesagt. Weiß nicht, wo sie hin ist. Und was machst du jetzt?"

Issa lehnte zuckte mit den Schultern. „Na ja, der Worst Case ist zum Glück nicht eingetreten. Auf jeden Fall lass ich mir die Sache mit Ami von niemandem kaputt machen."

Sheela blickte nicht zu ihnen, schien ihn aber gehört zu haben, denn sie fragte unmittelbar: „Worüber willst du denn mit mir sprechen, Issa?"

Issa stützte sich mit beiden Ellenbogen auf die Bar: „Ist rein privat. Vielleicht können wir uns ja dort drüben hinsetzen." Mit seinem Mund wies er zum Tisch neben dem separaten Raum, aus dem Sheela bei seinem Eintreffen gekommen war. „Ich spendiere dir einen Drink."

Ein solches Angebot lehnte die Barchefin niemals ab. Schließlich basierte das Hakuna Matata auf dem Prinzip, dass Frauen von Männern eingeladen wurden. Sheela trank bei Einladungen den teuersten Whisky, in dessen Flasche sie allerdings Apfelsaft gefüllt hatte.

Als sie an den Tisch trat, wo Issa bereits Platz genommen hatte, stellte sie ihm einen weiteren Whisky hin und stieß sogleich mit ihrem Glas an. Issa nippte kurz, während Sheela sich ihm gegenüber hinsetzte.

„Ich denk mal, ich verrate dir kein Geheimnis, Sheela. Du weißt ja sicher das von Mary und mir."

Sie nickte nicht, widersprach ihm aber auch nicht.

„Sie ist eine verdammt attraktive Frau. Und als wir uns kennengelernt haben, habe ich einfach vergessen, dass das nicht geht mit uns. Sie braucht nämlich einen Mann, der für sie sorgt, und nicht irgendeinen Studenten, auf den sich eine Frau mit einem Kind nicht verlassen darf. Sie hat mir einfach den Verstand geraubt. Und ich habe ihr wahrscheinlich den Kopf verdreht. Das hätte ich nicht tun sollen. Ich nehme die ganze Schuld auf mich."

Sheela saß mit unveränderter Mine da und blickte ihn offen an.

„Ich habe heute den ganzen Tag versucht, sie anzurufen", fuhr Issa fort. „Wenn du sie mal siehst, sag Mary bitte, dass es mir leidtut." Issa zuckte mit den Schultern. „Doch ich habe sie nicht gezwungen, diesen alten Typen zu heiraten. Und wenn noch mal jemand versucht, sich in mein Leben einzumischen, ist endgültig Schluss."

„Willst du mir drohen?", fragte Sheela und fügte distanzierend hinzu: „Ich habe mit euren Problemen nichts zu tun."

Issa leerte sein Glas in einem Zug, nahm eine weitere Rothmans aus der Schachtel und blickte sie direkt an. „Die meisten Leute können sich gar nicht vorstellen, was für ein mieser Hund ich sein kann. Deine Freundin sollte sich unbedingt am Riemen reißen. Euer ganzer Scheiß hier interessiert mich nicht." Issa machte eine sparsame halbkreisförmige Bewegung mit seiner Hand, bevor er fortfuhr: „Mich interessiert auch nicht, was hier oben in deinen Zimmern so abgeht." Er zog an seiner Zigarette. „Sind doch deine Zimmer, oder? ... Nichts für ungut, ich geh mal davon aus, dass du mich verstanden hast."

Die meisten Menschen sind nicht in der Lage, Pausen zu

machen. Sie reden weiter, obwohl sie ihren Punkt bereits gemacht haben. So verpufft die Wirkung, egal wie gut die Ansprache war. Denn alles hängt von der Fähigkeit ab, Pausen mit einem ruhigen Blick am besten ohne Blinzeln durchzuhalten, bis das Gegenüber etwas von sich gibt. Issa hatte diese Lektion im Knast gelernt, wo er zu Beginn wenig gesprochen, sich aber gewundert hatte, wie viel die anderen erzählten.

Sheela war kaum etwas unbekannt. Die Pause dauerte deshalb eine Ewigkeit, bis sie ihren Busen langsam gegen die Tischkante presste, sodass ihr Dekolleté ganz sicher nicht zu übersehen war. Das machten Frauen dann, wenn sie sich zu ihrem Gegenüber hingezogen fühlten. Doch Sheela kannte all diese Spielarten, wie auch die Wirkung ihres unmerklichen Lächelns, das kein Lächeln war, mit dem sie Issa anblickte. Am Ende der langen Pause stützte sie sich mit beiden Händen auf dem Tisch ab, verzog seitlich ihren Mund, drehte ihren Kopf in die gleiche Richtung und stand der Bewegung folgend langsam auf. Nur schwarze Frauen hatten diese Art von Sex-Appeal.

„War's das, Issa?" Es war keine Frage, sondern vielmehr ein Hinweis darauf, dass sie mit solchen Situationen vertraut war.

Er schaute nicht zu ihr auf und sagte nichts.

Sheelas Blick war mitleidig. Sie beugte sich zu ihm herab und legte ihre Hand sanft auf seinen Arm; so, dass er ihre schmalen Finger einzeln spüren konnte. Es war das erste Mal, dass sie sich ihm so offen zu erkennen gab. Sie war eine Hure und hatte auf ihrem Weg bis zur Bar- und Bordellbetreiberin alle Männer in allen Situationen gesehen. Keiner konnte ihr etwas vormachen. Schon gar nicht Issa, der gerade schwer verliebt etwas Lärm geschlagen hatte. Sheela wusste, dass ihre Lippen, die kaum hörbar in sein Ohr säuselten, und die kleine Berührung ihrer Hand ihn schnell erregten und seine neue große Liebe für diesen Moment, dessen Länge nur sie bestimmte, vergessen ließen.

„Issa ... ich glaube, es ist besser, wenn du das mit Mary persönlich besprichst. Wie gesagt, ich mische mich nie in die Angelegenheit anderer ein. Und das solltest du auch nicht tun."

Sheela hatte das kleine Tête-à-Tête gerade knapp für sich entschieden, als in dem separaten Raum ein Glas klirrend zu Boden fiel. Sie schaute kurz auf und verdrehte missbilligend die Augen, so als sei sie im letzten Moment noch ertappt worden, obwohl das eine bloße Vermutung blieb.

Jetzt musste Issa lächeln. Er zog genüsslich an seiner Zigarette, bevor er sie ausdrückte. Wenn sie ihn aus ihrer Bar hinausgeworfen hätte, wäre er nicht verwundert gewesen. Doch ein schlechtes Gewissen fördert manchmal die eigenartigsten Reaktionen zutage. Es war nicht auszuschließen, dass Sheela ihre Freundin, die wahrscheinlich gerade die Scherben des zersprungenen Glases aufsammelte, angestachelt hatte.

Aber Sheela zeigte Klasse und boxte einfach kräftig gegen Issas Schulter, bevor sie von seinem Ohr abließ, den spendierten Drink mit einem Augenzwinkern ergriff und ihm zuprostete.

Issa atmete unbewusst erleichtert aus und zündete sich eine weitere Rothmans an. Er war sich sicher, dass Sheela ihn richtig verstanden hatte. Irgendwie würde sie Mary dazu bringen, Ami in Ruhe zu lassen.

„Noch zwei Whisky für Kenny und mich."

8. Kapitel

Vier Jahre war es her, dass Maurice die Heimat seines Vaters besucht hatte, die über die Zeit und durch seine zahlreichen kurzen Aufenthalten dort ein Stück weit zu der seinen geworden war. Er hatte sich ein paar Tage frei genommen. Niemand wusste von seiner Reise.

Als sich die Türen des Flugzeugs öffneten, drang sofort diese eigentümliche Hitze ein. Feuchte, von Geruch behaftete Luft, die sich in kürzester Zeit in der Kleidung festsetzte. Jede schnelle Bewegung führte unmittelbar dazu, dass sie vollends durchnässt war. Maurice schritt langsam die langen Gänge des Flughafens zur Abfertigungshalle entlang. Er spürte die Hitze, roch den Geruch der naheliegenden Metropole; doch Afrika begann erst hinter der letzten Kontrolle. Dort, wo eine schwer zu überschauende Menschenmenge über die Absperrung zu schwappen schien. Im abgeschirmten Bereich der Abfertigungshalle genossen Maurice und die übrigen Menschen aus der ersten Welt noch eine gewisse Schonfrist. Nur ausgewählte Einheimische durften hierher vordringen und den Ankommenden ihre Muskelkraft als Träger anbieten. Begehrte Jobs, die ohne die richtigen Beziehungen unerreichbar waren in einer der reichsten Regionen dieser Erde.

Die Erfahreneren der Angekommenen nahmen diese billigen Annehmlichkeiten gern in Anspruch. Die anderen erinnerten sich an längst vergangen geglaubte Kolonialzeiten. Es erschien nicht politisch korrekt, obwohl hier alle Menschen, einschließlich der Kofferträger, schwarz waren. Vielleicht hatten sie lediglich Angst davor bestohlen werden zu können. Diese Angst war unbegründet, denn die Träger waren straff organisiert. Es gab feste Tarife, die der Auftraggeber allerdings kennen sollte.

Maurice zog es vor, sein Gepäck selber zu tragen. Es war nicht ganz ausgeschlossen, dass ein Träger gerade bei seinem Koffer den Mut fasste, den er einem Weißen gegenüber nicht aufzubringen vermochte. In diesem Land, dem er Loyalität zu schulden glaubte, war er ein Métis. Irgendwann hatte Maurice es aufgegeben, sich und den anderen einzureden, er sei einer von ihnen. Es war letztlich keine Frage der Hautfarbe, sondern des Reisepasses, der es ihm im Gegensatz zu der Mehrheit ermöglichte, diesen Ort, wann er wollte, wieder zu verlassen.

Dennoch war Maurice hier willkommener als an dem Ort, nach dem sie alle strebten. Und wenn es damals dem jungen charismatischen Mann, der Gedichte geschrieben, aber auch geglaubt hatte, das Rad der Geschichte vorwärts drehen zu können, gelungen wäre, den immensen Reichtum des Landes einigermaßen gerecht zu verteilen, wäre Maurice noch willkommener gewesen. Er war sich dessen sicher. Ungerechte und unsichere Zustände bargen stets Gewalt auf allen Ebenen in sich und waren Gift für jede Gemeinschaft. Kleinste Unterschiede konnten tiefe Gräben reißen.

Der Taxifahrer behandelte Maurice als Monsieur, nachdem er sein Fahrziel bekannt gegeben hatte. Der Präsident schlafe des Öfteren in diesem Hotel. Er würde dort auf keinen Luxus verzichten müssen; es sei wie in Paris oder Brüssel. Nur der Nachtklub des Hotels, einen solchen würde er dort nicht finden, hätte man ihm gesagt. Der Fahrer war nicht belogen worden. Deshalb war Maurice nicht gekommen; die Warnung des Taxifahrers vor den gefährlichen Mädchen war überflüssig. Patrice, sein neun Monate alter Sohn, schien ihn am Morgen von seinem Schreibtisch freudig zugelächelt zu haben, als Maurice aufgebrochen war, um ihn erstmals zu besuchen.

Die Nacht kam schnell; hier am Äquator stets zur gleichen Zeit. Die Dunkelheit war konsequent, besonders in mondlosen Nächten. Das Taxi schien sich mit der gleichen Geschwindigkeit durch die endlosen ungeplanten Vororte der Metropole zu schieben, wie sich diese in die entgegengesetzte Richtung weiter in das Land ausdehnten. Das Land war jung und wuchs unablässig; so wie der gesamte Kontinent, auf dem nach Berechnungen der UNO zum Ende des Jahrhunderts jeder dritte Mensch leben wird. Stimmen, Musik, der Geruch von gebratenem Fleisch und der Gestank der zahllosen Müllberge drangen in das Taxi ein. Die Straßen waren gesäumt von unzähligen kleinen Läden, die Tag und Nacht alles Denkbare anboten. Jungen schoben schwere, überladene Karren. An den Kreuzungen, die von einem scheinbar chaotischen Knäuel aus chinesischen Mopeds, Autos und Menschen blockiert wurden, boten fliegende Händler Hemden, Kleenex, gekochte Eier, Streichhölzer und Früchte an. Ein helleres Gesicht versprach ein gutes Geschäft. Maurice' Taxi war umlagert. Der Taxifahrer tat das, was er als seine Pflicht verstand. Er verjagte die aufdringlichen Händler unfreundlich, die nichts weiter taten, als sich dem Leben zu stellen, was hier täglicher Kampf bedeutete.

Als Maurice ihn bat anzuhalten, drehte sich der Taxifahrer irritiert um und fragte: „Sind Sie sicher? Hier?"

„Natürlich! Das ist mein Land, und ich habe Hunger", antwortete Maurice. „Sie auch?"

Sie hielten an einem der vielen kleinen Straßenrestaurants. Der Taxifahrer engagierte einen Jungen und wies ihn an, den Wagen zu bewachen. Auf einer Holzbank sitzend erklärte er Maurice, dass er der Eigentümer des Autos sei. Vor zwei Monaten hatte er es von einem Libanesen am Hafen gekauft. Fünf Jahre hatte er auf diesen Moment hingearbeitet. Bis zum Einmarsch des erst vor kurzem getöteten Präsidenten war er Fahrer eines LKWs gewesen und hatte die großen Baumstämme quer durch das Land transportiert. Doch es gab nur noch wenige der über Jahrhunderte gewachsenen Riesen. Man hatte ihn schließlich entlassen müssen. Außerdem sei es sowieso nicht gut gewesen, die ganzen Wälder zu zerstören, meinte der Taxifahrer. Danach hatte er angefangen, das Taxi eines anderen zu fahren. Jeden Tag hatte er fünfzehn Prozent des verdienten Geldes zurückgelegt und sich, als genug zusammengekommen war, an einer Tontine beteiligt. Maurice gab ihm zu verstehen, dass er Bescheid wusste, worum es sich dabei handelte.

Tontines waren weit mehr geworden als eine Nachbarschaftshilfe, bei der sich mehrere Leute zusammentaten, um Essen zu sammeln. Mittlerweile war es eine in weiten Teilen Afrikas verbreitete unabhängige Möglichkeit der Kreditbeschaffung. Monatlich oder wöchentlich zahlten verschiedenste Leute einen fest vereinbarten Geldbetrag in eine gemeinsame Kasse ein. Bei jedem Treffen erhielt eines der Mitglieder nahezu den gesamten Betrag. Der verbleibende Rest wurde zu horrenden Zinsen verliehen. Eine Tontine funktionierte nach strengen Regeln. Die Reihenfolge der Auszahlung war genauestens festgelegt. Blieb man mit einer Rate säumig, wurde man an das Ende der Liste gesetzt und zahlte so letztlich mehr ein, als man bekam. Tontines existierten in jeder Größe und auf allen Niveaus. Hotelprojekte, Schiffskäufe, aber auch das jährliche Schulgeld für die Kinder und die gefährlichen Fahrten über das Mittelmeer mit lybischen Schleusern wurden auf diese Weise finanziert.

Der Taxifahrer hatte genau gerechnet. Vor zwei Monaten war er an der ersten Stelle seiner Tontine angekommen. Das Geld, mit dem er sein Taxi gekauft hatte, war ihm ausgezahlt worden. Weitere zwei Jahre würde er in die Tontine einzahlen müssen.

Er ist ein disziplinierter Mann, dachte Maurice.

„Der Herr hier, das ist ein Bruder, der aus Deutschland kommt", sagte der Taxifahrer erfreut zu der korpulenten Chefin des kleinen Restaurants. Maurice hatte ihm zuvor erklärt, wo das Dorf seiner Familie liegt.

„Herzlich Willkommen zu Hause. Hatten Sie eine angenehme Reise?", rief ihm die Frau hinter der hölzernen Bar freundlich zu.

Maurice und der Taxifahrer saßen auf der Holzbank vor dem Restaurant, aßen gegrilltes Fleisch in frischen Baguettes und sahen dem regen Treiben auf der Straße zu.

Die drei Geldscheine steckten zusammengerollt in Issas Hosentasche. Normalerweise hätte er mit diesem Geld problemlos mindestens zwei Monate bestreiten können. Doch Maurice' ausdrücklicher Widmung, er solle sich einen vernünftigen Anzug kaufen, konnte er sich nicht entziehen.

Ami war fünf Minuten überfällig. Die Pförtner im Eingangsbereich des Bürogebäudes hatten ihm zwar mit einem Augenzwinkern zu verstehen gegeben, dass sie noch nicht gegangen sei. Mit jeder weiteren Minute hatte er trotzdem begonnen, mehr und mehr daran zu zweifeln, dass seine gegenüber Sheela ausgesprochene Drohung tatsächlich gewirkt hatte. All das war sofort vergessen, als sich der Fahrstuhl öffnete, und er Amis erblickte. Sie strahlte ihn an.

Stephanie hatte am gestrigen Abend schmunzelnd ihre Augen verdreht, nachdem Issa gegangen und Ami zurück ins Wohnzimmer gekommen war. Es schien eine Mischung aus Mitleid und Neid gewesen zu sein, die sie in Stephanies Gesicht erkannt zu haben glaubte. Mitleid dafür, dass Ami ganz offensichtlich hoffnungslos verliebt war. Neid dafür, dass es vor diesem Mann eines Schutzes wahrscheinlich gar nicht bedurfte. Sie mache sich keine Sorgen mehr um Ami. Issa sei es wert, wenn sie ihm vorsichtig ihr Vertrauen schenke, hatte Stephanie gesagt und war kurz darauf gegangen. Trotz ihrer Müdigkeit hatte Ami kaum einschlafen können. Die Nacht war einsam gewesen.

Diese Warterei, die sich noch über den ganzen Tag hingezogen hatte, fand jetzt ein Ende. Issa stand mit seinem Lächeln, das sich gerade in ein breites Grinsen verwandelte, im Eingangsbereich und wartete auf sie. Er hatte nur Augen für sie und bemerkte die Blicke ihrer Kolleginnen nicht, die gemeinsam mit Ami den Fahrstuhl verlassen hatten.

Bevor sie seine Lippen erreichte, sagte Issa unüberhörbar für alle: „Das war die schlimmste Nacht meines Lebens. Ich habe dich vermisst, Ami. Ab heute werde ich dich nie wieder gehenlassen."

Er umarmte und küsste sie; Ami verlor den Boden unter den Füßen und merkte erst später, dass sie sich drehten. Sie ließ ihn in dem Wissen gewähren, spätestens Morgen Thema im Pausengespräch zu sein.

„Wie geht's dir?", fragte Issa, als er Ami auf ihre Füße hinabgelassen hatte.

Sie zog ihn zu sich herab, küsste ihn nochmals und sagte: „Du hast mir gefehlt."

Issa wirkte verändert, als er die Umkleidekabine in einem dunkelblauen Anzug verließ. Das Jackett war hinten zweifach geschlitzt, sodass es elegant fiel, obwohl er eine Hand lässig in die Hosentasche gesteckt hatte.

„Na, wie findest du es?", fragte er lachend.

„Dreh dich mal um." Issa sah gut aus, verdammt gut; beinahe wie aus einem internationalen Modemagazin. „Wenn du öfter so rumläufst, werde ich ziemlich auf dich aufpassen müssen", sagte Ami. Eigentlich war es ein guter Zufall, dass er gerade heute einen neuen Anzug kaufte. Denn morgen war der sechsundvierzigste Geburtstag ihrer Mutter. Sie zupfte am Revers ihres Freunds und entschied, mit ihm gemeinsam bei der kleinen Familienfeier zu erscheinen.

Issa fühlte sich sichtlich wohl in dem neuen Outfit. „Ich hoffe mal, dass sie die Hose heute fertigmachen können. Jetzt brauche ich noch ein Paar Schuhe. Es gibt hier um die Ecke so einen Laden von zwei Russinnen, die kaufen echt coole Teile direkt in Italien ein ... Auch für Frauen", fügte Issa hinzu.

Er wäre der erste schwarze Mann, der nach ihrem leiblichen Vater in das Leben ihrer Mutter träte, dachte Ami. Seit dem Augenblick, als sie Issa angerufen hatte, war ihr bewusst gewesen, dass ihre Mutter diesen Schritt nicht gutheißen konnte. Ihr Erzeuger war zu Hause niemals dämonisiert, sondern einfach gänzlich verschwiegen worden. Ami war mit dieser unausgesprochenen Schuld gegenüber ihrer Mutter aufgewachsen. Von frühester Jugend an hatte sie versucht, dieser Schuld ihres Erzeugers, die paradoxerweise zugleich die ihre war, gerecht zu werden. Fast schien es so, als klebe diese Schuld, ganz unabhängig von ihrem Verhalten, an der Hautfarbe, die sie von den übrigen Familienmitgliedern unterschied. Daher rührte die leise Ahnung, dass Issa es bei ihrer Mutter nicht leicht haben würde. Schließlich war er der Verursacher einer weiteren Grenzverletzung – diesmal der ihrer Tochter. Der Mann, den sie liebte, empfing ihr Mitleid. Ohne seine schuldbeladene Hautfarbe wäre er ein hoch willkommener Schwiegersohn gewesen – ein sympathischer Jurastudent. Doch die Bilder waren stark und allgegenwärtig und verdeckten die Person, die sie in den wenigen Tagen lieben gelernt hatte. Ami erschien es beinahe als ein Wunder, dass sie in der Lage gewesen war, sich aus dieser Zwangsjacke befreit und Issa angerufen zu haben.

Verbotenes Land hatte sie betreten, obwohl ihre Liebe als die natürlichste Sache der Welt erschien. Ami hatte Freunde gehabt, die mit ihr geschlafen, sie aber vor ihren Freunden oder ihren Eltern verleugnet hatten. Issa würde sie niemals verleugnen können, ohne sich gleichzeitig selbst zu verleugnen. Und wenn er es könnte, würde er es niemals tun. Vielleicht hatte sie genau das all die Jahre getan und war vor der Person, die Issa liebte, davongelaufen. Diese Möglichkeit bestand an seiner Seite nicht mehr.

Issa zwängte sich in ein Paar schwarze Schuhe. Es war diese Mischung aus Business und Chic, den nur Italiener beherrschten.

„Hast du auf den Preis geschaut?", fragte Ami leise.

„Das spielt heute mal keine Rolle." Er zeigte auf ein Regal. „Wie findest du denn die Stilettos dort ganz vorn neben der Tür?"

Ami beugte sich zu ihm hinunter und flüsterte in sein Ohr: „Jetzt geht's mal nicht um mich, sondern um dich. Es reicht mir vollkommen, wenn du dich heute Abend um mich kümmerst." Sie kniff ihn sanft in die Seite. „Wie gefällt meinem Studenten denn die Krawatte dort hinten? Würde doch gut zu deinem neuen Anzug passen."

Issa blickte sie aus seinen Augenwinkeln an und zwinkerte ihr zu: „Einverstanden."

Kenny hatte sich am Morgen krankschreiben lassen, war anschließend im Bett geblieben und hatte ferngesehen. Gestern war es ihm unmöglich gewesen, seinen Freunden von Staroske und dem Verlauf des Gesprächs zu berichten. Zu hoffnungsfroh waren die beiden gewesen. Und später am Abend im Hakuna Matata mit Issa und dessen Frauenproblemen hatte der Whisky die Bedrohlichkeit der Situation hinfort geweht. Einen Ausweg hätte ihm sowieso niemand aufzeigen können. Er war seit seiner Geburt gefangen, was er zwischenzeitlich nur verdrängt hatte. Doch seit gestern gab es hieran keinen Zweifel mehr.

Das Tageslicht war kaum noch wahrnehmbar, als aus dem dunklen Flur heraus die Klingel ertönte. Kenny drehte den Fernseher leiser und rührte sich nicht in seinem Bett. Es klingelte erneut und länger.

„Herr Hübner, machen Sie auf." Staroskes Stimme, der sich

jetzt mit der Faust Gehör verschaffte, war durch die geschlossenen Türen deutlich zu vernehmen.

Kenny raffte sich auf und schlich jegliches Geräusch vermeidend an den Eingang. Durch den Spion sah er Staroske mit einem weiteren Mann. Die verzerrende Optik der Linse machte die beiden zu zwergenhaften Geschöpfen mit großen Köpfen.

„Denkt wohl, er ist besonders clever", sagte Staroske zu seinem Begleiter, der mit den schmalen Schultern zuckte, die nicht einmal die Breite des Kopfes erreichten. „Na dann werden wir mal andere Saiten aufziehen. Hast du mit dem Staatsanwalt wegen des Haftbefehls gesprochen?"

Der Begleiter nickte. „Da gibt's keine Probleme. Macht er bis Ende der Woche fertig."

Staroske kam der Tür ganz nah. Sein Kopf war dadurch riesig, der restliche Köper noch winziger. Er glich einem außerirdischen Eindringling, der nun direkt in den Spion blickte, so als könne er Kenny mit seinen Röntgenaugen sehen, und sagte: „Mal schauen, wie viele Nächte Herr Hübner in einer richtigen Zelle aushält. Gestern früh sahen Sie ja ziemlich beschissen aus."

Kenny zuckte zurück. Staroske schien weit mehr zu sein als ein gewöhnlicher Polizist. Schon damals hatte Kenny Zweifel gehabt, ob es richtig sei, in die Kleinstadt im Norden zu fahren. Er war es gewohnt, sich zu verteidigen; mit allen Mitteln, wenn es sein musste. Darüber hinauszugehen, erschien ihm bis heute als Fehler. Vielleicht war Staroske die späte Quittung für seine Entscheidung.

Mit Issa hatte Kenny über seine Zweifel gesprochen; später ... zu spät. Der hatte ihn verstanden und ihm die Geschichte eines jungen Mannes erzählt, der nach dem Krieg die Überzeugung gewonnen hatte, dass das seinem Volk widerfahrene Unrecht einer Sühne durch die Täter nicht mehr zugänglich war. Monatelang war er mit Gleichgesinnten kreuz und quer durch Europa gereist, hatte Schuldige ausfindig gemacht und liquidiert; manche mit bloßen Händen, sagte man. Die Leichen wurden mit schweren Ketten in Seen versenkt. Der Täter waren zu viele. Die Verzweiflung über das unsägliche Leid wich nicht aus der Brust des jungen Mannes. Er ließ Tausende Brote in den Lagern der Verbrecher vergiften. Das Unrecht war noch immer nicht gesühnt. Wahrscheinlich auch dann nicht, wenn sein Plan gelungen wäre, das Trinkwasser zweier Großstädte zu vergiften und hunderttausenden Menschen den Tod zu bringen. Unschuldige wären unter den Toten gewesen, sodass der junge Mann von seinen eigenen Leuten, denen er sein Leben gewidmet hatte, in seinem Tun gestoppt wurde.

Konnte es damals überhaupt Unschuldige geben? Konnte es Recht im Unrecht geben, hatte Issa Kenny gefragt, diese Fragen aber nicht wirklich beantwortet. Durch die Tötung von Menschen könne Gerechtigkeit nicht hergestellt werden. Derjenige, der sich auf einen solchen Weg begeben hatte, fände vielleicht etwas, wonach der junge Mann gesucht hätte. Er sei auf der Suche nach der Ruhe seiner Seele gewesen, hatte Issa gemeint. Nur darum sei es ihm gegangen, nicht um Rache an den Tätern. Deshalb gäbe es, so wie bei ihnen, keine Schuld. Zumal niemand wirklich wisse, was geschehen war, nachdem Maurice sein Auto abgestellt hatte. Er hatte es ihnen damals nicht gesagt und wohl selber nicht gewusst. Kenny solle nicht mehr darüber nachdenken, war Issas Rat gewesen. Das sei die Sache nicht wert. Schließlich wäre der junge verzweifelte Mann trotz all seiner Taten später ein gefeierter Dichter in seinem aus einem Gedanken geborenen Land geworden und im hohen Alter in dem Wissen gestorben, dass sie das ihnen widerfahrene Verbrechen nicht mehr zulassen würden ... ein sicherer Ort.

Als Issa ihm diese Geschichte erzählt und gemeint hatte, eines Tages würde er einem Sohn den Namen Abba geben, hatte Kenny in seinen Augen die Ruhe gesehen, von der er gesprochen und in der Kleinstadt im Norden gefunden hatte, die sich bei Kenny bis zum heutigen Tag nicht einstellen wollte. Issa hatte ihm auf die Schulter geklopft und gesagt, dass Kenny ein bedeutend besserer Mensch als er sei.

Das war alles, was er für seinen Freund getan hatte. Was hätte er noch sagen können? Der Mörder war verschwunden. Wahrscheinlich vermisste ihn niemand. Doch er war ein Teil von ihnen geworden; wie zuvor das wunderschöne Mädchen, dessen kurzes Leben er beendet hatte.

Lange, nachdem Staroske und sein Begleiter die Stufen hinabgestiegen waren, stand Kenny mit dem Rücken an die Tür gelehnt da. Seine Knie gaben nach, bis er zusammengehockt am Boden des Flurs sitzen blieb.

Das kahlköpfige Dreckschwein lastete zu schwer auf ihm; so wie damals, als sie ihn gefesselt in den Kofferraum hievten. Vor allem lag es an diesem Ort der verfickten Dämonen hinter der Eisentür, die darauf lauerten, ihm erneut die Adern aufzureißen. Staroske, das außerirdische Arschloch, hatte weit in seine Seele geblickt und das Kinderheim in dem verwunschenen Wald ausfindig gemacht. Am gestrigen Morgen war Kenny zu jedem Verrat bereit gewesen, um die Eisentür der Kammer auf dem Dachboden aufstoßen und diesem schrecklichen Ort entfliehen zu können. Auch das hatte nicht funktioniert. Es war alles Scheiße.

„Wenn du so weitermachst, muss ich bald aufhören mit dem Rauchen", sagte Ami.

Issa zog an seiner Zigarette und sah sie fragend an. „Wie meinst du das denn?"

Ami nahm ihm die Zigarette aus der Hand und legte ihren Kopf auf seinen Bauch. „Na du hast ja schon einen Namen für unsere Tochter." Sie blies den Rauch der Zigarette langsam in Richtung der Decke des Schlafzimmers und drehte ihren Kopf zu Issa. „Wieso eigentlich Caterina?"

Issa sah das Profil ihres Gesichts, auf dem ein verschmitztes glückliches Lächeln ruhte. Ami hatte ihm das schönste Geschenk der Frauen für einen Mann gegeben; sie hatte ihn als den Vater ihres Kindes erwählt. Es war sehr schnell geschehen, vielleicht schon bei ihrem ersten Rendezvous; spätestens jedoch in ihrer ersten Liebesnacht. Issa war davon überzeugt, dass Kinder das Ergebnis tiefer Liebe und Leidenschaft sind. Das Bedürfnis, die empfundene Liebe in einem gemeinsamen Kind auszudrücken, schien aus einem uralten Instinkt herzurühren, der Frauen und Männern widerfuhr wie eine göttliche Berührung. Sie lagen nackt auf Amis Bett, und Issa wünschte sich in diesem Augenblick nichts sehnlicher, als dass ein kleines nacktes Baby ihre Gemeinsamkeit vollenden würde.

„Der Name hat mir gefallen. Ich habe mir seit langem vorgestellt, mit meiner Frau und Caterina barfuß über eine saftige grüne Frühlingswiese zu laufen und sie hoch in den blauen Himmel zu halten. Oder mit Caterina am Sonntagmorgen im Bett um ihre Mama zu kämpfen."

Er hatte recht. Es war kein Zufall gewesen, der ihn an jenem Tag in jene Klinik geführt hatte. Neben dem Wissen um meinen Tod war auf den Stufen zum Eingang damals noch ein anderes Gefühl in ihm gewesen, das der Trauer in seinem Herzen widersprochen hatte. Erst im Gefängnis hatte er dieses Gefühl deuten können. Geburt und Tod, das Sein, wurden durch die Realität der Zeit ermöglicht. Schwand diese Realität, verlor der Tod seine erschreckende Kraft.

Issa hatte mich niemals kennengelernt, niemals mit mir gesprochen. Allein mein verschwommenes Zeitungsfoto war ein Teil von ihm geworden. Wie bei den vielen Kindern, deren Leben der alte Zauber vor langer Zeit aus diesem Lande hinweggefegt hatte. Diese waren in den Erinnerungen der Überlebenden gerettet und so in einem Land geboren worden, wo ihnen solches Leid niemals geschehen konnte. Eines Tages würde Issa für mich einen solchen sicheren Ort schaffen.

„Mir gefällt der Name auch", sagte Ami. „Vielleicht geben wir ihr ja einen Doppelnamen."

Issa hob seinen Kopf an. „Weißt du überhaupt, dass ich zwei Vornamen habe? ... Jean Idrissa."

„Jean klingt schön, Issa. Nennt dich überhaupt jemand so?", fragte sie.

„Früher öfters und meine Mutter", antwortete er. Seine Hand lag sanft auf ihrem Bauch. „Meine Schwester heißt im Übrigen ganz ähnlich wie ich", fuhr Issa fort. „Jeannette ... sie ist sechs Jahre älter als ich. Hab sie allerdings nie gesehen."

Issas Vater hatte ihm einmal eine Postkarte mit Jeannettes Adresse geschickt. Als er vierzehn Jahre alt war, hatte Issa ihr einen Brief geschrieben. Ihre Antwort bedrückte ihn bis heute. Jeannette, die damals Anfang zwanzig gewesen sein musste, wollte keinen Kontakt mit ihm haben. Sie hätten zwar denselben Erzeuger, wie sie ihren Vater nannte; sie aber lebe in einer Familie, in der eben kein Platz für Issa sei.

„Ich wollte niemals einen Platz in ihrer Familie", sagte Issa. „Ich wollte damals einfach meine Schwester kennenlernen. Jeder an meiner Schule oder in meinem Viertel wollte mit mir befreundet sein. Fast alle Leute, die mich kannten, fanden mich sympathisch. Nur meine eigene Schwester, na ja meine Halbschwester, wollte nichts mit mir zu tun haben."

Der vierzehnjährige Issa war damals sauer auf seine große Schwester gewesen. Mit den Jahren hatte er allerdings verstanden, dass sie nicht ahnen konnte, wie weh ihm ihr Schreiben getan hatte.

„Vielleicht hatte sie sich ihrer betrogenen Mutter gegenüber verpflichtet gefühlt", fuhr Issa fort. „Schließlich fühlt man sich ja manchmal wie ein Brandmal auf der Stirn unserer Mütter, obwohl wir uns diese Situation nicht ausgesucht haben. Wenn du so willst, sind wir die am meisten Betrogenen."

Ami hatte niemals einen Brief von ihren Halbgeschwistern erhalten, doch sie hätte ähnlich reagiert wie Jeannette. Sie hatte ein schlechtes Gewissen gegenüber dem Mann, mit dem sie nackt im Bett lag.

„Ich habe auch solche Geschwister von meinem Vater", sagte sie. „Ich kenne sie nicht, und ich habe sie nie gesucht."

Issa sagte nichts, seine Hand hatte kurz innegehalten, ihren Busen zu streicheln.

„Du darfst nicht böse sein auf deine Halbschwester. Das ist nicht so einfach, wenn man mit so einem unausgesprochenen Verbot aufwächst ... und idiotischen Schuldgefühlen, die dir von jemandem aufgebürdet werden, die du über alles gernhast. Seine Mutter will man nicht enttäuschen. Und irgendwann ist das so dran an dir, wie eine Zwangsjacke, die du selber nicht mehr ausziehen kannst."

Issa blickte Ami an und berührte ihr Gesicht. „Ich weiß, Baby. Ich mache meiner Schwester gar keinen Vorwurf. Ich habe sogar mal gedacht, dass es egoistisch von mir war, mich einfach so in ein fremdes Leben einzumischen. Ich habe meinen Vater ein einziges Mal in meinem Leben gesehen, als ich für drei Monate bei ihm in Afrika war. Da hat er mir die ganzen Fotos von ihm und Jeannette als kleines Kind gezeigt. Die hatte in den ersten Jahren einen richtigen Vater ... anders als ich. Und trotzdem hasst sie diesen Mann. Meine Mutter hat mir ihren Hass nicht aufgebürdet. Wahrscheinlich hatte ich einfach Glück."

Vielleicht wurde Ami auch von einem Menschen geliebt, für den in ihrem Leben, im Leben ihrer Mutter, bisher kein Platz war. „Wir sind morgen übrigens eingeladen zu der Geburtstagsfeier von meiner Mutter", sagte sie.

Issa musste laut lachen. „Na die werden sich ja freuen ... über den Worst Case. Mach dir keine Sorgen, Diplomatie ist mein dritter Vorname. Das verspreche ich dir."

„Bist du nicht müde, Issa?" Er war über ihr, Amis Arme und Beine umschlungen seinen Körper.

„Wie kann ich denn müde sein. Ich habe mein ganzes Leben

auf diesen Augenblick gewartet. Und jetzt weiß ich auch warum." In den ersten Nächten von Liebenden wird die Müdigkeit in den nächsten Tag verbannt.

„Warum denn?"

Issa zog sie enger an sich. „Weil es mit dir schöner ist, als ich mir jemals vorstellen konnte."

Die Worte klangen wahr aus seinem Mund; Ami suchte die Gewissheit, die Liebe niemals zu bieten vermochte. „Das trifft vielleicht auf mich zu", sagte sie. „Doch du bist, wie Stephanie sagte, ein gefährlicher Mann, der einer Frau, die sich mit ihm einlässt, den Verstand rauben kann. Ich vertrau dir Issa, obwohl ich ernsthaft an dir gezweifelt hatte."

„Dazu hattest du jedes Recht. Aber es gab für mich keine Frauen vor dir, und es wird keine nach dir geben."

Ami musste lachen. „Was willst du mir denn da erzählen? Hast du vor mir keine Frau geliebt?"

Die Antwort auf diese Frage ließ eine zu große Nähe zwischen ihnen nicht zu. Issa setzte sich neben Ami und lehnte sich an die Wand.

„Natürlich, ich hatte schon eine Frau geliebt ... ist lange her. Da war noch alles klar in meinem Leben, vor dem Gefängnis. Zu einer richtigen Beziehung, zu richtiger Liebe ... war ich trotzdem nicht fähig. Man muss in eine Beziehung viel geben, keine fremde Rolle spielen. Und dann hat sie mich eben verlassen ... Schritt für Schritt." Issa schaute an Ami vorbei, als sähe er in der Ferne diese Vergangenheit. „Meine damalige Freundin war auf der Straße zu einem Casting eingeladen worden. Ihr hat das gefallen und Spaß gemacht. Es war nichts Schlimmes. Manche Sachen hat sie mir halt verheimlicht. Damit und mit diesem ganzen komischen Umfeld kam ich nicht klar und hab das irgendwie als Vertrauensbruch gesehen, obwohl ich Vertrauen gar nicht gewollt habe."

Als Issa seinen Blick und seine Gedanken aus der Vergangenheit zurückgeholt hatte, bemerkte er, dass Ami ihn die ganze Zeit ernst angesehen hatte. Vielleicht existierten von ihr die gleichen Fotos, die Frauen wie sie und Maja auf das reduzierten, was sie für Issa niemals waren. Weniger die Fotos störten ihn, sondern mehr die Tatsache, dass gerade sie sich mit diesem fremdbestimmten Bild einließen. Er spürte, dass diese Wut, die er damals gegenüber Maja empfunden hatte, nicht verklungen war, und er wusste, hierzu kein Recht zu haben.

„Und deshalb hat sie dich verlassen?", fragte Ami.

„Nein, eigentlich habe ich Schluss gemacht. Aber sie hatte mich lange vorher verlassen."

Issa schien seine ehemalige Freundin verstehen zu wollen, ohne ihr, die seiner Vergebung gar nicht bedurfte, wirklich vergeben zu können. Er entsprach manchmal ziemlich dem Klischee, das er ablehnte. Egal, das war nicht wirklich wichtig. Sie lagen nackt im Bett. Und es gab wesentlich Schlimmeres. Ami zog ihren prinzipienfesten Freund, der einfach nicht alles wissen musste, zu sich. „Also habe ich doch Glück gehabt, oder?! Schließlich bist du jetzt bei mir. Und sogar ein paar Jahre älter und ... reifer." Ami lachte. „Übrigens ..."; sie schob sich unter ihn; eine Hand auf seinem Hintern, die andere sanft in seinem Nacken. Er mochte das.

„Ja?!"

„Wenn du ab und zu mal was wirklich Scharfes sehen willst, musst du mich einfach ganz lieb fragen."

#Issa (Teil 2)

Nach einer kurzen Beratung unter den Richtern erteilte die Vorsitzende Issa das letzte Wort, der jedoch darauf verzichtete. Seit dem Gespräch mit Staroske und dem ihm jetzt gegenübersitzenden Steinbrückner vor zwei Wochen hatte Issa darüber nachgedacht, wie er sich in der Verhandlung verhalten sollte. Sechs Monate Untersuchungshaft hatten nicht ausgereicht, um in ihm das Bedürfnis nach Buße oder gar Reue hervorzurufen. Für den Mann, den er zu Tode getreten hatte, empfand Issa kein Mitleid. Die Wut in seiner Brust war verschwunden, seitdem er den Mann zerstört und blutend auf dem Kopfsteinpflaster liegen gesehen hatte. Genau in diesem Augenblick hatte Issa sein inneres Gleichgewicht zurückgefunden. Seit seinem ersten Schultag, als er dem neunjährigen Jungen das Nasenbein gebrochen hatte, war ihm diese Ruhe vertraut. Das Gefühl wiederhergestellter Gerechtigkeit hatte sich sanft auf seine Seele gelegt, die dadurch keinen Schaden genommen hatte und auch keinen Schaden an der unmittelbar drohenden lebenslänglichen Freiheitsstrafe nehmen würde.

Einige Tage vor der Hauptverhandlung hatte sich ein Mord an einem Afrikaner ereignet, der anders als die täglichen, aber nicht tödlichen Übergriffe auf uns in den Medien breite Beachtung gefunden und die Öffentlichkeit auf unangenehme Weise mit Issas Realität konfrontiert hatte. Es lag auf der Hand, dass er ebenso wie der tote Afrikaner nackt ausgezogen, über Wege und Straßen geschleift und in einer dunklen Ecke hätte erschlagen werden können. Berichtet worden war, dass die Mörder minutenlang auf dem Toten herumsprangen, Bier auf ihn schütteten und schließlich auf ihn urinierten. Nicht berichtet worden war, was sie mit den Genitalien des Toten veranstalten. Diese Details wollte man der Öffentlichkeit nicht zumuten wollen.

Issa hatte sich diese uralten Details vor langer Zeit zugemutet; er hatte die Postkarten gesehen, die eine zufriedene Menge vor erschlagenen, verbrannten, angenagelten oder aufgehängten Schwarzen zeigten. Das Ritual war erst beendet, wenn dem Gelynchten sämtliche hervorstehenden Körperteile abgeschnitten worden waren.

Im Alter von achtzehn Jahren hatte Issa den wütenden Mob aus einer vergangenen Zeit mit eigenen Augen gesehen. Er hatte einen Freund, Joachim, zum Bahnhof begleitet. Joachim war einige Jahre älter und ein hochdekorierter Sportler, der zahlreiche Meisterschaften auf der Tatami errungen hatte. Am Bahnhof waren sie auf jene Leute getroffen, die von diesen Verdiensten nichts gewusst und auch nicht geahnt hatten, dass Joachim an den Wochenenden ein in seiner thüringischen Heimat gefürchteter und in der Szene geachteter Hooligan mit dem Spitznamen «Schneeflocke» gewesen war. Sie hatten sich an ihrer Hautfarbe, nicht aber an einem Verhältnis von Zwei-zu-fünfzig gestoßen. Es war erstaunlich, welche Kreativität diese Leute an den Tag legen konnten, wenn es darum ging, neue beleidigende Worte zu erfinden.

Neger, *Nigger*, *Dachpappe* waren Standards, gegen die Issa in schlechten Zeiten manchmal täglich hatte einschreiten müssen ... oft gern eingeschritten war. Er hatte früh Gefallen an einem ehrlichen deutschen Faustkampf gefunden und dabei festgestellt, wie sich die Wut über die Beleidigung schnell in eine willkommene Rechtfertigung verwandelte, verbunden mit einem zusätzlichen emotionalen Energieschub, der bei jeder Schlägerei von Nutzen war. Mit zehn Jahren war er von einem Jungen aus seiner Fußballmannschaft gefragt worden, ob sie ihn *Brikett* nennen dürften. Der Junge verlor zwei Schneidezähne und entschuldigte sich am Boden liegend bei Issa damit, dass ein anderer schwarzer Spieler aus einer älteren

Mannschaft schließlich auf den Spitznamen *Kohle* gehört hätte. *Armer Kerl*, hatte Issa damals gedacht und dem Jungen mit den fehlenden Zähnen nochmals kräftig in den Bauch getreten.

Doch die Herausforderung am Bahnhof hatte eine ganz andere Qualität gehabt. Glücklicherweise war Joachim im Besitz einer Erkenntnis gewesen, die ihnen an jenem Tag das uralte Schicksal ersparen sollte. In jeder Gruppe existierte eine Person, die den gesamten Mut der anderen in sich vereinte. Meistens war es derjenige, der am lautesten brüllte. Joachim a.k.a. «Schneeflocke» hatte nicht auf Issa gewartet, sondern war ohne Zögern mit ruhigem Schritt allein auf die Meute zugegangen und hatte sich dabei die Jacke ausgezogen. Der Anblick dieser Szene hatte Issa erstarren lassen und sich unlöschbar in seine Erinnerung eingebrannt. Bis heute war er Joachim dankbar für diesen erhabenen Moment kurz vor dem Kampf mit der rassistischen Übermacht, aus dem dann gar nichts geworden war. Nachdem der Schreihals unter Joachims gezielten Schlägen innerhalb weniger Sekunden zusammengebrochen und zwei weitere gefallen waren, löste sich die Horde wie ein schlechter Traum im Nichts auf. Issa hatte auf einem schmächtigen Bürschchen mit angstverzerrtem Gesicht gekniet, der von seinen Kameraden zurückgelassen worden war, und Joachim ungläubig angesehen, der lachend neben ihn getreten war und dabei seine Jacke wieder angezogen hatte. Bis zum heutigen Tag klangen seine Worte in Issas Ohren nach: „Das ist der einzige Weg, wie du aus so ner Scheiße rauskommst. Reden oder gar Abhauen bringt da überhaupt nichts." Issa hatte Joachim, der dem Land mittlerweile den Rücken gekehrt hatte, geglaubt und niemals eine Gegenprobe unternommen. Die Anklagebank war hart, doch weitaus besser als ein Platz neben dem toten Afrikaner ohne Genitalien.

Keiner der Zeugen war in der Lage gewesen, auf die nachdrücklichen Fragen der Vorsitzenden Richterin eine Erklärung dafür abzugeben, warum ein nicht vorbestrafter Student, der sich auf das juristische Staatsexamen vorbereiten sollte, in einer fremden Stadt einen ihm vollkommen unbekannten Menschen zu Tode tritt. Die Zeugen waren erstaunt über diese Frage gewesen, hatten dieses Erstaunen jedoch hinter der Feststellung verborgen, sie hätten nichts gesehen oder gehört.

Steinbrückner hatte am Ende der Beweisaufnahme sein schwerstes Geschütz aufgefahren; eine schwarze Putzfrau, die an jenem Tag Einkäufe für ihre Arbeitgeber erledigt hatte. Die Frau war dunkler als Issa und hatte den Zeugenstand in der festen Absicht betreten, mit ihrer Aussage die eigene Integration in der Kleinstadt weiter voranzutreiben. Leute wie Issa seien der Grund dafür, dass man ihr und anderen Rechtschaffenden mit Vorurteilen und Ablehnung entgegenträte. Grundlos sei er auf den armen Mann losgegangen und habe ihn kaltblütig ermordet. Sie war sich sicher, Issa habe unter Drogen gestanden. Wenn sie gewusst hätte, dass seine Schuld dann zumindest in einem milderen Licht gesehen worden wäre, hätte sie ihren Drogenverdacht niemals erwähnt. Bei den Richtern hatte die Putzfrau nichts als Verwirrung hervorgerufen, denn ihnen waren die Schriften von Frantz Fanon zur Psyche von Unterdrückten unbekannt. Die Frau hatte Issa leidgetan. Schlimmes musste ihr tagtäglich widerfahren, was sie zumindest in den wenigen Minuten ihrer Zeugenaussage auf ihn abladen konnte.

Der tote Afrikaner ohne Genitalien, eine Eintragung des Toten wegen rassistischer Beleidigung und Issas unumwundenes Eingeständnis führten am Ende zu einer Verurteilung wegen Totschlags und nicht wegen Mordes. Die Strafe war dennoch niederschmetternd: zehn Jahre und drei Monate.

Doch die akribische Arbeit eines investigativen Journalisten enthüllte ein Jahr nach dem Urteil, dass der Getötete Gründungsmitglied eines Ablegers des Ku-Klux-Klan in der Region gewesen war, dem sogar zwei Polizeibeamte angehört haben sollten. In einem privaten Videomitschnitt von einem Treffen war der Getötete nicht nur zu sehen, sondern auch seine Ansichten zu den Unterschieden zwischen den Rassen zu hören. Ebenso waren Fotos mit Südstaatenflaggen, brennenden Kreuzen und schwarzen lebensgroßen Puppen aufgetaucht. Eine kleine Gruppe verwirrter Wichtigtuer. Wäre da nicht noch der mögliche Zusammenhang mit einer Serie von Brandanschlägen auf Asylbewerberheime gewesen, bei dem ein Großvater im Rauch erstickt und eine Mutter mit ihren drei Kindern knapp dem Flammentod entkommen war. Der Staatsschutz wurde eingeschaltet und die gesamte Affäre öffentlich durch den Ministerpräsidenten verurteilt, der schonungslose Aufklärung forderte.

In der Revision wurde Staatsanwalt Steinbrückner gefragt, ob seine Behörde tatsächlich nichts von diesen Hintergründen gewusst habe, was den Ursprung des Konflikts in ein anderes Licht gerückt hätte. Er hatte lediglich mit den Schultern gezuckt und Issas Blick gemieden. Die Freiheitsstrafe wurde auf fünf Jahre und acht Monate reduziert. Issas in diesem Verhandlungsprotokoll erneut festgehaltene fehlende Reue führte dazu, dass er diese Strafe bis zum letzten Tag verbüßen musste.

9. Kapitel

André, der Taxifahrer, wartete pünktlich und freundlich lachend vor dem Hotel. Maurice hatte ihn für die restlichen drei Tage engagiert. „Guten Tag Monsieur Maurice. Haben Sie gut geschlafen?"

„Ja, sehr gut. Hallo André. Wie geht's? Wir haben heute ein großes Programm." Maurice schüttelte ihm die Hand. Auf dem Rücksitz saß ein kleines Mädchen, vielleicht fünf oder sechs Jahre alt. Sie sah Maurice mit neugierigen Augen an. Ihre Schuluniform schien ihr ein wenig zu groß zu sein.

„Elodie, sag Guten Tag zu Monsieur Maurice." Die Aufforderung des Vaters wirkte zu hart. „Entschuldigen Sie, das ist meine erste Tochter, Elodie. Ich muss sie zur Schule bringen, nicht weit von hier."

„Kein Problem", antwortete Maurice.

„Haben Sie im Hotel gefrühstückt?", fragte André.

Dazu hatte Maurice keine Lust gehabt. In der Stadt gab es Hunderte kleiner Frühstücksläden. Dort wollte er sich auf eine Holzbank setzen und das Leben der Stadt beobachten.

„Nein, ich habe noch nicht gegessen. Jetzt fahren wir erst einmal zu deiner Schule, meine Kleine." Maurice hatte sich nach hinten gesetzt und Elodie auf seinen Schoß genommen.

„Störe Monsieur Maurice nicht, Elodie", ermahnte André seine Tochter.

„Kinder stören niemals", beruhigte Maurice den Vater.

Obwohl Elodie erst fünf Jahre alt war, ging schon seit zwei Jahren zur Schule. Eine gute Schule, die ihre Mutter ausgewählt hatte. Sie seien keine gebildeten Leute, meinte André. Doch ihre Tochter solle zumindest einen besseren Start haben. Nach einem Jahr spreche Elodie beinahe besser Französisch als sie, scherzte André. Trotzdem sei ihre eigene Sprache wichtiger. Wenn man seine Sprache verlöre, höre man auf zu existieren, stellte der Taxifahrer fest. Maurice müsse irgendwann länger hierbleiben, um ihre Sprache zu erlernen, die ja auch die seine wäre. André war Maurice sympathisch.

Elodies Schule konnte nicht weit sein, denn immer mehr Kinder mit der gleichen Uniform waren am Straßenrand zu sehen. Sie verschwanden alle in einer hohen Mauer, hinter der das Schulgelände lag.

André stoppte das Taxi direkt vor dem Toreingang. Elodie verabschiedete sich artig von Maurice. Am Eingang wechselte André ein paar Worte mit anderen Eltern, die ihre Kinder bereits verabschiedet hatten. Maurice, der ans Taxi gelehnt auf André wartete, war die Attraktion für die Kinder und für die jungen Mütter. Denn André hatte nicht verheimlicht, dass Maurice im Hotel des Präsidenten wohnte und ihn für mehrere Tage engagiert hatte.

„André ich bin dort drüben." Maurice zeigte auf die andere Straßenseite, wo eine kleine Bretterbude stand, in der scheinbar etwas Essbares zubereitet wurde. Bohnen in Öl, mit oder ohne Fleisch, Omeletts und frische Baguettes. Genau das hatte Maurice gesucht.

„Guten Tag", sprach Maurice die gebückt über ihren Töpfen und Schüsseln stehende Frau an. „Ich nehme Bohnen, Omelette und Brot. Haben Sie Kaffee?"

Die etwa vierzigjährige Frau blickte auf, rief ein nicht weit entfernt stehendes dünnes Mädchen und begrüßte Maurice freundlich: „Guten Tag. Meine Nichte, Florence, wird für Sie Kaffee holen. Nehmen Sie bitte Platz." Sie zeigte auf die Holzbank neben ihrer Bretterbude.

Von der Bank aus konnte Maurice über die Mauer vor der Schule sehen. Auf den Balkonen, die gleichzeitig als Zugang zu den Unterrichtsräumen dienten, schoben sich lange Reihen von Kindern entlang. Wahrscheinlich hatten sie zunächst zu einem kleinen Appell im Schulhof antreten müssen und folgten nun diszipliniert ihren Lehrern. In der zweiten Etage streckte sich eine kleine Hand über die Brüstung und schien ihm zuzuwinken. Als Maurice aufstand, erkannte er die weißen Schleifen an Elodies Zöpfen. Sie winkte ihm zu, und Maurice hoffte, dass auch sie sein Winken sehen konnte.

„Ist das Ihre Tochter?", fragte die Besitzerin des Minirestaurants.

Maurice schüttelte den Kopf. „Nein, ich habe einen Sohn. Er ist noch ein Baby."

André hatte seine Unterhaltung mit den anderen Eltern vor der Schule beendet und kam über die Straße zu der Bretterbude gerannt. Maurice ließ sich die Bohnen und das Baguette schmecken, die ihm das dünne Mädchen, die Nichte der Besitzerin, schüchtern und teilnahmslos gebracht hatte. André hatte keinen Hunger, seine Frau würde ihn niemals ohne Frühstück aus dem Haus gehen lassen. Außerdem wolle er sein Gewicht halten.

Als das dünne Mädchen den Kaffee brachte, sprach André von seinen Sorgen. Vor wenigen Monaten hatte seine Frau, Marie, ihr zweites Kind zur Welt gebracht, eine Schwester für Elodie. Die Geburt war kompliziert gewesen, weshalb Marie zwei Wochen in der Klinik hatte bleiben müssen. Zur gleichen Zeit war Elodie an Malaria erkrankt. Es war das erste Mal für sie gewesen und deshalb besonders schwer. Die Angst um das Leben ihrer Tochter hatte André getragen, seine Frau erfuhr erst nach ihrer Entlassung davon. Allein Elodies Krankheit, die bei minimalsten Anstrengungen längst ausgerottet sein könnte, hatte das Paar an den Rand ihrer finanziellen Leistungsfähigkeit geführt. Maries Krankenhausaufenthalt bedeutete den Ruin. André war bereit gewesen, seinen fünfjährigen Traum vom eigenen Taxi zu opfern. Er und Marie hatten sich schließlich entschieden, Geld von der Tontine zu leihen. Zehn Prozent Zinsen mussten sie monatlich dafür aufbringen. Ein

Spiel mit dem Feuer wäre es, meinte André. Doch ohne Hoffnung sei man verloren in Afrika. Und Hoffnung beinhalte eben, nicht ständig an die nächste Krankheit der Kinder zu denken und daran, möglicherweise nicht über genügend Geld zu verfügen, um ihren Tod zu verhindern.

André liebte seine Familie und besonders seine Frau, die er seit frühen Jugendtagen kannte. Sie hatten lange gewartet mit ihrem ersten Kind. Als er damals eine feste Anstellung als LKW-Fahrer gefunden hatte, konnten sie ein kleines Häuschen in einem der vielen Quartiers mieten; dort, wo es kein Entrinnen vor der Malaria gab. Marie hätte andere Männer haben können, aber ihn gewollt.

André blickte während der Hymne auf seine Frau versonnen auf die Straße. Manches Mal habe er die Erzählungen und Gerüchte von Landsleuten gehört, die in Europa ihr Glück gemacht hatten und nun ganze Familien mit ihren Geldsendungen ernährten. Sicher er wisse davon, dass Afrikaner dort nicht sonderlich willkommen waren. Wäre er in der Lage, Marie und ihren Kindern eine sichere Zukunft bieten zu können, ohne auf Hoffnung angewiesen zu sein, würde er vieles und mit Sicherheit Rassismus ertragen können.

André hatte recht, dennoch konnte er nicht wissen, wovon er sprach. Oder er setzte einfach die richtigen Prioritäten.

Gelähmt von der nun unausweichlichen Last des bevorstehenden Verrats saß Kenny seit den frühen Morgenstunden mit angezogenen Knien auf der kleinen Couch in seinem Zimmer und starrte auf das vor ihm liegende Telefon, an dessen anderem Ende Staroske seinen Anruf erwartete. Er hatte nicht mehr gewagt, seine Wohnung zu verlassen, obwohl sein Herz einzig von dem Wunsch erfüllt war, abzuhauen und diesen Albtraum hinter sich zu lassen. Doch die Hoffnung auf

Flucht war ihm vor zwei Nächten im Polizeigewahrsam genommen worden.

Kenny blickte sich zu der hinter ihm an der Wand hängenden Landkarte der Vereinigten Staaten um. Savannah – er hatte die Stadt in Georgia an der Grenze zu South Carolina mit einem kleinen Fähnchen markiert. Einer, der heute einhundertvierzigtausend Einwohner, war sein Vater gewesen, den er niemals kennengelernt hatte. Ob er von seiner Existenz wusste, war Kenny unbekannt. Nach seiner Mutter, die ihn direkt nach der Entbindung zur Adoption freigegeben hatte, hatte er niemals gesucht. An der sicher ernüchternden Geschichte seiner Eltern war er nicht interessiert.

Nur einmal, im Alter von zehn Jahren, versuchte Torsten, Licht in diesen schwarzen Fleck seiner Vergangenheit zu bringen. Mit den zwanzig Mark aus der Kaffeekasse der Heimerzieherinnen kaufte er sich eine Bahnfahrkarte und fuhr nach Frankfurt. Niemals zuvor hatte er Gebäude dieser Höhe gesehen, die nach hiesigen Verhältnissen den Wolken nahekamen. Und niemals zuvor hatte er Menschen gesehen, die ihm ähnlich sahen.

Sicher konnte man ihm seine Verlorenheit anmerken. Zunächst dachte Torsten, ein Polizist riefe ihn. Er verstand seine Sprache nicht, und seine Uniform war nicht die eines Polizisten. Als er langsam an dem Mann nach oben sah, wäre Torsten beinahe erschrocken. Zwischen dem weißen Kragen und dem grünen Käppi tauchte ein Gesicht auf, das dunkler war, als er es jemals zuvor gesehen hatte. Der Mann, der sich als Kenny vorgestellt hatte, sprach weiter in der unverständlichen Sprache auf ihn ein. Hinter seinen noch dunkleren Lippen waren weiße Zähne zu sehen. Torsten senkte den Kopf, betrachtete seine braunen Arme und blickte wieder in Kennys Gesicht, der lachen musste.

Hand in Hand schlenderten sie durch die Stadt. Torsten aß Hamburger und Eiskrem, bis der Bund seiner Hose zu eng wurde. Später durfte er im offenen Jeep vorn sitzen. Die beiden Freunde seines Begleiters Kenny, dessen Namen er nach der Flucht aus dem Kinderheim übernahm, waren heller als er; beinahe so wie Torsten. Sie hatten ihn einfach über die geschlossene Tür gehoben und auf den Beifahrersitz gesetzt. Keiner der drei Männer schien daran zu zweifeln, dass Torsten zu ihnen gehörte. Aus dem Autoradio drang Musik, die er niemals zuvor gehört hatte.

Son war das einzige Wort, das er aus dem Gespräch an der Einfahrt zu dem Militärstützpunkt heraushören konnte. Der Kontrollposten lachte ihm zu und winkte sie durch. Auf dem Stützpunkt sah Torsten etliche Männer und Frauen, die dunkler als er waren. Kenny stellte ihn den anderen vor. Alle schienen sich zu freuen; auch ein älterer Mann, dessen Oberlippenbart bereits ergraut, beinahe weiß war. Er genoss die Achtung der anderen, die vor ihm salutierten, als er aus seinem Büro in das Vorzimmer getreten war. Der alte Mann ergriff Torstens Hand und führte ihn in sein Büro. An seiner Brust rankten etliche Auszeichnungen, die er als junger Mann errungen hatte.

„Ich kenne deinen Vater nicht, mein Sohn", sagte er zu Torsten, der in dem großen Sessel beinahe zu verschwinden schien. „But when I see your eyes ... Oh entschuldige, wenn ich deine Augen sehe, erinnere ich mich an einen jungen Soldaten, der hier kurz stationiert war. Ich glaube, er hatte eine hübsche Freundin ... Ja ich erinnere mich; sie war noch öfters hier."

Der Mann öffnete einen glänzenden geschnitzten Holzkasten und nahm eine Zigarre heraus. Die Feierlichkeit seiner Bewegungen beim Abschneiden der Zigarre erinnerte an ein Ritual. Er entzündete ein langes Streichholz und setzte etliche Male ab, um zu sehen, ob sich die Glut über das ganze Ende der Zigarre verteilt hatte.

„Das letzte Mal hatte sie ihn wohl verpasst." Er zog an seiner Zigarre. „Weißt du mein Sohn, bei der Armee sind wir mal hier und mal da. Manchmal wissen wir nicht, wo wir morgen schlafen. Der junge Soldat ist versetzt worden und konnte seiner Freundin nicht Bescheid sagen."

Der alte Mann legte die Zigarre ab und ging zum Fenster. Aus seiner Hosentasche zog er ein großes Taschentuch und schnäuzte sich lange die Nase. Er schien traurig zu sein.

„Wir müssen stark sein im Leben ... ein alter Mann und kleine Jungen wie du. Ich bin mir sicher, dass dein Vater und deine Mutter stolz auf dich wären, weil du so einen weiten Weg allein auf dich genommen hast, um sie zu suchen."

Er ging zurück zum Tisch und bemühte sich, sein Gesicht vor Torsten zu verbergen.

„Hier"; er reichte ihm einen Zettel. „Ich habe dir seinen Namen aufgeschrieben. Ich weiß nicht, wo er jetzt ist. Aber ich weiß, dass er aus Savannah in Georgia kam. Das ist so etwas wie das Paradies. Ich bin mir sicher, dass du ihn eines Tages findest. Bei unseren Leuten im Süden reicht es aus, wenn man weiß, wo jemand geboren wurde. Du fährst einfach dorthin und findest ganz bestimmt eine Familie, die lange auf dich gewartet hat, obwohl sie noch nie von dir gehört haben." Der alte Mann beugte sich zu Torsten hinab und legte ihm seine Hände auf die Schultern. „Wir sind es nämlich seit vielen Generationen gewohnt, auseinandergerissen zu werden."

„Michael «Duff» Anderson, Savannah, Georgia", las er von dem Zettel ab.

„Richtig heißt es Djordjia. Das musst du Englisch aussprechen. Dieser Mann hier ...", der alte Soldat drehte sich um und zeigte auf eine kleine schwarz-weiße Fotografie in seinem Wandschrank. „Dieser Mann hier kam auch aus Georgia ... aus Atlanta. Er hat niemals aufgegeben und ist für uns alle von großer Bedeutung." Er wandte sich wieder zu Torsten und sagte: „Es lohnt sich zu kämpfen und durchzuhalten, mein Sohn. Eines Tages wirst du in Georgia sein, da bin ich mir ganz sicher."

Der alte Mann hatte es sich nicht nehmen lassen, Torsten

persönlich zum Bahnhof zu bringen. Seine Welt sei keine Welt für kleine Kinder, hatte er gesagt und ihm einhundert Dollar in die Hosentasche gesteckt. Torsten hatte diesen Geldschein sicher verborgen; die Erzieherin ohne Augen hatte ihn nicht finden können, obwohl sie ihn nach seiner Rückkehr tagelang auf dem Dachboden einsperrte. Drei Jahre später hatte Torsten die einhundert Dollar gewechselt und eine Bahnfahrkarte gekauft.

Kenny war niemals zurückgekehrt an diesen Ort der Dämonen, aber auch Savannah in Georgia nicht nähergekommen als mit dem kleinen Fähnchen auf der Landkarte in seiner Wohnung.

Gary stand mit seinem Sohn Reggie am Eingang des Hauptbahnhofs und winkte. In den letzten Tagen hatte sich Mike gefragt, ob er für die beiden Mitleid oder Freude empfinden sollte. Weder das eine noch das andere wäre gut gewesen, wenn er, was er seit Tagen tat, an seinen eigenen unbekannten Sohn dachte. Über manche Dinge, vor allem ungewisse zukünftige, sollte man sich besser nicht zu sehr den Kopf zerbrechen, sondern sich auf das Jetzt konzentrieren, was bei dieser Reise in seine Vergangenheit natürlich unmöglich war. Zumal sein Jetzt viertausend Meilen entfernt war, und dem dortigen Leben mehr und mehr etwas Unwirkliches anhaftete.

Dennoch, sein neuer Freund war ein Glücksfall. Auch Mike war für Gary ein Glücksfall, was er allerdings erst in diesem deutschen McDonald's am Bahnhof mit seinen eigenartigen Angeboten erfahren sollte, wo sie die Zeit bis zur Abfahrt seines Zuges verbrachten.

„Und? Wie findest du es?" Gary grinste Mike breit an und

nickte ihm zu. „Das habe ich heute früh zu Hause aufgenommen, Duff."

„Was?" Mike nahm den Kopfhörer kurz ab, damit er Gary verstehen konnte.

„Der Song heißt Josie & Duff. Das ist euer Song!" Gary griff nach Mikes Hand und drückte sie. „Das ist eure Geschichte; von dir und deiner Frau. Die schweren Kisten. Der Sprung zur Seite. Euer Tanz. Und ... der erste Kuss." Gary holte tief Luft. „Es ist Jazz, Duff! Endlich wieder Jazz. Für mich war es eine Ewigkeit her. Doch es ging ganz einfach und schnell; so schnell wie ein Gedanke. Erinnerst du dich? Vorgestern Nacht bei mir, als wir den Zacapa ausgetrunken haben?"

Mike nickte seinem enthusiastischen Freund zu und setzte den Kopfhörer erneut auf. Jetzt drang die Musik, deren Teil er war, zu ihm durch. Er schloss seine Augen und sah seine Frau.

Josies Dekolleté und ihr Busen waren das Erste gewesen, was ihm aufgefallen war, als sie hinter der Holzkiste plötzlich aufgetaucht war, die er vor seiner Brust mit beiden Armen fest umklammert hatte. Nach dem Busen waren es ihre leichten Bewegungen, ihre schlanken Beine und ihre schmalen Hände; die linke hatte sie ihm mit gespreizten Fingern, entgegengehalten. Ihre weißen Zähne hatten geleuchtet. Diesem eleganten Stoppsignal hatte Mike direkt Folge geleistet und das Gewicht der Kiste sogleich vergessen, obwohl ihm unter der Last der Schweiß vom Gesicht getropft war und er weiter schwer nach Atem gerungen hatte. Der Gürtel von Josies Kleid, das kurz oberhalb der Knie endete, hatte ihre Taille betont und die Form ihres Hinterns angedeutet. Mike hatte nicht vernehmen können, was sie zu ihm sagte oder überhaupt verstanden, dass sie mit ihm sprach. Und er selbst hatte keine Worte gefunden in diesem Moment. Wie lange seine Starre angedauert hatte, konnte Mike später nicht mehr sagen. Die anderen sollen bereits Witze über sie gemacht haben, wie ihm Josie spät in jener Nacht lachend schilderte, nachdem sie sich zum ersten Mal geliebt hatten. Was die damals nicht einmal zwanzig Jahre alte Josie an ihm gefunden hatte, war für Mike noch immer ein Mysterium. Sie hatte ihn, den verschwitzten Tagelöhner, eingelassen in ihr Leben und von Anfang an die Entscheidungen für sie beide getroffen. Ihre Stimme und ihre sanfte, aber gleichzeitig bestimmte Wortwahl bildeten ein magisches Licht in Mikes hoffnungsarmer undurchsichtigen Welt, dem er ohne Zögern gefolgt war. Am nächsten Morgen hatte sie ihn geküsst. Zwei Mädchen und vielleicht einen Jungen wolle sie; er solle weiter nach einer festen Arbeit suchen, keine Drogen nehmen, nicht zu viel trinken und sie niemals schlagen. Mit dem Rest käme sie klar. Mike hatte genickt und Josie ihm anschließend den Wohnungsschlüssel auf seinen Bauch gelegt. Dann war sie zur Arbeit gegangen.

Mike öffnete seine Augen und setzte den Kopfhörer langsam ab. Torsten musste damals, als er das Glück seines Lebens fand, sechs Jahre alt gewesen sein.

„Ja ... es ist gut, sehr gut," sagte Mike leise. Er merkte sogleich, dass das bei weitem nicht reichte und ungerecht gegenüber Gary war, dessen Musik die gleiche Magie innewohnte wie Josies Stimme, die ihn aus der Dunkelheit geführt und ihn am Ende auch hierher, auf die Suche nach seinem Sohn, geschickt hatte. Beides war zu etwas Neuem verschmolzen, was zugleich Freude und Schmerz in sich barg. Josies morgendlicher Kuss, mit dem sie ihr gemeinsames Leben begonnen hatte, für das er jeden Augenblick Dankbarkeit und höchstes Glück empfand. Und nun das Wissen, dass genau in diesen Momenten, in all diesen Jahren, auf der anderen Seite des Atlantiks sein verstoßenes Kind leiden musste.

„Es ist wunderschön, Illinois," sagte Mike schließlich. „Wirklich! Na ja, ich bin kein Künstler ... Jazz höre ich nicht so oft. Aber eben war es beinahe so wie damals in Detroit ... als Josie und ich jung waren."

„Wirklich?!" Gary setzte seine Brille ab und rieb sich mit den Handrücken über beide Augen. Sie blieben dennoch feucht.

„Duff, was soll ich sagen ...?" Gary holte tief Luft.

„Du musst gar nichts sagen, Bruder. Doch eine Bitte hätte ich vielleicht ..."

„Ja?!"

„Wenn das in Berlin alles gutgeht, dann komponiere bitte noch einen zweiten Teil. Das gehört jetzt zusammen."

„Verstehe, Duff. Ist versprochen." Gary zwinkerte ihm verschmitzt zu. „Wenn du den Zacapa besorgst."

„Klar." Mike lachte und wandte seinen Blick dem Sohn seines Freundes zu, der eine Cola trank. „Und im nächsten Sommer kommt ihr uns in Detroit besuchen." Er nickte Reggie aufmunternd zu. „Es wird dir dort gefallen. Ivan ist nur ein Jahr älter als du."

Mike verstaute seinen Koffer in der Gepäckablage. Gary und Reggie winkten ihm vom Bahnsteig zu, als der Zug den Bahnhof verließ. Ihm gegenüber saß ein Paar, etwa im Alter von Gabis Eltern. Helmut, der Mann, sprach ein wenig Englisch, das er, wie er Mike mit Stolz mitteilte, als junger Mann auf der Rhein-Main Air Base der Amerikaner gelernt hatte. Die schwarzen GIs hätten ihn damals aufgenommen wie einen der ihren, meinte er mit leuchtenden Augen gerichtet auf lang zurückliegende Erinnerungen.

Mike hatte kurz darüber überlegt, ob er Helmut, dessen Namen er nur mit Mühe aussprechen konnte, damals getroffen habe könnte. Doch es war nichts mehr da; außer Spookey, Gabi und ihrem Song *Oh Girl*. Immer, wenn er jetzt an Gabi dachte, hörte er diesen Song von den Chi-Lites in seinem Inneren und fühlte sich sogleich schuldig gegenüber seiner Frau Josie, obwohl das alles lange her war.

In diesen Erinnerungen war Gabi achtzehn Jahre alt und ihre Liebe verboten. Zwar nicht so wie in seiner Heimat; trotzdem auch hier nicht weniger konsequent. Die jüngeren Deutschen waren sicher anders. Gabis Eltern, vor allem ihr Vater, der Mike gestern im Treppenhaus vor ihrer Wohnungstür abgefertigt hatte, war es nicht. Sie hätten ihre Tochter seit damals nicht mehr gesehen. So wie er, der sich einfach aus dem Staub gemacht und das Mädchen mit dem farbigen Kind seinem Schicksal überlassen hatte. Farbig hatte Gabis Mutter gesagt; ihr Mann sprach von dem Bastard, dem schwarzen Bastard. Gary hatte das Wort nicht übersetzt, aber Mike hatte es deutlich vernommen.

Kindern sagt man oft, dass sie sich den unangenehmen Dingen stellen sollen. Es würde halb so schlimm werden, und hinterher fühle man sich besser. Nun ja, je älter man wird, desto klarer weiß man vor diesem Hinterher, warum sich bestimmte Situationen nicht wirklich lohnen. Das einzig Positive an der Begegnung im Treppenhaus war der Zettel mit Telefonnummer und Wohnort, den ihm Gabis Mutter, die das Kontaktverbot ihres Mannes offensichtlich nicht beachtete, heimlich in die Hand drücken konnte, bevor der verbitterte Vater die Tür geschlossen und den Schlüssel zweimal herumgedreht hatte. Mike war selbst zu alt, um dem alten Mann deswegen böse zu sein. Und er hatte recht. Torsten war ein Bastard, und er, der Albtraum dessen Großvaters, war allein schuld daran.

„Homemade." Helmut reichte Mike eine der Leberwurstschnitten, die seine Frau für ihre Zugfahrt geschmiert hatte. „Thank you, Helmut. Much better than McDonald's." Mikes Antwort erfreute Helmut, der die gute Nachricht seiner Frau sogleich übersetzte.

M aurice hatte damals die Nerven verloren und all das vergessen, was einen Mann leiten sollte. Als er wieder zur Besinnung gekommen war, lag Flavie mit angstverzerrtem Gesicht auf dem Fußboden seiner Küche. Das erste Mal war es einer Frau gelungen, diese dunkle Seite aus ihm hervorzubringen. Blut war ihr aus Nase und Mund geflossen. Sie so zu sehen, hatte bei Maurice das würdelose Bedürfnis befallen, sich bei ihr zu entschuldigen. Er hatte sich auf die Zunge gebissen, Flavie aufgefordert zu verschwinden und für eine Woche im Hotel gewohnt. Issa hatte Maurice' Angst vor seiner erst damals zutage getretenen gewalttätigen Energie verstanden und zu ihm gesagt: „Wenn sie dich nicht verlässt, musst du sie verlassen. Denn du hast eine Grenze überschritten, über die du jedenfalls bei Flavie nicht zurückkommst. Ich versteh, wie so was passieren kann, aber du bist zu weit gegangen."

Flavie hatte ihm dennoch die Tür geöffnet, so als sei nichts geschehen. Ihre Erscheinung in einem taillierten Kleid, ihr Kuss und der Geruch ihrer Anwesenheit hätten die auf ihrer Beziehung lastenden Schatten für diesen Augenblick beinahe ebenso verdecken können, wie ihr Make-up seine Tat verdeckte. Sie wäre bereit gewesen, bei ihm zu bleiben. Doch Maurice hatte das Vertrauen in sich verloren und bat sie zu gehen, was Flavie letztlich mit der Bemerkung akzeptierte: „Dann muss ich bei null beginnen." Maurice hatte nicht diskutiert, als sie ihm vorrechnete, wie viel Geld sie benötigen würde, um bei null beginnen zu können. Flavies Verständnis von Liebe hatte Maurice damals erschaudern lassen. Vielleicht war es ein äußerer Zwang gewesen, dem sie nicht zu widerstehen vermochte. Mit seinem Geld würden die bohrenden Fragen der anderen leichter zu ertragen sein. Außerdem wäre es ein greifbarer Beweis dafür gewesen, dass sie sich nicht unter Wert verkauft hätte.

Vor eineinhalb Jahren war Flavie zurückgekehrt. Erst nach ihrer Ankunft hatte sie ihm am Telefon von ihrer Schwangerschaft berichtet – ein Déjà-vu für Maurice. Nur war Flavie nicht zusammengebrochen wie Sophie damals am Flughafen. Vielmehr hatte sie verstanden, dass sie durch das Kind für immer verbunden bleiben würden. Maurice hatte diese Erkenntnis erst vor wenigen Tagen an sich herangelassen.

Flavie wohnte im Haus ihres Onkels Bertrand, der vor Jahren sein Glück als Fußballprofi in Europa gemacht hatte und mittlerweile junge Fußballspieler, die noch Kinder waren, für viel Geld an europäische Vereine verkaufte. Diese Geschäfte schienen gut zu laufen. An der Einfahrt zu dem Haus, das die Bezeichnung Villa tatsächlich verdiente, wurde Maurice' Taxi von zwei gelangweilt wirkenden Wächtern gestoppt. Nachdem Maurice ihr Anliegen erklärt hatte, wurden sie eingelassen.

In Afrika lebte niemand allein; schon gar nicht, wenn er vermögend war. Es existierte ein System, das Maurice zu Beginn parasitär erschienen war, ohne das vielen ein Überleben in dieser verarmten Welt jedoch unmöglich wäre. Der geringe Reichtum der Reichen schmolz auf ihrer Suche nach Anerkennung und in ihrer sittlichen Verpflichtung, vor der es hier kein Entrinnen gab, dahin. Manchmal ebenso schnell wie das kurze Leben eines Kindes aus den Quartiers, das keinen reichen Verwandten hatte, der seine Behandlungskosten bezahlen konnte. Eine brutale Welt, die Maurice erschreckt hatte. Er konnte sich die Sorgen von Flavies Onkel vorstellen, der die traditionelle Verantwortung für seine Familie in dieser neuen Zeit übernommen hatte.

Der hinter der Mauer liegende Innenhof war wunderschön gestaltet. Die Auffahrt zum Haus säumten Blumen, für die in der rasanten Metropole ansonsten kein Raum war. Im Swimmingpool neben dem Haus planschten Kinder. Bevor André das Taxi richtig zum Stehen bringen konnte, war es bereits umringt von freudig lachenden Leuten, die aus dem Nichts oder dem Haus plötzlich aufgetaucht waren. Maurice war niemals hier gewesen, dennoch wurde er begrüßt wie ein alter Bekannter oder gar wie ein Verwandter.

„Das ist Maurice. Flavie, dein Mann ist da", riefen sie in Richtung des Hauseingangs.

„Willkommen Maurice. Wann bist du angekommen? Wo ist dein Gepäck?", fragte ein junger Mann, der ganz offensichtlich eine herausgehobene Stellung unter den Leuten einnahm. Maurice stieg aus dem Taxi aus und schon wurden seine Beine von Kindern umarmt, die er niemals zuvor gesehen hatte.

„Ich bin Franck", stellte sich der junge Mann vor, „der Cousin von Flavie". Er zog ein kleines Mädchen aus der Traube um Maurice heraus und sagte zu ihr: „Geh Flavie holen, schnell."

„Komm mit." Franck ergriff Maurice' Hand und führte ihn in das Haus. Der Salon stand dem eindrucksvollen Haus in nichts nach. Italienische Möbel mischten sich geschmackvoll mit Ebenholzschnitzereien, afrikanischen Masken und Stoffen. Maurice setzte sich auf eine der bequemen, mit weißem Leder bezogenen Couches, von der aus man den besten Blick auf einen riesigen Flatscreen-Fernseher hatte, vor dem weitere Kinder auf den weiß gefliesten Boden saßen. Die Welt, von der sie alle träumten, sendete ihre Botschaften über die Satellitenanlage hinein bis in dieses Haus, das einer Insel zu gleichen schien, vor deren Klippen der tägliche Kampf um das Überleben tobte.

„Ich bin gestern Abend angekommen", begann Maurice zu erklären. „Und ich werde bis Freitag bleiben." Franck blickte ihn erstaunt an. Maurice lieferte die Erklärung, bevor er seine Frage stellen konnte. „Normalerweise hatte ich keine Zeit um zu kommen. Doch mein Sohn ist neun Monate alt, und ich habe ihn noch nicht gesehen; auch seine Mutter nicht ... seit eineinhalb Jahren."

Seine Cousine habe die ganze Zeit von Maurice gesprochen, erzählte Franck. Lange sei sie unglücklich gewesen, und die Schwangerschaft wäre nicht ohne Komplikationen verlaufen. Erst nach der Geburt von Patrice hatten sie sich weniger Sorgen um Flavie gemacht. Das Kind habe ihr das Lachen zurückgegeben, wofür sie bereits seit ihrer Kindheit bekannt gewesen sei.

„Ich hatte ihr nicht geglaubt", Franck lachte und schüttelte den Kopf. „Flavie hatte vollkommen recht. Euer Sohn, Patrice, ist wie dein Foto in jung ... einhundert Prozent." Franck grinste Maurice breit an und reichte ihm die Hand. „Das hast du gut gemacht, Maurice, wirklich. Es gibt zu viele Männer, die schwangere Mädchen verlassen. Doch du Maurice, du bist jetzt da. Ich habe zu Flavie gesagt, beruhige dich, eines Tages wird er kommen. Ich freue mich wirklich sehr für euch." Franck ließ seine Hand los; ihre Mittelfinger berührten sich und erzeugten ein schnappendes Geräusch. Maurice hatte bei seinem ersten Besuch im Land seines Vaters diese in ganz Afrika verbreitete Art, sich zu begrüßen, Freude oder Übereinstimmung zum Ausdruck zu bringen, mehrere Tage mit seinen Cousins üben müssen, bevor es ihm gelungen war.

Noch wusste Maurice nicht, wie die Reaktion des Hausherrn, Flavies Onkel, auf seine Ankunft ausfallen würde. Bis zum jetzigen Zeitpunkt schien alles bedeutend besser zu verlaufen, als er es sich all die Monate hatte ausmalen wollen. Das kleine Mädchen, das von Franck geschickt worden war, um Flavie zu holen, kündigte ihr baldiges Kommen an. Maurice wartete auf seinen Sohn ... und auf dessen Mutter.

„Selbst die beste Krawatte sieht lächerlich aus, wenn sie schief sitzt", sagte Ami und zupfte an ihrem Geschenk für Issa herum. „Du hättest dich gar nicht so schick machen müssen. Meine Eltern sind ganz einfache Leute."

Es war angenehm, von einer Frau die Krawatte geradegerückt zu bekommen, dachte Issa. „Mein Vater hat mal zu mir gesagt, dass es in diesen Dingen niemals ein Zuviel, sondern nur ein Zuwenig gäbe. Overdressed zu sein, schadet nicht."

Issa hatte Ami nicht gefragt, ob sie ihre Eltern auf jemanden wie ihn vorbereitet hatte. Es würde sicherlich auch egal sein, ob ihnen mehrere Stunden oder wenige Sekunden bei der Begrüßung zur Verfügung stünden, um ihre Bilder auf ihn zu projizieren. Issa kannte diese Situationen aus den Begegnungen mit den Eltern einiger seiner früheren Freundinnen. In

Teenagertagen hatte ihn noch das Bedürfnis bewegt, Stereotype durch besondere Höflichkeit oder Charme zu widerlegen. Das Bedürfnis war mittlerweile aufgebraucht, nur die ernüchternde Lust war geblieben, Konfusion bei denen zu erzeugen, die ganz unabhängig von seinem Verhalten an ihren Vorurteilen festhalten würden. Möglicherweise tat er Amis Eltern Unrecht. Wer wusste das schon? Doch Rosenberg und viele andere hatten nicht weniger als die tiefe Hoffnung manifestiert, sich auf einer höheren Ebene zu bewegen. Für manchen war es die letzte Hoffnung, die nicht aufgegeben werden konnte, ohne ins Nichts zu stürzen. Eine Frau, die dennoch diese verbotenen Stufen hinabgestiegen war und von dem Niederen für diesen Schritt nicht gelobpreist, sondern schnöde verlassen worden war, fand sich in diesem Nichts wieder, wo der Hass lauerte – die Buße für ihre Schande.

Als sie die Stufen zu der Wohnung von Amis Eltern hinaufstiegen, kam Übelkeit in Issa auf. Für die Frau, die er liebte, hatte er dieses Gebäude der kranken Hierarchie betreten, das er vor vielen Jahren verlassen hatte, als der Vater einer Freundin es abgelehnt hatte, ihn zur Weihnachtszeit in seinem Haus zu empfangen. Unter normalen Umständen wäre jede Mutter über eine solche neue Liebe ihrer Tochter hocherfreut gewesen. Amis Mutter konnte ihn nur ablehnen, wenn sie gleichzeitig das Kind ablehnte, das sie neun Monate getragen und in diese Welt gesetzt hatte. Das klang abwegig; war es aber nicht. Genau aus dieser Schizophrenie rührte die Übelkeit, die er im Treppenhaus empfand.

„Gib mir deine Jacke", sagte Claudia, Amis Schwester, zu Issa. „Ich häng sie hier auf." Sie war gespannt gewesen auf den neuen Freund ihrer großen Schwester und kniff Ami in die Seite. „Warum hast du deinen Freund denn so lange vor uns verheimlicht?", fragte sie scherzhaft, denn Ami hatte ihr gesagt, dass sie sich erst einige Tage kannten. Der Flur der Wohnung, in dem sie standen, war eng und besonders eng für einen

Mann wie Issa. „Stoß dir nicht den Kopf", sagte Claudia und zeigte auf die tiefhängende Lampe.

„Kein Problem, daran bin ich gewöhnt", erwiderte Issa mit einem Lächeln.

„Herzlichen Glückwunsch zum Geburtstag Mama. Ich wünsch dir alles Gute." Ami umarmte ihre Mutter, die ihr Kommen vom Eingang zum Wohnzimmer aus beobachtet hatte. „Hier ist ein kleines Geschenk. Wir hoffen, es gefällt dir." Ami drehte sich zu Issa um, der ihren Blumenstrauß hielt und ihnen zulachte. „Das ist meine Mutter, Sabine." Sie hatte ihren Arm um die Hüfte ihrer Mutter gelegt. „Und das Mama ist ... Issa."

Bevor eine peinliche Stille aufkommen konnte, war Issa zu ihnen getreten. „Herzlichen Glückwunsch, Frau Steinmann. Vielen Dank für die Einladung."

Sabine nahm den Blumenstrauß entgegen und reichte Issa die Hand. „Das ist doch selbstverständlich. Vielen Dank, kommen Sie bitte rein. Das ist mein Mann Harald."

Harald musste aufschauen; er war einen ganzen Kopf kleiner als Issa. Ami hatte befürchtet, Harald könne in Issa das Phantom sehen, das ihre Mutter, aus Rücksicht auf ihn, niemals erwähnt hatte.

Sabine beobachtete die Begrüßung der beiden Männer abwesend. Auf ihrem Gesicht lag eine Jugendlichkeit, die Ami bei ihrer Mutter so noch nicht gesehen hatte.

„Erwarten Sie nicht zu viel, Issa", sagte sie unvermittelt. „Das ist keine großartige Feier heute. Der Anlass ist nämlich gar nicht so erfreulich. Und es werden jedes Mal mehr Jahre."

Issa drehte sich zu ihnen um und sagte charmant: „Sagen Sie so etwas nicht. Mir kommt es vor, als sähe ich zwei Schwestern." Er wandte sich zu Harald. „Ich weiß nur nicht, wer von den beiden die jüngere und wer die ältere ist." Die beiden Frauen und Claudia, die aus der Küche mit Kaffee zu ihnen gekommen war, mussten lachen.

„Wollt ihr die ganze Zeit rumstehen?", fragte Claudia. „Also

Issa, du setzt dich natürlich neben Ami." Sie winkte ihn zu sich und zog einen Stuhl vom Tisch zurück. „Was kann ich dir denn anbieten?"

Er schien Claudias Sympathie erobert zu haben, als er die Wohnung betreten hatte. „Das sieht alles fantastisch aus. Ich glaube, ich fange erst einmal mit dem Apfelkuchen an", sagte Issa.

Ami nahm Claudia den Tortenheber aus der Hand, bevor sie Issas Wunsch erfüllen konnte. „Lass mal gut sein, Schwesterchen, meinen Freund kann ich selber versorgen." Claudia spielte lachend die Gekränkte.

Die Aufmerksamkeit konzentrierte sich auf Issa. Sabines Geburtstag rückte in den Hintergrund. Die jugendliche Nachdenklichkeit war nicht von ihrem Gesicht gewichen. Es lag nicht an der kleinen Geburtstagsfeier, dass ihre Gedanken in die Vergangenheit schweiften.

„Ich hole etwas Milch", sagte sie und ging in die Küche.

Issas Anwesenheit hatte die feinen Grenzlinien der kleinen Familie zutage treten lassen. Da waren Sabine und Ami, die ihrer Mutter in die Küche gefolgt war, und Harald und Claudia, die mit Issa etwas betreten den selbst gebackenen Kuchen aßen. Harald hatte die ganze Zeit kaum ein Wort gesprochen. Issa konnte sich vorstellen, was es für ihn bedeutet haben musste, mit Sabine und Ami Hand in Hand durch die Straßen des Landes gegangen zu sein. Er hatte Sabines Schande in den Augen der anderen ertragen müssen. Unverständnis, Verachtung, leises Getuschel hatte Harald durchstanden und war Ami ein guter Vater gewesen, obwohl die Entehrung seiner Frau für alle sichtbar war. Ami liebte Harald, der die naturgegebene Aufgabe freiwillig übernommen und sie verteidigt hatte, als eine Lehrerin gegen Beleidigungen an der Schule nicht nachdrücklich genug eingeschritten war. Für ihren leiblichen Vater war da einfach kein Platz mehr gewesen. Issa blickte in Haralds ernstes Gesicht und musste an seine Schwester Jeannette denken.

„Hast du mal eine Zigarette, Ami?", fragte Sabine, als ihre Tochter die Küche betrat.

Ami war erstaunt. „Seit wann rauchst du denn wieder, Mama?"

Sabine schüttelte den Kopf. „Nein, ich rauche nicht wieder, aber zu meinem Geburtstag wird das ja mal erlaubt sein."

Ami ging in den Flur, um Zigaretten aus ihrer Handtasche zu holen. Als sie in die Küche zurückkam, sah sie ihre Mutter mit gesenktem Kopf dasitzen. Sie hatte ihre Ellenbogen auf dem Tisch abgestützt und ihr Gesicht mit beiden Händen bedeckt. Ami setzte sich neben sie und legte ihren Arm um ihre Mutter. „Was hast du denn? Geht es dir nicht gut?"

Sabine schluchzte leise. „Ich freue mich nur, weil du so glücklich aussiehst, Ami", sagte sie, ohne ihre Hände vom Gesicht zu nehmen. „Ich hatte deinen Vater über alles geliebt ... über alles. Und er hat mich einfach sitzengelassen mit meinem dicken Bauch." Sabine klopfte mit der Faust einmal auf den Tisch, hob ihren Kopf an und blickte ihre Tochter mit Tränen in den Augen an. „Gib mal bitte eine Zigarette."

Amis Feuerzeug funktionierte nicht. Sie stand wieder auf und ging zu den anderen ins Wohnzimmer, um kurz darauf mit Issas Feuerzeug in die Küche zurückzukommen.

„Ich habe dir das nie gesagt", fuhr Sabine fort. „Ich habe ihn so sehr geliebt, dass ich unbedingt ein Kind von ihm haben wollte. Deswegen habe ich dir auch den Namen seiner Großmutter gegeben, obwohl er uns verlassen hatte."

Ami hörte das zum ersten Mal.

„Aber mich ... uns ... wollte niemand mehr", fuhr ihre Mutter fort. „Bis ich Harald kennengelernt habe. Das war keine Liebe wie mit deinem Vater, doch wir brauchten ihn, denn allein hätte ich das alles nicht geschafft. Er hatte mir niemals verboten, mit dir über deinen Vater zu sprechen. Ganz im Gegenteil; er meinte, ein Kind müsse wissen, wo seine Ursprünge liegen. Ich hatte gedacht, dass es ihm wehgetan hätte, und er hat sich um dich gekümmert, wie um sein eigenes Kind. Deshalb habe ich nie über deinen Vater gesprochen." Sabine zog an der Zigarette; ihre Finger zitterten. „Heute ist es mir endgültig klar geworden; das war ein Fehler."

Ami wusste nicht, was sie ihrer Mutter sagen sollte. Warum sprach sie gerade heute von diesen Dingen?

Sabine verließ die Küche, um kurz darauf mit einem braunen Umschlag zurückzukommen. Sie setzte sich neben ihre Tochter und zog Fotografien aus dem Umschlag. „Ich habe dich belogen Ami. Das hier ist für dich."

Ihre Mutter hatte irgendwann gesagt, sie besäße keine Bilder von ihrem Vater. Ami hatte daraufhin niemals wieder gefragt. Jetzt lagen vor ihr auf dem Tisch Fotos von einem Mann und einer Frau, die in ihrem bisherigen Leben nicht existiert hatten. Die junge Frau lachte auf beinahe allen Bildern. Sie umarmte und küsste einen Mann, der bedeutend dunkler war als Issa. Ihre Mutter schien auf diesen Bildern eine andere Frau gewesen zu sein. Niemals hatte Ami sie so erlebt wie auf den Bildern mit dem ihr fremden Mann, der scheinbar die gleichen Gefühle in ihrer Mutter ausgelöst hatte, wie Issa bei ihr. Es gelang Ami nicht, Ähnlichkeiten mit ihrem Vater festzustellen.

„Ich habe besonders seine Augen geliebt", sagte Sabine. „Jedes Mal, wenn ich dich anblicke, muss ich an ihn denken ... auch noch nach fünfundzwanzig Jahren."

Sabine griff erneut in den braunen Umschlag und zog einige Briefumschläge mit fremden Briefmarken hervor. „Als ich deinen Freund und das Glück in euren Augen gesehen habe, wollte ich dir einfach sagen, dass dein Vater kein schlechter Mensch war. Er hatte mich verlassen, aber so etwas passiert jeden Tag. Dich wollte er niemals verlassen. Nachdem er nach Afrika gegangen war, hat er mir jahrelang Briefe geschrieben, die ich nie beantwortet habe. Dein Vater hat immer nach dir gefragt."

Der kleine Stapel mit den Briefen ihres Vaters lag vor Ami auf dem Tisch. Tränen fielen auf das Foto in ihren Händen.

Sie war ihrer Mutter noch nicht böse; doch sie war auch nicht in der Lage, ihre Mutter zu trösten. All die Jahre hatte sie diese Eröffnung zurückgehalten und Ami in dem Glauben gelassen, sie sei ihrem Vater egal gewesen. Ami erschien es, als wäre ihr wahres Ich, oder ein Teil dessen, von Sabine vor ihr verheimlicht worden. Vor ein paar Tagen hatte sie zu Issa gesagt, sie fühle sich, als konvertiere sie in ein neues unbekanntes Leben. Und jetzt war es genau so. Ami war froh, dass Issa in diesem Wirrwarr der Gefühle an ihrer Seite war. Er würde sie nicht verlassen, und es gab keine wirklichen Parallelen zu der Liebe ihres Vaters und ihrer Mutter. Ami sah ihre Mutter mit feuchten Augen ernst an. Ein furchtbarer Verdacht befiel sie.

„Wolltest du mich etwa vor Issa warnen mit diesen Geschichten?"

„Um Himmelswillen nein, Ami, niemals." Sabine war vor der Frage ihrer Tochter erschrocken. Sie selbst konnte keine Erklärung dafür finden, warum sie gerade an diesem Tag von Amis Vater gesprochen hatte. „Ich habe euer Glück gesehen und wollte dir sagen, dass du aus einem gleichen Glück entstanden bist."

Sabine wollte ihre Tochter umarmen, allerdings war Ami bereits aufgestanden. „Mama, ich glaube nicht, dass du wissen kannst, was Issa und mich verbindet. Diese ganze Sache hier ...", Ami zeigte auf die Briefe und Fotografien auf dem Küchentisch, „... ist zu viel für mich. Vierundzwanzig Jahre, Mama ..." Sie schüttelte ihren Kopf. „Vielleicht hättest du auch an mich und nicht nur an deine Ehe denken sollen." Die Briefe ihres Vaters und eine Fotografie, die ihn allein an einem Schreibtisch zeigte, nahm Ami an sich. „Ich muss erst mal allein sein. Das verstehst du sicher."

„Entschuldige Ami." Sabine war aufgestanden und wollte ihrer Tochter die Tränen aus den Augen wischen. Doch Ami wandte sich von ihr ab und verließ die Küche.

Issa war es gelungen, Harald etwas von seinen trübsinnigen Gedanken abzubringen. Er war wie jeder Mann in diesem

Land stark an Fußball interessiert. So philosophierten sie über die Neuverpflichtungen des Vereins ihrer Stadt, dem es trotz erheblicher finanzieller Bemühungen in den letzten Jahren nie gelungen war, sich fest in der Spitze zu etablieren. Der mittlerweile entlassene Trainer war nach ihrer übereinstimmenden Meinung hierfür verantwortlich.

Claudia hatte beiden zu verstehen gegeben, dass Ami und Sabine in der Küche etwas zu besprechen hatten. Sie war unkompliziert und wie Harald ganz offensichtlich sehr stolz auf ihre Schwester. Claudia war sich nicht sicher, was sie nach dem Abitur im nächsten Jahr studieren sollte. Gerade als Issa von seinen Erfahrungen an der Universität berichtete, war Ami in der Tür zum Wohnzimmer erschienen.

Sie sah mitgenommen aus. Issa ahnte Böses und begann bereits zu bereuen, in diese Familie eingedrungen zu sein und sie möglicherweise ihrer stillschweigenden Vereinbarung beraubt zu haben.

„Ich fühl mich nicht so gut. Ich glaube, wir gehen besser nach Hause, Issa." Ami sprach seinen Namen deutlich aus, als wolle sie damit eine neue Grenzlinie festlegen. Sie schien ihn jetzt so zu brauchen, wie er es seit Jahren tat.

Als auch Sabine mit geröteten Augen erschien, fragte Harald besorgt: „Ist alles in Ordnung mit euch beiden? Ihr habt gar keinen Kuchen gegessen."

Sabine wollte ihren Mann beruhigen. „Nein, nein, uns geht es gut. Ami ist einfach ein bisschen müde. Das mit dem Kuchen müssen wir ein anderes Mal nachholen. Sie kommen ja hoffentlich bald wieder, Issa?" Ihr Blick schien ihn anzuflehen, sie möge ihre Tochter nicht verlieren. Doch das interessierte ihn in diesem Moment wenig.

Es war wie bei einem geschäftlichen Termin, wo die Bedeutung der Person, in deren Vorzimmer man saß, mit der Dauer der Wartezeit zu wachsen schien. Zehn bis fünfzehn Minuten war abhängig von der Wichtigkeit des Wartenden im Grunde immer ein Muss. Maurice saß bereits eine halbe Stunde auf der bequemen weißen Ledercouch und wartete auf Flavie und seinen Sohn.

Franck erzählte ihm vom Fußballinternat seines Onkels, Bertrand, das dieser nach seiner Rückkehr aus Europa aufgebaut hatte. Die École Internationale Du Football hatte sich in den letzten Jahren zu der führenden Fußballschule des Landes entwickelt. Selbst Minister würden ihre Jungen an das Internat schicken, denn es war bekannt, dass Bertrand bereits Minderjährigen den Weg nach Europa ebnen konnte. Der Durchbruch war ihm gelungen, als einer seiner ehemaligen Schützlinge von einem französischen Verein für die in seinem Heimatland unvorstellbare Summe von fünfzehn Millionen Pfund nach England verkauft worden war und dort ein Jahresgehalt von drei Millionen Pfund verdiente. Fußball sei inzwischen für die Mehrheit des Landes zu dem zwar winzigen, aber dennoch einem der wenigen realistischen Hoffnungsfunken geworden, meinte Franck und bedeutete Maurice mit seinen Augenbrauen, dass Flavie den Raum betreten hatte.

Maurice hatte seine Reise in der Erwartung angetreten, ein junges Mädchen mit seinem Sohn vorzufinden. Die vor ihm stehende lächelnde junge Frau in einem Kleid aus wunderschönen afrikanischen Stoffen, mit schicken italienischen Schuhen und dem schmalen goldenen Kettchen um ihre bronzebraune schlanke Fessel, verwirrte ihn vollkommen. Sein Hals hatte sich schlagartig zugeschnürt, Maurice war unfähig zu sprechen.

„Patrice schläft", sagte Flavie leise. „Er ist noch müde wegen seiner Krankheit; doch es geht ihm besser."

Maurice sah nur Flavie und hatte all die Dinge um ihn herum vergessen. Für ihre schmerzhafte Vergangenheit war kein

Raum.

Flavie wusste, worauf sein narkotisierter Zustand zurückzuführen war. „Komm", sie ergriff seine Hand und zog ihn lachend aus der Couch. „Ich zeige dir deinen Sohn."

Hinter der Tür, die Flavie leise öffnete, verbarg sich ein kleines Paradies. Flavie hatte problemlos Maurice' ganzes Monatseinkommen innerhalb weniger Stunden ausgeben können. Wenn sie Streit gehabt hatten, konnte sie an einem Tag Telefonkosten für ein ganzes Jahr erzeugen. Diese sinnlose Verschwendung war der Mutter seines Sohnes vollkommen fremd. Das gelbe Zimmer mit der himmelblauen Decke, hinter deren weißen Wolken eine lachende gelbe Sonne hervorlugte, war übervoll mit all den Dingen, die den langsam erwachenden Sinnen eines Kindes vom ersten Tag die Schönheit dieser Welt und sein Willkommensein in dieser vermittelten. Patrice lag mit geschlossenen Augen in der Mitte von Flavies großem Bett. Er schien ihr Eintreten vernommen zu haben und rümpfte im leichten, wachsamen Schlaf eines Babys seine Nase. Flavie zog Maurice ein wenig zu sich herab und flüsterte in sein Ohr: „Er schläft niemals in seinem Bett. Er will immer bei mir bleiben."

Die beiden Eltern standen an der Tür zu Patrice' kleinem Paradies und blickten auf ihr gemeinsames Kind. Maurice sah die vor ihm liegende wunderschöne Verpflichtung und beendete seine Jugendzeit im Zimmer seines Sohnes.

Bertrand, der jüngere Bruder von Flavies Mutter, war sofort aus dem Internat der Fußballschule aufgebrochen, als er von Maurice' Ankunft erfahren hatte. Noch am Telefon hatte er eine das ganze Haus beherrschende Betriebsamkeit ausgelöst. Bevor Maurice überhaupt zu einer Erklärung ansetzen konnte, hatte Bertrand gesagt, dass er die Frauen seines Volkes kenne und insbesondere seine Nichte Flavie. Doch er wisse auch um die Schwächen der Männer. Maurice hatte Flavie die ganze

Zeit zumindest mit Geld unterstützt, was keine Selbstverständlichkeit sei, obwohl er sicherlich gut verdiene. Und er sei jetzt zu Flavie und Patrice gekommen. Bertrand hatte bei seinem ersten Sohn fünf Jahre für diesen Schritt gebraucht. Flavie und Maurice seien junge Leute, die ein gemeinsames Kind heutzutage zu nicht mehr verpflichte, als sich um dieses zu kümmern. Bertrand war überzeugt davon gewesen, dass Maurice dies wisse. Deshalb sollte man diesen Augenblick, die Heimkehr des Vaters, gebührend feiern.

Gegrillter Fisch, der am Morgen ahnungslos im Meer herumgeschwommen war, gebratenes Fleisch von Tieren, die Maurice nicht genau kannte, Plantains, Maniok, Njam, Saucen, die langwierig nach jahrhundertealten Rezepten zubereitet worden waren, Papaya, Ananas, geschälte Orangen. Die reichlich gedeckte Tafel vermittelte einen Eindruck davon, wie alle Menschen in diesem Land bei einem Mindestmaß an Gerechtigkeit leben könnten. Aber die Entscheidungen hierüber wurden weit entfernt und von hiesigen Politikern getroffen.

Nicht nur die Verwandten auch einige Nachbarn waren gekommen. Bertrand erhob sich von seinem Stuhl und ließ sich eine Flasche mit milchig weißem Palmenwein reichen. Ein Sohn wäre heimgekehrt. Selbst für diejenigen, die eines Tages von hier fortgegangen waren wie er, sei diese Rückkehr aus verschiedenen Gründen kaum zu bewältigen. Er wisse, Maurice' Weg sei bedeutend weiter gewesen, als die sechstausend Kilometer Luftlinie vermuten ließen. Die Vergangenheit würde stets im Jetzt, am heutigen Abend enden, wo die Zukunft begänne. Der große Vorteil von Flavies und Maurice' Jugend sei, dass die vor ihnen liegende Strecke den größeren Teil ihres Lebensweges einnähme. Vergangenes könne in der Jugend schneller verblassen. Nur eines dürfe man niemals, seine Ursprünge, die Vorfahren vergessen, denen alle ihre Existenz verdankten. Bertrand schüttete deshalb Palmenwein auf den Fußboden und reichte, nachdem er getrunken hatte, Maurice den aus Ebenholz geschnitzten Becher, der alles in einem Zug leerte, was die Anwesenden in Verzückung versetzte.

„Ich habe in Deutschland gelebt", sagte Bertrand, nachdem sie wieder Platz genommen hatten.

Maurice sah Bertrand erstaunt an. „Wirklich? Und sprichst du ein wenig Deutsch?", fragte er Bertrand, der sogleich lachend abwinkte.

„Nein, kein einziges Wort. Man bezahlt uns Fußballer nicht fürs Reden, sondern fürs Spielen." Er lachte und streckte Zeige- und Mittelfinger nach oben. „Zwei Monate, ich war zwei Monate dort, Maurice. Ich sage dir, die Deutschen ... Mon Dieu! ... Die sind ein sehr hartes Volk. Wenn du ihre Härte und dazu unsere Stärke hast, verstehe ich gut, warum meine Nichte dich so sehr liebt." Bertrand lachte Flavie, die Maurice' Arm hielt und ihren Kopf an seine Schulter lehnte, vieldeutig zu.

Sein Blick wurde ernster, als er fortfuhr: „Fußball ist eigentlich ein Spiel. In Europa, in den Stadien dort ist es wie ein Krieg. Und für die schwarzen Spieler in Deutschland ..." Bertrand winkte ab. „Wenn tausend Fans «Neger» oder «Bimbo» rufen ... Zum Glück hatte ich nicht all die Worte verstanden. Doch ich sage euch, ich hatte wirklich Angst."

Die zahlreichen anwesenden Verwandten schauten Bertrand gebannt an. Niemals zuvor hatte er ihnen von seinem zwei Monate dauernden Fußballerleben in Maurice' anderer Heimat berichtet.

„Eines Tages hatte ich einen Kameraden aus meiner Mannschaft gefragt, warum die Leute am Ende des Spiels Bananen nach uns schwarzen Spielern warfen. Und wisst ihr, was er geantwortet hat. Er sagte mir, die Schwarzen, die «Neger» wie sie dort sagen, seien keine wirklichen Menschen, sondern beinahe Affen. Und Affen äßen gern Bananen." Die Anwesenden schüttelten raunend ihre Köpfe. „An diesem Tag habe ich meinen Agenten angerufen, meine Sachen genommen und bin nach Frankreich gegangen."

Maurice reichte Bertrand seine Hand. „Gut so; das hast du gut gemacht, Bertrand. Es gibt bis heute schwarze Spieler, die das aushalten. Ich weiß nicht, wie sie damit klarkommen."

Mit den Affen hatte Bertrand recht gehabt. Zu der Zeit als Kolonialwarengeschäfte aus dem Boden geschossen waren und die Landsleute seiner Mutter ihr Interesse für die weite Welt entdeckt hatten, war einem Kaufmann eine besonders werbewirksame Dekoration seines Schaufensters gelungen. Sein rauchender Gorilla war die Attraktion in der belebten Einkaufsmeile gewesen. Später stellten Veterinäre fest, dass sich die Halswirbelsäule des Tieres durch das ständige Sitzen stark deformiert hatte. Zur gleichen Zeit hatte in einem der vielen Arbeiterviertel der Stadt eine ähnliche Attraktion für nicht weniger Aufmerksamkeit gesorgt. Der junge Afrikaner in dem beengten Schaufenster eines Schuhmachermeisters war von seinem Vater zum Studium in das Land der Eigentümer seiner Heimat geschickt worden. Nachdem sich dieser Wunsch als unrealistisch erwiesen hatte, beschränkte sich die versprochene Schusterlehre leider nur auf diese halswirbelsäulengefährdende Belustigung für die Leute aus der Nachbarschaft. Der junge Mann war deshalb als Tänzer und Sänger in die Unterhaltungsbranche gewechselt, was sich, nachdem sein und das Leben seiner inzwischen geborenen Kinder für unwert befunden wurde, als glücklicher Umstand herausstellte. Denn als Laiendarsteller konnten sie dem Kinopublikum in aufwändigen Produktionen ihre Minderwertigkeit eindringlich nachweisen und waren deshalb medizinischen Versuchen oder den Gaskammern entgangen.

Maurice verzichtete darauf, den Anwesenden diese Geschichte zuzumuten und den freudigen Abend zu überschatten. Die Zeiten hatten sich geändert, sie mussten nicht mehr in Schaufenstern sitzen und einige der ausgestopften Afrikaner waren nach Jahrzehnten mittlerweile in ihrer Heimat beerdigt worden.

Bertrand wusste noch viele amüsante und traurige Geschichten aus der fremden Welt zu berichten; einige waren selbst für Maurice neu. Sie sprachen und aßen lange, bis tief hinein in diese glückliche Nacht. Als Patrice erwacht war, nahm er seinen Platz auf dem Schoß seines Vaters ein, der neben Flavie saß.

#Sinobe

Die Menschen mochten das Schöne noch immer, auch wenn sie dessen wahre Bedeutung lange vergessen hatten. In einer anderen Zeit, an einem anderen Ort war Schönheit ein göttliches Zeichen gewesen. Wie sollte es anders sein? Sinobe war erst wenige Tage alt, doch Ihre Schönheit hatte sich bereits für jedermann offenbart. Die Menschen kamen zu der Hütte Ihrer Eltern, setzten sich an Ihr Bett und blickten Sie staunend an. Wenn Sinobe Ihre Augen öffnete, lachten sie und priesen Gott. Wo immer Sinobe später erschien, erfreuten sich die Menschen an Ihrem Wesen. Selbst ohne den Klang der Flöten, die auf allen Plätzen zu hören waren, konnten sie an Sinobes Bewegungen die Musik erahnen, die gerade Ihre Seele erfüllte. Die Menschen wussten, dass diese Musik Gottes Stimme war, der so zu Sinobe sprach. Und es war schöne Musik, denn Ihr Wesen glich dem Fließen des Baches im Wald und dem Rauschen der Palmen am Meer. Wenn Sinobe durch das Dorf schritt, begannen Ihre Bewegungen an Ihren Hüften und setzten sich von dort gleichmäßig in beide Richtungen fort. Stets berührten zuerst Ihre Fußballen den Boden. Wenn Sinobe auf etwas wies, folgten Ihre Hände einem Impuls, der Ihren gesamten Arm gleichmäßig bis in die letzten Glieder Ihrer Finger durchfuhr, die sich so leicht überstreckten. Bevor Sie zur Frau ward, nahm Sinobe Ihren Platz ein. Und die Menschen kamen, um Ihr zu huldigen; der Königin, deren Name zu Ihrem Titel geworden war. Die Anmut, mit der Sinobe die Menschen segnete, vereinte diese mit der Schönheit der Welt. Wurde ein Kind geboren, so legte man es zu Sinobes Füßen. Sie beugte sich zu ihm hinab und berührte mit Zeige- und Mittelfinger kaum merklich dessen Lippen, um Ihre Hand sogleich weit ausgestreckt zu erheben, mit Ihrem Arm einen Bogen zu beschreiben, der das Firmament zu erreichen schien, und anschließend Ihren Blick über die Palmen lange Zeit auf das Meer zu richten. Denn dort war alles Leben entstanden. Die Menschen schauten zu Ihr auf und sahen Sinobes schöne Silhouette und Ihr schönes Profil vor dem besonderen Blau des Himmels, der sich hinter Ihr auftat. Am Ende der Stille einer solchen Zeremonie senkte Sinobe Ihr Haupt und wandte sich zu den Menschen. Diese liebten den in einem makellos glänzenden Weiß eingebetteten Blick Ihrer braunen, von einem noch dunkleren hauchzarten Ring umrandeten Augen. Und die Menschen liebten es, ihrer Königin nahe zu sein und versuchten, Ihr zu gleichen, indem sie sich wie Sinobe bewegten und wie Sie sprachen. Über die Zeit verbreitete sich Sinobes Wesen unter den Menschen, und Gottes Stimme erfüllte auch deren Seelen. Tausende Generationen lebten sie so im Einklang mit der Schönheit der Welt, bis einer der ihren Sinobes Nachfahren in die Fremde verkaufte, wo ihre Schönheit und die Schönheit ihrer Welt keinen Wert besaßen. So vergaßen die verkauften Kinder dort, wo sie jetzt waren, Sinobes und ihre eigene Schönheit. Ja, sie vergaßen sogar, dass sie die Nachfahren der Königin waren; und schließlich vergaßen sie Sinobes Namen selbst. Aber Sinobes Schönheit war göttlichen Ursprungs und daher ewig, sodass es nur eine Frage der Zeit ist, bis sich die Menschen wieder an Ihrer Schönheit erfreuen werden.

10. Kapitel

Die Sonne stand flach in dieser Jahreszeit; selbst an wolkenlosen Tagen wie diesem verirrten sich nur selten einzelne ihrer Strahlen in Issas kleine Wohnung. Heute drangen sie vorsichtig durch das schräge Dachfenster über seinem Bett ein und ruhten wärmend auf Amis Busen. Sie hatte in der Nacht keinen Schlaf finden können. Irgendwann war sie aufgestanden und so lange in der Küche geblieben, dass Issa schließlich die Müdigkeit übermannt hatte. Erst ihr zärtlicher Kuss am Morgen, als das erste Tageslicht in die Dachgeschosswohnung eingefallen war, hatte ihn aus dem tiefen Schlaf eines Übernächtigten zurückgeholt. Ami hatte ihren Kopf an seine Schulter gelegt, wie sie es stets tat, und war sofort eingeschlafen. Auf ihrem Gesicht hatte ein Lächeln gelegen, das sie auch jetzt nicht verlassen hatte. Sie schlief fest und ruhig unter den zarten Sonnenstrahlen des herbstlichen Morgens.

Issa schob vorsichtig ihren Kopf auf das Kissen und stand leise auf. Auf dem Küchentisch lagen die Briefe von Amis Vater. Er war sich nicht sicher, ob sie den einen entfalteten Brief und das verblichene Foto wegen ihrer Müdigkeit oder absichtlich für ihn dort vergessen hatte. Es war letztlich egal, denn sie hatte ihm jedenfalls insoweit ihr Vertrauen geschenkt, als dass sie kein Bedürfnis empfunden hatte, diesen persönlichen Teil ihres plötzlich zutage getretenen anderen Lebens vor ihm zu verbergen.

Meine liebe Tochter Aminatou – mehr als die Anrede des Vaters wagte Issa dennoch nicht zu lesen. Auf dem Foto, das einen jungen Mann an einem Schreibtisch zeigte, war nicht sonderlich viel zu erkennen. Nur der Blick des Mannes war Issa vertraut; Ami hatte seine Augen.

Issa zündete sich eine Rothmans an; er musste an seinen eigenen Vater denken. „Nimm mir das bitte nicht übel, mein Sohn", hatte er gesagt. „Wir waren damals blutjung gewesen und hatten gegen die Europäer gekämpft. Franzosen, Belgier, Korsen oder deutsche Söldner. Wir wollten unseren Anteil haben; das, was uns zustand. Mit zwanzig Jahren bin ich voller Wut und durch einen Zufall nach Europa gekommen. Es sollten einige Monate sein; ich wollte weiterkämpfen. Aber der Kampf war zu Ende, bevor ich in Europa richtig angekommen war. Sie hatten sich entschieden, uns Brotkrumen zu geben, die wir akzeptierten. Ich und meine Kameraden wurden nicht mehr gebraucht in unseren eigenen Ländern. Wir waren sogar unerwünscht. Deshalb musste ich länger bleiben. Doch wie hätte ich später mit einer Frau zurückkommen können, die zu denen gehörte, die uns all das Leid zugefügt hatten. Ich konnte nicht mit deiner Mutter zusammenbleiben."

Issa hatte seinen Vater verstanden; lange, bevor dieser seine Entschuldigung ausgesprochen hatte. Er hatte seinen Vater niemals zuvor gesehen und deshalb niemals vermisst; anders als Jeannette. Eher war Issa seinem Vater dafür dankbar gewesen, ihm Maurice' Schicksal erspart zu haben, dessen Mitleid für seinen Vater sich in Scham verwandelt hatte. Maurice hatte zu seinem Vater eines Tages gesagt, er solle sich nicht verpflichtet fühlen, wegen seiner Kinder in einem Land zu bleiben, das keine wirkliche Verwendung für ihn hatte.

Kinder können schnell entstehen. Eltern haben selten die Zeit, darüber nachzudenken, ob sie die Folgen ihrer Leidenschaft bewältigen werden. Issas Mutter hatte ihren Sohn wahrscheinlich niemals verstanden, ihm aber Liebe und nie gewolltes Mitleid gegeben. Selbst seine Haare waren für sie fremd geblieben, weshalb Issa bis heute die Bilder seiner Kindheit nicht gern betrachtete. Er war seit frühester Jugend allein erwachsen geworden. Irgendein Zufall hatte ihm Stolz auf seine angezweifelte Existenz gegeben. Dieser Stolz war all die Jahre sein Leitfaden gewesen; die auf ihn projizierte Minderwertigkeit war daran abgeprallt. Sein Vater hatte gemeint, es seien die kriegerischen Gene seiner Vorfahren gewesen, die Issa befähigt hätten ungebrochen zu überleben. Doch in keinem Land der Welt sollte das Glück oder Unglück eines Kindes von solchen Zufällen abhängen.

In den letzten Jahren waren unzählige Kinder wie Issa geboren worden. Kinder, die einem ihrer Elternteile, wie bei Mary, ein Kommen in das gelobte Land ermöglichten; oder den Verbleib in diesem Land sicherten. Für die andere Seite war es zu einem Ausdruck von Individualität geworden oder immer gewesen. Der Wunsch, sich von den Eltern sichtbar loszusagen, ein besonderes Kind zu haben oder das Land mit etwas Exotik farbenfroher und toleranter zu gestalten, wurde von einigen Müttern offen ausgesprochen. Ein Vater war dann überflüssig. Schätzungen gingen mittlerweile von fünfhunderttausend Menschen aus, die in der einen oder anderen Weise Ursprünge in Afrika hatten. Beinahe alle lebten vereinzelt und wagten nicht, sich zu dem zu bekennen, was sie verband. Es erschien zwangsläufig, dass man sich von etwas distanzieren wollte, dem durch den bösen Zauber und zuvor nachhaltig alles Menschliche abgesprochen worden war.

Issa hatte bereits seit Teenagertagen Angst davor gehabt später zu entdecken, dass eine seiner Freundinnen ebenfalls mit dieser ins Bewusstsein des Landes übergegangenen kranken Idee der Höherwertigkeit infiziert worden war. Außerdem hätte er sich mit Händen und Füßen dagegen gewehrt, ein Kind in diese Schizophrenie hineinzuzeugen. Issa liebte sich, aber die Sinnlosigkeit seiner jahrzehntelangen Suche verbot es ihm, dieses Schicksal sehenden Auges einem weiteren Kind aufzubürden.

Amis und sein Kind würde sich in ihren Eltern erkennen. Seine Tochter würde niemals solche sinnlosen Qualen durchleiden müssen wie Ami in der letzten Nacht. *Meine liebe Tochter*

Aminatou hatte ihr Vater geschrieben und von all diesen Dingen nicht den Hauch einer Ahnung gehabt, egal wo auch immer er sich aufgehalten hätte.

Aus der Musikanlage erklang leise eine Harfe im Wechselspiel mit einer Hammondorgel, gefolgt von einem vorsichtigen zurückhaltenden Bass, der zur Seite trat und George Bensons virtuosem Gitarrenspiel Eintritt in ihr Zimmer ließ, das dem warmen Wind des Pazifiks zu gleichen schien, der die Küste Kaliforniens umspielte und Bobby Womacks raue Stimme grandios vertrat. Ein angenehmer Traum, dachte Ami, als sie erwachte.

Issa hatte sich zu ihr auf das Bett, ein mit der Wand verbundenes Holzpodest, gesetzt und strich sanft über ihren Bauch. Neben der flachen festen Matratze unter der Dachschräge stand ein Stapel mit sieben Büchern: Devil in a Blue Dress, A Red Death, White Butterfly, Black Betty, A Little Yellow Dog, Gone Fishin' und Bad Boy Brawly Brown. Jahre später sollte noch The Last Days of Ptolemy Grey dazukommen; Walter Mosleys ultimatives Meisterwerk.

Ami fühlte sich geborgen in seiner winzigen Wohnung, die seinen wenigen Sachen doch ausreichend Raum bot. Ein flacher Couchtisch, ein Sessel auf den dunklen Dielen, ein Stuhl an der Wand, am Fußende des Holzpodests eine kompakte Musikanlage. Keine Pflanzen, keine Bilder, kaum Farben. Neben der Tür ein Bild, eine Fotokopie, die einen nachdenklichen Mann mit gesenktem Haupt zeigte. Auf dem Regal über dem Schreibtisch die Bücher seines Studiums. Am Monitor des Computers ein zerknittertes Foto, auf dem Issa mit zwei anderen jungen Männern zu sehen war. Diese wenigen Dinge konnten nur zu einem Mann gehören, der jedenfalls nicht vorhatte, lange an diesem Ort zu bleiben.

Er schien ihren Körper zu betrachten, doch seine Gedanken weilten in weiter Ferne. Sonnenstrahlen fielen auf sein Gesicht. Sie hatten bis auf Caterina nicht über ihre Wünsche an die Zukunft gesprochen. Es gelang Ami nicht, hinter den ernsten Augen zu erraten, worüber er nachdachte. Sie vermisste seine Nähe und zog ihn zu sich unter die Decke.

Zunächst hatte sie nicht gewagt, die Briefe ihres Vaters zu lesen, und sogar daran gezweifelt, ob sie es überhaupt tun sollte. Erst am frühen Morgen hatte sie die Kraft gefunden und in Issas Küche den einzigen verschlossenen Brief, der direkt an sie adressiert war, geöffnet. Cheikh Hassouma Diallo, ihr Vater hatte einen schönen Namen, und er nannte sie *meine liebe Tochter*. In dem Brief lag Resignation und gleichzeitig die Hoffnung, Sabine möge ihn ihr eines Tages geben. Wenn sie diesen Brief erst später erhielte, solle sie nicht schlecht von Sabine denken, sondern sie als ihre Mutter lieben. Ihm sei es leider nicht möglich, sie zu besuchen. Er entschuldigte sich und sprach von Liebe und von einer Heimat, die sie dort, wo er war, immer finden würde. Aminatou sei der Name seiner Großmutter, ihrer Urgroßmutter, gewesen. Alle Familienmitglieder würden von ihrer Existenz wissen und sie in ihre Gebete einschließen. Es war ein Brief an ein kleines Mädchen, das noch nicht einmal lesen konnte und doch, wie Ami sich eingestand, nichts sehnlicher gewünscht hätte, als diesen Brief damals an ihr Herz drücken zu können.

Ihre Mutter hatte gesagt, sie habe die Augen ihres Vaters. Ansonsten hatte Ami nichts auf dem Foto finden können, was ihr vertraut gewesen wäre. Ähnlich war es schon früher gewesen, wenn sie ihre Mutter betrachtet hatte. Caterina würde dieses Schicksal erspart bleiben. Das wusste Ami jetzt und strich über Issas Haar.

Er hatte nichts gesagt, obwohl er den Brief zumindest gesehen haben musste. Ihm brauchte sie das wehmütige Glück, das sie seit den frühen Morgenstunden empfand, nicht zu erklären. Er verstand ihre Geschichte ohne eines Wortes der Erklärung. Vielleicht war sein Lächeln damals im Café, das sie tagelang irritiert hatte, genau hieraus entstanden.

Leise erklang George Bensons Gitarre. Ami dachte an den

fremden Mann, ihren Vater, der plötzlich in ihr Leben getreten war. Sie zog Issa fest an sich.

Central Voyage stand in großen gelben Buchstaben über der Flügeltür zu der kleinen klimatisierten Empfangshalle. Das Leben in der verarmten Welt hatte sich zwangsläufig weitgehend privatisiert. Diese Zufälligkeiten führten manchmal zu unerwarteten Überraschungen. Vor vier Jahren, als Maurice das letzte Mal im Land seines Vaters gewesen war, existierte noch eine Bahnverbindung in die Region des Dorfes seiner Vorfahren. Doch der tropische Regen hatte eine der Brücken einstürzen lassen, sodass der Bahnverkehr zunächst eingestellt und später lediglich bis zu der eingestürzten Brücke wieder aufgenommen worden war. Angesichts der enormen Überlastung der Züge war der Wegfall dieser Bahnverbindung letztlich kein allzu großer Verlust. Denn im Schatten des staatlichen Unvermögens hatten sich die unzähligen großen und kleinen Transportunternehmer schnell dieser Versorgungslücke angenommen. Central Voyage biete die komfortabelste Form des Reisens, hatten André und Franck übereinstimmend gesagt. Die Busse seien nicht nur klimatisiert, sondern darüber hinaus würde jeder Sitzplatz von lediglich einem Fahrgast genutzt. In jedem Bus versorge eine stets attraktive Stewardess die Reisenden mit gekühlten Getränken.

André brachte ihr Gepäck in die Empfangshalle, während Flavie Tickets für den nächsten Bus kaufte.

„Na, wie ist das, Herr Maurice? Jetzt sind Sie ein Papa." André strich Patrice, der seinen Kopf an Maurice' Schulter anlehnte, sanft über dessen Haar.

Maurice musste lächeln. Der Taxifahrer hatte recht. Das Gefühl, das ihn seit gestern begleitete, als er Flavies und Patrice' Zimmer betreten hatte, beseitigte sein Bedürfnis, nach dem

Sinn des Lebens zu suchen. Mit Issa hatte er oft über die Verantwortung eines Mannes gesprochen. Doch erst als Patrice zwischen ihm und Flavie eingeschlafen war, hatte er begreifen können, wovon sie unwissender Weise philosophiert hatten. Das grenzenlose Vertrauen eines Kindes war wunderschön und erschreckend zugleich. Leicht konnte ein Mann von der hieraus erwachsenden Verantwortung in die Flucht geschlagen werden, wie Issas und Kennys Väter. Maurice hatte seinem Vater niemals geglaubt, dass er all die ernüchternden Erfahrungen, die das Leben als schwarzer Mann im Land seiner Mutter mit sich brachte, wegen seiner Kinder auf sich genommen hatte. Seit gestern wusste Maurice, dass Eltern für ihre Kinder weit mehr als diese Dinge ertragen konnten.

Bertrand hatte ihnen seinen SUV und einen Fahrer für die Fahrt in Maurice' Dorf angeboten. Doch diesen Weg wollte Maurice allein antreten. Ihm gefiel es, das Leben der Menschen des Landes zu beobachten, das ihn erneut freundlich aufgenommen hatte. Mit einem Fahrer direkt zu einem Ziel zu fahren, hätte ihn von diesem Leben ferngehalten. Darüber hinaus würde es eine beinahe offizielle Reise sein, denn nicht nur seinen Sohn, sondern dessen Mutter wollte Maurice der Familie seines Vaters vorstellen. Wenn Flavie mit ihm gemeinsam in sein Dorf käme, verlöre sie dadurch den Status einer Mutter ohne Kindesvater. Sie wäre ein Mitglied seiner Familie; sein Dorf stünde ihr für immer offen. Diese Dinge waren auch in der neuen Zeit wichtig.

Bertrand hatte zufrieden gelächelt, als Maurice ihm erklärte, warum er sein Angebot ablehne. Es sei gut, einen neuen Abschnitt, mit einer Reise zu beginnen, hatte Bertrand in dem ständigen Bemühen gesagt, seiner familiären Position entsprechend Weisheit auszustrahlen.

Ein Bild war Maurice nicht aus dem Kopf gegangen. Vor einigen Jahren war er mit einem Cousin quer durch das Land gereist und hatte am Straßenrand ein junges Paar gesehen, denen offensichtlich das Geld für die Ladefläche eines LKWs gefehlt hatte. Auf dem Arm des Mannes hatte ein Baby geschlummert. Im Vorbeifahren hatte Maurice sich umgedreht und in ihre ernsten aber glücklichen Gesichter geblickt. Wohin mögen die drei gegangen sein? Welches Schicksal hatte die Straße für sie bereitgehalten? Maurice wusste es nicht. Jetzt schlummerte Patrice an seiner Schulter, und Flavie war an seiner Seite.

Unter den Reisenden herrschte Zufriedenheit über die angenehmen Bedingungen und auch darüber, zu der kleinen Schicht zu gehören, die es sich leisten konnte, auf diese komfortable Weise zu reisen. Manche Menschen mussten allein vom Preis eines Tickets für diesen klimatisierten Bus einen ganzen Monat überleben. Niemand legte sonderlich großen Wert auf Privatsphäre, die Reisenden berichteten über ihr Leben, ihre bedeutenden Verwandten, ihre Reiseziele. Nachdem sich herausgestellt hatte, dass Maurice aus dem Land kam, das für Disziplin und die besten Autos der Welt bekannt war, waren sie bald umlagert von mehreren Reisenden. Wahrscheinlich hatte in Deutschland kaum jemand eine Vorstellung davon, welche Wertschätzung dieses Land hier genoss.

Grüne, scheinbar endlose tropische Wälder, in denen sich die rötlichen Wege und Pisten schnell verloren, wurden von mächtigen, wasserreichen Flüssen durchschnitten. Der immense Reichtum, der im Boden des Landes ruhte, das seinen Menschen eine niedrige Lebenserwartung bieten konnte, blieb für die Augen verborgen. Nur die Schönheit des Landes schob sich an den Fensterscheiben des Busses vorbei. Wäre Maurice hier geboren worden, hätte er nach Bertrands Worten bereits mehr als die Hälfte seines Lebensweges zurückgelegt.

Das Dorf seiner Vorfahren lag nicht fern von einer weithin bekannten Kreuzung. Flavie war aufgestanden, um den Fahrer daran zu erinnern, wo sie aussteigen müssen.

Maurice wusste, dass Flavie sich über sein Kommen sehr gefreut hatte. Dennoch konnte er ihre Veränderung nicht übersehen. Kurz nach seiner Trennung von Sophie war Flavie von

Paris, wo sie bei ihrer Mutter und deren neuem Ehemann gelebt hatte, zu ihm gezogen. Ihre Beziehung hatte bis dahin lediglich in Hotelzimmern und Nachtklubs stattgefunden. Nach einigen Wochen hatte sich herausgestellt, dass Flavie nicht mehr Maurice' Geliebte, sondern seine Partnerin war. Die Attraktion in den Bars und Nachtklubs zu sein, die Flavie stets war, denn man kannte solche Frauen in Maurice' Heimat nicht, erschöpfte sich schnell und stimmte mit ihrer neuen Rolle nicht überein. Flavie hatte sich bemüht, doch es war ihr nicht gelungen, sich mit Maurice' Heimat anzufreunden. Exotische Schönheiten blieben in der grauen Masse ein Fremdkörper. Flavie hatte keine Perspektive für sich und für Maurice in diesem Land gesehen. Die Unzufriedenheit war schleichend und unaufhaltsam gekommen. Sie hatte sein Festhalten an diesem Land nicht verstanden. Und Maurice hatte seine Lebensplanung nicht von Flavie infrage stellen lassen wollen.

Diese, jede Beziehung vergiftende Hierarchie war hier verschwunden. Flavie stand neben dem Busfahrer und sprach mit der Stewardess. Ihre Gesten, ihre Haltung vermittelten das Selbstbewusstsein einer Frau, die ohne Maurice' Hilfe hiergekommen war, ihrem Kind das Leben geschenkt und es beinahe zehn Monate allein aufgezogen hatte. Flavie brauchte Maurice nicht, was sie wusste; dennoch hatte sie ihn eingelassen in ihr und in Patrice' Leben.

Ungeplante Filmindustrie hatte man in der ersten Welt zu Beginn das Phänomen der tagtäglich scheinbar aus dem Nichts entstehenden Unmengen von Filmproduktionen in Afrika und Asien genannt. *Ungeplant* brachte letztlich den Mangel an Verständnis für diese verarmte Welt zum Ausdruck. Denn bis auf die wenigen aus weiter Ferne geplanten Unternehmungen verlief das gesamte Leben hier zwangsläufig ungeplant. Planungen ließen die Umstände nicht zu, wie die Ermordung des Präsidenten, der sich unerwartet von seinen Unterstützern losgesagt hatte, zeigte. Central Voyage hatte Maurice eine angenehme Reise ermöglicht und war ebenso ungeplant wie die sich zu einer kleinen Stadt entwickelnde Kreuzung, an der Flavie mit ihrer kleinen Familie angekommen war.

Vor einigen Jahren waren es ein paar Bretterbuden gewesen, deren Anzahl sich in kürzester Zeit verzehnfacht hatte. Massive Häuser waren entstanden, auf deren Dächern große Satellitenanlagen thronten, welche die Signale und Botschaften aus der anderen Welt empfingen. Hotels, Nachtklubs, Restaurants, ein Kino; nachdem die kleine Stadt vollendet war, wurde schließlich eine Polizeistation errichtet. Wahrscheinlich war diese überflüssig und eine Last für die Bewohner, die ihre Regeln des Zusammenlebens bereits lange zuvor festgelegt hatten. An den Straßenrändern saßen ständig kauende Händlerinnen, die ihre Kinder zu jedem sich nähernden Bus schickten, um ihre Ware feilzubieten. Ein unübersichtliches Treiben, wie es nur in jungen Ländern möglich war.

„Maurice? Bist du es?" Ein junger Mann näherte sich ihnen.

Maurice hatte seinen Namen vergessen, doch er kannte den Mann aus dem Nachbardorf. „Ja, ich bin es."

Auf dem Gesicht des Mannes zeichnete sich ein breites Lachen ab. „Das ist wirklich lange her. Kennst du mich noch?", fragte er und schüttelte Maurice' Hand.

Maurice überspielte, dass er seinen Namen vergessen hatte. „Natürlich, wie könnte ich meine Brüder vergessen? Das ist meine Frau Flavie und unser Sohn Patrice", stellte Maurice seine kleine Familie vor.

Albert, so hatte sich der junge Mann glücklicherweise selbst vorgestellt, war hocherfreut, als Flavie ihm mitteilte, dass sie der gleichen Ethnie angehörte wie er und Maurice' Vater. Dem Rest ihrer Unterhaltung konnte Maurice nicht mehr folgen, denn der Sprache der ehemaligen Eroberer bediente man sich nur, wenn keine andere Möglichkeit bestand.

Albert rief weitere Leute hinzu. Gepäck musste man in Afrika auch ohne Bezahlung niemals tragen, wenn die Menschen den Angekommenen wertschätzten. Sie gingen an den zahlreichen in Straßennähe befindlichen Bretterbuden vorbei zu der Terrasse eines kleinen Hotels. Der Besitzer stellte sich als ein Onkel vor, der in irgendeiner Linie mit Maurice' Vater verwandt war. Als das Hôtel d'Ambiance vor vier Wochen fertiggestellt worden war, hatte er seine Kneipe an der Straße, ein Holzverschlag, verkauft und beobachtete nun das muntere Treiben von der etwas höher gelegenen Terrasse. Die Luft sei hier bedeutend besser, meinte der Hotelbesitzer und zeigte Maurice stolz die einzelnen Zimmer, die allesamt klimatisiert waren. Wenn Maurice die Insekten im Dorf stören würden, könne er sich jederzeit bei ihm erholen.

Auf der Terrasse saßen einige junge Frauen, die aufmerksam jedes anhaltende Fahrzeug beobachten. Der Hotelbesitzer war ein Geschäftsmann; selten wurden seine Zimmer für eine ganze Nacht angemietet.

Flavie bat Albert, nach einem Auto Ausschau zu halten, das in Richtung ihres Dorfes fahren würde. *Notre Village – unser Dorf.* Es klang wunderschön aus Flavies Mund. Maurice, der seinen Sohn trug, lehnte sich auf dem chinesischen Plastikstuhl zurück und holte tief Luft.

Als Patrice erwachte, ergriff er die Nase seines Vaters, der Bier für ihre mittlerweile zahlreichen Begleiter bestellte.

„Ich möchte mit Kriminalkommissar Staroske sprechen."
Kenny hatte heute erneut lange Zeit vor seinem Telefon gesessen und schließlich doch den Mut für diesen Anruf gefunden. Jetzt rann ihm der kalte Schweiß über den Rücken.

„Ist am Apparat", antwortete Staroske. „Sind Sie es, Herr Hübner?"

„Ja, ich wollte mich bei Ihnen melden. Ich hatte die Woche wegen meiner Arbeit zu tun", entschuldigte sich Kenny vorgreifend.

„Ich dachte schon, Sie hätten unsere Abmachung vergessen. Wir waren am Dienstag bei Ihnen gewesen; das werden Sie ja wissen."

Kenny sagte nichts. Ob Staroske ihn hinter der Tür bemerkt hatte oder nicht, war mittlerweile egal.

Staroske hatte mit seinem Anruf sicher nicht mehr gerechnet, kam aber gleich zur Sache: „Also, schießen Sie mal los. Wann sehen Sie Ihre Freunde denn?"

„Erst am Montagabend", antwortete Kenny. „Die kommen bei mir vorbei, wir wollen was zusammen essen."

Staroske schwieg.

„Eher ging's nicht", fügte Kenny erklärend hinzu.

Am anderen Ende der Telefonleitung herrschte Stille, Staroske schien sich mit jemandem abzusprechen. Kenny sollte ihm seine Freunde ausliefern. Er wollte deren Geständnis auf Tonband; gegen ihn würde nicht ermittelt werden, schließlich wäre er zum damaligen Zeitpunkt ein Heranwachsender gewesen.

„Gut Herr Hübner, wir kommen Montag früh bei Ihnen vorbei, um alles vorzubereiten." Die kurze Freundlichkeit wich aus seiner Stimme. „Und noch eines. Wenn Sie abspringen, bring ich Sie Montagabend persönlich in den Knast. Ihr Haftbefehl ist in Arbeit."

Seit zwei Tagen war Kenny nicht aus dem Haus gegangen; sein letzter Essensvorrat mittlerweile aufgebraucht. Die Mini-Pizzeria auf der anderen Straßenseite wurde von zwei arabischen Brüdern betrieben. Bei seinem ersten Besuch dort hatten sie ihn für einen Landsmann gehalten und mit Salam Alaikum begrüßt. Von der Nationalität seines Vaters hatten sie keine Ahnung, was wahrscheinlich nichts an ihrer Freundlichkeit geändert hätte, denn die Grenzlinien verliefen in dieser Stadt anders als in der veränderten Welt.

Der Laden war im Grunde eine Spielhalle mit angeschlossenem Imbiss, wo preiswerte Minipizzas und anderes angeboten wurden. Weniger der Hunger als die Sucht nach ein wenig finanziellem Glück trieb viele Leute hierher, die ganze Tage vor den monoton flimmernden Automaten verbringen konnten. Kenny bestellte sich drei verschiedene Pizzastücken und setzte sich auf einen Hocker an der Theke. Einer der Brüder brachte ihm wie stets schwarzen Tee, der hier nicht gesondert bezahlt werden musste.

In den letzten Wochen war Kenny ein Mann aufgefallen, der diesen Laden ganz offensichtlich zu dem Ort erkoren hatte, der ihm kleines Glück bringen sollte. Vielleicht hatte er bei seinem ersten Besuch hier etwas Geld gewonnen und verfolgte deshalb Tag für Tag hartnäckig dieses Glück, das sich in einem der Automaten versteckte. Heute schien es wieder einmal schneller gewesen zu sein. Er schlug an den Automaten, was diesen wenig störte; das Glück lag ruhig in seinem Bauch.

„Trinkst du'n Bier mit?", fragte der Mann, der unter seiner dunklen Wollmütze kaum zu erkennen war, als er zu Kenny an die Theke trat. Er war vielleicht fünfzig Jahre alt, doch Erlebnisse von weit mehr als siebzig Jahren hatten sich tief in seinem Gesicht eingegraben. Seine matten, müden Augen blickten Kenny an; der sofort erkannte, was gewöhnlichen Menschen verborgen blieb. Es war kein Zufall, dass sie ihre Wege hier zusammenführten, die am gleichen Ort begonnen hatten.

„Hey Bruder", sagte der Mann nicht wegen ihrer Hautfarbe, sondern wegen ihrer gleichen Jugend. „Hey Bruder, kannste nich reden? Ich lad dich ein." Er nickte Kenny aufmunternd zu. „Ich bin Jimmy."

„Kenny", antwortete er knapp und reichte Jimmy seine Hand, die der kräftiger und länger drückte, als notwendig war. In seinem Gesicht lag eine eigentümliche Euphorie, so als hätte er lange Zeit keine Hand mehr drücken können.

„Kenny!?", wiederholte er und lachte ein eigentümliches Lachen. „Ich versteh schon. Ich heiß eigentlich Ralf, aber mich hamm immer alle angesehen, als wollt ich se verarschen, wenn ich meinen richtigen Namen gesagt hab."

Jimmy nahm sich einen Hocker und setzte sich neben Kenny, dem es ähnlich ergangen war. Torsten musste ein Fehlgriff seiner unbekannten Mutter gewesen sein. Kenny war der Name, des amerikanischen Soldaten, mit dem er Hand in Hand durch Frankfurt geschlendert war. Nach seiner Flucht aus dem Heim hatte er jedem, der ihn danach fragte, gesagt, er hieße Kenny. Kaum jemand kannte den Namen auf seinem Personalausweis.

Sein neuer Bekannter wusste Bescheid. „Jimmy passt besser zu nem «Neger». Und mehr sin wir für die da draußen auch nich; ob nun Penner oder Professor. Ich bin ja ziemlich hell geraten, nur hier wirste auch erkannt, wenn de einen einzigen Tropfen schwarzes Blut in dir hast." Er beugte sich näher an Kenny heran, deutete auf seine Wollmütze und sagte leise, so als wolle er ihm ein Geheimnis anvertrauen: „Durch die Mütze hier erkenn se mich nich so leicht. Weil dann die Krause nich zu sehn is. Verstehste?"

„Kein Glück gehabt?", fragte Kenny, ohne auf Jimmys nachvollziehbare Neurosen einzugehen, und zeigte auf die blinkenden Automaten.

Jimmy schüttelte den Kopf. „Nee, nie. Is nich die Aufgabe von den Scheißdingern, ich weiß schon." Er nahm einen Schluck aus seiner Bierdose. „Irgendwie hat's mich immer zu ihnen hingezogen. Die sin wie'n Magnet für mich und nehm mir die paar Euro aus der Tasche, die ich hab. Doch ich mach jetzt Schluss."

Kenny blickte auf. „Find ich gut; besser spät als nie."

Jimmy schüttelte aufgekratzt den Kopf. „Nee Kenny, ich würd niemals davon loskomm. Ich mach einfach Schluss mit der ganzen Scheiße. Da könn sie mich nich mehr kriegen. Niemand. Auch'n Bier Kenny?"

Er verstand Jimmy nicht richtig. „Nee, lass mal gut sein. Aber was meinst du überhaupt?"

„Erzähl ich dir gleich, wenn du'n Bier mittrinkst. Allein trinken an so'nem Tag wie heute, is nich gut."

Kenny willigte ein.

Jimmy hatte diesen Tag für seinen Selbstmord ausgewählt. Das meinte er mit Schlussmachen. Sein ganzes Leben sei verpfuscht gewesen, vom ersten Tag an. Er war das erste von acht Kindern. Seine Mutter hatte als Küchenhilfe in einem Wohnheim für ausländische Studenten gearbeitet. Vielleicht hatte sein Leben in einem Lagerraum auf Kartoffelsäcken begonnen. Später seien die Väter seiner Geschwister, für die seine Mutter am Tag Zwiebeln schälte und Töpfe ausspülte, abends zu ihnen nach Hause gekommen. Jimmy hatte sich ihre Namen nicht merken können, es waren zu viele gewesen. Die meisten waren nur wenige Stunden geblieben. Er kannte seinen Vater, der einer dieser Männer gewesen war, nicht. Seiner Mutter musste es ähnlich ergangen sein. Irgendwann hatte man ihn aus dieser Welt herausgeholt und in eine andere Welt geschickt, die Kenny kannte. Das Land hatte damals nicht gewusst, was es mit Kindern wie Jimmy anfangen sollte. Die mitleidige Idee einer humanistisch beseelten Protestantin, die ihrem Land nicht zutraute, diese Mischlingskinder in seiner Mitte oder am Rande aufzunehmen, hatte die nach einem französischen Theologen und Mediziner benannte Institution ins Leben gerufen, die diese Kinder auf ein Leben außerhalb des Landes vorbereiten sollte. Die Einrichtung war geschlossen worden, bevor Jimmys Ausbildung zur Abschiebung, wohin auch immer, beendet war. So war er im Lande geblieben.

Eine Schlampe sei seine Mutter gewesen; und sein Vater ein geiler Hurenbock. Jimmy hatte nur Frauen gehabt, die er aus frühester Jugend kannte; Frauen wie seine Mutter. Besseres sei für ihn nun mal nicht drin gewesen. Einmal, er war gerade zwanzig Jahre alt gewesen, hatte er eine Afrodeutsche getroffen und wollte ihr sein Herz schenken. Kenny wunderte sich, dass er diesen Begriff, den er bei Issa zum ersten Mal gehört hatte, überhaupt kannte. Doch die Afrodeutsche hatte ihn gar nicht bemerkt. Damals hätte vielleicht noch eine Chance bestanden für Jimmy. Er hatte darüber nachgedacht; wahrscheinlich hatte ihn niemals jemand bemerkt. Deshalb sei es auch nicht weiter schlimm, wenn er sich heute Abend nach einer Flasche Whisky, die bereits in seiner roten Plastiktüte steckte, das Leben nähme. Niemand würde ihn vermissen. Alles wäre vorüber wie ein schlechter Traum.

„Aber heute Abend mach ich richtig einen drauf", sagte Jimmy abschließend und schlug Kenny viel zu kräftig auf die Schulter. „Biste dabei Kenny? Ich hab Kohle einstecken. Du bist eingeladen."

Die eigenartige Euphorie war während seiner Erzählungen nicht aus Jimmys Augen gewichen, obwohl es so schien, als hätte er bereits zahllose letzte Abende verbracht und im Rausch des Whiskys seinen Suizid vergessen.

„Nee, tut mir leid Jimmy. Ich muss jetzt los", log Kenny, dem die Kraft fehlte, Jimmy, was dieser wohl von ihm erwartete, von dessen Vorhaben abzubringen. „Wenn du willst, lad ich dich morgen hier zu nem Bier ein. Verstehste?!" Issa hatte ihn damals vom Bahnhof weggeholt, weil er gehofft hatte, für Kenny bestünde noch eine Chance. Doch er war nicht Issa. Und Jimmy, dessen letzte Chancen der Alkohol lange verzehrt hatte, war dreißig Jahre älter als er damals am Bahnhof.

M eine Mutter hat mich gestern angerufen und gesagt, dass du bei ihnen in Frankfurt warst."

„Ja."

„Mein Vater hat sich wohl nicht geändert. Entschuldige bitte."

„Ich habe ihn ja nicht verstanden. Zum Glück, glaube ich."

„Wie sah meine Mutter denn aus? Am Telefon war sie wirklich aufgeregt."

„Sie sah gut aus. Eine ältere Dame. Sie hat mir deine Nummer heimlich zugesteckt."

„Ja, Vater weiß bis heute nicht, dass wir in Kontakt stehen."

„Wir müssen uns sehen, Gabi."

„Ich dachte, du bist ... tot. Ich dachte, du bist in Vietnam gestorben, Michael. Ich ... ich habe eine Familie, Michael. Ich bin verheiratet. Das ist zu lange her."

„Das meine ich nicht, Gabi."

„Nein ... nein. Ich glaube nicht, dass das gut wäre. Ich habe *das* alles hinter mir gelassen, Michael. Es hat mich fast umgebracht ... damals, als du plötzlich verschwunden warst."

„Ja, es ist meine Schuld. Ich bin in Berlin, Gabi. Wir müssen darüber reden."

Sie sagte nichts.

„Gabi?!"

Sie schwieg weiter.

„Gabi? Bist du da?"

Nach einer Weile vernahm er ihr Schluchzen, und Mike wusste nicht, was er noch sagen konnte. Ihm liefen jahrzehntealte Tränen über die Wangen. Er wischte sie nicht weg, denn plötzlich wurde ihm bewusst, dass es viel schlimmer war, als er es sich seit seiner Ankunft in Deutschland vorgestellt hatte. Und es gab jetzt, seit Gabis Schluchzen, auch keinerlei Hoffnung mehr.

„Warum bist du nicht zurückgekommen, Michael?" Gabi war kaum zu verstehen.

Natürlich wusste Mike die Antwort auf ihre Frage; zahlreiche Antworten sogar. Antworten, die zu einem kapitalen Urteil geführt hätten, denn es waren Ausreden.

„Warum bist du nicht zurückgekommen, Michael?", fragte sie erneut. „Du wusstest doch, in welcher schwierigen Lage ich damals war."

„Aber ich wusste nicht, dass du schwanger warst."

„Ich war achtzehn, Michael!"

„Und ich zwanzig."

„Ich dachte, du bist in Vietnam gestorben. Und ich war ganz allein."

Mike schlug gegen den Kleiderschrank in seinem Hotelzimmer. Immer wieder. Mit ganzer Kraft. Er spürte den Schmerz und sah das Blut an seiner Faust. Es half nicht.

„Michael!"

Er schlug weiter zu. Und noch einmal, bis er den Schmerz schließlich nicht mehr ertragen konnte und an dem Schrank zu Boden sank. Erst nach einer Weile vernahm er Gabis Stimme aus dem vor ihm auf dem Boden liegenden Telefon. Mit seiner zitternden blutigen Hand griff er danach.

„Es tut mir leid, Gabi. Alles ... alles tut mir so leid."

„Geht es dir gut, Michael?"

Mike nickte.

„Michael?"

„Ja."

„Heute Abend kann ich nicht. Morgen, morgen Nachmittag. Das ginge. In welchem Hotel bist du?"

Die Zeit war stehengeblieben in dem Dorf, das Maurice vor vier Jahren zum letzten Mal besucht hatte. Sein unerwartetes Kommen bestätigte die berechtigten Hoffnungen der wenigen Bewohner, die zunächst vorsichtig doch dann ehrlich erfreut zum Auto gelaufen kamen. Kinder, Frauen und alte Männer – alle waren sie Verwandte. Jeder Mensch in Afrika hatte ein Heimatdorf, wo die Gebeine der Vorfahren lagen. Im Zuge einer allgemeinen Landflucht erwachten die Dörfer oft nur an den Wochenenden oder während der Schulferien zu Leben, wenn diejenigen, die sich in größeren Städten durchschlugen, oder gar Verwandte, denen der Sprung in die erste Welt gelungen war, an die Stätte ihre Heimat zurückkehrten. Bei ihrer Abreise blieben die Alten, völlig Mittellose und vereinzelt Leute, die sich den alten Traditionen verpflichtet fühlten und dafür belächelt wurden.

Flavie hatte in dem jungen Städtchen an der Kreuzung all die Dinge eingekauft, die sie für ihren kurzen Aufenthalt brauchten und die Bewohner des Dorfes einiger Sorgen beraubten. Die Freude war auf allen Seiten groß; besonders über den neuen Sprössling, von dem man bereits gehört, jedoch noch nicht gesehen hatte. Ein Kind in einem sterbenden Dorf wie diesem barg große Hoffnung in sich.

Maurice glaubte diese Hoffnung im Gesicht seiner Großmutter zu sehen, als sie gestützt auf einen Stock aus dem Geburtshaus seines Vaters etwas unsicher auf ihn zukam. Ihr alter dünner und dennoch kraftvoller Körper presste sich an ihn; sie ergriff seine Hände und hob sie in die Höhe, um ihn nochmals zu umarmen. Maurice verstand ihre Sprache nicht, was sie wusste und dennoch ohne Pause auf ihn einsprach.

Mit dem kritischen Blick einer Frau, die es gewohnt war, die Partner ihrer Kinder auszuwählen oder zumindest ihre Zustimmung zu einer gewünschten Ehe zu geben, betrachtete sie die Frau ihres Enkels. Ihrem alten Gesicht war nicht anzusehen, was sie über dessen Wahl dachte. Ihre Worte an Flavie wirkten auf Maurice zu hart und der Situation nicht angemessen. Auch wenn Maurice ihre Sprache beherrschen würde, könnte er diese hier noch existierende Welt der Frauen nicht verstehen. Denn plötzlich hellte sich das Gesicht seiner Großmutter auf, sie zog Flavie, die Patrice auf dem Arm trug, an sich und umarmte sie nicht weniger herzlich als zuvor Maurice. Sie war das Oberhaupt des Dorfes und erteilte allen Umherstehenden Anweisungen, was zu tun sei. Flavie folgte ihr mit Patrice, als sie zum Haus seines vor Jahren verstorbenen Großvaters ging.

Die einfachen rötlich braunen mit Wellblechdächern bedeckten Häuser lagen wie ehedem hinter vereinzelten Palmen etwas abseits von der Straße, die eher einem breiten Weg glich. Die Stille des tropischen Regenwaldes überhüllte das Dorf. Vereinzelt wurde sie von brechenden Ästen, Tierrufen und in der Nacht vom monotonen Zirpen der Grillen durchbrochen. Die Luft stand schwer von der permanent hohen Luftfeuchtigkeit; erst mit dem Abend würde ein etwas kühlerer Windhauch ein wenig Erleichterung bringen. Maurice ging an den Häusern vorbei in Richtung einer hinter dichtem Buschwerk liegenden kleinen Anhöhe. Die winzigen Plantagen waren dürftig bearbeitet worden. Doch in dieser Region nahmen Bananen, Maniok, Ananas, Orangen und viele weitere Gaben der Natur die mangelnde Anteilnahme dem Menschen nicht übel, sondern wuchsen ganzjährig vor sich hin. Am Ende der letzten Plantage stand ein alter Pampelmusenbaum, von dem man sagte, die Ahnen träfen sich jeden Abend unter ihm; dann, wenn der angenehme Wind einsetzte.

Der Mensch wurde mit zwei Augenpaaren geboren. Das erste war für die Welt der Lebenden bestimmt und wurde mit der Geburt geöffnet. Das zweite Augenpaar öffnete sich im Zeitpunkt des Todes; es war für die Welt der Toten bestimmt. Die sich am Abend einfindenden Ahnen konnten jederzeit das Handeln der Lebenden beobachten. Ihnen aber, den Lebenden blieb die Welt der Toten verschlossen. Nur wenige, die darüber bei Androhung des Todes niemals sprechen durften, waren in der Lage, zu Lebzeiten mit den Toten zu kommunizieren. Sie genossen hohes Ansehen.

Maurice hatte sich an den Stamm des Pampelmusenbaums gelehnt und erinnerte sich einer Geschichte seiner Großmutter, die ihm ein Cousin übersetzt hatte. Es komme manchmal vor, dass sich ein Ahne einem Menschen, der dem Tode nahe war, zur Seite stelle, um ihm die Ungewissheit vor dem Kommenden zu erleichtern. Ein Bote des Todes, der von dem Betroffenen, dessen zweites Augenpaar für kurze Augenblicke geöffnet wurde, wahrgenommen werden konnte. Die Geschichten seiner Großmutter waren oft eigenartig; sie endeten abrupt und offenbarten manchmal keinen wirklichen Sinn. Vielleicht lag es daran, dass diese Dinge einer anderen Welt entsprangen und nicht wirklich in seine Sprache übersetzt werden konnten. Patrice würde die Geschichten der Alten eines Tages verstehen können, denn er lernte die Sprache seiner Mutter und seiner Heimat. Bei Maurice war nur Ersteres der Fall gewesen.

Vor ihm lag das Dorf; die Frauen kochten hinter dem Haus seiner Großmutter in einem abgetrennten verrauchten Raum, in dem es Maurice keine zwei Minuten ausgehalten hätte. Flavie kam allein den schmalen Pfad vom Dorf hinauf zu der kleinen Anhöhe. Sie hatte eines jener weiten einteiligen Kleider angezogen, die alle Frauen im Dorf oder auf den Marktplätzen trugen. Ihr Gang war aufrecht, ihr Kopf hoch erhoben; sie bewegte sich den Temperaturen entsprechend langsam.

„Das ist dein Dorf, Maurice. Du bist zu Hause. Niemand stellt das hier infrage." Flavie lächelte Maurice an und setzte sich neben ihn an den Baum. Beide blickten in Richtung des Dorfes. Sie lehnte ihren Kopf an seine Schulter und fuhr fort: „Dein Land ist schön, nicht wahr? Ich hatte seine Schönheit vergessen. Und du auch, du hattest dein Land vergessen. Jetzt weiß ich, dass ich hier leben könnte; vielleicht sogar im Dorf. Seit ich schwanger war, war ich glücklich und gleichzeitig traurig. Ich wusste, dass du mich rausgeworfen hattest; aber Patrice war bereits unter meinem Herzen." Flavie wandte ihren Blick vom Dorf ab und schaute ihn ernst an. „Ich freue mich sehr, dass du endlich gekommen bist. Nur was genau möchtest du, Maurice?"

Er hatte nicht gewusst, was er von dieser Reise erwarten sollte. An Flavie und ihre vergangene Beziehung hatte er überhaupt nicht gedacht, was ihm erst am gestrigen Nachmittag in Bertrands Haus bewusst geworden war. Maurice schämte sich für die Dinge, die er über Flavie gedacht und zu Issa auch gesagt hatte. Es war stets von Zufällen abhängig, ob und unter welchen Umständen Frauen und Männer zusammenkamen. Viele Männer hätten Flavie den gleichen Luxus wie er und mehr bieten können. Doch wenige wären in der Lage gewesen, mit ihr unter einem Pampelmusenbaum sitzend in eine einigermaßen sichere Zukunft und ein Dorf zu blicken, dessen Einwohner ihre Sprache sprachen und sie als Tochter aufnahmen. Maurice hatte sich damals für eine Frau entschieden, die aus einer fremden, von tagtäglichen Katastrophen geprägten Welt kam, ohne jemals wirklich versucht zu haben, die Regeln dieser Welt, der er sich von jeher verbunden fühlte, auch zu verstehen. Junge Frauen waren hier schweren Herzens bereit, mit arabischen Autohändlern, pakistanischen Supermarktbetreibern oder abgehalfterten Europäern sexuelle Beziehungen einzugehen, um sich eine kleine Perspektive zu schaffen, die eine Chance bot, der Gefahr von bitterer Armut dauerhaft zu entkommen. Alle diese Mädchen und jungen Frauen liebten andere junge Männer, die ihnen nichts bieten konnten, von dem Opfer der Frauen in bescheidenem Maße profitierten und letztlich die Umstände akzeptierten. Junge Liebe war verbannt worden von diesem Kontinent, der dadurch in die Perspektivlosigkeit abdriftete. Maurice war für Flavie diese seltene Perspektive gewesen.

Er erwiderte Flavies fragenden Blick und sagte leise: „Erinnerst du dich, einmal hattest du zu mir gesagt, du musst bei null anfangen. Jetzt glaube ich, dass das eher auf mich zutrifft. Das habe ich verstanden, und ich möchte mit dir und Patrice beginnen, wenn du mir verzeihen kannst."

In ihrem Gesicht war kein wirkliches Erstaunen über seinen Kniefall, sondern leise Freude zu erkennen, die viel weiterführte, als Maurice in diesem Augenblick erhofft hatte. Sie habe lange Zeit über sie beide nachdenken müssen. Wahrscheinlich hatte ihre Beziehung in diesem kalten Land unter keinem guten Stern gestanden. Niemals sei sie glücklich gewesen und in seinen Augen habe sie jeden Abend das Gleiche sehen können. Das fehlende Glück hatte sie in dieses hier unmögliche Fiasko getrieben. Aber es gäbe viele Männer, die für ihre Familien in Europa arbeiteten, um eines Tages mit ihnen zusammenleben zu können. Wenn er ernst meine, was er gesagt hatte, wäre es bei ihnen nicht anders. Vielleicht könnten sie sich eines Tages eine eigene Wohnung in einem der schönen Quartiers hier mieten. Das wäre dann ihr Zuhause, wo Flavie und Patrice auf ihn warteten, bis er sich von diesem kalten Land trennen könne.

Ein kleiner Junge war geschickt worden, um sie zu holen. Maurice folgte Flavie ins Dorf und dachte an sein neues Zuhause, das sie für ihre Familie schaffen würde.

Die Dunkelheit senkte sich schnell über die grünen endlosen Wipfel des Waldes; der sanfte Wind des Abends setzte ein. Albert war aus dem Nachbardorf mit Palmenwein gekommen, der Maurice' Sinne wegen seiner den ganzen Tag andauernden Gärung berauschte. Aus Angst davor, vom Weg abzukommen, hatte er seit Jahren nur selten Alkohol getrunken. Doch hier, an diesem Ort, lag kein Weg mehr vor ihm; er war, wie Flavie gesagt hatte, in seinem Dorf angekommen.

Seine Großmutter ließ sich das Bier schmecken, das Flavie an der Kreuzung für sie gekauft hatte, und achte genauestens darauf, dass die Frau ihres Enkels sich gut um diesen kümmerte. Flavie kannte ihre Welt der Frauen und ersparte sich eine Ermahnung der Großmutter, die etwas aufgekratzt vom Bier und all den Dingen, die sie ständig kaute, begann, vom Zustandekommen ihrer Ehe mit Maurice' Großvater zu berichten.

Ihr erster Ehemann hatte eines Tages den Entschluss gefasst, sein Glück weit im Westen Afrikas zu suchen, und deshalb seinen besten Freund, Maurice' Großvater, der schon drei Frauen hatte, gebeten, seine Ehefrau in dessen Dorf lassen zu können. Maurice' Großvater hatte eingewilligt. Als ihr Ehemann nach Jahren aus Liberia zurückkam, waren Maurice' Vater und dessen ältere Schwester bereits geboren. Die beiden Männer kämpften mit Buschmessern um die Liebe der Großmutter. Ihr verschollen geglaubter Ehemann verlor im Kampf

243

zwei Finger und akzeptierte schließlich die Entscheidung der Ältesten, dass er kein Anrecht mehr auf seine Frau habe, aber um eine andere Frau aus dem Dorf werben dürfe. Er war schnell fündig geworden, denn weit gereiste Männer, die einen bescheidenen Reichtum über ihre Reise hatten retten können, umgab der Hauch des Abenteuers. Maurice' Großvater heiratete noch fünf weitere Frauen. Er sei ein starker Mann gewesen, berichtete die Großmutter.

Maurice sah Flavie im Kreis der lachenden Frauen. Möglicherweise hatte sein Großvater nicht neun Ehefrauen, sondern neun Frauen hatten einen Ehemann ... und sicher auch einige Liebhaber.

„Seine Bude ist sicher nicht für eine Frau vorbereitet, Ami. Verriegele mal besser die Tür. Bin gleich wieder da." Issa warf die Tür zu, rannte über die Straße und verschwand in einem Hauseingang.

Ami mochte diese Gegend wahrlich nicht. Die am Abend erwachenden Lichter konnten die düstere Stimmung hier nicht beseitigen. Müll war aus dem Abfallbehälter neben ihrem Auto herausgequollen und auf den Gehweg gefallen. Überall in der Stadt musste man darauf achten, nicht in Hundekot zu treten. In diesem Viertel war es besonders schlimm. Ami verkniff es sich, in der wenige Meter entfernten Mini-Pizzeria Zigaretten kaufen zu gehen.

Sie lehnte sich auf dem Beifahrersitz zurück und drehte die Musik etwas lauter. Issa wollte einen Freund besuchen, den er seit zwei Tagen telefonisch nicht hatte erreichen können. Aus irgendeinem Grund fühlte er sich für diesen Freund verantwortlich. Als Issa gesagt hatte, es sei sicher alles halb so schlimm, hatte es geklungen, als wolle er sich beruhigen. Ami spürte seit längerem, dass etwas mit den drei jungen Männern auf dem Foto an seinem Computer nicht stimmte.

Seit Sabines Geburtstag waren sie zusammengeblieben. Issa hatte gestern die Krankschreibung bei ihrer Chefin abgegeben, war sofort zu ihr zurückgekommen, hatte die Tür abgeschlossen und sein Spezialgericht für sie beide gekocht. Obwohl sie bisher nicht richtig über die veränderte Situation gesprochen hatten, so waren sie durch die Briefe ihres Vaters einander noch nähergekommen. Issa hatte das Thema nicht berührt; wahrscheinlich, um ihr etwas Zeit zu geben. Ami wusste, dass Issa sich für sie freute. Denn er mochte es nicht, wenn ihren Vätern die alleinige Schuld am Scheitern der Beziehung der Eltern aufgebürdet wurde. Was hätte ihr Vater weiter tun können, als ihr zu schreiben, dass er sie liebe. Hätte er sie erst gar nicht zeugen sollen? Nein, solche Dinge geschahen gänzlich unabhängig davon, was der Verstand Liebenden möglicherweise vorgab. Manchmal geschahen sie sogar gänzlich unabhängig von Liebe. Manfred hatte niemals von ihrer Schwangerschaft erfahren. Dieses Kind hatte den Preis dafür zahlen müssen, dass sie sich ihn als Vater ihres Kindes nicht vorstellen konnte. Ein gewollter Vater hingegen bürdete der Frau, die er verlassen hatte, einen Trümmerberg von sich widersprechenden Gefühlen auf. Es blieb kein Raum für Vorwürfe und falsche Beschuldigungen der Kinder; schon gar nicht, wenn die äußeren Umstände, an denen die Eltern keinerlei Schuld trugen, maßgeblichen Anteil an ihrem Scheitern hatten.

Ami wurde durch eine Erschütterung des Autos aus ihren Gedanken gerissen. Ein Betrunkener war gegen ihr Auto gestürzt und lag mit seinem Oberkörper auf der Motorhaube. In ihrem Schreck kontrollierte sie zunächst die Verriegelung des Autos. Der Mann war nicht in der Lage, sich aufzurichten und schaute mit wirrem Blick Hilfe suchend durch die Frontscheibe. Aus seinem Mund tropfte Speichel auf seine schäbige alte Lederjacke. Als er Ami im Wageninneren entdeckte, versuchte er entschuldigend zu lächeln. Aber es misslang ihm; der Alkohol hatte seine Mimik geraubt. Dennoch schien etwas

Vertrautes in seinen dunkelbraunen Augen zu liegen, was Ami die zunächst empfundene Angst nahm. Aussteigen und dem Mann helfen konnte sie dennoch nicht.

In der Eingangstür zu der Mini-Pizzeria erschienen zwei dunkelhaarige Männer, die ihren Gast zunächst vom Auto wegziehen wollten, doch plötzlich zurückwichen und ihren Blick dem Geschehen auf der Straße zuwandten. Ami hörte das Quietschen der Reifen eines LKWs, der direkt neben ihrem Auto zum Stehen kam. Den Grund für dieses gefährliche Manöver erkannte sie, als Issa um den LKW herumgerannt kam und den betrunkenen Mann mit einem Fußtritt in sein Gesicht vom Auto beförderte. Er landete auf dem Rücken im übergequollenen Müll des Abfallkorbes, und schon kniete Issa mit geballter Faust auf seiner Brust. Ami sprang aus dem Auto.

Kenny war nicht in seiner chaotisch wirkenden Wohnung gewesen. Issa hatte ihm eine Nachricht hinterlassen, dass sie sich morgen Abend gegen zweiundzwanzig Uhr treffen würden, um dann mit Maurice auszugehen.

In den wenigen Minuten, die er in Kennys Wohnung verbracht hatte, war Dunkelheit in die Straßen eingezogen. Issa machte sich Sorgen und fühlte Schuld, weil er für seinen Freund in den letzten Tagen keine Zeit gefunden hatte, obwohl dieser ihn zu brauchen schien. Nach ihrer Unterhaltung mit Maurice vor drei Tagen hatte er den Eindruck gehabt, Kenny verheimliche etwas vor ihnen. Doch er war es gewohnt, einige Dinge aus dem Herzen seines Freundes niemals zu erfahren.

Als sich Issa über das Feuerzeug eines Passanten auf dem Gehweg vor Kennys Hauseingang beugte, um seine Zigarette anzuzünden, sah er in seinen Augenwinkeln einen Mann auf Maurice' BMW zustürzen, in dem Ami saß. Es waren die Instinkte des Dschungels, die ihm das zivilisierte Land gelehrt hatte. Er war all die Jahre ein guter Schüler gewesen. Bereits einige Male hatte ihn die Stimme des Instinkts gerettet, aber auch einen hohen Preis zahlen lassen. Sie eroberte seinen Verstand und flüsterte ihm leise zu: *Warte nicht, bis der Sattelschlepper vorbeigefahren ist. Wenn du schnell genug bist, wird er rechtzeitig stoppen.* Die Stimme hatte ihn niemals betrogen und leitete seinen Fuß zielsicher an das Kinn des Aggressors. *Gut so*, flüsterte die Stimme, die ihn damals in dem süddeutschen Städtchen geführt hatte. Issas Augen verformten sich zu schmalen Schlitzen, so als wollten sie den uralten Schmerz herauspressen, der seine Brust zu sprengen drohte. Ein Messer oder eine andere Waffe war bei dem Aggressor nicht auszumachen; Issa sprang ihm mit beiden Knien auf die Brust. Kein Knick im Handgelenk; der Handrücken verlängerte einer Einheit gleichend den Unterarm. Issas Daumen presste sich fest gegen die mittleren Glieder von Zeige- und Mittelfinger, sodass die beiden Höcker der Faust in einer gefährlichen Waffe gipfelten, der vor Jahren Majas Wohnungstür nicht standzuhalten vermocht hatte. In den wenigen Bruchteilen dieser letzten Sekunde machte Issa ruhig und routiniert sein Ziel im Gesicht des unbekannten Mannes aus. Das angenehme Gefühl unmittelbar vor dem Schlag, der ihn für kurze Zeit von Wut und Schmerz befreien würde, erfüllte Issas Seele. Wieder vernahm er die Stimme des Instinkts: *Und jetzt mach ihn fertig, bevor er sich erheben kann.* Die Stimme hatte recht; Issa nickte ihr zu.

Doch dem Aggressor rutschte seine dunkle Wollmütze herunter und brachte ergraute lockige Haare zum Vorschein. Urplötzlich wich die Wut aus Issas Faust. Er erwachte aus seinem wenige Schnappschüsse andauernden Traum auf einem fremden Mann kniend und blickte in ein altes von Resignation entstelltes Gesicht, das ihm seit jeher vertraut war und das ihn geängstigt hatte, solange er sich erinnern konnte.

„Issa", hörte er Ami hinter sich rufen. Der vor ihm liegende Mann hielt schützend beide Arme vor sein Gesicht. Er fürchtete sich vor Issa und versuchte sich lallend zu entschuldigen. Es misslang ihm; der Alkohol hatte seine Zunge geraubt.

Wahrscheinlich war er Situationen dieser Art gewohnt; war es gewohnt, sich zu entschuldigen für seine Schwäche, seinen Alkoholismus, seine Hautfarbe, seine Existenz. Issa musste an Frantz Fanon denken und schämte sich vor dem Verfasser der Bibel aller Unterdrückten.

„Entschuldige Mann, ich habe überreagiert. Ist alles okay bei dir?"

Der Mann nickte.

„Ich dachte ... "; Issa brach den Versuch der Erklärung ab und half dem Mann auf, der jeglichen Halt seit Jahren verloren hatte. Der Geruch des Alkoholismus' drang tief in Issas Nase ein. Weniger der Atem des Mannes als vielmehr der Schnaps, der aus seiner auf dem Gehweg liegenden roten Plastiktüte sickerte, war hierfür verantwortlich. Issa hob die Tüte auf und warf sie zu dem übrigen Müll unter dem Abfallkorb.

„Hier sind zwanzig Euro. Kannst dir ja was zu essen kaufen. Ist vielleicht besser."

Ami hatte die andere Seite des Mannes gesehen, der wortlos neben ihr am Steuer des Wagens saß. Sie war sich sicher, dass hierin die Wurzel für sein Verbrechen lag. Die Vorstellung, dass Issa wahrscheinlich deshalb innegehalten hatte, weil die Mütze des Mannes heruntergefallen war, ängstigte sie. Doch sie wusste auch, dass es nicht die Sorge um das Auto seines Freundes, sondern um die Person gewesen war, die Issa liebte, die diese Seite in ihm hervorgebracht hatte. Diese Liebe ließ es letztlich egal werden, ob ihr oder ihm Böses angetan würde. Issa war gezwungen, genau das zu verhindern.

Kritisieren Sie meine Texte, nicht meine Herkunft, hatte Heinrich Heine seine Landsleute gebeten – ohne größeren Erfolg. Issa hatte wahrscheinlich niemals um etwas gebeten. Dennoch, diese Angst vor möglichen Verletzungen, die Heine später nach Paris führte, hatte in Issa eine Vorsicht tief verankert, die ihn zum Handeln antrieb, bevor seine Seele zerbrach. Es war die gleiche Angst wie an jenem Sonntag, als Issa ihr sein Verbrechen gestanden und gefürchtet hatte, sie deshalb zu verlieren. Ami verstand, dass ihre Liebe, dass sie für diesen Mann nicht weniger bedeutete als den schmalen Ausweg aus seiner zerstörerischen Welt, die keinen Platz für ihn bereitgehalten hatte.

„Ich hatte auch Angst, als der Mann auf dem Auto lag", sagte sie leise. „Vielleicht kannst du beim nächsten Mal ein bisschen vorsichtiger sein. Der LKW hätte dich ja beinah überfahren." Sie streichelte sanft seinen Nacken. „Ich will dich nicht verlieren wegen so einer blöden Geschichte."

Issa lehnte seinen Kopf zurück, um ihre Berührung besser zu spüren. „Ja, ich habe die Nerven verloren ... wegen nichts. Tut mir leid für dich ... und für den Mann."

Seiner Welt mangelte es an Attraktivität, nicht aber an gewalttätiger Gerechtigkeit, die die Liebe einer Frau eines Tages auffraß. Die Chance, die ihm Amis Hand bot, durfte er nicht ungenutzt verstreichen lassen. Sie war es wert, die Wut zu ertragen, vor der er sich fürchtete, seit er mit sechs Jahren zum ersten Mal den Schulhof betreten hatte. Und möglicherweise war diese Chance die letzte Ausfahrt von seiner Einbahnstraße, bevor sie in einer Sackgasse endete.

„Bonsoir Madame, bonsoir Monsieur, entrez s'il vous plaît." In ein französisches Restaurant gehörten französische Angestellte, denn von den hiesigen Mitarbeitern konnte man nicht das erwarten, was im Ursprungsland der bürgerlichen Gastronomie aus einer Not geboren als normaler Service verstanden wurde.

„Bonsoir", begrüßte Issa den Empfangschef. „Une table pour deux, un peu calme, s'il vous plaît." Der Empfangschef war hocherfreut über den in seiner Sprache geäußerten Wunsch eines Gastes, und überforderte mit seinem französischen Feuerwerk schnell Issas Kenntnisse dieser Sprache.

Das Restaurant war erst vor kurzer Zeit eröffnet worden und rühmte sich einer speziellen Sauce, die in Paris zubereitet und anschließend direkt hierher transportiert wurde. Die Inhaber hatten gehofft, an dem mittlerweile nicht mehr existenten Boom der Stadt teilhaben zu können. Doch die potenziellen Kunden, die schnell verdientes, neues Geld ebenso schnell wieder auszugeben bereit waren, hatten die Stadt seit einiger Zeit verlassen und waren zu den neuen profitablen Regionen der Welt weitergezogen. Der Anzahl der Gäste nach zu beurteilen, erschien es naheliegend, dass das Restaurant ihnen bald folgen würde. Nichtsdestotrotz empfand man beim Eintreten sofort die angenehm legere Atmosphäre, die aus der Mischung zwischen Caféhaus und Gourmettempel entstand.

Ami zog Issa an dessen Ärmel. „Ich dachte, wir gehen bloß irgendwo etwas essen."

Issa legte seinen Zeigefinger kurz auf beide Lippen. „Pssst", flüsterte er amüsiert. „Verrat bloß niemandem, dass es hier was zu essen gibt."

Ami musste lachen und kniff ihn in den Arm.

Der Empfangschef war vorausgegangen und wartete an einem Tisch in einer schlecht einsehbaren Ecke des Restaurants auf sie. „C'est bon ici, Monsieur?", fragte er.

„C'est magnifique", antwortete Issa und löste damit Zufriedenheit im Gesicht des Empfangschefs aus, der Ami die Jacke abnahm und den Kellner anwies, ihren Stuhl zurückzuziehen.

„Ich wusste gar nicht, dass du Französisch sprichst, Issa", sagte Ami, nachdem sich der Empfangschef, nicht ohne die Kerze auf ihrem Tisch anzünden, dezent entfernt hatte.

„Mehr schlecht als recht", antwortete Issa, während er eine Rothmans aus der Schachtel nahm. „In Afrika, als ich meinen Vater besucht hatte, war ich dazu gezwungen, meine bescheidenen Schulkenntnisse zu reaktivieren. Und danach habe ich ein paar Kurse besucht." Issa machte eine Handbewegung in Richtung des Empfangschefs und musste lachen. „Den Typen habe ich kaum verstanden. Weißt du eigentlich, was heute für ein Tag ist?"

Ami schüttelte ihren Kopf. „Nein, keine Ahnung, Issa. Es

muss ja was ganz Besonderes sein, wenn du mich ohne Vorwarnung hierherbringst und auch noch Champagner bestellst."

Issa hatte auf diese Frage gewartet und blickte Ami lächelnd an. „Die Zeit ist wie im Flug vergangen. Und es ist schon eine Woche her, dass du mich angerufen hast. Das hier ist so was wie unser kleines Jubiläum." Er zog genüsslich an seiner Zigarette und fügte hinzu: „Außerdem wolltest du doch mit mir nach Paris fahren und das hier ist zumindest ein französisches Restaurant."

„Das hast du also nicht vergessen", sagte Ami. „Ich dachte, du hast mich am Sonntagabend gar nicht gehört, weil du nur an eine Sache gedacht hattest." Sie umschloss seine Hand mit den ihren. „Diese Woche mit dir war wunderschön und intensiv und anstrengend. Als ich dich anrief, hatte ich überhaupt keine Vorstellung davon, dass die glücklichsten Augenblicke meines Lebens auf mich warteten. Und manchmal, wenn ich so darüber nachdenke, bekomm ich jetzt noch Angst, dass ich tagelang nicht sicher war, ob ich dich überhaupt anrufen sollte. Zum Glück habe ich mich getraut."

Issa, den die Berührung ihrer Hände erregte, nickte. „Ich dachte, in meinem Inneren sei nichts kaputtgegangen durch die ganzen Dinge. Da habe ich mir was vorgemacht, wenn ich an die Sache vorhin am Auto und an viele andere denke, die so geschehen sind. Doch lieben kann ich noch. Das weiß ich seit einer Woche."

#Maurice

Als Maurice im Alter von vierzehn Jahren zum ersten Mal von der untersten Aussichtsplattform des Eiffelturms auf die im goldenen Sonnenlicht weiß glänzende Stadt schaute, hatte er an Atlantis denken müssen. So schön und gleichzeitig unwirklich war dieser Anblick gewesen. Wie einer jener Träume, in denen man die Balance seiner Seele für einen Augenblick findet und dieses seltene Gefühl noch nach dem Erwachen in sich trägt, sodass kein Raum für Ernüchterung über das Ende des Traums bleibt.

Dieser Magie von Paris konnte sich niemand entziehen. Lediglich drei Stunden war Hitler staunend, unbeholfen, aber lächelnd durch die Stadt seiner Träume geschritten und hatte dabei seine antrainierte Mimik vergessen. Sein architektonischer Berater und Bruder im Geiste hatte dreißig Jahre danach notiert, dass sein «Führer», zurück in Berlin, sämtliche Pläne für die neue Hauptstadt des «Tausendjährigen Reiches» in den Papierkorb schmiss. Paris hatte den Eroberer in drei Stunden besiegt. Er war niemals zurückgekehrt; selbst sein späterer Befehl zur Zerstörung der Stadt sollte nicht ausgeführt werden.

Die drei Freunde waren dem alten Zauber in der Kleinstadt zwar entkommen. Doch ihre Flucht war nicht beendet; vielmehr war der alte Zauber von nun an ihr Begleiter. Ein hoher Preis für einen kurzen Moment der Gerechtigkeit. Issa und Kenny waren von Maurice am Standrand Berlins abgesetzt worden und von dort zu Fuß weitergegangen. Maurice' Fahrt hatte dann die ganze Nacht hindurch gedauert; vor den ersten Sonnenstrahlen war er schließlich in Paris angekommen. Er hatte seinen alten Peugeot, so wie es ihm gesagt worden war, am ruhigen Ende der Rue Victor Noir im Stadtteil Neuilly abgestellt, den Schlüssel hinter das rechte Vorderrad unter das Auto gelegt und war anschließend zu Fuß an den Ort gegangen, wo die Franzosen 1871 bis zuletzt gegen die deutsche Übermacht Widerstand leisteten. La Défense war einer der hässlichsten Orte dieser wunderbaren Stadt; gehörte aber mittlerweile dazu. Die kalten Stufen direkt unter der Grande Arche, einem riesigen Monstrum ohne erkennbaren Sinn, passten zu dem Anlass seiner Reise.

Gegen sechs Uhr erreichten die ersten Sonnenstrahlen diesen aus Beton, Stahl und Glas bestehenden Ort. Um sieben Uhr kamen die Müllmänner. Viel zu tun hatten sie nicht, denn nachts war der von Wolkenkratzern umgebene Platz sowieso menschenleer. Ab acht Uhr begann der Strom der Angestellten aus den Ausgängen der Stadtbahn und der Metro zu quellen. Pünktlich gegen neun Uhr riss der Strom ab. Die, die jetzt ankamen, rannten zu den Eingängen der Wolkenkratzer. Kurz nach zehn Uhr stieg ein Japaner die Stufen zur Grande Arche hinauf und blieb etwas unterhalb von Maurice stehen. Maurice verstand ihn nicht, hob deshalb einfach den Arm und zeigte in Richtung des fünf Kilometer entfernten Triumphbogens. Der Japaner lächelte vorsichtig und bedankte sich mehrfach, bevor er zu seiner Reisegruppe zurückkehrte.

Um zwölf Uhr mittags erstrahlte der Himmel blau – so blau, wie er nur an heißen Sommertagen sein konnte. Genau in diesen Augenblicken offenbarte sich Maurice das Geheimnis dieses Ortes, auch wenn er es noch nicht verstand.

Maurice stand auf und richtete seinen Blick auf den Ort, wo er die Japaner vor zwei Stunden hingeschickt hatte. Der Triumphbogen ragte majestätisch aus der Mitte der Stadt. Maurice legte seinen Kopf weit in den Nacken und blickte die rund einhundert Meter nach oben; direkt unter das Dach der Grande Arche. Das Bauwerk war beeindruckend und glich in seinen Ausmaßen einem perfekten riesigen Würfel; wirkte aber dennoch, wenn man sich direkt unter ihm befand und in

Richtung des Triumphbogens schaute, wie dessen Miniaturausgabe. Der Triumphbogen erschien von dieser Position aus betrachtet mindestens dreimal so hoch wie die Grande Arche. Maurice stieg die Treppen der Grande Arche langsam hinunter und ging zu Fuß die schnurgerade Strecke bis zum Triumphbogen; die Avenue Charles de Gaulle bis zum Place de la Porte Maillot und weiter die Avenue de la Grande Armée. Am Place Charles de Gaulle angekommen musste Maurice das feststellen, was sich über die gesamte Wegstrecke bereits abgezeichnet hatte. Der Triumphbogen passte zweimal in Höhe, Breite und Tiefe in die Grande Arche, war also nicht größer, sondern wesentlich kleiner als das Betonmonstrum. Maurice kehrte etwas enttäuscht zurück, erklomm erneut die Stufen der Grande Arche und verharrte weitere zwei Stunden, um sich an der wahren Größe des Triumphbogens zu erfreuen.

Gegen sechzehn Uhr erschien der vielleicht zwölfjährige Junge; er war zugleich schwarz und weiß – ein Albino. Der Junge stieg, sein Skateboard unter den Arm geklemmt, langsam die Stufen hinauf und blieb vor Maurice stehen, der seinen Kopf ein wenig anhob. Mit Zeige- und Mittelfinger tippte der Junge auf sein linkes Handgelenk. Er hatte sich verspätet, um fast eine Stunde, aber das meinte er wohl nicht. Maurice zuckte mit den Schultern, zog den Briefumschlag mit fünftausend Mark aus seiner Jackentasche und streckte dem Jungen das Geld entgegen. Der griff schnell zu und schaute in den Umschlag. Ein zufriedenes Lächeln zeichnete sich auf seinem Gesicht ab. Er zwinkerte Maurice zu, bevor er die Treppe hinunterhüpfte; blieb dann jedoch auf der letzten Stufe stehen und kam behände zurück. Bei Maurice angekommen hielt ihm der Junge lachend eine Eintrittskarte hin. „Ce soir au Bataclan grand-frère; si t'as envie du Rock'n'Roll des blancs." Maurice schüttelte ungläubig den Kopf, als er auf das Ticket schaute: „Vraiment!? ... Motörhead." Der Junge nickte ihm aufmunternd zu: „C'est cool ... très cool même."

Maurice steckte das Ticket ein. Issa und Kenny hatten ihn

gestern beim Aussteigen gefragt, was mit dem Auto und dem Mörder in dessen Kofferraum geschähe. „Das werden wir niemals wissen", war Maurice' Antwort gewesen, der jetzt in die fremden hellgrauen Augen des fröhlichen Albinoknaben blickte und überlegte, ob er die Frage noch stellen sollte. Der Junge wartete, so als kenne er die Gedanken seines Gegenübers.

Doch ganz plötzlich stand Maurice auf und richtete seinen Blick hoch hinauf. Es sind die abfallenden Linien der Dächer, dachte er. Die Linien begannen bereits hier an den Spitzen der Wolkenkratzer, die tatsächlich höher waren als die Grande Arche. Sie setzten sich auf den Dächern der Häuser an der Avenue Charles de Gaulle und der Avenue de la Grande Armée fort, verengten sich und endeten schließlich unterhalb des Triumphbogens, der so majestätisch aus der Mitte der Stadt emporgehoben wurde. *Das Geheimnis der Grande Arche.*

Als Maurice seinen Blick wieder senkte, war der Albinojunge auf seinem Skateboard in dem unübersichtlichen Treiben auf dem Place de la Défense bereits verschwunden und ihre Frage, so wie er es seinen Freunden am Vortag gesagt hatte, für immer unbeantwortet geblieben.

11. Kapitel

Michael sah jung aus; müde ja, mit tiefen Augenringen. Er war kräftiger geworden, männlicher, aber noch immer schlank. Auch Gabi hatte nicht schlafen können. Bei der Begrüßung küsste er sie auf die Wange. Es war dieselbe Vertrautheit, derselbe Geruch. Neben seinem Hotel kaufte sie in einer Apotheke schnell Verbandszeug und versorgte im Auto seine linke Hand, die mitgenommen aussah. Sie wollten zu einem Café fahren, doch Gabi startete ihren Wagen nicht. Und sie ließ Mikes Hand nicht mehr los.

Seine Hände hatte sie schon damals geliebt. Ihre Form und vor allem ihre Bewegungen, wenn er sprach. Es waren keine ausladenden, es waren schöne Bewegungen. Und sie hätte ihn stundenlang anschauen können, auch wenn sie diese Zeit gar nicht gehabt hatten. Eigentlich waren es insgesamt nur wenige Tage gewesen. In der Nacht nach ihrem ersten Tanz hatten sie sich geliebt, und sie wäre bereit gewesen, mit ihm zu gehen. Sie wäre bereit gewesen, ihre Familie und ihr gesamtes bisheriges Leben hinter sich zu lassen. Dazu hätte es gar nicht der Brutalität ihres Vaters bedurft, der sie zusammengeschlagen und anschließend stundenlang an der Heizung festgebunden hatte. Nachdem ihre Mutter sie heimlich befreit und ihr fünfzig Mark aus der schmalen Haushaltskasse zugesteckte hatte, begannen die glücklichsten drei Wochen ihres Lebens. So empfand sie es bis heute.

Sie liebten sich bei jeder Gelegenheit. Und er erzählte ihr von seiner Kindheit, von Schwarz und Weiß, von einem breiten Strand am blauem Ozean. Von seinem Job in einem Gemischtwarenladen und von dem Laden, den er später selbst eröffnen wollte. Wenn er nicht bei ihr war, spuckten die Nachbarn vor ihr, der «Negerhure», aus. In dieser glücklichen Zeit hatte es sie nicht gestört, denn sie hatte mit diesem Ort, mit all diesen Leuten, mit dieser Familie abgeschlossen. Sie hatte auf einen wie *ihn* gewartet; auf einen, der anders war, den sie lieben konnte und der sie mitnahm, der sie herausholte aus allem, was sie verabscheute.

Sie war das zweite Kind ihrer Eltern; vielleicht auch nur das zweite Kind ihrer Mutter. Die Eltern hatten kurz nach dem Krieg geheiratet, als ihre Mutter mit ihrem Bruder schwanger war, der mit seinen hellblonden Haaren, den blauen Augen und seinem rundlichen Körper zwar dem Vater glich, aber ansonsten das Gegenteil seiner acht Jahre jüngeren Schwester war. Irgendwann hatte der Vater für die nun vierköpfige Familie eine Zwei-Zimmer-Wohnung gefunden, in der sie noch lebten, als die Tochter mit siebzehn Jahren begann, in den Nachtklubs der schwarzen Besatzer tanzen zu gehen. Fast drei Jahrzehnte nach dem Krieg empfand ihr Vater keine Befreiung vom Nazi-Joch. Vielmehr beklagte er sich über die «schwarzen Affen», mit denen die Amerikaner die Deutschen herabwürdigten, so wie es die Franzosen nach dem ersten Weltkrieg im Rheinland getan hatten.

Ihre Familie kam aus der Arbeiterklasse, die damals keine Arbeitnehmer mit höherstrebenden Ambitionen für ihre Kinder war. Man arbeitete früh, um den Eltern nicht mehr auf der Tasche zu liegen, heiratete schnell, bekam Kinder und traf sich zu den Familienfeiern vollzählig im Schrebergarten bei Bratwurst und Bier. Sie passte nicht hierher. Sie wollte keine Frau wie ihre Mutter werden, und vor allem wollte sie keinen Mann wie ihren Vater heiraten. Schnell hatte sie ein paar kurze Affären mit den Männern, die ihr Vater hasste; in den dunklen Hinterzimmern ihrer Klubs oder in ihren großen Autos. Sie mochte es nicht sonderlich, aber der Sex gefiel ihr. In ihrem eigenen Viertel ging es auch nicht gerade romantisch zu. Und außerdem dachte sie, dass es bei *ihnen* eben so sei.

Die Männer hatten ihre Mädchen, und sie war eines dieser Mädchen, die nicht so waren wie die Mädchen aus ihrem Viertel. Mutiger, denn sie hatten eine verbotene Grenze überschritten. Besonders mochte sie ihre Musik und ihre Art zu tanzen. Diese Nächte, in denen alles anders war als in ihrem sonstigen Leben, glichen einer vorgelagerten Flucht. Am liebsten wäre sie dortgeblieben, was natürlich unmöglich war. Erst als *er* ihre Hand ergriff und auf der Tanzfläche eng an sich zog, begann sie, an ihren Wunsch zu glauben. Sie mochte seinen Geruch, seine weichen Haare und besonders seine hellbraunen traurigen Augen. Als sie die Nächte verlassen und im Zimmer einer Freundin Zuflucht gefunden hatten, bemerkte sie eines Morgens die Sommersprossen auf seinen Wangen. Dann war er aus ihrem Leben verschwunden und ihr Herz zerbrach.

Gabi und Mike saßen schweigend in ihrem Wagen. Sie streichelte seine verletzte Hand. Tränen liefen über ihr gesamtes Gesicht. Er versuchte, sie wegzuwischen. Aber auch seine Augen wurden feucht, als sie zitternd seine Wange berührte und sie sich ganz nah waren. Sie zog ihn an sich; presste sich auf ihn. Umschloss mit beiden Händen sein Gesicht und überdeckte es mit Küssen. Er öffnete ihre Bluse, spürte den schnellen Herzschlag hinter ihrem Busen; und so wie damals in dem Hauseingang neben der elterlichen Wohnung, wo sie sich vor drei Jahrzehnten heimlich getroffen hatten, erfasste das Zittern ihren ganzen Körper.

Die Dämmerung verzehrte schnell das letzte Licht des Tages. Lediglich der Verkehr der Straße warf flüchtige Schatten an die Decke des Hotelzimmers. Sie lagen nackt in dem engen Flur gleich hinter der Eingangstür. Weiter waren sie nicht gekommen. Sie wusste nicht, wie lange sie sich geliebt hatten. Er war noch immer auf ihr und in ihr, und sie hielt ihn noch immer fest, so stark sie konnte. Ihre Nägel hatten sich in seinem Rücken so sehr verkrallt, dass sie sein Blut an ihren Fingern spüren konnte. Ihr Hals, ihr Busen, ihr ganzer Körper war feucht von ihren gemeinsamen Tränen. Sie hatte den Schmerz, der nicht enden wollte, wieder und wieder herausgeschrien. Es musste wehtun. Er musste ihr wehtun. Sie mussten sich wehtun. Sie versuchte, ihm zu entfliehen. Doch er presste sie auf den rauen Teppich. Sie wollte ihn stärker in sich spüren. Doch er zog sich zurück. Sie schlug auf seine Brust ein, mit ganzer Kraft, mit beiden Fäusten. Doch er hielt ihre Handgelenke fest. Sanft berührten ihre Lippen die seinen. Es war dieser Kuss; der Kuss, der sie in all den Jahren nachts heimgesucht hatte. Doch die Erinnerung an ihre junge Liebe war flüchtig, als der Schmerz zurückkehrte, er sie vom Boden hob, ins Zimmer trug, auf das Bett drückte und hinter ihr blieb. Sie streckte ihre Arme weit aus und vergrub ihr Gesicht tief in dem Kopfkissen, sodass sie kaum Luft bekam. Seine Hände verschränkten sich in ihren; sie spürte sein Gewicht, ihn selbst und hoffte, der Schmerz möge so für einen weiteren kurzen Augenblick nachlassen.

Maurice gewöhnte sich langsam an die kühlen Temperaturen im Inneren des Flugzeuges. Wahrscheinlich wollte die Crew den Reisenden einen Gefallen tun und ihnen etwas Abkühlung von der selbst in der Nacht drückenden feuchten Hitze verschaffen. Durch das kleine Fenster war das in der Nacht hell erleuchtete Flughafengebäude zu sehen, wo Maurice gerade von allen verabschiedet worden war. Bertrand hatte es sich dieses Mal nicht nehmen lassen und Flavie, Patrice und ihn in seiner neuen Errungenschaft, einem Mercedes S 500 4M, zum Flughafen gefahren. Franck und etliche andere Verwandte hatten sich in Andrés Taxi gezwängt und waren ihnen gefolgt.

In den letzten Jahren war in ganz Afrika ein aus Ungerechtigkeit geborenes Phänomen zutage getreten. Junge Menschen verließen die bittere Armut und vor allem die Perspektivlosigkeit ihrer Familien, um sich in Gruppen zusammenzuschließen, die nach minimalen eigenen Regeln funktionierten. Sie nahmen sich das, was ihnen zustand von den wenigen Wohlhabenden oder rivalisierenden anderen Gruppen. Ihre Motivation rührte aus der gleichen Wut wie die ihrer Vorfahren, die vor Jahrzehnten das koloniale Joch abzuschütteln versucht hatten. Die neuen Revolutionäre irrten ziellos und gewalttätig umher.

Auf der Fahrt zum Flughafen hatten Maurice und die anderen den Weg einer solchen Gang gekreuzt, die mit einem zuvor geraubten Bus die gesamte Schnellstraße blockiert hatte. Ein Entkommen war ausgeschlossen, Polizei weit und breit nicht zu sehen gewesen. Maurice hatte die Sprache der jungen Männer nicht verstehen können. Es war ihre eigene Sprache gewesen, die sie mit kriegerischen Gesten unterstrichen, die ohne ihre Maschinenpistolen aber lächerlich gewirkt hätten. Anders als Flavie und Bertrand, die ihren Schmuck bei Fahrten am Abend stets ablegten, hatte Maurice seine Uhr getragen. Der noch junge Mann mit einer Narbe, die seine linke Gesichtshälfte nahezu symmetrisch teilte, hatte nicht nur die Uhrenmarke gekannt, sondern wohl auch gewusst, dass diese Patek Philippe Calatrava äußerst rar war. Einer seiner Begleiter, ein dürrer vielleicht zehnjähriger Junge mit einem alten Gesicht und einer AK 47, hatte den sowjetischen Exportschlager direkt in ihr Auto gerichtet. Der Junge war wahnsinnig gewesen und hatte darauf gebrannt, den Abzug zu betätigen und ein Blutbad anzurichten. Doch der Narbenmann, den seine Begleiter Stalin nannten, hatte den Jungen zur Seite geschoben und mit einer minimalen Handbewegung die Armbanduhr gefordert. Maurice hatte sie ihm ohne Zögern gegeben. Bertrands Warnung, man werde sie in den nächsten Tagen auf einer Polizeistation zu Tode prügeln, hatte Stalin ungerührt erwidert: „Mara Salvatrucha, mon frère ... On est mort depuis." *Wir sind seit langem tot.* Das hatte Maurice verstanden;

die ersten beiden Worte nicht.

Man sprach von Überbevölkerung und schien damit bei all diesen tagtäglichen Katastrophen in der verarmten Welt recht zu haben. Nüchtern betrachtet existierten in bestimmten Regionen zu viele Menschen, weshalb auch in der Stadt, die Maurice gerade verließ, zahlreiche Büros betrieben wurden, in denen globale Organisationen versuchten, der Bevölkerung eine sinnvolle Familienplanung näher zu bringen. Unbrauchbarer Überschuss wie Stalin und seine Begleiter sollte erst gar nicht entstehen. Im Grunde setzte man in dieser neuen Zeit weit vor den aus früheren Zeiten bekannten Euthanasieprogrammen an und nannte es Familienplanung. Eine äußerst simple Logik, die Maurice an die eines Bauern erinnerte, der über nicht genügend Futter für seine Rinder verfügte und deshalb seinen Bullen kastrierte.

Das Flugzeug tauchte hinein in die tief stehenden Wolken. Maurice ließ Flavie und Patrice auf dem Flughafen in dieser seit langem sterbenden Welt zurück, die in ihrer Weisheit trotzig und permanent neues Leben ausstieß. Seine kleine Familie würde nicht mehr auf ihn verzichten müssen. Wohin ihr Weg führte, wusste Maurice nicht. Doch seit dem gestrigen Tag, als er mit Flavie am Pampelmusenbaum seiner Vorfahren gesessen hatte, war es ihr gemeinsamer Weg, der vor ihnen lag.

In der Nacht hatte Maurice keinen Schlaf gefunden; wegen der Kolanüsse, die ihm seine Großmutter zugesteckt hatte. Flavie und Patrice hatten friedlich im Bett seines Großvaters gelegen. Maurice war aufgestanden, hatte sich an das kleine Fenster gesetzt und, so wie bereits Generationen vor ihm, in den tropischen Wald geblickt. Das Koffein der Kolanüsse musste seine Sinne geschärft haben, denn mitten in dieser mondhellen Nacht hatte er die Erzählungen seiner Großmutter über ihre Ahnen verstehen können, die ihn vor seiner kleinen schlafenden Familie sitzend zufrieden beobachteten. Er hatte sich zu ihnen unter den Pampelmusenbaum gesellt und gemeinsam an der Schönheit des Bildes erfreut, das die Antwort auf seine nicht gestellte Frage war.

Niemals hätte es sich Maurice vorstellen können, dass ein damals zwanzigjähriges Mädchen, dessen auffallendste Eigenschaft ihr Sex-Appeal gewesen war, ihm diesen Ausweg aus der Hoffnungslosigkeit zeigen würde, die er vor wenigen Tagen in seinem einsamen Appartement mit aller Macht ertragen musste. Aber Flavie hatte seinen ständigen Begleiter, das Gefühl der Sinnlosigkeit, vertrieben und Maurice die Chance eröffnet, sich dem Schwur von mehr als einer Million Männer jeden Tag aufs Neue stellen zu können. Andrés Bitte, er möge sie nicht vergessen, war überflüssig gewesen. Denn die Heimat, nach der Maurice ein Leben lang gesucht hatte, war nun gefunden; wo auch immer sie sein würde.

Das war jedenfalls Maurice' Plan gewesen. Von den Dingen, die sich in der Stadt ereigneten, die er gerade verlassen hatte, ahnte Maurice ebenso wenig wie davon, dass Stalin, der Mann mit der Narbe, die kein Lachen mehr zuließ, seinem Flugzeug nachgeblickt hatte.

12. Kapitel

Mike hatte ihr Klopfen zunächst fast überhört. Als er die Tür seines Hotelzimmers öffnete und Gabi gegenüberstand, begann Mike, die Erkenntnis an sich heranzulassen, die er seit ihrem ersten Telefonat vor zwei Tagen verdrängt hatte. Mike war von der anderen Seite des Atlantiks aufgebrochen, um einen Sohn zu finden. Dessen Mutter war bestenfalls eine Verbindung zu dem Rätsel gewesen, das ihm der weißgekleidete Tote am Strand von Tybee Island aufgegeben hatte. Doch ihn und Gabi verband weit mehr als eine kurze, jahrzehntealte Affäre und das daraus entstandene Kind. Vielleicht begreift man diese Dinge erst, wenn man sich wiedertrifft und sofort das empfindet, was man damals nicht wertschätzte oder verstand, aber auch nach Jahren nicht vergessen hatte. Und dieses Gefühl, dass er empfand, seit sie im Auto seine verletzte Hand gehalten hatte, ließ keinen Raum dafür, dass irgendetwas Falsches in all dem sein könnte, was gestern Nacht zwischen ihnen geschehen war. Es war schön und beängstigend zugleich.

Sie trug ein graues Kleid mit dreiviertellangen Ärmeln aus dünner Kaschmirwolle, das lässig fiel, dennoch ihre Figur betonte und kurz oberhalb der Knie endete. Die hellen Sneakers und dunklen Strümpfe wirkten jugendlich. In ihrer Armbeuge hing eine große Handtasche, die etwas verdeckt wurde von einer kurzen schwarzen Lederjacke über ihrem Unterarm. In der Hand hielt sie ihr Handy und den Autoschlüssel. Die goldene Uhr an ihrem Handgelenk sah ebenso teuer aus wie die Tasche und überhaupt ihr gesamtes Outfit. Ihre Augen waren grau mit einem leichten grünen Schimmer. Der bunte Seidenschal um ihren Hals war klassisch geknotet und ergänzte geschmackvoll ihr kaum sichtbares Make-up, das nur durch den dunkelroten Lippenstift erkennbar wurde. Die ersten weißen Strähnen ihrer schulterlangen leicht gewellten braunen Haare hatte sie nicht übertönt.

Mike sah Gabi an; vielleicht zum ersten Mal überhaupt, worüber er sogleich Scham empfand. Manche Frauen hatte er über die Jahre vergessen; sie nicht. Sie hatte sich von Beginn an für ihn entschieden; und zwar bedingungslos. Damals hatte er das möglicherweise als selbstverständlich empfunden. Mittlerweile wusste er, dass es das nicht war. Und mit eben dieser Bedingungslosigkeit stand sie vor ihm und blickte ihn ruhig an. Es war keine aus Liebe oder Verliebtheit geborene Schwäche, sondern eine Entscheidung, zu der Mut erforderlich war. Gabi war mutig, und sie hatte entschieden, dass sie zu ihm gehören wollte; egal ob es in ihr oder in sein oder in ein anderes Leben passte. So war es damals in dem schäbigen Frankfurter Klub gewesen; und so war es auch gestern Nacht gewesen, als sie sich geliebt, aber kein Wort miteinander gesprochen hatten. Am frühen, noch dunklen Morgen war sie gegangen, um bereits jetzt wieder hier bei ihm zu sein.

Mike zögerte und wusste nicht, wie er Gabi begrüßen sollte. Sie schon. Er spürte die Berührung ihrer Hand auf seiner Brust, als sie zu ihm trat. Ihre Lippen waren vertraut, so wie der Duft ihres Parfüms.

„Ich freue mich, dass du endlich da bist", sagte Gabi, als sie an ihm vorbei in das Zimmer trat. Sie drehte sich um und lachte ihn mit einem ungläubigen Kopfschütteln an. „Ich dachte, ich sehe dich nie wieder, Michael."

„Ich bin auch froh, dass ich dich gefunden habe." Mike sprach die komplizierte Wahrheit langsam aus und wollte etwas hinzufügen: „Ich …"

„Pssst …", unterbrach ihn Gabi, die diesen Moment und keine weiteren Worte wollte. „Jetzt nicht, Michael. Bitte …" Sie stand vor ihm, legte ihren Zeigefinger auf seine Lippen

und ihren Kopf an seine Schulter.
Mike schloss sie in seine Arme.

„Ich wollte damals nicht mehr leben", sagte Gabi, nachdem sie sich auf das Bett gesetzt hatte. Ihre Tasche und die Jacke lagen neben ihr. Sie sah an ihm vorbei in Richtung des Fensters. „Es waren nicht die Leute. Mit meinen Eltern ... mit meinem Vater war ich sowieso fertig. Es war klar, dass ich ihm niemals vergeben werde. Aber *du* warst verschwunden. Es war so, als hätte man dich aus mir herausgerissen."

Mike stand an dem kleinen Tisch. Er setzte sich auf den einzigen Stuhl im Zimmer.

„Es hat so wehgetan", fuhr Gabi fort. „Und es hörte nicht auf. Dass ich schwanger war, habe ich in den ersten Monaten gar nicht gemerkt." Gabi löste den Knoten des Schals und stopfte ihn in ihre Tasche. Dann nahm sie den Schal schnell wieder heraus, um ihn sorgsam zusammenzulegen. Mit den Füßen streifte sie ihre Sneakers ab, zog ihre Beine ganz nah an ihren Körper und umschloss die Knie eng mit beiden Armen.

Mike dachte an das Zimmer in dem Frankfurter Seitenflügel. So musste Gabi auf dem kleinen Bett gesessen und auf ihn gewartet haben, als Spookeys Beine in Fetzen vor ihm lagen und er in Mikes Armen um sein Leben gefleht hatte.

„Ich war mir immer sicher, Michael, dass du mich nicht einfach vergessen hast." Es war eine vorsichtige Frage. Gabi blickte etwas unsicher zu ihm. Kaum merklich schüttelte sie den Kopf und lächelte: „Das spielt keine Rolle mehr. Das ist nicht wichtig. Du bist ja jetzt da."

„Ich habe dich nicht ...", wollte Mikes schnell antworten, als seine Stimme versagte. Er suchte nach Worten und nach einer Wahrheit, doch seine Erinnerung war eine graue verschwommene zähe Masse, in der er sich damals verloren hatte. Seine Jugend in Georgia dagegen war noch ganz klar. Auch die Regeln dieser Zeit; sie hatten sich bis heute fest in seinem Wesen eingebrannt. „Dort, wo ich herkam, konnte man nicht einfach ein schönes weißes Mädchen küssen und mit ihr seine Zukunft planen. Das existierte in meiner Welt nicht. Das existierte nur dort, wo wir uns getroffen haben. Bei der Armee in Deutschland. Und dort eigentlich nur in den Nächten unserer Klubs. Was am nächsten Morgen sein würde, hatte keine Rolle gespielt." Mike atmete tief ein und stützte beide Ellenbogen auf seinen Oberschenkeln ab. Mit gesenktem Kopf fuhr er fort: „Als du das Zimmer gefunden hattest, bekam ich einfach Angst, obwohl ich sehr glücklich war. Dennoch; ich befand mich plötzlich an einem Ort, den ich nicht kannte. Ein verbotener Ort, der gar nicht existieren konnte. Und von dort hat man mich an den nächsten unbekannten Ort geschickt ..." Mike sprach nicht weiter.

Gabi blickte ihn ruhig an und wartete.

„Sie haben mich nach Vietnam geschickt. Und dann ...", er stockte erneut, als er zur Wahrheit vorgedrungen war. Seine Stimme klang nun heiser und leise, sehr leise: „Und dann wollte ich wirklich vergessen. Ich wollte *alles* vergessen, was ich gesehen hatte. Die Armee, den Krieg, den Tod. Vor allem dieses furchtbare Gesicht von Spookey wollte ich vergessen. Das Gesicht meines besten Freundes. Aber das konnte ich ihm nicht antun. Deshalb erschien er jede Nacht. Vielleicht war es ja meine Schuld? So wie bei dir ... bei uns." Mike richtete seinen Kopf auf. „Ich weiß wirklich nicht mehr, was in den Jahren nach dem Krieg geschehen ist. Eines Tages bin ich aufgewacht. Das war in Detroit."

„Kannst du mir bitte einen Schluck Wasser geben?"

„Ja natürlich." Mike goss Mineralwasser aus der Flasche vor ihm auf dem Tisch in ein Glas und trat zu Gabi ans Bett.

Sie nahm das Glas mit ausgestrecktem Arm entgegen und schaute zu ihm auf. „Das hier ..."; sie suchte und fand seinen Blick. „Das hier ist alles, was ich jemals hatte und was ich immer wollte. Du und ich ... irgendwo zusammen. Für mich ist es ein Wunder, Michael. Mir ist, als träume ich seit zwei Tagen. Ich weiß nicht, ob du das verstehen kannst."

„Doch", sagte er. „Ich verstehe es ... jetzt. Damals nicht. Ich weiß nicht, was gewesen wäre, hätte ich es damals verstanden."

„Das ist nicht wichtig", sagte Gabi und zog Mike zu sich auf das Bett.

Ab Montag würde Issa für einige Wochen in der Bibliothek sitzen und sich auf den mündlichen Teil des Staatsexamens vorbereiten. Er schob diese Gedanken in diesem Moment ganz weit weg und genoss sein Glück mit Nichtstun. Die letzten Tage hatte er ausschließlich mit Ami verbracht. Es waren die schönsten gewesen, an die er sich erinnern konnte. Die Heizung war voll aufgedreht, so wie damals im Gefängnis. Issa lag mit freiem Oberkörper auf seinem Bett. Sein Leben gefiel ihm. Einer seiner Lieblingssongs erklang aus der Musikanlage. Er hatte den Track auf automatische Wiederholung eingestellt und lauschte wahrscheinlich zum zehnten Mal dem Duett von Miki Howard und Terence Trent D'Arby mit ihrer Version von Stevie Wonders Song *I Love Every Little Thing About You*.

Maurice wollte am späten Nachmittag zu ihm kommen. Issa war gespannt, von den Dingen zu erfahren, die sich ereignet hatten. Schönes, mit dem er nicht gerechnet hatte, musste ihm widerfahren sein. Issa hatte seinen Freund lange Zeit nicht so ausgeglichen erlebt wie am Flughafen, wo er und Ami ihn am Morgen abgeholt hatten. Die wenigen Tage in Afrika hatten ausgereicht, um Maurice diese besondere schöne Bräune zu verleihen, die ansonsten nur im Sommer zu sehen war. „Entschuldige Issa", hatte sein Freund gleich zur Begrüßung gesagt. „Diesen Weg musste ich antreten, ohne jemandem etwas zu sagen." Mehr hatten sie vor Ami nicht besprochen. Ein Freund mit einem Kind, um das er sich bisher nicht richtig gekümmert hatte, war nicht unbedingt die beste Referenz. Nachdem sie Ami an ihrer Wohnung abgesetzt hatten, die ihre

Freundin Stephanie erwartete, waren sie nochmals bei Kenny vorbeigefahren. Doch Kenny war nicht in seiner Wohnung gewesen. Issa hatte Maurice angeboten, gleich mit zu ihm zu kommen und sich dort von der nächtlichen Reise auszuruhen. „Ich knall mich lieber zu Hause für ein paar Stunden aufs Ohr", hatte sein Freund darauf geantwortet. „Wir können später was zusammen essen gehen, bevor die Party beginnt. Ich komme gegen fünf bei dir vorbei."

Das vorsichtige Klingeln an seiner Wohnungstür wäre beinahe nicht in Issas Gedanken vorgedrungen. Er blickte auf sein Handy; es war erst kurz nach drei. Maurice konnte es nicht sein. Issa ging in den Flur und erkannte durch den Spion Marys Haare, die unmittelbar vor der Tür stehen musste und sicher bemerkt hatte, dass er zu Hause war. Issa zog sich schnell ein T-Shirt über und öffnete die Tür.

„Kann ich reinkommen?", begrüßte Mary ihn leise.

Diese Zurückhaltung konnte nichts Gutes bedeuten. Die Sache war nicht ausgestanden. „Ja, komm rein", antwortete Issa, dem seine Schwäche allzu bewusst wurde.

Mary blieb vor ihm im engen Flur stehen und sah ihn fragend an.

„Wir können in der Küche sitzen", beantwortete Issa ihren Blick, denn der Wohnraum bestand neben seinem Schreibtisch im Wesentlichen aus einem Bett, in dem noch Amis Geruch ruhte. Issa wusste, dass Mary gehen musste, bevor die Dinge außer Kontrolle gerieten; und das hieß, sofort. Doch wider besseres Wissen hörte er sich fragen: „Möchtest du etwas trinken?"

„Ja, Wasser bitte", sagte Mary, die heute jede seiner Fragen mit Ja beantworten würde. Sie hatte Ami nicht mehr angerufen, den Kampf um Issa aber nicht aufgegeben, sondern war vielmehr bereit, ihm zu vergeben.

Issa stand am Herd, zündete sich eine Rothmans an und beobachtete Mary, die auf dem Küchenstuhl Platz genommen und ihre Beine übereinandergeschlagen hatte. Sie trug das für diese

Jahreszeit unpassende kurze matt-türkise Kleid, das Issa schon gut gefallen hatte, als sie sich im Sommer zum ersten Mal verabredet hatten. Lediglich zwei schmale cremefarbene Bänder, die an der linken Seite etwas oberhalb ihrer Taille zu einer Schleife zusammengebunden waren, hielten den trotz der Farbe transparent wirkenden Stoff des Kleides zusammen, das so bei der richtigen Bewegung oder im Sitzen, wie jetzt, eine ganze Menge von ihren schlanken Beinen preisgab.

Mary blickte ihn an. Sie hatte ihn in seinen Gedanken ertappt, stand auf und kam vorsichtig lächelnd auf ihn zu. „Hast du eine Zigarette für mich?"

Issa zog eine Zigarette aus der Schachtel, ohne den Blick von ihr abzuwenden. Marys Anwesenheit, ihr vertrauter Geruch betörte ihn. Sie berührte seine Hand, als er ihr Feuer gab und ließ sie auch nicht los, nachdem bereits Rauch von ihrer Zigarette aufstieg.

„Ich habe die ganze Woche geweint. Du hast mich wirklich verletzt, Issa", begann sie. „Ich habe über deine Worte nachgedacht ... was du zu mir gesagt hast. Ich verstehe dich."

Issa spürte die in ihm aufsteigende Erregung. Mary kannte diese Seite in ihm besser als alle seine anderen Freundinnen zuvor. Sie lehnte sich mit leicht gespreizten Beinen an den Kühlschrank und verschränkte ihre Arme, sodass ihr Busen im Dekolleté angehoben wurde. Mary wusste genau, worüber er nachdachte und dass ihm diese Gedanken gefielen. Trug sie nur dieses Kleid? Issa, der in diesem Augenblick nichts lieber getan hätte, als zu ihr zu treten und die Schleife des Kleides zu lösen, war sich nicht sicher. Ihre Welt, die er glaubte, hinter sich gelassen zu haben, lag verführerisch vor ihm.

„Ich habe verstanden, dass du mich verlassen hast", sagte Mary. „Und ich werde keine Probleme mehr machen ... versprochen. Ich glaube, dass ich damit irgendwie klarkommen kann." Sie biss sich auf die Oberlippe und stieß sich mit den Ellenbogen vom Kühlschrank in Issas Richtung ab. „Deswegen bin nicht hier ... das weißt du."

Ihre leisen Worte und ihr offener Blick saugten Issa das Blut aus seinem Verstand.

„Ich möchte heute noch einmal von dir gefickt werden."

Mary wartete nicht auf seine Reaktion. Sie drückte ihre Zigarette aus, schmiegte sich zärtlich an ihn und küsste seinen Hals. „Du siehst müde aus", flüsterte sie in sein Ohr. „Entspann dich, Baby."

Erst ihre Hände und schließlich sie selbst wanderten an seinem Körper hinunter. Issa schloss die Augen und fühlte die angenehme Süße der Wehrlosigkeit. Als sie sich kennengelernt hatten, war Mary unbedarft. Sie hatten niemals darüber gesprochen; Sex schien in ihrer Ehe und in ihrem früheren Leben keine wirkliche Rolle gespielt zu haben. Dabei hatte Sex in Mary geschlummert, was Issa mit dem sicheren, eigentlich Zuhältern vorbehaltenen Gespür bereits in ihrer ersten Nacht bemerkt hatte. Schritt für Schritt hatte er ihre Hingabe angenommen und deshalb oft ein schlechtes Gewissen verspürt. Das bräuchte er nicht zu haben, hatte Mary ihn beruhigt. Sie hatte keine Angst vor seinen Wünschen. Nur Mary kannte diese Seite von Issa, deren Ursprung tief in den Abgründen lag, in denen er sich lange Zeit verirrt hatte.

Issa blickte zu ihr hinab. Aus dem Wohnzimmer erreichte ihn Mikis und Terence' Gesang und mit diesem die Gedanken an Ami, die bis vor wenigen Minuten seine ganze Seele erfüllt hatten. Mary wollte ihn. Noch einmal, wie sie gesagt hatte, wäre ein neuer Beginn gewesen. Außerdem waren diese Dinge zwischen Männern und Frauen viel zu ernst. Issa hätte ihr Angebot liebend gern angenommen, doch das war nicht mehr möglich. Er spürte kein schlechtes Gewissen gegenüber Ami, war aber nicht bereit, für diesen Augenblick, seine Liebe zu Ami zu vergiften. Man konnte es drehen und wenden, wie man wollte. Auch Verheimlichen und Lügen brachte nichts. Selbst wenn der andere niemals etwas erfuhr. Untreue war dieses Gift; es tötete das dritte Wesen, das zwei Liebende erschaffen hatten. Nicht sofort, nicht einmal schnell; dennoch immer mit dem gleichen Ergebnis.

„Mary!" Issa berührte ihre Schulter. „Mary, ich kann das nicht tun." Er schob sie weg. „Das geht nicht", sagte er leise.

Mary blieb am Boden hocken und blickte genervt zu ihm auf. „Was geht nicht?", sagte sie trotzig und zeigte mit beiden Händen auf ihren Körper. „Ist das hier nicht mehr gut genug für dich? Hast du was Besseres gefunden?"

Issa schüttelte den Kopf und zog die Zigarettenschachtel aus seiner Hosentasche. „Vergiss dieses Sexding. Das ist nicht so wichtig. Und es muss ja nicht im völligen Chaos enden." Issa glaubte nicht an Freundschaften zwischen Frauen und Männern; weder vor oder nach, mit oder ohne eine Beziehung. Meistens schmachtete einer der beiden Freunde in unerfüllbaren Träumen, während der andere diese Qual genoss und ein Hohelied auf ihre Freundschaft sang. All diese Beziehungen glichen einem billigen Stück über Unehrlichkeit und Heuchelei. Jetzt erschien Issa das als ein annehmbarer Ausweg aus der verfahrenen Situation; jedenfalls in diesem konkreten Augenblick. „Wir könnten einfach so in Kontakt bleiben. Denkst du nicht?"

Mary setzte sich ihm gegenüber an den Tisch und schwieg. Issa gab ihr Feuer, das sie annahm, ohne seine Hand zu berühren.

Auch Issa sagte nichts mehr. Vielleicht hätte sie ihn tatsächlich als Freund und nicht als Liebhaber gebraucht. Doch hierfür war es zu spät, was sie beide wussten.

Nach einer Weile stand Mary auf. „Ich muss los, Issa. Bringst du mich zum Auto?"

„Willst du verreisen?", fragte Ami, als Stephanie sich mit einer großen Tasche die Treppe zu ihrer Wohnung hinaufschleppte.

„Fass mal lieber mit an", entgegnete Stephanie lachend und

fügte sogleich hinzu: „Wir gehen heute ins B-Town, oder!? Und dort müssen wir, wenn wir überhaupt reinkommen wollen, ein bisschen Gas geben. Wenn du verstehst, was ich meine?"

Ami staunte nicht schlecht, als Stephanie ihren halben Kleiderschrank im Schlafzimmer auspackte; es würde ein lustiger Abend werden. Issa hatte sich erst für später angekündigt, um sie abzuholen.

„Hier ist es also passiert." Stephanie hatte sich auf das Bett gesetzt, mit beiden Händen nach hinten abgestützt und sah Ami mit einem verschmitzten Blick an. „Hier hat sich meine Ami bis über beide Ohren verliebt.

„Ich bin völlig k.o." Ami ließ sich neben Stephanie auf das Bett fallen.

„Ist ja kein Wunder." Stephanie drehte sich lachend zu ihrer Freundin. „Ich bräuchte auch mal wieder einen Mann, der's mir so richtig besorgt. Das ist nämlich viel zu lange her."

Ami musste laut lachen und zog ihre Freundin zu sich. „Das allein war's nicht, Stephanie. Es ist viel passiert in den letzten Tagen. Mir ist fast so, als würde ich seit einer Woche ein völlig neues Leben führen."

„Na genau davon spreche ich doch", unterbrach sie Stephanie und streichelte Amis Arm, sodass sie beinahe einem Liebespaar glichen. „Jemanden zu finden, bei dem du alles andere vergisst, ist wie ein Hauptgewinn. Ich könnte ja fast ein bisschen neidisch werden."

„So einfach ist das nicht." Ami stützte ihren Kopf auf ihre Hand. „Solche Nächte gibt's nicht gratis. Hinter so einem Mann steht immer eine Person mit ihrer Geschichte. Und diese Person liebe ich nach den paar Tagen so sehr, dass ich manchmal Angst bekomme." Ami legte ihre Hand auf Stephanies Hand und fuhr fort: „Das hat alles etwas mit unserer Vergangenheit zu tun. Meine Mutter war noch vor meiner Geburt von meinem Vater verlassen worden. Und du kannst dir ja vorstellen, wie schwer es für sie war, bevor sie meinen Stiefvater kennengelernt hatte. In den letzten Tagen ist mir bewusst geworden, dass ich mir in den ganzen Jahren die Schuld am Unglück meiner Mutter gegeben hatte. Deshalb wollte ich nie etwas mit meinem Vater zu tun haben. Ich bin vor dieser Seite einfach weggelaufen." Ami wusste nicht, ob Stephanie sie verstehen konnte; so sprach sie mehr zu sich selbst. „Eigentlich hätte ich um Issa einen Bogen machen müssen. Er ist all das, was meine Mutter ins Unglück gestürzt hatte. Obwohl er wahrscheinlich in der gleichen Situation aufgewachsen ist. Verrückt! Zum Glück habe ich mich doch getraut und schnell gesehen, dass hinter all diesen Bildern und Geschichten eine weitere oder noch viele Wahrheiten existieren. Ich hatte mir vorher niemals die Frage gestellt, ob mein Vater meine Mutter geliebt, warum er sie verlassen oder ob er an mich gedacht hatte. Er war für mich ein kalter, egoistischer, schwarzer Mann gewesen." Ami lächelte. „Issa ist ganz anders. Und vielleicht war mein Vater auch anders. Nach vierundzwanzig Jahren hat meine Mutter mir das vor ein paar Tagen endlich gesagt und mir die ganzen Briefe gegeben, die er an mich geschrieben hat." Amis Augen wurden feucht. „Wenn Issa nicht mit zu dem Geburtstag meiner Mutter gekommen wäre, hätte sie mich wahrscheinlich mit dieser unausgesprochenen Lüge leben lassen."

Stephanie wischte ihrer Freundin die Tränen aus dem Gesicht. „Ich verstehe; das ist ja alles ein bisschen viel auf einmal. Aber es ist auch eine schöne Geschichte, Ami."

„Ja wirklich." Die Freude war in Amis Gesicht zurückgekehrt. „Wart mal, ich zeig dir das Foto von meinem Vater. Issa und meine Mutter sagen, ich hätte seine Augen."

Sie gingen in den Flur, wo die Briefe und das Foto in Amis Handtasche steckten. „Hier", sie reichte Stephanie das Foto. „Das ist er, Cheikh Hassouma Diallo, mein Vater", sagte Ami mit einem gewissen Stolz, worüber sie schmunzeln musste.

„Das ist ja ein toller Name, wie von einem afrikanischen

Prinzen", sagte Stephanie. „Du hast tatsächlich seine Augen."

Es klingelte. Beide Frauen blickten zur Wohnungstür, denn ganz offensichtlich wollte der Besucher seinen Finger erst dann vom Knopf nehmen, wenn Ami an die Sprechanlage käme.

„Wer ist das denn?", fragte Stephanie stirnrunzelnd.

Es konnte nur Frank sein, dachte Ami, dessen zahlreiche Nachrichten sie aus ihrer Mailbox gelöscht hatte, ohne sie vorher anzuhören.

„Ich kann mir denken, wer das ist", sagte Ami zu Stephanie, die sofort verstand. „Wenn ich Frank nicht reinlasse, bleibt der bestimmt den ganzen Nachmittag und vielleicht bis zum Abend vor der Tür stehen."

„Soll ich mit ihm reden?", fragte Stephanie.

„Nein, nein, lass mal gut sein. Es reicht völlig, dass du da bist. Am besten setzt du dich ins Wohnzimmer", antwortete Ami und öffnete die Haustür. „Außerdem steht da die Tüte mit seinen Sachen. Die kann er gleich mitnehmen."

„Kann ich kurz reinkommen oder willst du die Sache hier auf der Treppe beenden?", sagte Frank zu Ami, die ihn mit der Plastiktüte in der Hand an ihrer Wohnungstür empfing. Frank sah schlecht aus. Seine Haare waren nass vom Regen und klebten an seiner Stirn.

„Die hier sind für dich." Er hatte Blumen mitgebracht.

„Das wäre nicht nötig gewesen." Ami wollte keine Blumen von ihm, hätte es jedoch als übertrieben empfunden, den Strauß abzulehnen. „Trotzdem danke."

„Ich muss mit dir reden, Ami. Vielleicht können wir uns ja ins Wohnzimmer setzen", fragte Frank vorsichtig, als sie im Flur standen.

„Das ist gerade ungünstig; Stephanie ist da. Ich hatte dir am Telefon gesagt, dass ich Abstand brauche und dich anrufe." Ami hatte keine Lust, ihm zu erklären, warum ihre Beziehung beendet ist. Außerdem sah sie ihm an, dass er Bescheid wusste. Männer in seiner Lage waren an Erklärungen gar nicht interessiert, selbst wenn sie oft inständig darum baten. Sie wollten lediglich die Frau nicht verlieren, die ihre Liebe oder das, was sie dafür hielten, plötzlich ablehnte. Ami empfand kein Mitleid für Frank, der bedauernswürdig mit beinahe bittendem Blick vor ihr im Flur stand. Vielmehr störte sie, wie schnell und einfach er die veränderten Rollen akzeptieren konnte, um sie zurückzugewinnen. Nichts war geblieben von dem ehemals coolen Typen.

„Ja, ich weiß", sagte Frank. „Aber seit einer Woche habe ich nichts von dir gehört. Und meine Anrufe nimmst du ja nicht mehr an. Ich weiß überhaupt nicht, was los ist, Ami?"

Ami hielt ihm die Plastiktüte mit seinen Sachen hin. Sie wollte ihn einfach loswerden, ohne ihn zu sehr zu verletzen. „Das kann ich dir nicht so einfach erklären; und heute schon gar nicht."

„Ami, wir müssen bald los", log Stephanie unterstützend aus dem Wohnzimmer.

„Halt du dich da raus", fuhr Frank, dessen Nerven blank lagen, sie an. „Das hätte ich mir ja denken können. Bist du jetzt zufrieden, Stephanie? Konntest mich ja noch nie leiden." Er wandte sich wieder an Ami und suchte ihren Blick. „Ami, hör nicht auf die da. Jeder macht mal einen Fehler, das versteht die doch nicht. Die weiß doch gar nicht, was zwischen uns war. Das kann doch alles nicht einfach so zu Ende sein." Er war verzweifelt.

„Du drehst wohl völlig durch." Stephanie war zu ihnen auf den Flur getreten. „Wen meinst du denn mit *die da*?"

„Na dich natürlich! Ich kann mir ganz genau vorstellen, wie du Ami die ganze Zeit gegen mich aufgehetzt hast." Frank wurde aggressiv.

„Hätte ich vielleicht wirklich mal tun sollen", sagte Stephanie, die langsam in Fahrt kam, ungerührt. „Sieh dich mal an. Hast du etwa wirklich gedacht, so ein Loser kriegt so eine Klassefrau wie Ami."

„Wen meinst du denn mit Loser?", entgegnete Frank.

„Na genau solche Typen wie dich, die nicht wissen, wie man eine Frau behandelt." Stephanie hatte sich zwischen das ehemalige Paar gedrängt. „Guck dir Ami mal an. Sie ist glücklich ... und zwar nicht durch *dich*", sagte Stephanie vieldeutig und verzog ihr Gesicht verächtlich. „Das hättest *du* niemals hingekriegt."

„Was soll das denn heißen, Ami?" Auf Franks Gesicht zeigten sich Anflüge von Panik. „Was soll denn das heißen?", wiederholte er. „Fickst du etwa mit nem anderen?"

Ami reichte es. Frank hatte keinerlei Recht, etwas von Issas und ihrer Beziehung zu erfahren. Sie schob Stephanie ein wenig zur Seite, unterdrückte ihre innere Wut und blickte in Franks angsterfüllte Augen.

„Es ist vorbei, Frank", sagte sie. „Es ist aus zwischen uns. Du brauchst mich nicht mehr anzurufen und nicht mehr hier vorbeizukommen. Du warst niemals wirklich ein Teil meines Lebens. Und jetzt ist hier für dich überhaupt kein Platz mehr."

Amis ruhig gesprochene Worte hatten Frank ins Mark getroffen und ihn jeglicher Kraft beraubt. In der Welt der Männer existierte kein Reaktionsmuster für Katastrophen wie diese, in denen ihnen bewusst wird, dass sie niemals wieder die Nähe der Frau spüren werden, die sie geliebt hatten; dass ihnen die Tür zu der Welt dieser Frau für immer verschlossen bleiben würde. In diesem Augenblick war diese Einsicht zu Frank gelangt. Manche Männer trieben solche Situationen in den Wahnsinn oder grenzenlose Gewalttätigkeit, andere in den Selbstmord. Amis Ex-Freund beließ es zunächst bei der hoffnungslosen Drohung, Ami werde eines Tages zu ihm gekrochen kommen.

Als Frank die Wohnung verlassen hatte, drehte Ami den neuen Sicherheitsriegel herum, lehnte sich erleichtert mit dem Rücken an die Tür und holte tief Luft. Stephanie trat mit einer

Flasche Champagner zu ihr, die sie offensichtlich in ihrer Tasche versteckt hatte.

„Schau mal, was ich hier für meine tapfere Freundin mitgebracht habe", sagte sie grinsend, streichelte Amis Wangen und küsste sie länger als gewöhnlich. „Ich hoffe", flüsterte Stephanie in ihr Ohr, „dass ich dir nach Manfred und diesem Arschloch da nicht noch mal zur Seite stehen muss."

„Nein, mit Issa ist es endgültig", antwortete Ami und fügte lachend hinzu: „Ich weiß, das klingt verrückt naiv. Doch ich bin mir dessen ganz sicher."

Stephanie verdrehte kurz verständnisvoll die Augen und wandte sich schnell den kommenden Dingen zu. „Sieht der Investmentbanker eigentlich gut aus?", fragte sie Ami.

„Ich habe ihn heute nur ganz kurz am Flughafen gesehen", stellte sich Ami unwissend.

Stephanie achtete nicht auf ihre Antwort. „Dann lass uns jetzt mal richtig Gas geben."

Es war schwer, vor Issas Haus einen Parkplatz zu finden. Maurice hatte seinen Wagen deshalb etwas weiter entfernt abgestellt und ging die letzten Meter zu Fuß. Vor dem Hauseingang standen Issa und Mary wie ein Paar, dem die Trennung nach gemeinsamen Stunden schwerfiel. Maurice war irritiert, denn erst am Morgen hatte ihm sein Freund am Flughafen seine neue Freundin vorgestellt. Als er Ami gesehen hatte, war ihm sofort klar geworden, warum Issa in den letzten Tagen vor seiner Abreise von nichts anderem als dieser Frau gesprochen hatte. Die beiden hatten überaus glücklich gewirkt. Issa würde ihn noch aufklären, was diese Szene nun zu bedeuten hatte. Maurice ließ sich nichts anmerken und begrüßte Mary, die er eigentlich mochte, freundlich: „Hi, lange her. Wie geht's dir?"

In ihrem Gesicht lag Trauer, die von weitem nicht zu sehen

gewesen war. Ihre Augen waren gerötet. „Ich bin okay", antwortete sie kurz, versuchte zu lächeln und fügte sogleich ein wenig besorgt hinzu: „Geht ihr aus? Du siehst ja richtig scharf aus, Maurice."

Er verstand, dass hier nur eine kleine Lüge weiterhelfen konnte. „Ich habe eine Einladung und wollte kurz bei Issa vorbeischauen. Danke für das Kompliment. Du aber auch …"

„Meine Wohnung ist offen", unterbrach Issa dieses Geplänkel und befreite seinen Freund aus der unangenehmen Lage. „Du kannst ja schon hoch gehen, Maurice. Ich komm gleich nach."

„Kaffee?", fragte Issa, als er wenige Minuten nach Maurice lachend die Küche betrat.

Maurice nickte kurz. „Also davon ich kann dir nur abraten", warnte er seinen Freund und dachte an all die Lügen, die er Sophie hatte auftischen müssen, obwohl Flavie damals weit entfernt in Paris lebte.

„Keine Sorge. Das hast du völlig falsch interpretiert", wollte Issa erklären.

„Das kannst du vielleicht Marys Ehemann erzählen", unterbrach ihn Maurice. „Mir nicht! Die Frau, die ich heute auf dem Flughafen gesehen habe, scheint es in jedem Fall wert zu sein, mit diesem Kinderkram aufzuhören."

„Na was denkst du denn, habe ich da gerade gemacht", sagte Issa noch immer lachend und zeigte in Richtung des Kühlschranks. „Mary wollte mich gerade hier in der Küche rumkriegen."

„Du hast sie reingelassen?" Maurice schüttelte den Kopf. „Dann kann ich mir gut vorstellen, wie es weiterging."

Issa trat zu ihm an den Tisch. „Kannst du mir ruhig glauben. Und das war nicht einfach."

„Also ist ja alles in Ordnung." Maurice umarmte seinen Freund.

„Bienvenue en Allemagne mon frère", sagte Issa. „Da hast

du mich ja ziemlich gelinkt mit der Dienstreise. So zufrieden wie du scheinst, muss es ja die richtige Entscheidung gewesen sein."

„Ja, die einzig richtige Entscheidung seit Jahren. Flavie und ich werden heiraten im nächsten Sommer. Du bist natürlich eingeladen."

Issa blickte Maurice ungläubig an, damit hatte er nicht gerechnet.

„Dort ist alles anders", fuhr Maurice fort. „Na ja, wir, du und ich, kommen hier in diesem Land irgendwie zurecht. Flavie nicht. Wir waren nur ein paar Tage zusammen, doch manchmal schien es mir fast so, als sei sie dort ein ganz anderer Mensch. Und dazu kommt natürlich noch Patrice. Seine Geburt hat sie verändert ... und mich jetzt auch."

„Das habe ich am Flughafen gesehen, Maurice. Manchmal steht die Lösung direkt vor einem, aber man sieht sie einfach nicht." Issa zündet sich eine Rothmans an. „Ich freue mich für dich. Wie ist das denn, sein eigenes Kind auf dem Arm zu halten?"

„Wunderschön und ein bisschen erschreckend, weil dir gleich klar wird, dass du aus dieser Verantwortung niemals rauskommst", antwortete Maurice.

„Und soll Flavie mit eurem Kind hierherkommen?", fragte Issa ein wenig skeptisch.

„Nein, nein. Sie bleiben dort, und ich werde später nachkommen." Maurice sah den Gesichtsausdruck seines Freundes und versuchte zu erklären: „Berlin, Frankfurt, London; irgendwann wollte ich mal in New York arbeiten. Das alles kommt mir vor wie bloße Zeitverschwendung. Als Banker kann man auch in Kinshasa oder Kapstadt arbeiten; oder in Asien. Und das muss man eben tun, wenn man mit seiner Familie nur dort zusammen sein kann. Keine Angst, das wird noch eine ganze Weile dauern." Maurice schlug Issa auf die Schulter. „Und du ... du Glückspilz hast ja einen richtigen Hauptgewinn gezogen."

„Das stimmt", Issa lachte wieder. „Mich hat es richtig schwer erwischt. Ist das erste Mal seit Tagen, dass wir für ein paar Stunden nicht zusammen sind."

Maurice zog aus der Innentasche seines Jacketts eine CD heraus. „Ein kleines Geschenk für dich. Zu mehr hat die Zeit leider nicht gereicht. Kannst du ja gleich mal reinwerfen. Du weißt ja, dass wir die besten Sänger haben." Maurice zwinkerte seinem Freund zu.

Issa stand auf, um die neue CD von Koffi Olomide einzulegen, der vor ein paar Jahren sogar einmal von einem deutschen Fernsehmoderator interviewt worden war. Normalerweise berichteten deutsche Auslandsjournalisten immer aus den dreckigsten und ärmsten Ecken, wenn es um Afrika ging. Als sich der CD-Player schloss, begann er über Maurice' *Wir* nachzudenken.

„Ich habe auch nach dreißig Jahren manchmal Zweifel, ob das hier mein Land ist, oder ob es so was wie Heimat für uns überhaupt gibt", sagte Issa, als er zurück in die Küche kam. „Es gibt Momente, da bin ich mir ganz sicher; und kurz danach dann überhaupt nicht mehr. Wahrscheinlich muss das jeder für sich selbst rausfinden. Ich versteh dich schon ... In einem fremden Land ist Fremdsein wenigstens was ganz Normales. Aber ... wie Advanced Chemistry vor Jahren gesagt hat ... *Fremd im eigenen Land* zu sein, darauf hat niemand lange Bock."

Maurice nickte. „Deshalb ist es woanders nicht unbedingt leichter. Ich will einfach mit Flavie und Patrice zusammen sein. Daraus kannst du keinen universellen Grundsatz ableiten. Das ist meine persönliche Entscheidung. Verstehst du?"

„Klar Mann, ich habe nur drüber nachgedacht ... *Ubi bene, ibi patria.*"

„Was?"

„Cicero", Issa lachte. „Wo es mir gut geht, da ist mein Vaterland."

Maurice stand auf. „Ja so ungefähr, mein Freund. Schmeiß

dich mal in deine Klamotten. Ich habe heute noch nichts gegessen. Kenny holen wir danach ab."

„Hallo Serwa, ich bin's, Kenny. Wie geht's?"
„Hi. Schön, dass du anrufst. Bleibt heute Abend alles dabei?"
„Nein, leider nicht. Bei mir ist was dazwischengekommen. Müssen wir später nachholen."
„Ooch, Kenny. Ich hatte mich echt gefreut, dich zu sehen. Ich hoffe mal nicht, dass du mit einer anderen ein Date hast?"
„Nein, was denkst du denn von mir? Ich hatte mich auch auf den Abend gefreut, echt. Die Sache kann ich wirklich nicht verschieben. Ist eine Familienangelegenheit."
„Okay, schade. Aber Kenny du weißt, ich gehe sonst mit niemandem wirklich aus. Verstehst du mich? Also enttäusche mich bitte nicht."

Die frühe Dunkelheit hatte das letzte Licht des Tages lange verdrängt. Auf dem kleinen Couchtisch lag Issas Zettel; zweiundzwanzig Uhr wollten sie sich treffen. *Melde dich vorher noch einmal!* Kenny war der aufgeschriebenen Bitte seines Freundes nicht nachgekommen. Er schämte sich für die gegen Staroske erlittene Niederlage und hatte nicht mehr gewagt, Issa anzurufen.

Eine ähnliche Angst hatte Kenny vor dem Anruf bei Serwa verspürt, die mehr von ihm erhoffte, als er in der Lage war, ihr zu geben. Nur einmal, vor einer Woche, war es zu einem Kuss zwischen ihnen gekommen, der jäh unterbrochen worden war durch die drei Männer, die ihren Übermut schmerzhaft bezahlen mussten.

Schon als sie sich das erste Mal im Hakuna Matata gesehen hatten, schien Serwa einen Narren an ihm gefressen zu haben. Da sie dort von den älteren Männern eingeladen wurde, hatte sie irgendwann begonnen, Kennys Drinks zu bezahlen.

Diese Männer bedeuteten Serwa nichts. Sie kannten lediglich Tyra, die immer ein verführerisches Lächeln für sie übrighatte und ihre Augen durch farbige, ständig wechselnde Kontaktlinsen vor ihnen verbarg.

Ihren wahren Namen, Serwa, der selbst Sheela unbekannt war, hatte sie Kenny anvertraut und damit die Hoffnung verbunden, er werde diesen Teil ihrer Persönlichkeit lieben können. Vor einer Woche hatte Serwa ihn in ihre verborgene Welt mitnehmen wollen; dorthin, wo ansonsten niemand vordrang, und wo die Kraft herrührte, die sie Abend für Abend befähigte, Tyra den Männern anzubieten.

Fünf Jahre wollte Tyra noch in diesem Land bleiben, dann hätte Serwa genügend Geld zusammengespart, um sich und ihrem Sohn, der bei ihren Eltern aufwuchs, eine gesicherte Zukunft bieten zu können. Die Großeltern ahnten von Tyras Existenz nichts und lebten unbeschwert und stolz auf den Erfolg ihrer Tochter an der Küste des Landes, das seinen früheren Namen dem Goldreichtum des Hinterlandes verdankt hatte.

Vor Jahren hatte Kenny Tyras Welt betreten und wäre beinahe von ihr verschlungen worden. Vielleicht hatte Serwa diese Vergangenheit in seinen Augen gesehen und ihm deshalb ihr Vertrauen geschenkt.

Sobald der Abend begann, erschienen sie in den dunklen Ecken des Bahnhofs, wo Kenny mit seinen damaligen Freunden ganze Tage und oft auch Nächte verbrachte. Männer mittleren Alters bis hin zu Greisen, die Geld, Klamotten, eine warme Dusche oder ein warmes Essen und immer ein warmes Bett anzubieten hatten. Irgendwann waren all die Mädchen und Jungen am Bahnhof soweit in die Hoffnungslosigkeit hinabgerutscht, bis sie auf die abstoßenden Angebote der alten Männer eingingen.

„Du kannst ein heißes Bad in meinem Jacuzzi nehmen", sagte der fast sechzigjährige Mann mit Toupet und getöntem

Resthaar. Er war als Bernd einigen der kurzen Generationen der Jugendlichen am Bahnhof bekannt gewesen und galt als fair. Kenny wusste nicht, was ein Jacuzzi ist, weshalb Bernd ihn in sein Bad mit dem Whirlpool führte. Die rötliche Beleuchtung passte zu Bernds seidenem roten Morgenmantel, unter dem seine Erregung zu erkennen war. Zwischen etlichen Hängepflanzen waren mehrere Aktfotografien von Robert Mapplethorpe sorgfältig ausgeleuchtet. Als Kenny die fremden Hände auf seinem Körper spürte, flüchtete er aus diesem Badezimmer. Bernd ließ sich in seiner Geilheit dazu verleiten, Kenny an seiner Flucht hindern zu wollen. Der Preis für diesen Fehler war höher, als Kenny sicherlich beabsichtigte. Doch seine Angst vor dieser Welt entfesselte eine Gewalt in ihm, die es dem nackten Mann im Seidenmantel mehrere Wochen unmöglich machen sollte, seine Schützlinge am Bahnhof aufzusuchen.

An jenem Abend war Kenny vor Issas Tür aufgetaucht, der ihn in seine Wohnung eingelassen hatte.

Kenny hatte es bis hierher geschafft. Immerhin. Mit Festanstellung und kleiner Wohnung. Viel mehr, als irgendjemand vermutet hätte. Ohne Issa wäre es niemals dazu gekommen. Ihm schuldete er diese zehn Jahre Normalität, auch wenn er ihn einige Jahre davon regelmäßig im Knast besucht hatte. Selbst bei diesen Besuchen war es ein wenig so gewesen, dass er seinem Freund davon berichtete, wie die Dinge für ihn liefen. Issa war dann stolz auf ihn gewesen. Und es hatte ihm im Knast gutgetan. Kenny hatte es jedes Mal deutlich gespürt. Weiter durchhalten; mehr hatte er für Issa nicht tun müssen. Das war in dieser Zeit zu Kennys höchster Pflicht geworden. Und diese hatte er erfüllt.

Bis zum letzten Tag, als er seinen Freund an einem Montag im April endlich vor dem stählernen Tor mit seinem alten Mazda abgeholt hatte. „Wir gehen immer vorwärts, Bruder; niemals zurück", waren Issas erste Worte bei ihrer Umarmung gewesen. „Aber ich muss noch einen Weg erledigen."

Issa hatte die Bitte seiner Mutter, bei ihr zu wohnen, ausgeschlagen und einige Monate auf Kennys Couch geschlafen. Zu Beginn hatte Kenny seinen Freund in den Nächten oft gesehen, wie er mit verschränkten Armen am Fenster gestanden und nachdenklich auf die Straße geblickt hatte. Am ersten Samstag hatten sie morgens das Auto vollgetankt und waren weit in den Norden gefahren, vorbei an den schönen Seen mit Sandboden, die die Eiszeit zurückgelassen hatte. Kenny hatte nicht gewusst, wohin Issa wollte. Die Freude über die Freilassung und ihre gemeinsame Zeit hatte sowieso deutlich überwogen. Mit ein paar Ticks und Sonderwünschen hatte Kenny überhaupt keine Probleme gehabt. Und was inmitten des Parks, an dem sie angehalten hatten, geschehen war, gehörte zu den schönsten Erlebnissen in Kennys Leben. Es war einer jener kurzen Momente, in denen man lange verbleiben möchte, was unmöglich ist, weshalb die Erinnerung zu einem Schatz wird.

Auf einer Lichtung angekommen zeigte Issa lächelnd auf einen Baum, dessen enormer Stamm einen Durchmesser von mindestens vier Metern haben musste. Seine Äste und Blätter wirkten dennoch zerbrechlich und wuchsen in jede denkbare Richtung. Es war kein Baum, der jemals wirklich nach oben oder irgendwo andershin gestrebt hatte. Er schien, seinen eigenen Charakter zu haben, und war einfach weitergewachsen, hatte allen Widrigkeiten und Gefahren getrotzt.

Issa stieg ohne Zögern über das flache Geländer aus Holz, berührte den Baum mit beiden Händen und setzte sich anschließend mit dem Rücken an den Stamm gelehnt auf den Waldboden.

„Hey, ich glaube, das mögen die hier sicher nicht so sehr." Kenny zeigte auf den Holzbalken, hinter dem er stehengeblieben war, und winkte Issa zu sich. Doch der hatte seine Augen bereits geschlossen und legte seinen Kopf weit in den Nacken. Kenny blickte sich nochmals um; zum Glück war niemand in der Nähe.

Erst nach einigen Minuten öffnete Issa seine Augen wieder und fragte: „Weißt du, warum hier eine Absperrung ist?"

Kenny schüttelte den Kopf.

„Die meisten wissen es nicht. Das hier ...", Issa machte eine Pause und zeigte nach oben in das dichte Blätterwerk. „Das hier ist die älteste und stärkste Eiche Deutschlands."

„Wirklich?", fragte Kenny erstaunt.

„Ja", sagte Issa und zog eine Zigarettenschachtel aus seiner Hosentasche.

Nun trat Kenny über die hölzerne Absperrung zu Issa und fragte: „Willst du hier jetzt noch eine rauchen?"

„Genau! Und zwar zusammen mit dir, mein Freund", antwortete Issas und hielt Kenny die Zigarettenschachtel hin. „Manche sagen, diese Eiche wäre an die tausend Jahre alt ... eine tausendjährige deutsche Eiche."

„Wow!" Kenny stützte sich mit einer Hand an dem Stamm ab und spürte die massive Rinde. „Ich wusste gar nicht, dass es hier solche alten Bäume gibt."

„Deutschland ist gerade mal so alt wie dieser Baum", sagte Issa und gab seinem Freund Feuer. „Und diese Eiche war damals gar nicht in Deutschland. Auf diesem ganzen Gebiet hier lebten slawische Gruppen."

„Ist schon eigenartig", meinte Kenny. „Was um diesen Baum herum in tausend Jahren alles geschehen sein muss."

„Ja", Issa zog an seiner Zigarette und blies den Rauch langsam aus. „Diese Dinge sind vergessen, nur diese Eiche steht noch hier. Es gibt auch eine Geschichte dazu."

Kenny blickte fragend zu seinem Freund. „Wozu?"

„Warum diese Eiche so alt geworden ist", antwortete Issa. „Eine junge Frau ... na ja, sagen wir mal, eine junge schöne Frau sollte damals gegen ihren Willen in ein Kloster gebracht worden sein, um als Nonne enthaltsam und vor allem getrennt von ihrem Verlobten zu leben. Aus Verzweiflung über die verlorene Liebe ging sie eines Nachts in den Wald und legte ihren

Verlobungsring um einen jungen Eichentrieb. Über die Jahre verschmolz der Ring mit dem Baum und wanderte in die Mitte des Stammes, wo er bis heute ruht. Die Liebe der Nonne war so stark, dass diese Eiche ewig leben wird."

Kenny ging um den Stamm herum. Als er auf der anderen Seite neben Issa auftauchte, fragte er: „Willst du ein Bier? Ich hab zwei einstecken."

„Sehr gern", antwortete Issa und sprach sogleich weiter: „Im Knast war ich richtig besessen davon hierherzufahren und mich an diesen Stamm zu setzen. Kannst du dir denken warum?"

„Um mit mir hier ein Bier zu trinken und eine Rothmans King Size zu rauchen wie dein eitler Staatsanwalt?" Kenny lachte.

„Nicht nur deshalb", sagte Issa und musste auch lachen. „Setz dich mal hin und mach die Augen zu."

„Jetzt echt?"

„Ja natürlich. Komm schon." Issa zog Kenny am Ärmel seiner Jacke zu sich herunter. „Mindestens sieben Männer braucht man, um diesen einen Stamm zu umfassen. Früher, eintausend Jahre bevor die Nonne ihren Ring um den Zweig gelegt hatte, als die Deutschen noch Germanen und wilde Gesellen waren, standen hier überall Eichenwälder. Ich meine keine einzelnen Bäume ... ich meine richtige Wälder. Hunderte Kilometer Eichenwälder mit Bäumen wie diesem, älter als die ägyptischen Pyramiden. Dazwischen ein paar Flüsse und Seen. Vielleicht mal eine Lichtung mit einem heiligen schneeweißen Pferd oder ein Weg, den die nächste Generation nicht mehr kannte, weil alles schnell wieder zuwuchs. Stell dir das einmal vor, Kenny! Diese Bäume ... Eichen ... Eichen wachsen nicht gerade. Da kann mal was abbrechen. Die werden krumm und schief und hunderte Jahre alt. Das muss einfach magisch gewesen sein."

Kenny hörte seinen Freund und spürte den leichten Windhauch, der seitlich an der Eiche vorbeistrich. Das frühe verletzliche Grün ihrer Blätter, das ihm erst mit geschlossenen Augen auffiel, widersprach, wie auch die zarten Äste dem massiven Stamm dieses alten Baumes. Das Bild, das sein Freund beschrieb, zeichnete sich immer deutlicher ab. Unzählige dieser Eichen erstreckten sich auf dem flachen Land vor ihm. Dazwischen kleine Wiesen mit hohen Gräsern und Schmetterlingen, Sträucher mit Blüten und Beeren und kleine Bäche mit springenden Forellen. Kennys Herz war leicht; er streckte seine Beine aus und atmete tief ein.

„Niemand kennt diese Welt, aus der die Vorfahren unserer Mütter kamen", fuhr Issa fort. „Die Germanen hatten keine Schrift, nur Lieder und Runen. Und Tacitus war niemals hier gewesen."

„Tacitus?", fragte Kenny abwesend.

„Ja, Tacitus hat vor knapp zweitausend Jahren in Rom den ersten und einzigen kleinen Text über die Germanen von damals geschrieben", erklärte Issa. „Ohne ihn wüssten die Deutschen heute wahrscheinlich gar nichts von ihren Vorfahren, denn bis auf Holzhütten hatten sie ja nichts gebaut. Nach Tacitus waren die Germanen riesengroße reine Wesen, mit blauen Augen und roten Haaren, die sich mit anderen nicht vermischten, gern lang in den Tag hineinschliefen, mit freiem Oberkörper oder gleich ganz nackt im Wald herumlagen und einfach nichts taten, die aber Kriege und Saufgelage mochten, ihre Ehre und ihre Frauen mit allen Mitteln verteidigten und charakterfest auch im Verwerflichen waren."

Kenny hielt Issa die Bierdose hin: „Na dann mal Prost. Ich bin so froh, dass du endlich da bist."

„Ich bin auch froh, mein Bruder", erwiderte Issa und legte seinen Arm um Kennys Schulter. „Wäre Tacitus heute mit uns hier, hätte das Rauschen der Blätter gehört und die Frühlingssonne gespürt, hätte er wahrscheinlich niemals von einem schaurigen Urwald und düsteren Moorgründen in Germanien geschrieben, sondern verstanden, dass es für *uns* nichts Schöneres gibt, als genau hier unter einer alten Eiche zu sitzen, ein Bier zu trinken und ansonsten nichts zu tun ... ob bei Schnee oder vierzig Grad Hitze."

Auch Kenny legte seinen Arm um Issas Schulter. Ja, sie waren Brüder. Kenny nickte. Für nichts hätte er diesen Nachmittag und ihren gemeinsamen Traum vom germanischen Eichenwald, der zu seinem größten Schatz geworden war, jemals wieder hergegeben.

„Weißt du, wo die ganzen Wälder hin sind?", fragte Issa.

„Keine Ahnung", antwortete Kenny.

„Nachdem die Germanen den Limes endgültig überwunden hatten und Rom gefallen war, holzten sie in eintausend Jahren ihre ganzen Wälder ab und schufen eine Mondlandschaft. Die wilden Tiere flüchteten. Die Fische erstickten in den verdreckten Flüssen. Kriege, Hungersnöte und am Ende die Pest brachen aus und rafften beinahe alles Leben dahin. Die Germanen hatten den Eichenwald zerstört und ihre Götter vergessen, die in diesem Wald gelebt hatten."

„Eigentlich schade", sagte Kenny. „So wie du es beschrieben hast, hätte ich gern mal einen Eichenwald gesehen."

Issas richtete seinen Blick auf den Boden. Nach einer Weile sprach er leise: „Geht mir nicht anders. Selbst so gefällt es mir. Mir gefällt sogar alles hier. Im Knast war mein Plan gewesen, so schnell wie möglich von hier abzuhauen, wenn ich draußen bin. Ich hätte dort weiterstudieren können. Habe ich nicht gemacht. Ich war richtig am Ende. Und ich war fertig mit diesem Land. Wirklich! Bis ich von dieser Eiche las und sofort spürte, dass ich hierherkommen muss. Warum, war mir nicht klar gewesen. Doch heute, mit dir hier, wüsste ich gar nicht, wo ich sonst sein könnte ..." Issa stockte und versuchte gar nicht weiterzusprechen, sondern überlegte lange, bis er schließlich sagte: „Das ist *unser* Land, Kenny! Das weiß ich jetzt. Wir sehen zwar nicht so aus, aber sind wir Germanen ... und zwar genauso, wie Tacitus sie beschrieben hat. Warum sollten wir sonst ein paar hundert Kilometer fahren, um uns hier in den Wald an eine Eiche zu setzen und uns dabei auch noch gut zu fühlen?" Issa schüttelte den Kopf. „Nein, das ist kein sentimentaler Zufall. Am Montag schreibe ich mich an der Uni ein. Was denkst du?"

Kennys Augen waren feucht, als er seinem Freund zunickte, während ihr Griff um die Schulter des anderen ganz fest wurde.

„Okay Bruder", bestätigte Issa seine Entscheidung. „Ich bringe das zu Ende. Versprochen!"

„Ja, versprochen", sagte auch Kenny, obwohl es gar nicht sein Versprechen war. Aber er meinte es genau so. Mehr noch; es war Kennys Eid, Issa, seinen Bruder, zu beschützen … koste es, was es wolle.

Am Spiegel im Flur hatte sie ihrer Familie eine kurze Notiz hinterlassen. Sie waren es gewohnt, dass Gabi ihr bürgerliches Leben, das sie sich über die Jahre aufgebaut hatten, für einige Tage, manchmal Wochen, verließ. Sie war immer zurückgekehrt.

„Ich werde es dir erzählen, Michael. Halt mich bitte fest … ganz fest."

Unmittelbar, nachdem man sie aus der Psychiatrie entlassen hatte, trampte Gabi bis nach Calais und kaufte sich dort von ihrem letzten Geld ein Ticket für die Fähre nach Dover. Zwei Tage später kam sie in London an. Mit dem Englisch, das sie in den Frankfurter Nächten und von Mike gelernt hatte, fand sie schnell einen ersten Job in einem Pub; danach in einem Supermarkt und schließlich im Büro eines Versicherungsmaklers. Das Leben in London war leicht in diesen Tagen. Ein Bett in einem Zimmer; viel brauchte sie nicht. Sie lebte mit einem Schweden, dann einem Jamaikaner und auch einem Inder aus Guyana. Bis sie irgendwann auf Max traf, der Ende der sechziger Jahre mit dem Abitur in der Tasche vor seinen Eltern und aus München, dem, wie er es nannte, Herzen der faschistischen Bewegung, nach London geflüchtet war und sich als Roadie für die zahlreichen Bands und mit einigen weiteren Jobs durchschlug. Besonders stolz war er darauf, kurz nach seiner Ankunft für den größten Gitarristen aller Zeiten Kisten geschleppt zu haben. Viele erzählten damals in London solche Geschichten, doch Max besaß sogar ein zerknittertes Foto, auf dem Jimi Hendrix und er im Hintergrund zu sehen waren. Als sie später nach West-Berlin weiterzogen, war dieses Foto seine Eintrittskarte in die dortige Musikszene. Bald schleppte Max keine Marshallboxen mehr, sonders saß hinter Mischpulten und, als sie ihre erste Konzertveranstaltungsfirma gründeten, immer öfter in einem Bürostuhl. Gabi machte die Buchhaltung und hütete die Kasse konsequent, wofür ihr Max bis heute dankbar war. Als Gabi mit ihrer ersten Tochter schwanger war, zogen sie aus der WG aus, wo die Toiletten- und Badezimmertür gemäß eines Mehrheitsbeschlusses aus dem Jahr 1969 entfernt worden war. Wenige Wochen vor dem Geburtstermin fand Max auf dem Küchentisch in ihrer ersten Wohnung einen kleinen Zettel: *Bin bald zurück. Mach dir keine Sorgen.* Gabi fuhr von West-Berlin nach Frankfurt. Sie hatte diesen Ort nie wieder betreten wollen. Doch sie verspürte diese Schuld, keinerlei Erinnerungen an die erste Schwangerschaft zu besitzen.

„Nur die Schmerzen der Geburt hatte ich nicht vergessen. Und den Schmerz, der danach kam; der viel schlimmer war. Sie haben es behauptet; aber ich hatte mir nicht das Leben nehmen wollen. Jemand hatte die Polizei gerufen, weil ich mit meinem dicken Bauch lange auf der Brücke gestanden hatte. Ich kann mich noch erinnern; es war an einem Sonntag im März gewesen. Es gibt diesen einen ersten Sonntag nach dem Winter, wenn man endlich wieder das Leben spürt. Dieser Sonntag muss der einzig wirkliche Zweck des Winters sein. Ich hatte einfach das schöne Licht dieses Tages und die leichte

Wärme der Sonnenstrahlen gemocht. Deshalb war ich so lange auf der Brücke stehengeblieben und hatte auf den Fluss geschaut. Ich habe es ihnen gesagt, doch sie haben mir nicht geglaubt. Ich und das Kind in meinem Bauch seien gefährdet, hatte der Psychiater später am Abend gemeint. Nach einem Monat haben sie mich zur Geburt in die Frauenklinik gefahren. Als ich aufgewacht bin, hatten sie mich an das Bett angebunden. Mein Kind war weg, und ich habe mich ganz leer gefühlt. Anschließend musste ich für weitere sechs Monate in der Psychiatrie bleiben. Ich weiß nicht, was ich damals alles unterschrieben hatte. Ich weiß nicht einmal, wer den Vornamen ausgesucht hatte."

Eine Freundin aus der Londoner Zeit, die auch nach Deutschland zurückgekehrt war, holte Gabi am Frankfurter Hauptbahnhof ab, als sie hochschwanger aus West-Berlin ankam. Die ersten beiden Tage blieb Gabi im Bett. Am dritten Tag traute sie sich nach draußen und schaffte es bis vor das Jugendamt. Am vierten Tag betrat sie erstmals das Gebäude und erfuhr vom Pförtner die Zimmernummer der zuständigen Sachbearbeiterin. Zimmer 238. Gabi vermochte es nicht, an die Tür zu klopfen. Ein Wochenende verging. Am Montag dann sprach sie jemand im Gang an, als sie auf einem der Stühle vor Zimmer 238 darauf wartete, den Mut zu finden, doch an die Tür zu klopfen, hinter der die Geschichte ihres Kindes und ein Teil ihrer eigenen verwahrt wurde. Sie hatte sich bereits erhoben, um dem Gebäude erneut zu entfliehen, als eine korpulente Frau in den Fünfzigern aus dem Zimmer heraustrat. Gabi wollte noch immer gehen, aber die Frau bat sie hereinzukommen und auf dem Stuhl vor ihrem Schreibtisch Platz zu nehmen. Sie war freundlich; Gabi misstraute ihr dennoch. Mit beiden Händen hielt sie ihren Bauch und ihr ungeborenes Kind fest. Ein weiteres Kind würde sie nicht verlieren.

„Die Frau kam mit mehreren Akten zurück. Es war eigenartig. Zum ersten Mal begriff ich, dass das alles wirklich war.

Kein Traum, kein Albtraum, sondern mein Leben und das Leben meines Kindes. Ich hätte diese Akten am liebsten an mich gedrückt und nicht mehr losgelassen. Niemals zuvor war ich meinem Kind so nahegekommen. Ich fragte nach einem Foto und wie es ihm geht, wo er ist. Die Frau meinte, sie dürfe mir gar nichts sagen. Ich könne nur warten. Vielleicht würde das Kind mich eines Tages suchen. Ich wollte wissen, wann das wäre. Frühestens in neun Jahren, wenn er sechzehn Jahre alt würde. Doch auf diese Entscheidung hätte sie keinen Einfluss. Die Frau hat mir empfohlen, einen Brief an ihn zu schreiben. Den würde sie mit in ihre Akte nehmen."

Gemeinsam mit ihrer Freundin kaufte Gabi Briefpapier. Eine ganze Woche dauerte ihr erster Brief an Torsten. Die Frau in Zimmer 238 nickte ihr aufmunternd zu, als sie sich von ihr verabschiedete und nach West-Berlin zu Max fuhr. Jedes Jahr klopfte Gabi an die Tür der Frau und übergab ihr einen weiteren Brief an Torsten. Bis die Frau in den Ruhestand ging und von einem jüngeren Mann ersetzt wurde, der für ihren Fall gar nicht mehr zuständig war, die Briefe dennoch entgegennahm und in irgendeiner Akte ablegte.

„Ich habe es wirklich versucht, Michael. Bestimmt ist er in eine liebevolle Familie gekommen. Ansonsten hätte er mich ... uns sicher gesucht. Nicht wahr?!"

Mike nickte kaum merklich und lächelte sie mit feuchten Augen an. Er dachte an die Nachricht des weißgekleideten Toten und entschied, Gabi hiervon niemals zu erzählen. Sie hatte die Hoffnung von einer *liebevollen Familie* verdient ... er nicht.

Ami stand vor dem Spiegel ihres Schlafzimmerschranks. Das offene Haar fiel auf ihre von dem bläulich-silbern glitzernden Kleid kaum verdeckten geraden Schultern. Die ebenfalls silbern abgesetzten offenen Stilettos, die sie um etliche Zentimeter größer machten, würden neben Issa kein

Problem sein.

„Dann hätte ich ja meine ganzen Klamotten zu Hause lassen können", sagte Stephanie, als sie aus dem Badezimmer zurückkam.

„Habe ich mir erst diese Woche gekauft. Ist es zu sexy?", fragte Ami.

„Für mich nicht, doch die Männer wirst du damit heute alle in den Wahnsinn treiben, meine Liebe", antwortete Stephanie, die sich hinter sie gestellt hatte und im Spiegel betrachtete. „Nur den hier ...", sie zog an Amis String, der durch den tiefen Ausschnitt am Rücken sichtbar war. „Den musst du verschwinden lassen. Sonst muss sich Issa heute Nacht für dich prügeln."

„Ach das würde er schon schaffen", sagte Ami lachend und zupfte dennoch ein wenig an ihrem Kleid. „So besser? Oder soll ich ihn ganz weglassen?"

Stephanie schüttelte noch immer den Kopf. „Jetzt geht's. Aber für dieses Outfit brauchst du wirklich einen Waffenschein."

Ami blickte in den Spiegel. Sie gefiel sich heute ausgesprochen gut. So konnte sie mit Issa tanzen gehen. Sie wusste, er würde stolz sein; und sie machte ihm diese Freude gern. Für Männer schien das äußerst wichtig zu sein und war gleichzeitig von widersprüchlichen Gefühlen begleitet. Einerseits wollten sie stets beweisen, was für einzigartige Typen sie waren. Andererseits konnte der falsche Blick eines Neiders gerade bei Männern wie Issa ungebremste instinktive Reaktionen hervorrufen. Manche nannten das männlich; und auch sie zog diese Seite von Issa irgendwie an, obwohl das keinen wirklichen Sinn ergab. In einem Klub wie dem B-Town war nach allem, was sie gehört hatte, allerdings kaum zu befürchten, dass jemand falsche Schlussfolgerungen aus einem solchen Outfit ziehen würde.

Das B-Town war erst vor einigen Monaten eröffnet worden und hatte geschafft, wovon sämtliche Klubbetreiber träumten. Jedes Wochenende teilten sich die hippen Nachtschwärmer ohne jede Aufforderung in zwei Reihen auf, von denen nur eine existierte. Denn lediglich auf der rechten Seite mussten diejenigen, die keine Klubkarte besaßen, manches Mal mehrere Stunden warten, obwohl selbst die Eigentümer des B-Town ihre eigenen Klubkarten noch niemals gesehen hatten. Auf der linken Seite vor der goldfarbenen Eingangstür ebnete ein roter Teppich den vermeintlichen Klubkartenbesitzern schnellen und ungehinderten Zutritt zu dem elitären Kreis der Auserwählten. Das Eintrittsgeld war schnell entbehrlich geworden, denn jeder, der diese goldene Tür, anders als so mancher Prominente aus der Provinz, erfolgreich überwinden konnte, zeigte sich für die ihm zuteilgewordene Gunst durch ausgiebige Bestellungen und reichliches Trinkgeld dankbar. Das System funktionierte; der Champagnerumsatz musste enorm sein.

„Lass mal gut sein", sagte Maurice, als er Stephanies skeptischen Blick auf die zahlreichen und frierenden Wartenden bemerkte. „Folgt mir einfach; ich kläre das", forderte er die drei auf, betrat den roten Teppich und drückte auf die unscheinbare Klingel.

Jetzt nicht eingelassen zu werden, wäre peinlicher, als wenn er von Ami damals im Café eine Abfuhr bekommen hätte, dachte Issa.

Die Tür öffnete sich einen Spalt, in dem das Gesicht einer attraktiven zierlichen Blondine auftauchte. Das hatten die Betreiber des B-Town also verstanden, dachte Maurice, der mit grimmig dreinblickenden Muskelbergen gerechnet hatte. Er zupfte sich am Revers seines Jacketts, sodass seine andere goldene Uhr eine Vacheron Constantin Patrimony Perpetual und die passenden Manschettenknöpfe aus der gleichen Manufaktur nicht zu übersehen waren. Die Blondine lächelte nicht, verschloss aber auch nicht die Tür, als Maurice sie mit seinem gewinnenden Lachen begrüßte: „Hi!"

Sie musterte ihn weiter und fragte nach einigen Augenblicken: „Haben Sie eine Klubkarte?"

Maurice war, wie er immer betonte, niemals an einer Tür abgewiesen worden; weder in London noch in Paris und schon gar nicht in dieser Stadt, wo gut verdienende Investmentbanker rar waren. „Ich glaube, wir stehen auf Ihrer Gästeliste", antwortete Maurice mit einem Augenzwinkern.

Eine Gästeliste existierte ebenso wenig wie die imaginären Klubkarten, mit denen nicht gewollte Gäste auf der rechten Seite ausgebremst wurden. Die Blondine sah an ihm vorbei, warf einen Blick auf seine Begleiter und fragte zur Wahrung des Scheins ohne jegliche Regung: „Vier Personen?"

„Genau", Maurice nickte lachend.

„Ich denke, du bist zum ersten Mal hier, Maurice", sagte Stephanie, als sie in einer bequemen Sitzecke Platz genommen hatten. „Das kannst du vergessen. Ihr seid doch bestimmt jedes Wochenende hier. Oder warum hat die Kellnerin die Leute von hier verjagt?"

Maurice zuckte mit den Schultern. „Mit zwei Frauen wie euch an unserer Seite ist jeder Widerstand sinnlos", antwortete er und erhob sein Glas Roederer Cristal. „Also lasst uns mal anstoßen auf unseren kommenden Staranwalt und die bezaubernde Frau an seiner Seite. Mit Ami und dem Examen in der Tasche kann dich nichts mehr stoppen, Issa."

Cristal war Rock'n'Roll pur; der Antichrist des ängstlichen Spießers. Und Cristal musste in einem Zug getrunken werden. Zuerst das Prickeln, dann der Geschmack und schließlich das befreiende Gefühl, eine Flasche dieses überteuerten und wegen der weltweiten Nachfrage mit anderen Trauben verschnittenen Schaumweins ohne einen Gedanken an den Preis möglichst schnell geleert zu haben.

„So und jetzt gehen wir tanzen", sagte Stephanie, und zog Maurice, der seiner Pflicht entsprechend mit einem Wink zur

Kellnerin eine weitere Flasche Cristal bestellt hatte, mit sich auf die leuchtende Tanzfläche.

Die Klubbetreiber hatte wahrscheinlich jeder vor einem solchen leuchtenden, aus längst vergangenen Diskozeiten stammenden Relikt gewarnt. Aber sie waren ihrer Linie treu geblieben, und so hatte die Nachtszene der Stadt bis hin zu einem lokalen Radiosender, der den Trend des ganzen Landes beeinflusste, entdeckt, dass richtiges Ausgehen ohne buntes Licht, glamouröse Frauen und zwanzig Jahre alten Funk und R&B unmöglich war. Das Geheimnis des Klubs lag weniger in der exklusiven Einrichtung, sondern vielmehr in dieser Mischung sowie einem sechzigjährigen Resident-DJ, der seiner Liebe zu dieser Musik und einigen passenden neuen Stücken freien Lauf lassen konnte, und der attraktiven Blondine am Einlass, die mit stets unbeteiligtem Blick die richtigen Gäste auswählte.

Vor Issa tanzte die unangefochtene Attraktion der Nacht. Ihm wurde sein Glück in diesem Augenblick nochmals richtig bewusst. Mit fünf oder sechs Jahren hatte er einen Film gesehen, in dem zum ersten Mal Kinder mitspielten, die aussahen wie er. Der Film war etwas verworren; ein Seemann war auf die abwegige Idee gekommen, einem kleinen Mädchen in Afrika einen Schneemann zu schenken. Issa hatte den Sinn dieser Geschichte nicht verstanden. Doch die Darstellerin des afrikanischen Mädchens mit ihren einundzwanzig Zöpfen hatte ihm von der Leinwand sein Herz geraubt. Wochenlang hatte er abends in seinem Bett an ihre dunkelbraunen Augen gedacht und sich nichts sehnlicher gewünscht, als dieses Mädchen eines Tages heiraten zu können. Jetzt lachte das Mädchen ihn an; genauso wie damals in seinen Träumen. J.T. Taylor, der legendäre Frontmann von Kool & The Gang sang *Take My Heart*. Issa konnte ihm nur zustimmen und zog Ami an sich.

„Wo sind denn die beiden anderen?", fragte Stephanie, als sie mit Maurice wieder in ihrer Sitzecke saß.

„Bei denen ist wohl was dazwischengekommen", antwortete

Maurice. Kenny hatte auf ihr Klingeln an seiner Tür nicht reagiert und war auch telefonisch nicht zu erreichen gewesen. Sie hatten deshalb sich darauf geeinigt, morgen nochmals nach ihm zu sehen. Diese Nacht wollten sie sich nicht durch unnötige Sorgen verderben lassen.

Maurice bestellte die nächste Flasche Cristal, die nicht die letzte der Nacht sein sollte. Er beobachte Ami und Issa auf der Tanzfläche, die verliebt alles andere um sich zu vergessen schienen. Maurice musste an Flavies Berührungen in ihrer letzten Nacht denken. Sie fehlte ihm.

Something for the Lovers. Es war das einzige Mal, dass der DJ in dieser Nacht sein Mikrophon benutzte, Ami und Issa lachend zunickte und Erykah Badus neuen Song spielte.

„Du siehst fantastisch aus", sagte Issa und schob seine Hand in ihren gefährlich tiefen Ausschnitt am Rücken, wo er die schmale Kette fühlte, die Ami um ihre Taille trug.

„Heiß", flüsterte Ami in sein Ohr und schmiegte ihren Körper eng an ihn. „Du hast mir gefehlt, Issa. Und du fehlst mir noch immer. Ich hoffe, du lässt mich in Zukunft mehr nicht so lange allein."

„Das waren ja nur ein paar Stunden", sagte Issa, dem es nicht anders ergangen war.

„Mir kam es vor wie eine Ewigkeit. Und ich würde am liebsten gleich mit dir gehen." Ami blickte ihn mit ihren dunkelbraunen Augen an, die im Schein der flackernden Beleuchtung von einer hauchzarten noch dunkleren Linie umrandet wurden und ihm sein Paradies versprachen. Sie war die Liebe seines Lebens.

#Der Mörder unterm Bett

Maurice hatte den schwarzen Kontinent etliche Male besucht. Von der Komplexität der afrikanischen Realität wusste er nichts. Schweißnass war er vor wenigen Tagen erwacht, hatte das Bild seines Sohnes gesehen, eine Verpflichtung gespürt und deshalb, so dachte er zumindest, ein Flugzeug bestiegen, um an diesen Ort zu kommen, von dem alle entfliehen wollten. Die Verbindungslinien dieser Welt reichten weit über die vergangenen Generationen bis in die biblischen Tiefen der entfernten Vorfahren hinab, für deren Verwandtschaftsgrad keine Bezeichnung existierte. Für jemanden, der Teil dieser Welt geworden war, und Maurice hatte hierum über Jahre gekämpft, gab es keine Zufälle mehr. Doch wie hätte er sich auch vorstellen können, dass er mit einem alten Mann in diesem sechstausend Kilometer entfernten Moloch verbunden war, seitdem er an jenem Tag vor Jahren unter der Grande Arche auf dem Place de la Défense gesessen und über die Höhe des Triumphbogens nachgedacht hatte.

Stalin hatte die Nacht mit seiner Gang außerhalb der Stadt verbracht, wie stets nach einem Überfall. Jetzt, da die Dunkelheit hereingebrochen war, hatte er in einem kleinen Schnellrestaurant an einer Einfallstraße etwas gegessen und hielt nach einem Moped Ausschau, das ihn zurück in die Stadt brachte. In seiner Hosentasche befühlte Stalin noch einmal die Patek Philippe Calatrava. Er nahm sie nicht heraus, und um sein Handgelenk hätte er sie niemals gelegt. Auch der bevorstehende Gang würde ihm nicht leichtfallen. Aber es gab diese Dinge, die getan werden mussten. Und dazu gehörten die Bitten des *Doctor*s. Verschieben oder Ablehnen war niemals eine Option.

Das Gleiche galt ansonsten nur für die Salvadorianer, deren Zeichen er sich am Hals tätowiert hatte; dort, wo die Narbe endete, die ihm sein Lachen gestohlen hatte. Es war eine simple 13; dennoch respektierte Stalin jedes Anliegen der Salvadorianer als ehernes Gesetz. Keines seiner Gangmitglieder sah darin eine Schwäche, denn schnell hatte man erkannt, dass diese Fremden die Sprache des Kontinents, die Sprache von Macht, Gewalt und schierer Brutalität, weitaus konsequenter beherrschten als die Afrikaner. Nur das zählte. Dass Mara Salvatrucha oder MS-13 das erfolgreichste und gewalttätigste global agierende Gang-Kartell war, spielte hier keine Rolle. Es war nicht einmal fünf Jahre her, dass sie in seine Stadt gekommen waren. Mittlerweile wagten selbst die wenigen, die er bisher gefürchtet hatte, nicht, die Autorität der Mittelamerikaner in Frage zu stellen.

Seit dem Tag, als Stalin das verstanden hatte, benutzte er bei jedem Raub, jeder Entführung und jedem Mord die beiden magischen Worte – *Mara Salvatrucha* – und verhalf den Salvadorianer so innerhalb weniger Monate zu einem legendären Ruf. Niemand rief mehr die Polizei. Die hätte auch nichts unternommen, denn mittlerweile war das Wohlwollen eines afrikanischen Potentaten für einen niedrigen dreistelligen Millionenbetrag, vorzugsweise in Euro, und eine zwanzigprozentige Beteiligung an dem Milliardengeschäft zu haben. Ein knapp fünf Kilometer langer Küstenstreifen war per präsidialer Order zum militärischen Sperrgebiet erklärt worden, das regelmäßig im Schutze der Nacht zum Umschlagplatz für einige Tonnen des weißen Staubes mutierte.

Die Regeln waren ebenso eindeutig wie die Machtstrukturen. Dennoch hatte Stalin eines Tages den Rat des Doctors suchen müssen. Eine ukrainische Prostituierte hatte den Glanz ihrer blonden Haare hier am Äquator deutlich überschätzt und nach einer Party der Salvadorianer, deren einzige weibliche

Teilnehmerin sie gewesen war, einen Blick in den Schrank unter dem Waschbecken geworfen. Das exakt ein Kilogramm schwere Paket war wenige Tage später bei dem Sohn eines hohen Regierungsbeamten gefunden worden. Der Ministersohn studierte offiziell an einer Londoner Eliteuniversität und war stellvertretender Handelsattaché an der dortigen Botschaft; im Übrigen ohne erkennbaren Aufgabenbereich. Mindestens zweimal pro Monat flog er mit seinem Diplomatenpass für ein verlängertes Wochenende zu seiner Familie, um am Sonntagabend mit mindestens zehn Kilogramm Mehrgepäck wieder in die Europäische Union einzureisen. Die mittelamerikanischen Freunde seines Präsidenten hatten akzeptiert, dass der Ministersohn unbemerkt, wie er glaubte, einen privaten Ring unterhielt, der die gar nicht so kleine Nachtklubszene der Stadt mit dem weißen Staub versorgte. Bald hatte sich bei den jüngeren der hoch bezahlten westlichen Friedens- und Armutsspezialisten herumgesprochen, dass *Le Pur* nicht im Entferntesten vergleichbar war mit dem sechs- bis siebenfach verschnittenen Kokain, das sie aus den Klubs ihrer Heimatländer kannten. All das wäre niemals zu einem Problem geworden. Noch nicht einmal dann, als Le Pur den Campus der Eliteuniversität des Ministersohns in London erreichte und dort schnell für eine ähnliche Furore sorgte wie zuvor in dem sechstausend Kilometer entfernten Moloch. Bis zu fünf Prozent Schwund waren für die Mittelamerikaner zu verkraften; dafür war der sichere Transport des Produkts im Diplomatengepäck einfach zu wertvoll. Nicht zu verkraften war jedoch die Wirkung von Le Pur, die den Ministersohn glauben ließ, er könne ein Kilogramm des gestohlenen weißen Staubes von der Ukrainerin für zweihunderttausend Euro kaufen und dennoch am Leben bleiben. Das Produkt der Mittelamerikaner hatte ihn schlicht und einfach vergessen lassen, warum sein Vater vollkommen unerwartet zum Ministre délégué ernannt und er wenige Monate später, wie neun weitere Töchter und Söhne aus gutem Hause, mit einem staatlichen

Stipendium und Diplomatenpass nach Europa geschickt worden war. Der Ministersohn hatte keine Ahnung von der extremen Gewalt, mit der die neuen Freunde desjenigen, der sein Stipendium zahlte, sich von El Salvador durch ganz Mittelamerika bis nach Los Angelos und von dort weiter an die Spitze der weltweiten Gang-Kartelle gekämpft hatten.

Für den Ministersohn war die Party zu Ende. In einem Land, das sich als sogenannter Failed State von der politischen Weltkarte bereits vor Jahren endgültig verabschiedet hatte, konnte niemand, auch nicht der Potentat, der die Mittelamerikaner eingeladen hatte, ihrer Rache entkommen. Man kooperierte und verdiente; so wie bereits zu den Zeiten der großen Sklavenjagden.

Als der Ministre délégué von einer Putzfrau über das Paket im Schrank seines Sohnes informiert worden war, erschienen in weniger als dreißig Minuten zehn Mitglieder der Präsidentenleibgarde und nahmen das Paket in Verwahrung. Manches Mal bedauerte der Ministre délégué diese Entscheidung; doch er hatte sechs weitere Kinder, zwei Ehefrauen und ein Dorf, in das er jeden veruntreuten Franc gesteckt hatte. Außerdem waren die fehlenden zweihunderttausend Euro aus seinem Tresor für den Bau einer befestigten Straße zu seinem Heimatdorf bestimmt gewesen, wodurch er in der gesamten Region den Status der Unsterblichkeit erlangt hätte. Als die Demission des Ministre délégué offiziell wurde; war dieser mit der restlichen Familie, bis auf ein Mitglied, bereits in seinem Heimatdorf weit im Osten des Landes angekommen. Dort, wo die Mittelamerikaner keinen Einfluss hatten, auch wenn sie den weißen Staub auf LKWs militärisch massiv abgesichert durch diese Region bis nach Ost- und Nordafrika und weiter in den Nahen Osten und nach Europa transportierten.

Der Ministersohn war von einem Freund zum Flughafen gebracht worden, dort jedoch niemals angekommen, weil die Schnellstraße mit einem Bus blockiert worden war. Niemand hörte wieder von ihm; und niemand fragte mehr nach ihm.

Eine Woche später übergaben die Mittelamerikaner Stalin einen blauen Müllsack; so hatte er es zumindest gesagt, als er bei dem Doctor um Rat suchte. Der mächtige Marabout hatte einen Verdacht, aber sofort gespürt, dass es bereits zu spät für den richtigen Rat gewesen wäre. Deshalb fragte er Stalin nicht, ob er die Ukrainerin tatsächlich in sechs Stücken von den Fremden bekommen hatte. Die tropischen Wälder waren trotz der immensen Rodungen wild geblieben. Die Reste der Frau, die vor einigen Tagen in jeder denkbaren Form von den Salvadorianern benutzt worden war, würden schnell eine Verwendung finden. Die Tiefe der tropischen Wälder fraß jede Geschichte der Menschen auf. Nichts würde bleiben, das war sicher.

Nicht das war der Rat des Doctors gewesen. Ein wahrer Marabout ist in der Lage, den Ratsuchenden zu initiieren, ihn aus der Höhle zu führen, eine neue Welt zu zeigen. Anschließend mauert der Erleuchtete die Höhle selbst zu.

Der Doctor hatte den blauen Müllsack aus Stalins Händen genommen und lange hingeblickt, so als hatte er den Schrecken in sich einsaugen wollen. Ohne seinen Kopf anzuheben, hatte er dann gesagt: *Jeder, der sich für diese Seite der Welt entschieden hat, sollte seinen Meister erkennen und preisen. Akzeptiere diesen Meister, Stalin, so wie die Narbe, die dir dein Lachen raubte.* Schließlich hatte er seinen Kopf angehoben und mit leeren Augen durch Stalin hindurchgeblickt. Seine Stimme hatte nun väterlich geklungen, ohne dass man sich einen solchen Vater jemals wünschen würde: *Doch jeder, der zu uns kommt, sollte wissen, dass wir seit Anbeginn sind.*

Als Stalin die Füße des alten Mannes geküsst hatte, war kein Raum mehr für einen Gedanken an die Fremden geblieben. Ihre Befehle hatte er dennoch ausgeführt, so als seien es sanfte Bitten des Doctors gewesen. Die Salvadorianer hatten von nun an ihren Enforcer – einen Boten des Schreckens. Der blaue Müllsack blieb sein Erkennungszeichen.

Stalin winkte ein Moped heran. Er besaß kein Auto, weil dadurch sein jeweiliger Aufenthaltsort in der Stadt bekannt gewesen wäre. Und auch Taxis benutzte er selten. Auf einem Moped verschwand man in der Unsichtbarkeit der Masse. Von einem Moped konnte man schnell abspringen und in einer der namenlosen kleinen Straßen abtauchen. Er drückte dem Fahrer fünftausend Francs in die Hand, das Zehnfache des Normalpreises, und ließ sich tief hinein in die Stadt fahren; dorthin, wo keine Wegbeschreibung, sondern nur der Gestank der bittersten Armut der Sous-Quartiers führte. Warum der Doctor gerade hier lebte, hatte Stalin niemals hinterfragt. Es erschien einfach logisch, dass sich der mächtige Marabout an diese äußerste Grenze der Menschheit zurückgezogen hatte.

On est mort depuis – wir sind seit langem tot. Die trockene Antwort hatte ihre Wirkung auf den reichen Schnösel und seinen halbweißen Begleiter gestern nicht verfehlt. Vielleicht weil er die Wahrheit gesagt und die Warnung des Doctors einmal mehr in den Wind geschlagen hatte. *Die Toten sind nicht deine Freunde, Stalin. Lass sie dort, wo sie sind.* Der Doctor wusste, wovon er sprach. Der Tod war ein unstetes Wesen. Egal; Stalin hätte die beiden in ihrem Mercedes mit einer Kopfbewegung genau dorthin befördern können. Turbo zögerte niemals, wenn es darum ging, einen Befehl auszuführen. Schneller als jeder Erwachsene. Wer die Sous-Quartiers nicht kannte, hätte in Turbo wahrscheinlich ein leidgeprüftes mangelernährtes zehnjähriges Kind und keinen jeglichen Mitgefühls beraubten Killer vermutet. Ein einziges Mal hatte Stalin Turbo lächeln gesehen. Das war, als er ihm die AK 47 gegeben hatte. Nach dem erfolgreichen Überfall auf den Konvoi der UN-Hilfsmission hatte Stalin die Maschinenpistole wieder in Verwahrung nehmen wollen; jedoch nach einem Blick in Turbos Gesicht davon abgesehen. Dieser Blick hatte Stalin keine Furcht, sondern das für ihre Tätigkeit notwendige Vertrauen eingeflößt. Turbo schien das zu fehlen, was einen Menschen zum Menschen machte. Wahrscheinlich war es in seinen ersten zehn

Lebensjahren irgendwo in dieser Stadt verloren gegangen. Der Halbweiße hatte nicht die geringste Ahnung davon gehabt, wie nahe sein Leben dem Ende gekommen war. Denn tatsächlich hatte Stalin den Bruchteil einer Sekunde überlegt, ob er Turbo das Magazin der AK 47 in den Mercedes entleeren lassen sollte. Mittlerweile war aus ihm allerdings ein Geschäftsmann geworden. Die Jobs wurden erledigt; ohne Emotionen. Und es war ein einfaches Geschäft gewesen. Der Doctor wollte die Uhr des Halbweißen. Warum? Wer konnte das wissen? Er hatte nur gesagt, der Halbweiße schulde ihm noch etwas, bevor eine alte Geschichte endlich abgeschlossen werden könne. Außerdem stellte man keine Fragen, wenn ein so mächtiger Marabout wie der Doctor einen Auftrag vergab.

Stalin klopfte dem Fahrer auf die Schulter und stieg von dem Moped ab. Den letzten Kilometer durch die stinkenden Gassen bis zum Haus de Doctors legte er wie stets zu Fuß zurück. Er ging niemals direkt zu seinem Ziel und machte mindestens zwei Pausen, in denen er beobachtete, ob ihm jemand folgte.

Selbst für Stalin war der Blick des mächtigen Marabouts in dieser Nacht Furcht einflößend, als er die Uhr des Halbweißen im hintersten Zimmer des Hauses auf seinem Bett sitzend entgegennahm und um das Handgelenk des vielleicht fünfjährigen nackten Albinoknaben legte, der neben ihm auf dem Fußboden hockte. Stalin hatte ihm bereits etliche dieser Knaben beschafft.

Diesmal schien es etwas Besonderes zu sein, denn der Marabout griff hinter sich und überreichte Stalin einen Umschlag. *Es müssen genau fünftausend deutsche Mark sein. Zähle es nach*, forderte er Stalin auf. Niemals zuvor hatte der Doctor ihn für einen Dienst bezahlt; seine Gegenleistung war normalerweise anderer Art. Stalin öffnete den Umschlag, in dem sich tatsächlich fünf Tausendmarkscheine befanden. Er nickte dem Doctor kurz zu, wusste aber nicht, was das Ganze sollte. Schließlich hatten die Weißen jetzt den Euro eingeführt. Egal, irgendeine Verwendung würde sich finden.

Der Doctor sah das Unverständnis in Stalins Blick und entschloss sich, ihm das «Geheimnis des Geldes» zu offenbaren, obwohl er spürte, dass den Höllenboten gerade andere Dinge bewegten und seine Worte nicht zu ihm vordringen würden:

Für die Menschen ist Geld das Zentrum ihres Lebens geworden. Auch für dich, Stalin; du bist bereit, alles für Geld zu tun. Die Natur des Geldes jedoch haben die Menschen bis heute nicht verstanden. Höre mir deshalb genau zu, Stalin. Jemand arbeitet und wird dafür bezahlt ... mit Geld. Das ist der Wert des Geldes, Stalin. Die eigene Arbeit oder die Arbeit anderer; gespeichert in Münzen oder Papier. So einfach scheint es. Was aber ist, wenn die Arbeit ungerecht entlohnt wurde? Wenn das Geld gestohlen, ein anderer betrogen oder sogar ein Mensch getötet wurde? Welcher Wert wohnt dem Geld dann inne, Stalin? Hast du darüber einmal nachgedacht? Kommt es darauf überhaupt an, wenn man nichts von den Umständen weiß? ... Ja, es kommt immer darauf an! ... Du, Stalin, könntest dich nicht einmal darauf berufen, den Ursprung deines Geldes nicht zu kennen. Die Weißen würden sagen, dein Geld, das Geld der Fremden, kommt direkt aus dem, was sie die Hölle nennen. Und sie hätten recht. Es ist sogar noch schlimmer, Stalin. Denn schon die Idee stammt von dort. Hier bei uns begann es mit zwei kleinen unscheinbaren Muscheln, damals an einem Strand mit Palmen, und hat sich von dort wie ein bösartiges Geschwür tief in das Land, in unser Wesen gefressen. So tief, dass heute alle von dem Wahnsinn befallen sind, ohne es zu bemerken. Wussten die Menschen, wusstest du tatsächlich nicht, dass an jedem Geldstück, an jedem Geldschein wie an den «Muscheln der Schande» die Geschichte dessen haftete, der seinen Wert erschaffen hat? Das Geld der Hölle kannst du nur in der Hölle finden, Stalin. Und nur Narren tragen die Hoffnung in sich, gerade mit diesem Geld der Hölle wieder entfliehen zu können. Nein! Als dir die Fremden das Geld für die blonde Hure gaben, wem hast du es gegeben? Du hast es anderen Huren für ihre Dienste gegeben. Denn am Ende bleibt das Geld dort, wo es herkam. Doch es gibt einen letzten Ausweg für dich, Stalin. Ich habe Geld niemals berührt. Diese fünftausend Mark, die du in deinen Händen hältst, erreichten mich vor einigen Jahren, ohne dass ich danach gefragt hätte. Diese Scheine haben zwar eine Geschichte, aber sie haben jetzt, nachdem du mir die Uhr gebracht hast, keinen Gegenwert ... so wie die Muscheln des toten Mädchens. Genaugenommen ist es also gar kein Geld, oder es ist reines Geld, was am Ende auf dasselbe hinausläuft. Deshalb gebe ich sie dir. Es ist der Lohn für deinen letzten Dienst.

Nur den üblen Atem des Doctors hatte Stalin gespürt und ertragen und nichts von dem verstanden, was er zu ihm gesagt hatte. Dennoch nickte er mehrfach und hoffte, dass die Angelegenheit damit vorüber sei. Stalin mochte diesen winzigen Raum nicht, in dem der Doctor schlief und andere Dinge tat. Es war weniger das stickige Zimmer, sondern das viel zu große und hohe Bett aus dunklem Ebenholz, dessen massive Füße durch mehrere umlaufende dicke Messingstangen, gleich einem Käfig, verbunden waren. Eine Frage konnte Stalin nie aus seinem Kopf verbannen, wenn er diesen Raum betreten musste. Auch heute stellte er sie nicht.

Als der Doctor sein Gesicht mit beiden Händen ergriff und ihm ganz nah kam, dachte Stalin kurz an Flucht aus dieser bösen Welt, deren Teil er seit langem war, weshalb er den Gedanken ebenso schnell wieder verwarf.

Ohne seine Augen von Stalin abzuwenden, fragte der Doctor den am Boden kauernden Albinoknaben, wie spät es sei. Der Junge blickte auf die goldene Uhr des Halbweißen und antwortete zu dieser nächtlichen Stunde: *Es ist Mittag, hoch Mittag.* Dem Doctor schien diese Antwort zu gefallen. Er verzog seinen alten Mund zu einem Lächeln, sodass die spitz abgefeilten Zähne deutlich zum Vorschein kamen. *Nun*, sagte der mächtige Marabout, *dann ist die rechte Zeit, unsere Arbeit, die unter dem großen Bogen in der weißen Stadt begann, zu vollenden.* Stalin empfand Panik und wollte fragen, was damit gemeint sei. Doch drei kräftige Fußtritte des Doctors auf den Lehmboden und ein darauffolgendes qualvolles Stöhnen unter dem Bett ließen ihn erstarren. Furchtbare Dinge mussten hier und jetzt ihren Lauf nehmen. Das Stöhnen der Kreatur unter dem Bett verwandelte sich in ein flehendes Winseln mit Worten in einer fremden Sprache.

Sorge dich nicht, beruhigte der Marabout Stalin und küsste ihn lange auf den Mund, bevor er fortfuhr: *Ich danke dir für all deine Dienste. Du musst gehen. Lege deine Kleidung ab und verlasse die Stadt nur mit dem Geld, das ich dir gab. Heute Nacht! Drehe dich nicht mehr um und komme niemals zurück.*

Der Doctor tätschelte den Kopf des Albinoknaben, als sich Stalin nackt durch die Gassen des Quartiers aufmachte. Vier Wochen später sollte er das eintausend Kilometer entfernte Douala erreichen und dort sein Herz an die Techtronique-Tänzerin *Kmer.Rouge* verlieren. Eine andere afrikanische Geschichte ...

Der Enforcer der Salvadorianer, ihr Höllenbote, war verschwunden. Es wurden keine blauen Müllsäcke mehr gefunden, und der Mythos der Fremden befand sich schnell im freien Fall. Der Potentat des Landes einigte sich bald darauf direkt mit denjenigen, die die Salvadorianer mit *El Puro* versorgten. Fünfundzwanzig Prozent waren besser als zwanzig. Die eindrucksvollen Villen im militärisch abgesperrten Küstenstreifen wurden von neuen Fremden bezogen. Die Salvadorianer waren vergessen in der Welt, die, wie der Doctor gesagt hatte, seit Anbeginn ist.

13. Kapitel

In der Nacht hatte Mike Gabi erklären wollen, dass er am nächsten Tag zurück nach Frankfurt müsse, da das Flugzeug in sein Leben auf der anderen Seite des Atlantiks am Montagmorgen startete. Doch sie hatte ihn sogleich unterbrochen: „Ich weiß. Lass uns jetzt nicht davon sprechen ... Lass uns niemals davon sprechen. Ich kümmere mich um alles, Liebster." Keinen Zentimeter war sie anschließend von seiner Seite gewichen. Und Mike war erstmals seit Tybee Island in einen tiefen Schlaf gefallen, so tief, dass auch die Fratze aus dem verwunschenen Wald ihm nicht hatte folgen können und sich der eiserne Griff um sein trauerndes Herz für einige Stunden löste. Am frühen Morgen hatte sie ihm Kaffee ans Bett gebracht; sein Koffer war gepackt, und frische Sachen hatten auf dem Stuhl gelegen.

Gabi mochte große Autos. Gerade war es ein anthrazit-metallicfarbener Cadillac Escalade mit V8 Benzinmotor. Sie strahlte Michael an, drehte die Musik, *Ezy Ryder* von Jimi Hendrix, auf und gab Vollgas; der Verbrauch interessierte sie nicht.

Am frühen Nachmittag waren sie in Frankfurt angekommen. Das Hotel, mit der exklusiven Bar, die bekannter war als das Haus selbst, hatte sie ausgesucht. Gleich nach dem Einchecken hatte sie seine Hand ergriffen und war mit ihm so durch die Stadt gegangen.

Damals hatten sie das nur selten getan. Einmal hatte Michael sie in einen amerikanischen Diner eingeladen, wo sie Hamburger, French Fries und eine große Portion Eiscreme gegessen hatten. Die weißen GIs hatten im vorderen Bereich, die schwarzen im hinteren gesessen, wo die Musikbox gestanden hatte. Anschließend waren sie mit Michaels Freunden ins

Kino gegangen. *Cleopatra Jones*. Einen ganz kurzen Augenblick hatte sie inmitten all dieser schwarzen Soldaten an ihren Vater denken und dabei lächeln müssen. Michael hatte an diesem Sonntagabend zurück zum Stützpunkt gemusst und Gabi auf ihrem Heimweg darüber nachgedacht, was sie am Montag nach ihrer Arbeit in einer Spedition für ihn kochen würde. Es war einer der schönsten Sonntage, an den sie sich erinnern konnte. Auf diesem Heimweg war ein Leben mit Michael zu ihrer Vorstellung vom Glück geworden.

„Trotzdem kam in all den Jahren ein Punkt, an dem ich begann daran zu zweifeln, dass du wirklich die Liebe meines Lebens warst. Unsere Zeit war so kurz, und es war alles so lange her. Ich wusste nicht mehr, ob ich mir vielleicht nur etwas vorgemacht hatte. Aber, als ich deine Stimme im Telefon vernahm, und sogar schon, als meine Mutter mir gesagt hatte, du seiest gekommen, wusste ich, dass alles stimmte, dass du es wirklich bist ... meine große Liebe. Mein Herz hat ganz schnell geschlagen; so wie früher, als wir uns in dem Hauseingang getroffen hatten. Es hat sich nichts geändert, Michael. Gar nichts. Ich liebe dich genauso wie damals."

Sie wanderten lange durch die Innenstadt; zu lange für diesen kalten Novembertag. Doch sie spürten es nicht. Denn ihre Trennung am nächsten Morgen stand bevor, sodass keine Zeit für die Dinge war, die man normalerweise an einem Sonntag im Herbst tut. Außerdem musste Gabi ihn an den Ort führen, vor dem es sie ängstigte.

Als sie auf dem schlichten Vorplatz eines Verwaltungsgebäude ankamen, umgriff Gabi Mikes Arm mit beiden Händen. „Das ist das Jugendamt, Michael", sagte sie und lehnte ihren Kopf an seine Schulter. „Ich war drei Jahre nicht mehr hier. Wenn ich dich morgen am Flughafen abgesetzt habe, werde ich hier wieder einen Brief abgeben. Und im nächsten Jahr auch. Wir werden ihn finden, Michael. So wie wir uns nach all den Jahren gefunden haben. Ich weiß es ganz sicher."

Mike schwieg. Genauer; er biss sich auf die Zunge. Die

Fratze hatte ihm nur eine kurze Auszeit zugestanden. Und jetzt stellte Gabi die Frage, vor der er sich fürchtete, seit sie gestern von einer *liebevollen Familie* für ihren Sohn gesprochen hatte.

„Ich hatte die Hoffnung verloren, Michael"; sie sprach langsam. „Seitdem du bei mir bist, habe ich verstanden, dass das falsch war." Gabi berührte mit ihren Fingern zärtlich sein Gesicht. Sie waren sich ganz nah; so nah wie im Auto vor dem Berliner Hotel. „Denkst du nicht?"

Der Brief des weißgekleideten Toten, der nicht von einer liebevollen Familie, sondern von einem zehnjährigen Kind in einem Kinderheim sprach, war tief in seinem Mantel versteckt. Vielleicht hatte Gabi ja recht? Konnte es nicht genau so sein, wie sie sagte? Egal, was auf dem Zettel stand. Glich nicht all das, was er auf Tybee Island erlebt hatte, einem Traum? War es vielleicht sogar ein Traum? ... Nein! Denn dieser Traum hatte ihn schließlich hierhergeführt.

„Ich hatte am Strand gesessen", versuchte Mike sich zu erinnern, so als spräche er von einer weit zurückliegenden Zeit. „*Meinem* Strand auf Tybee Island. Von dem ich dir damals erzählt hatte, als du das Zimmer bei deiner Freundin gefunden hattest. Ich war zuvor niemals wieder in Georgia gewesen. Warum gerade in diesem Jahr? Ich weiß es nicht. Als ich dort saß und auf das Meer blickte, ist etwas geschehen, was ich nicht verstanden habe."

Mike schloss seine Augen und versuchte weiter sich zu erinnern. Er sah diesen besonderen blauen Himmel, der sich über dem Atlantik aufgetan hatte und mit dem Meer am Horizont magisch verschmolzen war. Plötzlich fiel ihm ein Detail ein. Der weißgekleidete Mann hatte ihm noch zugewunken, bevor er auf der benachbarten Bank Platz nahm. Mike hatte hinter sich geschaut; er war sich nicht sicher gewesen, ob er überhaupt gemeint war. Dann hatte der Mann ihm irgendetwas zu verstehen geben wollen. *Was?* Mike schüttelte seinen Kopf. Er musste es vergessen haben, als er weiter auf das Meer geblickt und in dessen Tiefen auf andere lange vergangene Dinge gestoßen war. Es war eine Sackgasse; er kam nicht weiter. *Doch!* ... Die alte Dame. Was hatte sie gesagt? Mike suchte in seinem Gedächtnis, konnte sich jedoch nicht an die Worte erinnern, die sie ihm ins Ohr geflüstert hatte. Nur an eines konnte er sich noch erinnern. An ihr Wesen, das ein ebensolches Glück ausgestrahlt hatte wie Gabi, seitdem sie sich einander offenbart hatten. Er öffnete seine Augen und blickte zu ihr. Sie lächelte ihn an und liebkoste sein Gesicht. *Ja.* Mike nickte. Die alte Dame hatte es ihm gesagt; aber er hatte es nicht verstanden. Jetzt erinnerte er sich.

„Du bist meine erste Liebe, Gabi. Ich wollte niemals von dir gehen. Du gehörst zu mir und ich zu dir. Das ist unsere Geschichte. Sie ist nicht richtig oder falsch. Und es ist eine schöne Geschichte, auch wenn sie traurig ist. Das ist der Grund, weshalb ich zurückgekommen bin und weshalb wir genau hier stehen. Es gibt keinen anderen Ort, an dem wir sein könnten."

Die Stadt erholte sich wie jeden Sonntagvormittag von den Strapazen der Woche. Der Busfahrer, dessen Dienste zu dieser Zeit nur wenige in Anspruch nahmen, fand die Zeit, Issa freundlich zu begrüßen. Auf dem vordersten Sitzplatz im Obergeschoss direkt über dem Fahrer, konnte man den Eindruck gewinnen, der Bus würde auf vor ihm anhaltende Fahrzeuge auffahren oder die Äste der die Straßen säumenden Bäume würden gegen die Frontscheibe schlagen. Wenn die tief stehende Sonne sich einen Weg durch die Häuserschluchten bahnen konnte, schienen ihre Strahlen durch die Scheibe auf Issas Gesicht. Er schloss seine Augen.

Ami hatte noch im Bett gelegen, als er aufgebrochen war, um Kenny zu besuchen. Issa freute sich darauf, zu ihr zurückzukehren und gemeinsam am Nachmittag zu frühstücken. Es war eine rasante Entwicklung gewesen. Sein bisheriges Leben ohne Ami schien binnen weniger Tage in weite Ferne gerückt zu sein. Sie hatte ihn in der Nacht, ohne etwas zu sagen, mit beiden Händen festgehalten und ruhig angesehen. Ganz anders als sonst. In ihren schönen Augen war nicht die Leidenschaft zu sehen gewesen, die er kannte, sondern etwas anderes, was ihm in diesem Augenblick die Gewissheit gegeben hatte, dass etwas Wunderbares geschah. Nicht sofort, hatte Ami später gemeint, aber nach seiner mündlichen Prüfung könnten sie doch nach einer gemeinsamen größeren Wohnung Ausschau halten, oder er könne mit zu ihr ziehen. Issa hatte es ihr nicht gesagt und im Bett mit Ami versucht, den unpassenden Gedanken an seinen Vermieter und Auftraggeber Wolf zu verdrängen. Dennoch würde er ihn fragen; vielleicht könnte es sogar eine der Wohnungen über der italienischen Salumeria werden.

Und ganz sicher würde es keine Wohnung hier, in diesem Viertel, sein, dachte Issa, als er die Stufen zu Kennys Wohnung hinaufstieg. Er mochte den Geruch des Hauses nicht, der durch die dünnen Wände und Türen drang.

Kenny öffnete nicht; auch auf Issas Klopfen erfolgte keine Reaktion. Issa schloss die Tür auf. Die Bude sah unverändert chaotisch aus. Ein Karton lag auf dem Couchtisch, in dem sich die vertrockneten Ränder einer Pizza befanden. Bier- und andere Flaschen lagen auf dem Boden. Die Luft war stickig und feucht. Hierher hätte Kenny wirklich niemals eine Frau mitnehmen können. Vielleicht war er bei seiner neuen Errungenschaft, Serwa, und wurde dort nicht aus dem Bett gelassen. Issa öffnete das Fenster, blickte hinaus auf die ansonsten lärmende Straße und zündete sich eine Rothmans an. Heute ging von der Straße eine angenehme sonntägliche Ruhe aus. Nur in der gegenüberliegenden Spielhalle, wo Pizzas verkauft wurden, herrschte langsam beginnende Betriebsamkeit. Unter dem Abfallkorb war ein Müllhaufen angewachsen. Issa konnte deutlich die rote Plastiktüte des Alkoholikers erkennen, der vor zwei Tagen seine Wut entfesselt hatte. Der Gedanke daran war ihm unangenehm und würde es bleiben wie alle Erinnerungen an falsche und peinliche Entscheidungen. Als er den Blick von der Tüte und den Erinnerungen losreißen und sich umdrehen wollte, sah er den BMW seines Freundes, der sich verspätet hatte und mit hoher Geschwindigkeit die Straße herunterkam. Issa warf seine Zigarette aus dem Fenster und ging zur Wohnungstür.

Bei unserem ersten Date, Issa ... als wir vor dem Café standen und von allen angestarrt wurden ..."
„Ja Ami ...?"
„Ach, ist vielleicht nicht so wichtig."
„Sag doch. Was war denn?"
„Lass mal. Ich weiß es nicht so genau."
„Na jetzt hast du mich neugierig gemacht. Außerdem ist es die schönste Sache der Welt."
„Was ist denn die schönste Sache der Welt?"
„Samstagnacht im besten Klub der Stadt tanzen zu gehen, gemeinsam am Sonntagmorgen zu erwachen, sich zu lieben und danach den ganzen Tag nackt im Bett liegen zu bleiben und sich die eigene Liebesgeschichte zu erzählen ... wie man sich kennengelernt hat, zum ersten Mal geküsst hat und so weiter. Die ganzen Geschichten eben, die man später seinen Kindern und Enkelkindern schildert und auf Unsterblichkeit hofft."
„Vielleicht werden sie das ja gar nicht mehr verstehen können, was ich erst jetzt verstanden habe."
„Liebe ist nichts Rationales."
„Das meine ich gar nicht, Issa."
„Nein?"
„Ich war so aufgeregt und glücklich, als wir uns auf dem Bürgersteig vor dem Café zum ersten Mal gegenüberstanden.

Du warst so groß und sahst gut aus. Aber gleichzeitig war ich traurig."

„Warum denn das?"

„Nicht richtig traurig. Eher ... versteh mich bitte nicht falsch. Es war beinah so etwas wie Mitleid."

„Mitleid? Mit wem denn? ... Mit mir?"

„Ja vielleicht."

„Mitleid und Liebe passen nicht so recht zusammen."

„Doch Issa, in unserem Fall schon."

„In unserem Fall?"

„Ja ... ich hatte es in den Blicken der Leute gesehen ... und später auch verstanden."

„Aber ich versteh dich nicht mehr, Ami."

„Wahrscheinlich wünschen sich die meisten Mütter hierzulande eine andere Schwiegertochter als mich. Wegen der Kinder ..."

„Heute sprichst du wirklich in Rätseln."

„Farbige Kinder haben es schwerer. Und das will man den eigenen Enkelkindern ersparen."

„Farbig? Wer sagt denn so was?"

„Die Mutter des Tennisspielers ... Und sie meinte das eigentlich ganz nett."

„Hat sie das wirklich gesagt?"

„Ja, letztens im Fernsehen."

„Dann dürften wir hier ja niemals Kinder bekommen ... Und deshalb habe ich dir leidgetan?"

„Leidtun trifft es nicht so richtig. Es ist schwer zu beschreiben. Ich habe mich bisher in meine Rolle gefügt; das getan, was man von mir erwartete. Das war zwar belastend, doch auch bequem und manchmal sogar schön. Weil alle zufrieden waren ... meine Eltern, meine Freundinnen, meine Freunde ... und die unbekannten Passanten ... Deshalb hatten sie mich bisher nie so eigenartig angesehen. Weil ich mich gefügt hatte."

„Wie angesehen?"

„Wie bei unserem ersten Date ... mit dir vor dem Café."

„Ach so, das meinst du. Ich verstehe. Tja, daran wirst du dich gewöhnen müssen. Das mit dem Mitleid verstehe ich trotzdem nicht?"

„Issa ... glaubst du, dass Josephine Baker ihren Bananenrock mochte ... dass es ihr wirklich gefiel, fast nackt auf der Bühne zu tanzen?"

„Weiß nicht. Es gibt genug durchgeknallte Leute."

„Nein Issa, ich meine das ernst ... Vielleicht ahnte sie ja, dass es einen Preis der Akzeptanz gibt ... ein Einlassticket."

„Ja, wahrscheinlich wusste sie es sogar. Im Grunde wissen wir das doch alle."

„Weißt du das wirklich, Issa?"

„Was denkst du denn? Ich habe mich die letzten dreißig Jahre mit nichts anderem beschäftigt ... gezwungenermaßen sozusagen."

„Na dann bin ich ja beruhigt. Denn eigentlich ist für einen Mann wie dich hier kein Platz. Bei mir ist das ein klein wenig anders. Als Schwiegertochter bin ich zwar nicht unbedingt erwünscht. Paradoxerweise möchte aber niemand, dass ich nicht die Geliebte ihrer Söhne werde, sondern verbotenes Land betrete und Jean Idrissa Vessel erwähle ..."

„Ist das jetzt gut oder schlecht?"

„Hast du Karin Boyd in István Szabós Film «Mephisto» gesehen?"

„Ja, Juliette Martens, die schwarze Geliebte. Ich fand die Tanzszene im Film eklig. Sie war übrigens die erste Afrodeutsche in der deutschen Literatur. Im Buch von Klaus Mann ist sie noch viel vulgärer, fast wie ein Tier, beschrieben und außerdem nur eine Metapher für die schwulen Neigungen der historischen Vorlage des Protagonisten. Darauf muss man erst einmal kommen."

„Wirklich? Da fühlt man sich ja fast doppelt missbraucht ... Egal. Das ist jedenfalls meine Rolle hier. Im Grunde bin ich Höfgens schwarze Geliebte und nicht deine Liebe, Issa. Man hat mich bereits vergeben. Das habe ich letzten Samstag in den Blicken der Passanten gesehen. Und seitdem ..."

„... tue ich dir leid?"

„Issa, ich liebe dich. Da bleibt kein Raum für Mitleid ..."

„Die Dinge sind, wie sie sind, Baby. Du hast dich für mich, einen schwarzen ... einen schwarzen deutschen Mann entschieden und dir damit einiges aufgebürdet. Das sieht nach keinem guten Geschäft aus. Wahrscheinlich sollte ich eher Mitleid mit dir haben. Oder vielleicht sollte ich mich sogar bei dir bedanken."

„Nein überhaupt nicht; sag so etwas nicht ... bitte. Das andere ist bloßer Schein. Du und ich, Issa ... das ist wahrhaftig."

Wir sind es."

„Okay, ich mach auf." Ami wunderte sich, aus der Sprechanlage Maurice' Stimme zu vernehmen. Denn Issa wollte nur kurz bei seinem Freund Kenny vorbeischauen und danach ein paar Croissants und ein Baguette für ihren Sonntagsbrunch im Bett mitbringen. Jetzt war Maurice dazu gekommen, über den sie im Grunde nichts wusste. Gestern Nacht im B-Town war es ihr aufgefallen; Issa und Maurice verband weit mehr als eine dieser typischen Männerfreundschaften.

„Ich bin gleich da. Setzt euch schon mal ins Wohnzimmer oder in die Küche", rief Ami, als sie die Schritte im Flur vernahm. Schnell band sie sich die Haare mit einem Gummi zusammen und bemerkte dabei im Spiegel des Schlafzimmerschranks diese Fröhlichkeit, die sich gerade in ein breites Grinsen verwandelte. Issa hatte recht. Ihr Lächeln war bezaubernd. Ihre Hände, die, so wie die seinen am Morgen, sanft ihren Bauch und ihren Busen berührten, waren wunderschön. Und ihre Augen, ihre Augen waren dunkelbraun ... genau so war es.

„Hallo Ami", sagte Maurice auf einem Stuhl in der Küche

sitzend. Er schaute zu ihr auf, ohne seinen Kopf anzuheben. Ami wollte ihn fragen, ob er Kaffee oder Tee trinke. Doch etwas stimmte nicht mit ihm. Seine Schultern hingen wie von einer Last beschwert herab. Sie blickte auf seine Schuhe und bemerkte die deutlichen dunklen Flecke auf dem hellbraunen Leder, die sich auch an seiner Hose abzeichneten. Maurice' unheimliche Aura erfüllte die gesamte Küche und drückte Ami einige Schritte zurück, sodass sie beinah über die Schwelle zum Flur gestolpert wäre.

„Wo ist Issa? Ist etwas passiert?", fragte sie und schickte sogleich ihre Sorge hinterher: „Hattet ihr einen Unfall?"

Maurice wandte sein Gesicht von ihr ab. Er spürte ihren Blick, dem die getrockneten rötlichen Spritzer auf seinen zitternden Händen nicht entgangen waren. „Nein ...", Maurice verschränkte die Arme und schüttelte kaum merklich seinen Kopf. „Nein, nein, Issa und mir geht's gut."

Die Tür zum Badezimmer öffnete sich. Ami drehte sich um. Es ist Blut, dachte sie, als Issa schweigend, ohne sie anzublicken, vor ihr im Flur stehenblieb. Fragend schaute sie wieder zu Maurice, der sein Gesicht in den Händen verbarg. Ihre Lungen pressten sich zusammen; unfähig, tief Luft einzuatmen, was ihr Körper jetzt verlangte. Der Tod haftete diesen beiden Männern an. Und sie hatten ihn in ihre Wohnung gebracht. Ami sah Issa, wie er mit geballter Faust auf dem Mann mit der Wollmütze kniete und sein wütender Blick die Gitterstäbe eines Zellenfensters durchschnitt. Die Frage nach dem Geschehenen kam nicht über ihre Lippen.

„Ami", sagte Maurice, der hinter sie getreten war. „Ami, entschuldige. Ich wollte erst zu mir nach Hause fahren, damit wir uns etwas anderes anziehen können. Doch Issa hat die ganze Zeit nicht geredet, und deshalb dachte ich, er käme besser erst einmal zu dir." Aus Maurice' Augen liefen Tränen, seine Lippen zitterten. Er fürchtete, das Geschehene auszusprechen, so als erwüchse es erst dadurch in Realität.

Maurice hatte sich verspätet, fand aber einen Parkplatz direkt vor Kennys Hauseingang.

Sicher war Issa bereits nach oben gegangen. Maurice hatte einige der neuen Bilder von Flavie und seinem Sohn ausgedruckt, um sie seinen Freunden zu zeigen. Er freute sich darauf, vor ihnen endlich mit berechtigtem Stolz von seinem Sohn sprechen zu können, der einer neuen Generation angehören würde, die ihren Wirren niemals ausgesetzt wäre. Im Sommer würde er seine Freunde und Ami zu seiner Hochzeit mitnehmen und vor allem ihr die schönen Seiten dieser aus der Ferne so perspektivlosen Welt zeigen, deren Bilder seine Gedanken beherrschten.

Maurice war dieses Gefühl bekannt, seitdem er unmittelbar nach dem Abitur zum ersten Mal in die Heimat seines Vaters gereist war. Auch damals war es ihm schwergefallen, sich nach seiner Rückkehr wieder an das so andere Leben gewöhnen zu können. Doch für einige Wochen hatte ihn das beflügelnde Wissen begleitet, dass eine andere Welt existierte, die ihn uneingeschränkt aufgenommen hatte.

Auf Maurice' Gesicht lag ein Lächeln, als er den Gang zu Kennys Wohnung entlangschritt, in dem sich die Türen zu den einzelnen Appartements so dicht aneinanderreihten, dass schwer vorstellbar war, wie in diesen winzigen Buchten Menschen einigermaßen zufrieden leben konnten. Kennys Tür war angelehnt.

„Hallo", rief Maurice und öffnete die Tür zu Kennys Wohnung. Als er den Flur betrat, spürte er, dass der Teppichbelag feucht war. Durch einen aus dem Bad fallenden Lichtschein erkannte Maurice, dass der gesamte Boden des Flurs mit Wasser bedeckt war. Jetzt sah er auch, dass die Badezimmertür eingetreten worden war und nur durch das untere Scharnier im Rahmen gehalten wurde.

Die plötzliche Stille hatte die von Maurice soeben noch verspürte Freude hinfortgeweht. Eine unerträgliche Ahnung, die Gewissheit wurde, als er das rötliche Wasser auf den Fliesen des Badezimmers sah, lastete schwer auf seinen Schultern, drohte seine Knie nachgeben zu lassen und neben Issa zu sinken, der mit dem Rücken an die kleine, mit Wasser und Kennys Blut gefüllte Badewanne gelehnt dasaß. Tränen liefen aus Issas Augen und tropften auf Kennys Haare, den er auf sich liegend mit beiden Armen fest umklammerte. Neben der klaffenden blutleeren Wunde an Kennys linkem Handgelenk waren die Narben seiner Kindheit zu erkennen. Sein leerer Blick traf Maurice mit voller Wucht und ließ ihn instinktiv zurückweichen. An der Toilette geriet er ins Straucheln und blieb auf dieser schließlich erstarrt sitzen.

Der Tod war in ihr Leben und in dieses Badezimmer getreten, wo er von den drei Freunden seinen Preis unbarmherzig einforderte. Der feste Griff von Issas Armen konnte nicht verhindern, dass er sich das nahm, was sie ihm schuldeten, ohne dadurch die Schuld schmälern zu können, mit der Maurice und Issa von nun an leben müssten.

Maurice spürte die Tränen auf seinen Wangen. „Wir müssen jemanden anrufen, Issa. Einen Arzt oder die Polizei." Er blickte auf und betrachtete Issa, der sich nicht rührte und nicht einmal zu atmen schien. „Issa", rief Maurice. „Komm. Es ist zu spät." Er reagierte nicht, als Maurice seine verkrampften Hände vom Körper des toten Freundes löste und ihn vorsichtig von Issa herunterzog. „Komm schon", wiederholte Maurice und rüttelte an Issas Schulter, der nicht fähig war zu gehen, auf dem Flur erneut zusammenbrach und im Wasser am Boden noch lange, nachdem Kennys Leiche abgeholt worden war, sitzenblieb.

Unsere zweite Begegnung. Ich wartete in Kennys Badezimmer auf Issa, als er die Tür eintrat und nach hinten stürzte. Der grelle Schein der Deckenbeleuchtung blendete ihn, sodass er sich auf dem Rücken liegend mit den Ellenbogen bis zur Wand des Flurs flüchtete. Vielleicht konnte er Kenny noch retten, hoffte Issa und zog sich an der Garderobe nach oben. Die Hoffnung zerstob schnell, als er das Haar seines Freundes und dessen bleiche Knie im Wasser sah, das seinen Augen ansonsten nichts preisgab.

Das Licht begann zu flackern und hüllte Issa in ein helles Rot. Er verlor den Halt und tauchte hinab in das Nichts; dorthin, wo Seiendes nicht ist, doch wo ich auf ihn wartete, um ihn zu beschützen, da die engen Wände des Badezimmers zerfielen und keine neuen Orte, keine neue Endlichkeit eröffneten, die Zeit gebar und der Raum war, in dem Sein zur Existenz erhoben wurde. Das rote Nichts drohte ihn zu verschlingen und seines Verstandes zu berauben. *Issa!* Ich rief ihn, so laut ich konnte. Er öffnete seine Augen und flüsterte meinen Namen: *Caterina*. Unsere Blicke trafen sich, so wie damals auf den Stufen zur Klinik. Nach zeitlosen Augenblicken gelang es ihm endlich, meine Hand zu ergreifen, sich an den seidenen Faden der Idee der Endlichkeit zu klammern, in der der Mensch war, und den roten Wahnsinn hinter sich zu lassen. Kennys kalter nasser Körper lastete schwer auf ihm.

D ie Enge des Flurs war unerträglich geworden. Ami stand gefangen zwischen den beiden schweigenden Männern. Sie wandte sich von Maurice ab, dem die Tränen unkontrolliert aus den Augen flossen, und schaute auf zu Issa, der starr durch sie hindurchblickte. Ami wollte entfliehen, doch ihrem Freund, der einer Figur aus einem Horrorfilm gleichend regungslos dastand und so den Ausweg zur Wohnungstür versperrte, konnte sie sich keinen weiteren Zentimeter nähern. In diesem Augenblick wurde ihr erstmals bewusst, dass sie die aus schrecklichen Ahnungen geborene Angst an seiner Seite immer begleiten würde. Wer war dieser wortlose Mann in blutverschmierter Kleidung vor ihr wirklich? Ami musste an ihre Mutter denken, die hochschwanger entdeckte, dass der Vater ihres Kindes sie bereits verlassen hatte. Vielleicht war sie nach der letzten Nacht selbst schwanger, und das, was Issas Kleidung mit Blut überschüttet hatte, würde ihrem Kind ebenso den Vater entreißen.

„Wir haben Kenny vorhin gefunden", sagte Issa in die unerträgliche Stille hinein. Er verdeckte seine Augen mit seiner linken Hand und sprach schluchzend weiter: „In seiner Badewanne ... wir haben ihn in seiner Badewanne gefunden. Als wir gestern Nacht tanzen waren, hat er sich die Pulsadern aufgeschnitten."

Ami atmete direkt aus, verspürte große Erleichterung und sogleich große Scham. Ihr war schwindelig ... schlimmer als damals auf dem Bootssteg. Sie hatte Issas Freund niemals kennengelernt. Ein Unbekannter hatte sich das Leben genommen, für den in diesem Augenblick kein Mitleid übrigblieb, das sie für ihren Freund empfand. Sie ergriff Issas Hand, hielt sich daran fest und führte ihn ins Wohnzimmer.

Der frühe Abend war hereingebrochen. Als Ami aus dem Thai-Imbiss zurückkam, schaltete sie das Licht im Wohnzimmer an, wo Issa mit dem Rücken an die Wand gelehnt auf dem Fußboden saß und rauchte. Maurice stand am Fenster und blickte nach unten auf die Straße. Sie sprachen nicht.

„Ich habe etwas zu essen mitgebracht." Ami war durch die Ereignisse eine zentrale Rolle zugefallen, die beinahe der einer großen Schwester glich. Sie stellte die Aluminiumschalen auf den Tisch und holte Teller und Besteck aus der Küche. „Ich weiß nicht, was euch schmeckt. Am besten wird es sein, wenn sich jeder einfach ein wenig von allem nimmt." Sie zog Issa aus seinem Asyl am Boden nach oben. „Ich bin für dich da, Liebling. Ihr müsst jetzt etwas essen."

Maurice beneidete seinen Freund um Ami. Flavie war weit entfernt, und er würde in näherer Zukunft kleine und größere Tiefen allein durchstehen müssen. Ami hatte diese Wehmut gespürt und seine Tränen weggewischt. Diese kurze Berührung hatte ausgereicht, um Maurice aus dem Schock herauszulösen. Kennys Selbstmord haftete tragische Ungerechtigkeit an. Fast schien es so, als sei dieses Ende seines neunundzwanzigjährigen Weges lange vorgezeichnet gewesen; egal wie er oder sie sich verhalten hätten.

„Vor zehn Jahren", erzählte Issa, „haben wir uns am Bahnhof zum ersten Mal gesehen. Er hing damals mit solchen Jugendlichen zusammen, die man noch heute dort antrifft; die wahrscheinlich immer dort waren. Eine Zigarette wollte er von mir haben. Hatte wohl gedacht, ein Bruder ist freigiebiger als die anderen." Auf Issas Mund zeichnete sich ein Schmunzeln ab. „Ich hatte das Gefühl gehabt, Kenny gehörte überhaupt nicht dorthin. Ich war auch gerade mal zwanzig Jahre alt, hatte aber zu viele Afros getroffen, die alles getan haben um zu übersehen, wenn wir aneinander vorbeigingen. Als Kenny mich ansprach, habe ich mich einfach gefreut. Das mit den Zigaretten war mir egal gewesen ... ich habe ihm gleich die ganze Schachtel gegeben."

„Du wolltest ja keine Zigaretten, als du mich an der Uni angequatscht hast", sagte Maurice lächelnd.

„Und ich war froh, dass du nicht gleich weggerannt bist", ergänzte Issa. „Mir war es egal, ob jemand neben einer Mülltonne sitzt oder wie du, Maurice, in einem dicken BMW ankommt. Hauptsache war, dass niemand Angst davor hat, zu mir Hallo zu sagen, nur weil ich genauso aussehe wie er." Issa blickte zu Ami und Maurice, ohne sie wirklich wahrzunehmen. „Kenny hatte diese Angst nicht, und so sind wir eben Freunde geworden. Er war wie so ein kleiner Bruder, dem man immer zur Seite stehen musste. Doch ..."

„Genau das hast du getan", unterbrach ihn Maurice. „Zehn Jahre lang, das ist eine Menge, Issa. Weißt du noch, damals, als du mit dem Türken im Supermarkt gesprochen hast, wo er seinen ersten Job bekommen hat. Nein, mehr war nicht drin, und Kenny hat dich dafür geliebt. Der wusste genau, wo er ohne dich vielleicht geendet wäre." Maurice' Worte konnten nur ein leichtes Nicken seines Freundes bewirken, in dessen Gesicht er erkannte, welchen Vorwurf sie sich zu machen hatten.

„Müsst ihr nicht jemandem Bescheid sagen? Seiner Familie oder seiner Freundin?", fragte Ami.

Issa schüttelte seinen Kopf. „Kenny hatte keine Familie. Er ist im Kinderheim und auf der Straße aufgewachsen. Sein Vater kam ursprünglich aus Savannah in Georgia. Nach seiner Mutter hat er niemals gesucht. Was sollten wir denen sagen? Dass ihr Kind tot ist. Nee, Torsten Hübner, war für die seit seiner Geburt tot. Und an Kenny haben die keinen Anteil."

„Du weißt schon, dass wir diese Geschichten manchmal gar nicht kennen, Issa", sagte Ami leise und musste an die Briefe ihres Vaters denken. „Und seine Freundin, die er gestern Abend mitbringen wollte ...".

„Kenny hatte nur uns!", meinte Issa entschieden. „Ich glaube nicht, dass er mit Serwa richtig zusammen waren. Ich habe auch keine Nummer oder Adresse von ihr."

„Du kannst es ja trotzdem mal versuchen ... morgen vielleicht", sagte Ami, die anders als die beiden Männer Mitleid mit der ihr unbekannten Freundin des unbekannten Toten hatte.

Issa nickte Ami zu, die bemerkte, dass ihn und Maurice etwas beschäftigte, was bisher nicht zur Sprache gekommen war.

„Ich werde mal gehen", sagte Maurice, als sie aufgegessen hatten. „Wir müssen morgen früh um acht bei der Polizei sein. Soll ich dich hier abholen?"

Issa nickte.

„Ihr müsst zur Polizei?", fragte Ami überrascht.

„Ja, wegen der Zeugenaussage", antwortete Maurice und fügte schnell hinzu: „Ist rein formal."

Sie begleiteten Maurice zu seinem Auto. Amis Vorschlag, er könne auf einer Luftmatratze im Wohnzimmer schlafen, wenn er nicht allein bleiben wolle, lehnte er ab; nicht ihre Umarmung. In der Nacht erzählte Issa von all seinen Erlebnissen mit Kenny; traurigen und vielen schönen. Ami hielt Issa in ihren Armen und versuchte, sich Kennys Gesicht vorzustellen, als er mit Issa am Stamm der tausendjährigen Eiche gesessen hatte.

Es war drei Uhr morgens. „Schlaf weiter, Liebster", sagte Gabi leise zu Mike, der bemerkt hatte, dass sie aufgestanden war.

An der Minibar im Vorzimmer überlegte sie kurz, stellte das Mineralwasser zurück und entschied sich für den Weißwein. Das Licht aus dem Kühlschrank hatte sie geblendet. Im Zimmer spürte sie den dicken Teppich unter ihren Füßen und blieb einige Minuten stehen, bevor sie sich bis zum Kosmetiktisch tastete. Nur ganz langsam gewöhnten sich ihre Augen an die Dunkelheit. Sie setzte sich auf den weichen Hocker und beugte sich nach vorn, um ihr Spiegelbild erkennen zu können. Die kühle Marmorplatte des Kosmetiktischs berührte ihren Busen. Es war angenehm. Sie schloss die Augen und wartete.

Als sie wieder in den Spiegel blickte, konnte sie ganz allmählich ihre Silhouette erkennen; und dann Michael schlafend auf dem Bett hinter ihr. Sie griff nach dem Weinglas und führte es langsam an ihre Lippen, trank aber nicht, sondern schaute weiter auf das Bild, um diesen letzten flüchtigen Moment festzuhalten. Nichts war ihr damals geblieben; kein einziges Foto. Mit der linken Hand strich sie das Haar aus ihrem Gesicht, berührte ihre Wange, fuhr über Hals und Busen bis zu ihrem Bauch, wo sie innehielt. Sie setzte sich ganz aufrecht, sodass auch ihr Schoß im Spiegel zu sehen war. Niemand wusste von diesem Ort, den sie glücklich betrachtete. Niemand wusste von dem Leid, das sie hier erfahren hatte.

Sie dachte an Frankfurt, die Zeit danach, an ihre Ehe, ihre Töchter Mika und Flora; und dass in all den Jahren die Liebe zu Michael ein Teil von ihr gewesen war. Sie hatte es Max nie gesagt; das hätte dem Verständnis ihrer Beziehung widersprochen. Doch er muss von Anfang an gewusst haben, dass ihr Herz einem anderen gehörte. „Und wann hast du zum ersten Mal einen Mann geliebt, Mama?", hatte Flora, die gerade fünfzehn Jahre alt geworden war, vor gar nicht langer Zeit gefragt. Sie hatte ihrer Tochter das Haar aus dem Gesicht gestrichen, sie auf die Wange geküsst und lange schweigend an sich gedrückt. Ihre Familie war ein liebevoller Raum, der sie niemals eingeengt, sondern ihr eine besondere Position eingeräumt hatte, deren verborgener Ursprung sich genau hier in diesem Hotelzimmer mit seiner dreißig Jahre alten Liebe befand.

Michael würde morgen zurückgehen in sein Leben, zu seiner Familie. Und sie zu ihrer. Für einen kurzen Augenblick musste Gabi lächeln, als sie an die Freude dachte, mit der ihre Familie sie wieder aufnehmen würde. Dann kam der Schmerz und presste Tränen in ihre Augen. Doch es war nicht der alte Schmerz. Er umklammerte nicht ihre Lungen und machte ihr das Atmen unmöglich wie sonst. Dieser Schmerz war sanfter, aber tiefer. Es war nicht der Schmerz, vor dem sie all die Jahre entfliehen musste. Diesen Schmerz wollte sie gar nicht wegschieben. Dieser Schmerz entsprang nicht der Schuld eines neunzehnjährigen Mädchens, das eine solche Schuld gar nicht auf sich hatte laden können. Diesen Schmerz konnte sie ertragen, ohne ihren Sohn vergessen zu müssen, den sie für immer verloren hatte.

... *Ja!* Gabi erschrak. Sie hatte ihren Sohn für immer verloren. Damals. Jetzt sah sie es ganz klar. Er hatte niemals nach ihr gesucht. Er hatte keinen einzigen ihrer Briefe erhalten. Er wusste nichts von ihr. Und es hatte ihn auch nie interessiert, wie sehr sie gelitten hatte. Das war weder richtig noch falsch. Er war einfach ein Kind, das nach der Geburt weggegeben worden war. Wohin? Sie sagten damals, dort sei es besser für ihn. Und sie hatten recht. Denn an diesem ersten Sonntag nach dem Winter im März auf der Brücke ... *auf dieser Brücke* ...

Ihr Herz hörte auf zu schlagen, und sie vergaß zu atmen, als die Erinnerung zurückkehrte. Das Weinglas entglitt ihr und fiel auf die Marmorplatte des Kosmetiktischs, wo es mit einem Klirren zerbrach. Die Hand, die soeben das Glas gehalten hatte, bedeckte ihren Mund. Erstarrt blieb sie lange Augenblicke sitzen.

„Baby, was ist mit dir?" Mike war aufgestanden und hatte sich hinter sie gekniet.

In die Stille hinein holte Gabi mehrmals ruckartig Luft und lehnte sich an seine Brust.

„Was ist denn mit dir?", wiederholte Mike leise und schloss sie in seine Arme.

Gabi drehte ihren Kopf zu ihm. Als sich ihre Blicke in dem dunklen Zimmer trafen, löste sie langsam die Hand von ihrem Mund. Ihre Stimme war kaum zu vernehmen, doch Mike spürte ihren Atem: „Michael!"

„Ja ..."; er hielt sie fest. „Ich bin hier."

„Ich ..."; Gabi zögerte. „Ich erinnere mich jetzt ..."

14. Kapitel

Die Riverfront war einer der schönsten Orte der Stadt, wo nicht nur Detroit, sondern auch das Land endete. Durch den Verlauf der Grenze lag Kanada auf der anderen Seite des Detroit River an dieser Stelle paradoxerweise im Süden.

Josie war nicht wie Mike nach Detroit gekommen; sie kam aus Detroit. Ihre Familie lebte seit Generationen hier. Wie zehntausende andere ehemalige Sklaven, die seit Beginn des neunzehnten Jahrhunderts über die Underground Railroad dem Terrorregime des Südens bis nach Midnight entkommen konnten, waren einige von Josies Vorfahren bis nach Kanada geflüchtet und später nach Michigan zurückgekehrt. Für andere war Rückkehr niemals eine Option gewesen. Sie waren nördlich der Grenze in Kanada geblieben, bis nach Nova Scotia vorgedrungen und hatten sich dort in den ersten freien schwarzen Ortschaften Africville und Birchtown niedergelassen. Die Geschichten von damals, vom Süden und vom Norden, von Schwarz und von Weiß glichen denen böser Mythen; waren aber keine Fiktion, sondern grausame Realität.

Die Underground Railroad war ein landesweites Netzwerk von Abolitionisten, und Midnight war deren Codename für Detroit gewesen, wo die Flüchtenden jedoch noch immer nicht in Sicherheit waren. Lediglich Kanada hatte damals ausreichenden Schutz vor erneuter Versklavung geboten. Denn es hatte weitere Jahrzehnte gedauert, bis die Kopfgeldjäger aus dem Süden ihr einträgliches Geschäft auch im Norden der Vereinigten Staaten aufgeben mussten und die Amerikaner den weitreichenden Arm der Sklaverei abschlugen. Vielleicht hatte dieser Arm auch nur lose festgebunden werden können. Insbesondere im Süden, wo sich die Ideen der Vergangenheit fest im Genpool der Bewohner verbissen und, nach dem endgültigen Verlust der kostenlosen Sklavenarbeit, durch die weiße Armutsmigration über das ganze Land verbreitet hatten.

Mike war nach der Armee nicht in den Süden zurückgekehrt, sondern hatte sein Glück hier im Norden in dieser kalten großen Stadt gesucht; so wie viele Generationen vor ihm. Er hatte Europa und Asien gesehen; zwar nur aus einer Uniform heraus. Doch wie hätte er sich wieder in diese Welt des Südens mit alten Flaggen und alten Statuen einfügen können, der schon Tocqueville verkommene Sitten vorgeworfen und ihr baldiges Ende vorausgesagt hatte?

In Detroit wurden Autos gebaut und ansonsten viel gearbeitet. Die Stadt hatte bei Mikes Eintreffen mit Coleman Young ihren ersten schwarzen Bürgermeister, stellte nun, in den 1970er Jahren, erstmals schwarze Polizisten ein und entwickelte einen gewissen Stolz auf ihren alten Codenamen Midnight. Die besondere Bedeutung des Ku-Klux-Klans, dem ein Detroiter Polizeichef angehört haben soll, wurde nicht mehr erwähnt. Erst lebten die Schwarzen am Rande der Stadt; später, als eine nächste Krise kam, zogen die Weißen in die Vororte. Heute machten sie, die Nachkommen von Angelsachsen, armen Weißen aus dem Süden und Einwanderern aus Süd- und Osteuropa noch ein Fünftel aller Bewohner der Stadt aus. Doch die wirkliche Macht war zu der Zeit, als der Alkohol verboten war, neu aufgeteilt und von den neuen Mächtigen nicht wieder hergegeben worden. Es war ein undurchsichtiges Geflecht aus Geld, Namen, Rassen, Ethnien und Vereinigungen, in dem man es ohne Wirtschaftskrise einigermaßen schaffte, seine Rechnungen zu bezahlen und manchmal ein paar ruhige Stunden am Wochenende zu verbringen. Kurz; der Realitätstest des amerikanischen Traums.

Josie hatte ihre Familie am Riverwalk in ein exklusives italienisches Restaurant im Renaissance Center, einem aus Glas und Beton bestehenden massiven Statement des Zentrums der Autoindustrie, eingeladen, um ihre unerwartete Beförderung zu feiern. Ansonsten waren Restaurantbesuche eher selten, denn demnächst sollte Ivan wie seine Schwester Abbey ein College besuchen. Wenn Josies Eltern zu Besuch kamen, gingen sie meistens in das gar nicht weit von der Riverfront im Warehouse District gelegene Steve's Soul Food oder in Mikes Lieblingsrestaurant, das Fishbone's in Downtown Greektown mit originaler New Orleans Cuisine.

Mike hatte Glück gehabt. In dem italienischen Restaurant hatte es nicht nur Nudeln, sondern auch ein vorzügliches Ribeye-Steak gegeben, zu dem die teure Rotweinempfehlung des Kellners, ein Brunello di Montalcino, hervorragend gepasst hatte. Es waren zwei sehr schöne und glückliche Stunden. Die Kinder hatten sich nach dem Essen schnell verabschiedet. Abbey traf sich seit ein paar Wochen mit einem Studenten des Jesuiten-Colleges, der Karten für das erste Saisonspiel ihres Basketballteams organisiert hatte.

Mike war in sein Leben zurückgekehrt, das Josie und er gemeinsam dieser Stadt abgerungen hatten. Auf der anderen Flussseite lag das damals rettende kanadische Ufer und die gar nicht so kleine Stadt Windsor heute unter einem strahlend blauen Himmel. Er zog seinen neuen Hut ein wenig tiefer in die Stirn, den Josie ihm am Freitag gekauft hatte. Schräg, ein Hut müsse immer schräg getragen werden, hatte ihm der Inhaber von Hot Sam's mit auf den Weg gegeben, wo man sich seit Generationen im klassischen Detroiter Stil einkleidete.

Josie und Mike spazierten an einer etwa drei Meter hohen Figurengruppe aus Bronze vorbei, die an die flüchtenden Sklaven erinnerte, und lehnten sich gegen das Geländer am Fluss. Die Sonnenstrahlen hatten ihre Kraft an diesem letzten Sonntag im November noch nicht gänzlich verloren und erwärmten ihre Gesichter angenehm. Leute verteilten Zettel, auf denen für Stadtführungen zu den ehemaligen Verstecken der Underground Railroad geworben wurde. Die Orte der Schande oder der Schmach, je nach Betrachter, hatten sich zu

Attraktionen entwickelt. Vor einigen Jahren war Mike mit Ivan zum Million Man March nach Washington DC gefahren. Dort war erstmals die Zukunft präsenter als ihre von Niederlagen geprägte Vergangenheit gewesen, mit der er sich immer schwergetan hatte, auch wenn er den Überlebenswillen der Vorfahren bewunderte.

Als Josie ihm eines Tages die ihr bekannten Fragmente der Geschichte einiger ihrer Familienmitglieder und deren Flucht aus den Vereinigten Staaten bis nach Nova Scotia geschildert hatte, war er an den Wochenenden jeden Samstag in die Detroit Public Library gegangen, um etwas über diese Zeit und die Menschen zu erfahren. Es war schwer gewesen, denn dieser Teil der Geschichte hatte lediglich mittelbar und zufällig den Weg in wenige Bücher gefunden. An einem Sonntag beim Frühstück hatte er dann Josie, die über ein Community College mittlerweile sogar einen Masterabschluss hatte, stolz berichtet, dass manche Bewohner gar nicht auf Nova Scotia in Birchtown geblieben waren, sondern bis nach Sierra Leone weitergereist seien. „Also gibt es vielleicht ein paar Dawsons in Westafrika", hatte Josie lachend auf ihren Mädchennamen verwiesen.

Mike blickte auf zu dem Mahnmal am Riverwalk. Ja, dachte er, vielleicht hatten es einige von Josies Leuten zurück bis nach Sierra Leone geschafft und waren dort auf Menschen gestoßen, mit denen sie vielleicht sogar verwandt waren, ohne dass sie davon wussten. Es war ein eigenartiger Kreislauf, in den sie geraten waren. Eher ein Strudel, der sich lange Zeit so schnell gedreht hatte, dass jeder verschlungen worden war. Mittlerweile schien er sich verlangsamt zu haben, aber sie mussten dennoch jeden Tag aufs Neue dagegen ankämpfen hinabgezogen zu werden.

Josie hakte sich bei Mike unter und schaute mit ihm gemeinsam in Richtung des Mahnmals. Erst am Montagabend war er in Detroit gelandet. Sie hatte ihren Mann am Flughafen erwartet und sehr lange umarmt. Es war eine stille Begrüßung mit

Trost und Erleichterung. Er war müde gewesen und zu Hause in einen tiefen Schlaf gefallen. Denn für seinen Körper war es durch die Zeitverschiebung bereits vier Uhr morgens gewesen. Als sie in der Früh zur Fortbildung nach Massachusetts aufgebrochen war, hatte er noch geschlafen. Auch nach ihrer Rückkehr am Freitag hatten sie nicht viel gesprochen. Genauer, Josie hatte ihn nicht gefragt, sondern darauf gewartet, dass er irgendwann anfinge zu reden. Sie hatte keine Angst um ihren Mann, der schließlich zurückgekommen war. Und sie hatte kein Recht gehabt, ihm diesen Weg zu verwehren, selbst wenn vollkommen unklar war, was ihre Familie an dessen Ende erwartete. Ein Kind aus einer früheren Beziehung war eigentlich der Normalfall, wenn sie an die anderen Paare in ihrem Freundeskreis dachte. Nur bei Mike war es eine unbekannte deutsche Frau, die, nach allem, was sie wusste, das Kind ins Heim gegeben hatte. Deutschland war spätestens seit Hitler der Inbegriff eines weißen Landes, wo viele, die hier als Caucasian-Americans galten, durchs Raster gefallen wären. Die Vorstellung, dass Mikes Sohn gerade dort ohne Mutter aufwachsen musste, hatte ihr Angst gemacht, so wie die letzten Telefonate mit Mike. Sie hatte die Veränderung deutlich gespürt, doch das Telefon war nicht der geeignete Ort gewesen, um ihn zu fragen, was mit ihm geschah.

Mike war mit leeren Händen zurückgekehrt, und er hatte sich leer und müde gefühlt. Die Dienstreise seiner Frau hatte ihm glücklicherweise ein paar zusätzliche Tage gegeben, das Geschehene irgendwie in sein Leben einzuordnen. Am Mittwochabend hatte Mike nach seinem ersten Arbeitstag im Department of Public Services des Wayne State Countys, wo er seit einigen Jahren als Chef eines kleinen Teams für technische Anlagen in den öffentlichen Gebäuden zuständig war, lange in ihrer Küche gesessen und nachgedacht. Auch am nächsten Tag. Er war sich nicht sicher gewesen, denn Gabi hatte ihn seit ihrer Verabschiedung am Frankfurter Flughafen nicht angerufen. Erst am Freitag hatte er schließlich Gabis Nummer gewählt und nach der automatischen Ansage auf Deutsch eine Nachricht hinterlassen wollen. Er hatte auf den Piepton gewartet, doch der Ton war ausgeblieben. Beim nächsten Anruf war wieder nur die unverständliche automatische Antwort zu hören gewesen. Beim dritten Mal hatte er zumindest ein Wort heraushören können und in dem kleinen Wörterbuch, das er sich vor seinem Abflug nach Deutschland gekauft hatte, nachgeschlagen. Gabis Nummer existierte nicht mehr, so lautete wohl die Ansage. Mike hatte die Nummer nochmals verglichen mit dem Zettel, den ihm ihre Mutter in Frankfurt heimlich zugesteckt hatte, und erneut angerufen. Die gleiche Ansage. In diesem Augenblick war ihm bewusst geworden, dass er nicht einmal Gabis neuen Familiennamen kannte. Ein Anruf bei ihren Eltern war ausgeschlossen. Mike war verwirrt gewesen, und es hatte wehgetan. Er wollte Gabi nicht verlieren, hatte aber auch nicht gewusst, wie das hätte gehen sollen. Also hatte sie eine Entscheidung für sie beide getroffen. Nach einigen Minuten hatte Mike die Erleichterung verspürt und diesen einzigen Ausweg verstanden, den Gabi ihnen nach dieser schwierigen letzten Nacht eröffnet hatte.

Der Wein war von der Marmorplatte des Kosmetiktischs auf ihre Oberschenkel getropft, als er sich hinter sie gekniet hatte. „Ich erinnere mich jetzt", hatte sie gesagt und nach Atem gerungen. Dann hatte sie ihren Blick von ihm abgewandt und zu ihrem Spiegelbild gesehen: „Es ist doch so gewesen, Michael. Ich hatte es nur vergessen."

Gabi war auf das Geländer der Brücke gestiegen und hatte mit einem Arm den Pfeiler und mit dem anderen ihren Bauch umklammert. Schnell waren einige Passanten stehengeblieben und hatten die Polizisten gerufen, die mehrere Stunden, später unterstützt von einem Psychologen, auf sie eingeredet hatten. Mit einem Trick war es ihnen am Ende gelungen, sie vom Geländer herunterzuziehen. Dabei war Gabis Portemonnaie mit dem einzigen Foto von ihr und Mike in den Fluss gefallen. Ein

Journalist hatte anschließend herausgefunden, in welchen Klubs Gabi verkehrt hatte. Lokalzeitungen hatten das Bild von dem verzweifelten Mädchen komplettiert und sogar versucht, ihre Eltern zu interviewen.

Auf der Brücke wäre ihr Leben und das Leben ihres Kindes beendet worden, egal ob sie gesprungen wäre oder nicht, hatte Gabi in den Spiegel gesagt. Und die Briefe an das Kind seien purer Egoismus gewesen; so wie zuvor der Versuch, sich auf der Brücke das Leben zu nehmen. Sie hätte das Kind und ihre Mutterschaft an diesem Tag getötet. Mike hatte zu ihr gesagt, sie würde viel zu hart urteilen. Er allein wäre an diesem ganzen Unglück schuld. „Nein, mein Liebster", hatte Gabi darauf geantwortet, ihren Blick vom Spiegel abgewandt und zärtlich durch ihn hindurchgesehen. „Dich trifft gar keine Schuld. Aber keine Frau springt von einer Brücke, nur weil sie denkt, dass der Vater ihres Kindes im Krieg geblieben ist. Nein, Michael, ich war aus einem einzigen Grund auf diesem Geländer." Sie war dann aufgestanden, hatte sich ein T-Shirt übergezogen und war in seinen Armen schnell eingeschlafen.

Mike hatte noch lange wach dagelegen. Erst am Morgen war es ihm gelungen zu verstehen, was sie versucht hatte, ihm zu sagen. Gabi hatte von sich gesprochen, so als wäre er gar kein Teil dieser Geschichte. Vielleicht stimmte das sogar? Denn er hatte nicht von ihrer Schwangerschaft gewusst. Sonst hätte er natürlich alles getan, um zu Gabi zurückzukehren. Er wäre nach Frankfurt geflogen, und sie hätte ihn mit dem Kind auf dem Arm am Flughafen erwartet. Mike hatte dieses Bild von Gabi und ihrem Kind in der Menge der Wartenden vor Augen, als ihre Worte plötzlich einen Sinn ergaben. Sie hatte gedacht, er sei in Vietnam gestorben. Für sie hatte die Vorstellung von einer sich öffnenden Tür in der Ankunftshalle am Flughafen, aus der er ihr freudig entgegenging, niemals existiert. Sondern nur das Bild eines neunzehnjährigen Mädchens mit dem Kind des schwarzen Soldaten, der nicht mehr da war. Für dieses Bild hatte sie keinen Platz erkennen können in der

Welt, aus der sie kam. Wahrscheinlich hatte sie in den Monaten der Schwangerschaft nach einem solchen Platz gesucht; die Suche aber auf der Brücke an diesem ersten Frühlingssonntag aufgegeben.

„An einem bestimmten Punkt habe ich mir eine Frage gestellt", sagte Mike zu Josie, während er seinen Hut absetzte und mit beiden Händen festhielt, so wie er den Hut des weißgekleideten Toten am Strand von Tybee Island gehalten hatte, als die ältere Dame zu ihm getreten war. „Was wäre gewesen, wenn ich mit zwanzig Jahren nicht zur Armee gegangen, sondern einfach in einen Bus Richtung Norden gestiegen wäre?"

„Dann wäre ich erst fünfzehn gewesen", war Josies simple Antwort, die ihn anlachte.

„Du warst ja schon damals sexy." Mike musste schmunzeln und stellte sich seine Frau als jungen Teenager mit Zöpfen und Schleifen in einer Schuluniform vor, wie auf einem Foto, das bei ihnen im Flur hing.

„Nicht so wie du denkst, Michael Anderson." Josie küsste ihn auf die Wange. „Du warst genau zur richtigen Zeit am richtigen Ort. Außerdem sind wir in gewisser Weise doch immer auf dem Weg nach Norden. Nicht wahr?!"

„Ja, so wie sie." Mike wies mit dem Mund auf das Mahnmal, wo eine der Statuen ihren Arm ernst aber hoffnungsfroh in Richtung der anderen Flussseite ausstreckte. „Ob sie wussten, was ihnen noch alles bevorsteht?"

„Ich denke nicht", antwortete Josie. „Und das war auch besser so. Selbst wenn sie es gewusst hätten, wären sie gen Norden gegangen. Da bin ich mir ganz sicher. War es bei dir nicht ähnlich?"

„Wie meinst du das?", fragte Mike.

„Nun, du bist ja nicht zur Armee gegangen, um andere zu töten. Das hoffe ich jedenfalls." Josie legte eine Hand an seine Schulter. „Das weiß ich", verbesserte sie sich und fuhr fort: „Erst gingen die Leute wegen der Sklaverei, dann wegen all der Dinge, die nach der Sklaverei kamen, und schließlich wegen der Armut."

„Ja, genau so war es", stimmte Mike seiner Frau zu.

„Und du wolltest auch von dort weg. Deshalb bist zur Armee gegangen. An Europa oder den Krieg hattest du sicher nicht gedacht."

„Nein, das hatte ich wirklich nicht. Aber die Armee liegt für uns nicht im Norden." Mike ging einen Schritt vom Geländer weg und drehte sich zu Josie um. „Es stimmt, ich wollte damals weg aus Savannah, diesem Paradies in einer alten Welt. Und dann, bei der Armee, haben wir uns wiedergetroffen. Brüder, Latinos, Asiaten und arme Weiße. Alle hatten wir von irgendwo weggewollt und sind dann im Mekongdelta oder in einer Kiste oder mit einer Spritze im Arm angekommen."

Josie ergriff seine Hand, sagte jedoch nichts.

„Nach Vietnam habe ich einfach versucht nicht unterzugehen. Das ist keine Rechtfertigung. Ich bin weitergegangen, habe mich nicht umgedreht. Wenn du so willst, immer weiter nach Norden; so wie deine Leute. Irgendwie bin ich durchgekommen bis hierher, bis zu dir. Viele haben es nicht geschafft, so wie mein Freund Spookey ... und mein Sohn."

„Sag so etwas nicht", unterbrach ihn Josie leise.

„Doch es stimmt, es ist genau so", fuhr Mike fort. „Ich habe einen Jungen ... meinen Sohn gesucht. Und ich habe ihn nicht gefunden. Ich habe es versucht. Jetzt weiß ich nicht, was mit ihm ist, wo er ist, wie es ihm geht. Und ich werde es niemals wissen. Ich habe ihn auf meinem Weg verloren."

„Michael, du bist ein guter Mann und ein guter Vater ... ein sehr guter sogar", sagte Josie, nachdem sie direkt vor ihn getreten war. Sie drückte seine Hände und fragte ihn sanft: „Weißt du das?"

Mike schüttelte den Kopf und wollte sich abwenden, was Josie jedoch nicht zuließ.

„Pssst, ich weiß es aber", widersprach sie ihm und ergriff sein Gesicht mit beiden Händen. Sie sah die Tränen in seinen

Augen, als sie fortfuhr: „Manche Dinge, die uns widerfahren, sind nicht richtig oder falsch, Michael. Das sind die Dinge, die wir nicht ändern können." Sie küsste ihren Mann. „Lass uns nach Hause gehen, Baby. Du kannst mir ja den Song von deinem neuen Freund aus Frankfurt vorspielen, von dem du heute Vormittag gesprochen hast."

Mike musste lächeln und wischte sich die Tränen weg, als er an Gary dachte, der ihm in der Nacht ein E-Mail mit MP3-Anhang geschickt hatte. Gehört hatte er die endgültige Fassung des Stücks noch nicht. Aber Ivan hatte, kurz bevor sie ins Restaurant gegangen waren, eine Audio-CD gebrannt.

„Wieso heißt der Song eigentlich *Josie and Duff (Part One)*? Was hast du ihm denn von uns erzählt?", fragte Josie und boxte Mike auf die Brust.

„Ich habe ihm gesagt, dass du mich damals gerettet hast ... dass du die Liebe meines Lebens bist."

Staroske stand an dem Fenster seines Dienstzimmers, das ihm einen trostlosen Blick in den grauen Innenhof eröffnete, und blies Zigarettenrauch an die fleckige Scheibe, wo der Rauch abprallte und von der erwärmten Luft der Heizung nach oben gerissen wurde. Sein Blick folgte dem Rauch bis zu jenem Punkt an der Decke des Zimmers, wo sein Abstieg begann. Etwa über dem Schreibtisch war die auftreibende Wärme verbraucht; sodass sich die schwachen Sonnenstrahlen im herabfallenden Rauch dort besonders deutlich abzeichneten, bevor sie auf die Akte trafen, die Staroske soeben geschlossen hatte.

Selbsttötung durch massiven Blutverlust – Fremdeinwirkung war nach dem gerichtsmedizinischen Bericht auszuschließen. Die vor Ort ermittelnden Kollegen hatten ihn wissen lassen, dass gegen die beiden vernommenen Zeugen keinerlei Verdachtsmomente bestätigt werden konnten.

Torsten Hübner hatte sich das Leben genommen; kurz bevor er seine Freunde an ihn verraten sollte. Staroske erlaubte sich keine Gefühle in seinem Beruf, der eben auch beinhaltete, der Wahrheit mit etwas Nachdruck zum Durchbruch zu verhelfen. Es hatte nicht seiner langjährigen beruflichen Erfahrung bedurft um zu erkennen, dass dieser junge Mann nach einer Nacht im Gewahrsam seinem Druck nicht lange gewachsen sein würde. Irgendetwas musste ihn vor langer Zeit gebrochen haben. Anders als Vessel, den selbst fünfzehn Jahre Freiheitsstrafe nicht zur Kooperation mit ihm hatten bewegen können. Der war eiskalt geblieben und deshalb zu dieser niemals öffentlich gewordenen Tat fähig gewesen, die man ihm jetzt nicht mehr nachweisen konnte.

Staroske hätte den Fall vor Jahren ruhen lassen können. Niemand vermisste den Verschwundenen, der wohl ein Mörder gewesen war und für eine negative Presse der Kleinstadt gesorgt hatte. Zu Beginn war es beinahe eine Art Neugier gewesen, die Staroske angespornt hatte, diesen Fall zu lösen. Er hatte einfach wissen wollen, wer eine solche Tat beging und was seine Motivation gewesen war. Von drei US-Marines hatten einige der Zeugen gesprochen. Deren Glaubwürdigkeit hätte aufgrund ihrer zahlreichen einschlägigen Vorstrafen und ihrer Vorliebe für das Wort, mit dem sie diese dunkelhäutigen Menschen für Staroske viel zu häufig bezeichneten, wahrscheinlich ein Jurastudent ohne große Anstrengung hinwegwischen können.

Eines Tages war ein anderer Zeuge ausfindig gemacht worden, dem ein Auto aufgefallen war, und der sich zumindest die ersten drei Buchstaben des Kennzeichens und den Wagentyp gemerkt hatte. So war er auf Maurice Mbouaney gestoßen. Staroske konnte sich genau daran erinnern, wie er an einem Samstagmorgen an Mbouaneys Tür geklingelt und ihm seine dunkelhäutige attraktive Freundin geöffnet hatte. Er war irritiert gewesen. Sicher, in Unterhaltungssendungen oder bei Sportübertragungen hatte er gelegentlich festgestellt, dass diese Menschen mittlerweile in seinem Land lebten. Der *braune Bomber*, der Erwin Kostedde, war einer seiner Lieblingsspieler gewesen. Sein Volleyschuss zum Drei-zu-drei gegen Mönchengladbach – das Tor des Jahres 1974. Doch hier in einem solch gewöhnlichen Umfeld hatte Staroske nicht damit gerechnet, auf sie zu treffen. Mbouaneys Freundin hatte in dem kurzen Gespräch bestätigt, mit ihrem Freund auf einer mehrtägigen Wanderung gewesen zu sein und Staroske mit ihrer Frage nach dem toten zwölfjährigen Mädchen Schamesröte ins Gesicht getrieben. Auch war Mbouaneys Peugeot wenige Tage vor dem Überfall als gestohlen gemeldet worden und niemals wieder aufgetaucht. Das Umfeld von Mbouaney hatte er dennoch beleuchtet und war so auf Vessel und Hübner gestoßen. Staroske war sich sicher gewesen, die vermeintlichen US-Marines gefunden zu haben, ohne ihnen diesen Verdacht nachweisen zu können. Erst Hübners gebrochener Blick auf seine Feststellung, dass an jedem Tatort verräterische Spuren zu finden seien, was in diesem Fall gar nicht stimmte, hatte in ihm eine gewisse Hoffnung aufkommen lassen. Ein Trugschluss, wie er jetzt wusste. Hübner hatte niemals mit ihm kooperieren wollen. Seine Drohung hatte ihn lediglich in die Badewanne, nicht aber in den Verrat an seinen Freunden getrieben.

Schwere graue Wolken verschluckten die spärlichen Sonnenstrahlen. Erste Schneeflocken fielen langsam in den Innenhof. Das zwölfjährige Mädchen, die heute eine junge Frau wäre, und der Selbstmörder hatten in seinem Land gelebt. Nur durch ihren frühen Tod waren sie von ihm bemerkt worden. Staroske zündete sich eine weitere Zigarette an und blies den Rauch gegen die Fensterscheibe.

In der Nacht hatte es geschneit. Der morgendlichen Sonne war es gelungen, weite Löcher in die am Vortag endlos erscheinenden grauen Wolkenmassen zu reißen. Die vom Boden aufsteigende Wärme hatte ihnen den Rest gegeben und strahlend blauen Himmel zum Vorschein gebracht. Ein stiller schöner Morgen am ersten Sonntag im Dezember.

Ami hakte sich bei Issa unter. Die Luft kühlte angenehm ihre von der Sonne bereits ungewohnt erwärmten Gesichter. Der Schnee knirschte unter ihren Schritten, als sie die weitläufige Straße zu dem inmitten dieses Wohngebietes liegenden Friedhof entlanggingen. Die vergangenen Tage waren von Issas Schweigen beherrscht worden. Er hatte in der letzten Nacht keine Ruhe finden können und bis zum frühen Morgen in der Küche gesessen. Jetzt schien eine gewisse Erleichterung auf seinem Gesicht zu liegen. Ami hatte seine zunehmende Angst vor dem heutigen Tag gespürt; vielleicht würde Kennys Beerdigung ihm helfen, das Ende seines Freundes zu akzeptieren.

Maurice erkannte Ami und Issa bereits von weitem. Auch Sophie war gekommen. Sie warteten gemeinsam am Eingang zum Friedhof. Kennys Selbstmord hatte sich herumgesprochen und die beiden nach Jahren des Schweigens wieder zusammengeführt. „Wie geht es dir Sophie?", hatte Maurice bei ihrem Anruf gefragt und vieles mehr sagen wollen. Aber der Anlass des Anrufes hatte seiner seit Jahren formulierten Entschuldigung entgegengestanden. Sophie hatte Kenny immer gemocht und den Grund seiner Tat geahnt; schließlich hatte sie damals das Alibi bestätigt. Gemeinsam mit Maurice hatte sie die kleine Trauerfeier organisiert. Ihre in weite Ferne gerückte Ehe war dabei für einige Augenblicke zurückgekehrt, auch wenn beide wussten, dass dieses kurze Wiedersehen mit dem heutigen Tage enden würde.

Weitere Trauergäste erwarteten sie nicht. So betraten die vier schweigend den Friedhof. Der die Wege bedeckende Schnee sog sämtliche Geräusche einem Magneten gleichend in sich auf und erhellte diesen durch seine hohen Bäume ansonsten in Dunkelheit trauernden Ort in wohltuendem Licht. Vereinzelte Krähen beäugten die vier misstrauisch und schwangen sich auf die entblätterten Wipfel flüchtend in die Höhe. Gleich hinter der hohen Mauer am Eingang schloss sich an ein Blumengeschäft und eine Kapelle die kleine Trauerhalle an, in der Kennys Urne zwischen geschmackvoll arrangierten Blumengestecken stand. Die Bestatter hatten sich im Rahmen des Budgets Mühe gegeben und dem kargen Raum, in dem Trauergesellschaften von zehnfacher Größe problemlos Platz finden konnten, angemessene Festlichkeit verliehen. Nicht der für ihre Trauerfeier viel zu große Raum und nicht der Umstand, dass sie mit einer solchen Situation nicht vertraut waren, überschattete ihre Trauer. Üblicherweise mussten die Freunde des Verstorbenen in einer der hinteren Reihen Platz nehmen oder gar am Rande stehen und den Angehörigen Vortritt lassen. Issa und Ami, Maurice und Sophie saßen jedoch verlassen in der Mitte der vordersten Stuhlreihe und blickten auf den kleinen Metallbehälter. Der Szenerie haftete etwas Unwirkliches an, was Kennys Entschwinden entsprach.

Eine Frau, die soeben einige Worte an sie gerichtet hatte, forderte sie auf, ihr zu Kennys letzter Ruhestätte zu folgen. Auf den Stufen des Ausgangs der kleinen Trauerhalle spürte Issa die angenehme winterliche Luft und atmete sie tief ein. Die vergangenen Tage waren von Leere erfüllt gewesen, die ihm eine Orientierung unmöglich gemacht hatte. Das rote zeit- und raumlose Nichts, in dessen wahnsinnigen Strudel er in Kennys Badezimmer geraten war, hatte ihn nicht einfach entlassen, sondern in beängstigenden Träumen nachts aufgesucht; wie wohl seinen Freund zuvor. Dieser Zweifel an den Grundfesten der Logik des Seins schien überwunden. Der Schnee gab unter seinem Gewicht nach. Sein Atem zeigte sich kurz und widerwillig, bevor ihm die Kälte seine Sichtbarkeit entziehen konnte. Der brechende Ast eines Baumes erzeugte das vertraute Geräusch. Leben kehrte in Issa zurück. Ami hatte ihm vom Boden aufgeholfen, als er kraftlos und in sich zusammengesunken in ihrem Wohnzimmer gesessen hatte, und war die ganzen Tage des Zweifelns an seiner Seite geblieben; wie auch jetzt auf dem Weg zu dem Ort, der bald Kennys Grab werden würde.

„Sie können etwas sagen", forderte die freundliche Dame sie auf. Doch niemand ergriff das Wort; sie blickten stumm in das kleine Loch. Der schlichte Grabstein, den Maurice ausgesucht hatte, konnte wegen der Auftragslage des Steinmetz' erst in ein paar Wochen aufgestellt werden. Nur Torsten «Kenny» Hübner sowie sein Geburts- und sein Todestag würde darauf zu lesen sein und nichts auf sein ungerechtes Leben hinweisen.

Issa ging nach der kurzen Andacht zu einer Bank am breiten Mittelweg des Friedhofes und wischte den Schnee der Nacht mit seinen Händen herunter.

„Wir kommen gleich", sagte Maurice zu Sophie und Ami, die etwas abseits von Kennys Grab stehengeblieben waren, und folgte seinem Freund zu der Bank.

„Na, alles klar, Issa?"

Issa hatte sich auf der Bank zurückgelehnt und nickte. „Ja alles klar. Ist ein wunderschöner Tag heute. Wie geschaffen für so ein Ereignis. Vielen Dank, dass du dich um alles gekümmert hast."

Maurice setzte sich zu ihm auf die Bank und blickte in die Richtung der beiden Frauen, die sich unterhielten. „Soll ich mich noch bei mir bedanken, Issa?", fragte er nach einer Weile zweideutig. „Ich habe Kenny auch geliebt. Das war alles selbstverständlich, Mann."

„War nicht so gemeint", entschuldigte sich Issa. „Bloß, weil ich mich gar nicht beteiligt hab."

„Ist okay. Habe ich verstanden", beruhigte ihn Maurice. „Lass uns mal gehen. Ich bin schon ganz durchgefroren."

Ami hatte Sophie erst vor einer Woche kennengelernt, als sie mit Maurice bei ihnen wegen der Planung der Beerdigung vorbeigekommen war. Neben den dreien fühlte sie sich zwangsläufig in einer Außenseiterrolle. Dieses Gefühl war heute während der Beerdigung vorherrschend gewesen. Unter anderen Umständen wäre sie Maurice' sympathisch wirkender Ex-Frau sicher nähergekommen. Doch ihre Scheidung hatten das freundschaftliche Band zu Issa durchtrennt, sodass sich Amis Unterhaltung mit Sophie lediglich auf Oberflächlichkeiten beschränkte. Außerdem lag in ihren Augen eine ehrliche Trauer, die Ami verstehen, aber für den ihr unbekannten Kenny nicht empfinden konnte. Es war kein Tag, an dem man Freundschaften schloss, sondern still auseinanderging.

Ami konnte nicht bemerken, dass sie ihre Augen schloss, als sich ihnen vom Ende des Friedhofs her meine freundliche Begleiterin mit den winzig schmalen Zöpfen näherte. Endlich! Ami hatte den Eindruck, sie lächele ihnen zu. Sophie beantwortete ihre Frage nicht, ob sie die Frau kenne, die für diese Jahreszeit viel zu leicht bekleidet war. Obwohl sie ihr unbekannt war, machte die Frau auf Ami einen vertrauten Eindruck. Ihre Zöpfe hatte sie am heutigen Tage hinten zusammengebunden. Ami verwirrte ihr fröhliches Wesen, das an diesem Ort und an einem solchen Tag nichts zu suchen hatte. Verständnis und doch gleichzeitig eine gewisse Missbilligung der allgegenwärtigen Trauer schien ihr Blick auszudrücken, in dem Ami langsam erkannte, dass nicht Kennys Tod der Grund ihres Kommens war.

Plötzlich trat diese absolute Stille ein. Ami spürte die Leichtigkeit ihres Herzens und musste lächeln, als die Frau sie sanft an sich zog, lange in ihr Ohr sprach und mit den Worten endete: ... *Ja, sie vergaßen sogar, dass sie die Nachfahren der Königin waren; und schließlich vergaßen sie Sinobes Namen selbst. Aber Sinobes Schönheit war göttlichen Ursprungs und daher ewig, sodass es nur eine Frage der Zeit ist, bis sich die Menschen wieder an Ihrer Schönheit erfreuen werden.* Dann ergriff sie Amis Hand und hinterließ in dieser zwei kleine Gegenstände. Kein weiteres Wort kam über ihre Lippen, denn jetzt war alles gesagt worden. Und so lächelte die Frau Ami noch immer freundlich zu, bevor sie den breiten Mittelweg an Issa und Maurice vorbeischritt, die sie keines Blickes würdigten. Am Eingang des Friedhofs angekommen hakte sich die Frau bei einem alten weißhaarigen Mann unter, der dort auf sie gewartet hatte, und winkte Ami nochmals zu.

„Ist alles in Ordnung mit dir, Ami?", fragte Issa ein wenig besorgt, als er mit Maurice zu ihr und Sophie trat.

„Ja ... es ist alles in Ordnung", antwortete Ami und öffnete lächelnd ihre Augen. Der Himmel war blau – so blau, wie er eigentlich nur an heißen Sommertagen sein konnte. „Schau Issa", sagte sie leise. „Das hier habe ich eben von der Frau dort bekommen." Ami wies in Richtung des Friedhofsausgangs.

Issas Blick folgte der Bewegung ihrer rechten Hand, die in den leicht überstreckten letzten Gliedern ihrer Finger mündete. Er konnte jedoch niemanden entdecken. Verwundert schaute er wieder in Amis braune, von einem noch dunkleren hauchzarten Ring umrandeten Augen, deren glücklicher Glanz die Schönheit dieses Tages widerspiegelte. Auf ihrer linken Handfläche ruhten Caterinas Haargummis, die mit je einer Kaurimuschel besetzt waren.

Epilog

Die Frau und der Mann hatten zu der nächtlichen Stunde wie stets unter dem Pampelmusenbaum Platz genommen und schauten zu den Hütten der Menschen.

„Sie wirkte glücklich", sagte der Mann.

„Ja, so wie ich", antwortete die Frau. „Auch ich bin glücklich."

„Und was hast du zu ihr gesagt?"

„Ich habe ihr die Geschichte von *Sinobe* erzählt ... wie zuvor Caterina."

Der Mann blickte die Frau an. „Und was wird jetzt geschehen?"

Sie ergriff seine Hände. „Jetzt warten wir. So wie wir es immer getan haben."

John-E. Matip Eichler

Printed in Poland
by Amazon Fulfillment
Poland Sp. z o.o., Wrocław